〈지훈상〉 16주년 기념집

돌의 미학

나남
nanam

나남신서 1873

〈지훈상〉 16주년 기념집
돌의 미학

2016년 5월 25일 발행
2016년 5월 25일 1쇄

지은이_ 조지훈 外
발행자_ 趙相浩
발행처_ (주) 나남
주소_ 10881
       경기도 파주시 회동길 193
전화_ (031) 955-4601 (代)
FAX_ (031) 955-4555
등록_ 제 1-71호(1979.5.12)
홈페이지_ http://www.nanam.net
전자우편_ post@nanam.net

ISBN 978-89-300-8873-2
ISBN 978-89-300-8001-9 (세트)
책값은 뒤표지에 있습니다.

지훈상 16주년 기념집

돌의 미학

조지훈 外

나남
nanam

〈지훈상〉 16주년 기념집을 펴내며

나남출판사가 〈지훈상〉을 제정하여 시행한 지 어언 16년이 지나 그동 안의 역정을 기념하고 지훈 선생의 뜻을 기리는 기념집을 간행하게 되었다. 운영위원회를 이끌어 주신 홍일식 총장님과 나남출판 조상호 대표의 스승을 향한 정성에는 곁에서 보는 이의 심금을 울리는 알뜰 함이 있다.

지훈문학상과 지훈국학상이 추호의 차질도 없이 엄정하게 선정되 어 그 업적이 한국문화의 현재와 장래를 풍요롭게 하였다는 데에 내 외의 평가가 일치되어 지훈상의 존엄성이 나날이 빛을 더하고 있는 것이 모두 두 분의 공로이거니와 두 분의 일심이 보람을 거두게 된 가 장 큰 이유는 지훈 선생의 위대한 인격에 있다고 하지 않을 수 없을 것 이다.

서정시인으로 현대시사에 남긴 큰 발자취는 모든 문학사가들이 인 정하는 바이거니와 국학 분야에 끼치신 업적을 돌아볼 때 우리는 지 훈 선생의 학적 위상을 국학연구사의 중심에 설정하지 않을 수 없다. 선생은 한국문화를 인도문화와 중국문화의 융합으로 파악하시면서도 한국문화의 원형을 멀리 수메르까지 소급하여 구상하시었으며 선생의 민속학은 단순한 자료학이 아니라 민족 최하층의 꿈과 힘에서 민족문화의 고유소를 발견하시려는 근원의 탐색이었다.

대인이 소멸한 시대에 대시인이요 대학자인 선생의 기억을 간직하고 기록하는 것은 한국문화의 미래를 창조하는 밑거름이 될 것이다. 문학과 학문에 더하여 4·19와 5·16을 계기로 남기신 논설들은 한국정신사의 핵심이 된다고 단언할 수 있을 것이다. 정치교수로 몰려 온갖 탄압에 직면하여서도 선생은 죽음을 결의하는 지조와 절의로써 글로 쓰신 신념을 몸소 실천하셨다.

감성과 지성의 균형, 그리고 사상과 행동의 조화라는 인문주의의 이념을 끝까지 지켜내기 위하여 〈지훈상〉의 영원한 발전을 믿고 기원하는 여러 사람의 뜻이 모여 이 기념집을 마련하였다. 이 기념집은 세 부분으로 구성되어 있다. 제 1부는 지훈 선생의 글이고, 제 2부는 지훈 선생에 대한 글이고, 제 3부는 〈지훈상〉 수상자와 운영위원의 글이다. 끝으로 나남출판사 조상호 대표의 글을 실었다. 이 책을 읽는 분들이 책의 중심선이 되는 한국문화와 전통문화에 대한 애정을 읽어 주시기 바라며 지금까지 〈지훈상〉을 수상했고 앞으로 수상할 모든 시인과 학자들이 지훈 정신의 맥을 계승하여 다시 10년 뒤에는 더욱 아름답고 뜻 깊은 기념사업이 추진되기를 바라는 마음 간절하다.

2016년 5월

김인환 (고려대 국문과 명예교수, 제 2기 운영위원장)

〈지훈상〉16주년 기념집

돌의 미학

차
례

제 1 부
돌의 미학

鳳凰愁

벌레 먹은 두리기둥
빛 낡은 丹青
풍경소리 날러간
추녀 끝에는
산새도 비들기도
둥주리를 마구 쳤다.
큰 나라 섬기다
거미줄 친 玉座 위엔
如意珠 희롱하는
雙龍 대신에
두마리 봉황새를
틀어 올렸다.
어느땐들 봉황이
울었으랴만
푸르른 하늘 밑 磔石을
밟고가는 나의 그림자.
佩玉 소리도 없었다.
品石 옆에서
正一品 從九品 어느 줄에도
나의 몸둘 곳은 바이 없었다

눈물이 속된줄을 모르량이면
봉황새야 九天에
呼哭하리라.

古風衣裳

하늘로 날을듯이
길게 뽑은 부연끝 풍경이 운다

처마끝 곱게 늘이운 주렴에
半月이 숨어
아른아른 봄밤이
두견이 소리처럼 깊어가는 밤

곱아라 고아라 진정 아름다운지고
파르란 구슬빛 바탕에
자주빛 호장을 받친 호장저고리
호장저고리 하얀 동정이
환하니 밝도소이다

살살이 퍼져나린 곧은 선이
스스로 돌아 曲線을 이루는 곳
열두폭 기인 치마가
사르르 물결을 친다

초마 끝에 곱게 감춘 雲鞋 唐鞋
발자취 소리도 없이 대청을 건너
살며시 문을 열고
그대는 어느 나라의
古典을 말하는 한마리 蝴蝶

蝴蝶인양 사푸시 춤을 추라
蛾眉를 숙이고 ……
나는 이 밤에 옛날에 살아
눈 감고 거문곳줄 골라 보리니

가는 버들인양 가락에 맞추어
흰손을 흔들어지이다

落 花

꽃이 지기로소니
바람을 탓하랴

주렴 밖에 성긴 별이
하나 둘 스러지고

귀촉도 울음 뒤에
머언 산이 닥아서다.

촛불을 꺼야하리
꽃이 지는데

꽃 지는 그림자
뜰에 어리어

하이얀 미닫이가
우런 붉어라.

묻혀서 사는 이의
고운 마음을

아는 이 있을까
저허하노니

꽃이 지는 아침은
울고 싶어라

落 花 2

피었다 몰래 지는
고운 마음을

흰 무리 쓴 촛불이
홀로 아노니

꽃 지는 소리
하도 가늘어

귀 기울여 듣기에도
조심스러라

杜鵑이도 한목청
울고 지친 밤

나 혼자만 잠 들기
못내 설어라

玩花衫

── 木月에게

차운 산 바위 우에
하늘은 멀어
산새가 구슬피
우름 운다

구름 흘러가는
물길은 七百里

나그네 긴 소매
꽃잎에 젖어
술 익는 강마을의
저녁 노을이여

이 밤 자면 저 마을에
꽃은 지리라

다정하고 한 많음도
병인양하여
달빛 아래 고요히
흔들리며 가노니 ……

僧 舞

얇은 紗 하이얀 고깔은
고이 접어서 나빌네라

파르라니 깎은 머리
薄紗 고깔에 감추오고
두볼에 흐르는 빛이
정작으로 고와서 서러워라

빈 臺에 黃燭불이
말 없이 녹는 밤에
오동잎 잎새마다
달이 지는데

소매는 길어서 하늘은 넓고
돌아설듯 날아가며
사뿐이 접어올린 외씨보선이여

까만 눈동자 살포시 들어
먼 하늘 한개 별빛에 모도우고

복사꽃 고운 뺨에
아롱질듯 두방울이야
세사에 시달려도
煩惱는 별빛이라

휘여져 감기우고
다시 접어 뻗는 손이
깊은 마음 속
거룩한 合掌인양 하고

이밤사 귀또리도 지새우는 三更인데
얇은 紗 하이얀 고깔은
고이 접어서 나빌네라

풀잎 斷章

무너진 城터 아래
오랜 세월을 風雪에 깎여온 바위가 있다.

아득히 손짓하며 구름이 떠가는 언덕에 말 없이 올라 서서

한 줄기 바람에 조찰히 씻기우는
풀잎을 바라보며

나의 몸가짐도 또한
실오리 같은 바람결에 흔들리노라

아 우리들 太初의 生命의
아름다운 分身으로 여기 태어나

고달픈 얼굴을 마조대고
나즉히 웃으며 애기 하노니

때의 흐름이 조용히
물결치는 곳에

그윽히 피어 오르는
한떨기 영혼이여

빛을 찾아 가는 길

사슴이랑 이리 함께 산길을 가며
바위 틈에 어리우는 물을 마시면

살아 있는 즐거움의 저 언덕에서
아련히 풀피리도 들려오누나

해바라기 닮아가는 내 눈동자는
紫雲 피어나는 靑銅의 香爐

東海 동녘 바다에 해 떠오는 아침에
북바치는 설움을 하소하리라

돌뿌리 가시밭에 다친 발길이
아물어 꽃잎에 스치는 날은

푸나무에 열리는 과일을 따며
춤과 노래도 가꾸어 보자

빛을 찾아 가는 길의 나의 노래는
슬픈 구름 걷어가는 바람이 되라.

늬들 마음을 우리가 안다

── 어느 스승의 뉘우침에서

그 날 너희 오래 참고 참았던 義憤이 터져
怒濤와 같이 거리로 거리로 몰려가던 그 때
나는 그런 줄도 모르고 硏究室 창턱에 기대 앉아
먼산을 넋없이 바라보고 있었다.

午後 二時 거리에 나갔다가 비로소 나는
너희들 그 무엇으로도 막을 수 없는 물결이
議事堂 앞에 넘치고 있음을 알고
늬들 옆에서 우리는 너희의
불타는 눈망울을 보고 있었다.
사실을 말하면 나는 그날 비로소 너희들이
갑자기 이뻐져서 죽겠던 것이다.

그러나 이것은 어쩐 까닭이냐.
밤늦게 집으로 돌아오는 나의 발길은 무거웠다.
나의 두 뺨을 적시는 아 그것은 뉘우침이었다.
늬들 가슴 속에 그렇게 뜨거운 불덩어리를
간직한 줄 알았더라면
우린 그런 얘기를 하지 않았을 것이다
요즘 학생들은 氣槪가 없다고

병든 先輩의 썩은 風習을 배워 不義에 팔린다고
사람이란 늙으면 썩느니라 나도 썩어 가고 있는 사람
늬들도 자칫하면 썩는다고……

그것은 정말 우리가 몰랐던 탓이다
나라를 빼앗긴 땅에 자라 악을 쓰며 지켜왔어도
우리 머리에는 어쩔 수 없는
병든 그림자가 어리어 있는 것을
너희 그 淸明한 하늘 같은 머리를 나무램했더란 말이다.
나라를 찾고 侵略을 막아내고 그러한 自主의 피가
흘러서 젖은 땅에서 자란 늬들이 아니냐.
그 雨露에 잔뼈가 굵고 눈이 트인 늬들이 어찌
民族萬代의 脈脈한 바른 핏줄을 모를 리가 있었겠느냐.

사랑하는 학생들아
늬들은 너희 스승을 얼마나 원망했느냐
現實에 눈감은 學問으로 보따리장수나 한다고
너희들이 우리를 민망히 여겼을 것을 생각하면
정말 우린 얼굴이 뜨거워진다 등골에 식은 땀이 흐른다.
사실은 너희 先輩가 약했던 것이다 氣槪가 없었던 것이다.

26

每事에 쉬쉬하며 바른 말 한마디 못한 것
그 늙은 탓 純粹의 탓 超然의 탓에
어찌 苛責이 없겠느냐.

그러나 우리가 너희를 꾸짖고 욕한 것은
너희를 경계하는 마음이었다. 우리처럼 되지 말라고
너희를 기대함이었다 우리가 못할 일을 할 사람은
늬들뿐이라고 ———
사랑하는 학생들아
가르치기는 옳게 가르치고 行하기는 옳게 行하지 못하게 하는
세상
제자들이 보는 앞에서 스승의 따귀를 때리는 것쯤은 보통인
그 무지한 깡패떼에게 정치를 맡겨 놓고
원통하고 억울한 것은 늬들만이 아니었다.

그러나 이럴 줄 알았더면 정말
우리는 너희에게 그렇게 말하진 않았을 것이다.
가르칠 게 없는 훈장이니
선비의 정신이나마 깨우쳐 주겠다던 것이
이제 생각하면 정말 쑥스러운 일이었구나.

사랑하는 젊은이들아
붉은 피를 쏟으며 빛을 불러 놓고
어둠 속에 먼저 간 수탉의 넋들아
늬들 마음을 우리가 안다 늬들의 공을 온 겨레가 안다.
하늘도 敬虔히 고개 숙일 너희 빛나는 죽음 앞에
해마다 해마다 더 많은 꽃이 피리라.

아 自由를 正義를 眞理를 念願하던
늬들 마음의 고향 여기에
이제 모두 다 모였구나
우리 永遠히 늬들과 함께 있으리라.

1960. 4. 20

病에게

어딜 가서 까맣게 소식을 끊고 지내다가도
내가 오래 시달리던 일손을 떼고 마악 안도의 숨을 돌리려고
할 때면
그때 자네는 어김없이 나를 찾아오네.

자네는 언제나 우울한 방문객
어두운 昏階를 밟으며 불길한 그림자를 이끌고 오지만
자네는 나의 오랜 친구이기에 나는 자네를
잊어버리고 있었던 그 동안을 뉘우치게 되네

자네는 나에게 휴식을 권하고 生의 畏敬을 가르치네
그러나 자네가 내 귀에 속삭이는 것은 마냥 虛無
나는 지그시 눈을 감고, 자네의
그 나즉하고 무거운 음성을 듣는 것이 더없이 흐뭇하네

내 뜨거운 이마를 짚어 주는 자네의 손은 내 손보다 뜨겁네
자네 여읜 이마의 주름살은 내 이마보다도 눈물겨웁네
나는 자네에게서 젊은 날의 초췌한 내 모습을 보고
좀더 성실하게 성실하게 하던
그날의 메아리를 듣는 것일세

生에의 집착과 未練은 없어도 이 生은 그지없이 아름답고
地獄의 형벌이야 있다손 치더라도
죽는 것 그다지 두렵지 않노라면
자네는 몹시 화를 내었지

자네는 나의 정다운 벗, 그리고 내가 공경하는 친구
자네가 무슨 말을 해도 나는 노하지 않네
그렇지만 자네는 좀 이상한 성밀세
언짢은 표정이나 서운한 말, 뜻이 서로 맞지 않을 때는
자네는 몇 날 몇 달을 쉬지 않고 나를 說服하려 들다가도
내가 가슴을 헤치고 자네에게 傾倒하면
그때사 자네는 나를 뿌리치고 떠나가네

잘 가게 이 친구
생각 내키거든 언제든지 찾아 주게나
차를 끓여 마시며 우리 다시 人生을 얘기해 보세그려

1968년 《思想界》 1월호

바위頌

한자리에
옴짝 않으면
이끼 앉는다던데

차라리
흰구름조차
훌훌
벗어 버리고

푸른
하늘로
치솟는

裸身의
意志

탁 트인
이마
드넓은
가슴으로

累巨萬年의
그 소슬한
沈默을
깨뜨려라

바위여 ————
(바위도 울 때가
있느니)

스쳐가는 것은
오직 風霜
흔들리지 않는다
바위는

그 歷史를
가슴에 새길 뿐
冷徹하고 嚴肅한
威儀 앞에

사람들아
옷깃을 여미고
배우자
바위

永遠한
不動의 姿勢
항상 淸純한
그 呼吸을.

古 寺 1

木魚를 두드리다
졸음에 겨워

고오운 상좌아이도
잠이 들었다.

부처님은 말이 없이
웃으시는데

西域 萬里ㅅ 길
눈 부신 노을 아래

모란이 진다.

山 房

닫힌 사립에
꽃잎이 떨리노니

구름에 싸인 집이
물소리도 스미노라.

단비 맞고 난초 잎은
새삼 치운데

볕바른 미닫이를
꿀벌이 스쳐간다.

바위는 제 자리에
옴찍 않노니

푸른 이끼 입음이
자랑스러라.

아스럼 흔들리는
소소리바람

고사리 새순이
도르르 말린다.

芭蕉雨

외로이 흘러간
한송이 구름
이 밤을 어디메서
쉬리라던고

성긴 빗방울
파촛잎에 후두기는 저녁 어스름
창 열고 푸른 산과
마조 앉어라

들어도 싫지 않은
물소리기에
날마다 바라도
그리운 산아

온 아츰 나의 꿈을
스쳐간 구름
이 밤을 어디메서
쉬리라던고

편 지

사라지는 이의 서러운 모습은
나의 고달픈 呼吸안에 잦아든다

가고 가면 돌아설 곳이 없어
地球가 둥글다는 것도 運命이어라

저승에서라도 다시 만나지 말자
웃으며 나노인 어제 오늘

벗어버려도 웃어버려도
자꾸만 흩날리는 懊惱의 옷을

아 밀려오는 어스름 초밤별 아래
그대 이슬 되어 촉촉히 젖어드는데

永劫의 바람속에
꽃처럼 벙어리된 나의 靑春은 ……

思 慕

그대와 마조 앉으면
기인 밤도 짧고나

희미한 등불 아래
턱을 고이고

단 둘이서 나노는
말 없는 얘기

나의 안에서
다시 나를 안아 주는

거룩한 光芒
그대 모습은

運命보담 아름답고
크고 밝아라

물들은 나무 잎새
달빛에 젖어

비인 뜰에 귀또리와
함께 자는데

푸른 창가에
귀 기울이고

생각 하는 사람 있어
밤은 차고나

마 을

모밀꽃 우거진
오솔길에

羊떼는 새로 돋은
흰달을 따라간다

닐늬리 호들기 부던
소 치는 아이가*

잔디밭에 누워
하늘을 본다

산 넘어로 흰구름이
나고 죽는것을

木花 따는 색시는
잊어버렸다.

---

* 편집자 주 : 제 3 연 "닐늬리 호들기 부던 / 소 치는 아이가"는 《풀잎 斷章》에서는 "닐늬
리 호들기가 없어서 / 소 치는 아이는"이었던 것이 《조지훈 시선》에 중재되면서 고쳐진
부분이다.

石門

　　당신의 손끝만 스쳐도 여기 소리 없이 열릴 돌문이 있습니다 뭇 사람이 조바심치나 굳이 닫힌 이 돌문 안에는 石壁欄干 열두층계 위에 이제 검푸른 이끼가 앉았습니다.

　　당신이 오시는 날까지는 길이 꺼지지 않을 촛불 한자루도 간직하였습니다 이는 당신의 그리운 얼굴이 이 희미한 불앞에 어리울 때까지는 千年이 지나도 눈 감지 않을 저의 슬픈 영혼의 모습입니다.

　　길숨한 속눈섭에 항시 어리우는 이 두어방울 이슬은 무엇입니까 당신이 남긴 푸른 도포자락으로 이 눈물을 씻으랍니까.

　　두 볼은 옛날 그대로 복사꽃 빛이지만 한숨에 절로 입술이 푸르러감을 어찌합니까.

　　몇만리 구비치는 강물을 건너 와 당신의 따슨 손길이 저의 흰 목덜미를 어루만질 때 그때야 저는 자취도 없이 한줌 티끌로 사라지겠습니다 어두운 밤하늘 虛空中天에 바람처럼 사라지는 저의 옷자락은 눈물어린 눈이 아니고는 보지 못하오리다.

　　여기 돌문이 있습니다 怨恨도 사모치량이면 지극한 정성에 열리지 않는 돌문이 있습니다 당신이 오셔서 다시 千年토록 앉아서 기다리라고 슬픈 비바람에 낡아가는 돌문이 있습니다.

嶺

흰 구름에 싸여 십릿길 높은 고개를 넘어서면 마을로 가는 작은 길가에 보리밭이 바람에 흔들린다. 내가 고개로 넘어오던 날은 마을에 삽살개 짖고 망아지 송아지 염소 모두 달아나고 멧새 비둘기도 날아 가더니 사흘도 못가 나는 잔디밭에서 그들과 벗을 한다. 내가 알던 동무 같이 자란 계집애는 돈 벌러 달아나고 먼 마을로 시집가고 마을의 어린애야 누구 아들인지 알리 있나. 내가 떠날 때 망아지 송아지 염소가 서러웁다 하면 嶺너머 가기 어려우리만…… 내가 간뒤에는 面書記가 새하얀 여름 모자를 쓰고 산밑 주막에서 區長과 막걸리를 마실게고 나는 서울가는 기차 속에서 고향을 잃은 슬픔에 車窓에 기대어 눈을 감을 것이니 이 嶺을 넘는 날 나에게는 낡은 트렁크와 흰구름밖에는 아무도 따라 오질 않으리라.

찔레꽃

찔레꽃 향기 우거진 골에
어지러운 머리를 나는 어쩌나

검은 머리카락 칠칠히도
가락마다 아롱지는 희고 가는 목덜미

겁에 질린 듯이 救援의 손을 흔들고
꿈꾸는 긴 눈썹 홀로 가는 뒷모습

찔레꽃 향기 우거진 골에
어지러운 머리를 나는 어쩌나

마 음

찔레꽃 향기에
고요가 스며
청대닢 그늘에
바람이 일어

그래서 이 밤이
외로운가요
까닭도 영문도
천만 없는데

바람에 불리고
물 우에 떠가는
마음이 어쩌면
잠자나요.

서늘한 모습이
달빛에 어려

또렷한 슬기가
별빛에 숨어

그래서 이 밤이
서러운가요
영문도 까닭도
천만 없는데

별 보면 그립고
달 보면 외로운

마음이 어쩌면
잊히나요.

餘 韻

물에서 갓나온 女人이
옷 입기 전 한때를 잠깐
돌아선 모습

달빛에 젖은 塔이여 !

온 몸에 흐르는 윤기는
상긋한 풀내음새라

검푸른 숲 그림자가 흔들릴 때마다
머리채는 부드러운 어깨 위에 출렁인다.

희디흰 얼굴이 그리워서
조용히 옆으로 다가서면
수지움에 놀란 그는
흠칫 돌아서서 먼뎃산을 본다.

재빨리 구름을 빠져나온
달이 그 얼굴을 엿보았을까
어디서 보아도 돌아선 모습일 뿐

永遠히 얼굴은 보이지 않는
塔이여!

바로 그때였다 그는
藍甲紗 한 필을 虛空에 펼쳐
그냥 온 몸에 휘감은 채로
숲속을 향하여
조용히 걸어가고 있었다.

한 층
두 층
발돋움하며 나는

걸어가는 女人의 그 검푸른
머리칼 너머로
기우는 보름달을
보고 있었다.

아련한 몸매에는 바람 소리가
잔잔한 물살처럼
감기고 있었다.

돌의 미학
풍상(風霜)의 역사에 대하여

1.

돌의 맛 — 그것도 낙목한천(落木寒天)의 이끼 마른 수석(瘦石)의 묘경(妙境)을 모르고서는 동양의 진수를 얻었달 수가 없다. 옛 사람들이 마당귀에 작은 바위를 옮겨다 놓고 물을 주어 이끼를 앉히는 거라든가, 흰 화선지 위에 붓을 들어 아주 생략되고 추상된 기골이 늠연(凜然)한 한 덩어리의 물체를 그려 놓고 이름하여 석수도(石壽圖)라고 바라보고 좋아하던 일을 생각하면 가슴이 흐뭇해진다. 무미(無味)한 속에서 최상의 미(味)를 맛보고 적연부동(寂然不動)한 가운데서 뇌성벽력을 듣기도 하고 눈감고 줄 없는 거문고를 타는 마음이 모두이 돌의 미학에 통해 있기 때문이다.

　동양화, 더구나 수묵화의 정신은 애초에 사실(寫實)이 아니었다. 파초 잎새 위에 백설을 듬뿍 실어 놓기도 하고 십리 둘레의 산수풍경을 작은 화폭에 다 거두기도 하고 소세(瀟洒)한 산봉우리 밑, 물을 따라 감도는 오솔길에다 나무꾼이나 산승(山僧)이나 은자(隱者)를 그리되 개미 한 마리만큼 작게 그려 놓고 미소하는 그 화경(畵境)은 사실이라기보다는 꿈을 그린 것이었다. 이 정신이 사군자(四君子), 석수도(石壽圖), 서예로 추상의 길을 달린 것이 아니던가.

　괴석(怪石)이나 마른 나무뿌리는 요즘의 추상파 화가들의 훌륭한 오브제가 되는 모양이다. 추상의 길을 통하여 동양화와 서양화가 융합의 손길을 잡은 것은 본질적으로 당연한 추세라 할 수 있다. "살아 있다"는 한마디는 동양미의 가치기준이거니와 생명감의 무한한 파동이 바위보다 더한 것이 없다면 웃을는지 모른다. 그러나 돌의 미(美)는 영원한 생명의 미이다. 바로 그것이 추상이다.

2.

내가 돌의 미(美)를 처음 맛본 것은 차를 마시다가 우연히 바라본 그 바위에서부터였다. 선사(禪寺)의 다실에 앉아 내다본 정원의 돌이었다. 나의 20대의 일이다. 나는 한때 일본 경도(京都)의 묘심사(妙心寺)에서 선(禪)에 든 적이 있었다. 천칠백칙 공안(千七百則 公案)을 차례로 깨쳐 간다는 지극히 형식화된 일본 선(禪)은 가소로웠지만 선의 현대화를 위해선 새로운 묘미가 아주 없는 것도 아니었다. 특히 흥미로웠던 것은 사뭇 유도처럼 메어꽂기도 하고 공부가 모자라 벌을 설 때는 한겨울이라도 마당에 앉혀 놓고 밤을 새워 좌선(坐禪)을 강행시키는 그 수련에서 준열한 임제종풍(臨濟宗風)의 살활검(殺活劍)의 고조(古調)를 볼 수 있던 일이다.

그러나 얼마 가지 않아 나는 이 선의 수행에도 싫증이 났다. 그래서 틈만 있으면 다실(茶室)에 가서 다도(茶道)를 즐기며 정원을 내다보는 것이 낙이 되었다. 일본의 정원 미술은 다실과 떠나서 생각할 수 없고 다도는 선과 떼어서 생각할 수가 없는 것은 다 아는 사실이다.

　묘심사에는 다도의 종장(宗匠) 한 분이 있었다. 나는 가끔 이 노화상(老和尙)과 대좌하여 다도를 즐기며 화경청적(和敬淸寂)의 맛을 배우곤 하였다. 녹차를 찻종에 넣는 작은 나무국자를 찻종 전에다 땅땅땅 두드리는 것은 벌목정정(伐木丁丁)의 운치요, 차 주전자를 높이 들고 소리 높여 물을 따르는 것은 바로 산골의 폭포 소리를 가져오는 것이라 한다. 일본 예술의 인공성 — 그 자연을 비틀어 매는 천박한 상징의 바탕이 여기 있구나 싶어서 나는 미소를 머금기도 했다. 어쨌든, 나는 빈객으로서 다완(茶碗)을 받아 좌우의 사람에게 인사하는 법에서부터 잔을 들고 마시는 법, 나중에 골동으로서의 다완을 감상하며 주인을 추어주는 법을 배웠다 — 다완이 고려자기인 경우에는 주인의 어깨가 으쓱해진다. 이 사장(師匠)이 시키는 대로 차를 권하는 주인으로서의 예의작법(禮儀作法)을 시험해 보기도 하였다.

　그것뿐이다. 나는 그 다도에도 흥미가 없었고 그 뒤에 이 다도를 스스로 행해 본 적도 없다. 그러면서도 내가 이 다실에 자주 놀러 간 것은 그 사장과 더불어 파한(破閑)으로 농담의 선문답(禪問答)을 하는 재미에서였다. 실상은 그것보다도 다실의 정적미(靜寂美)에 매료되었다는 것이 더 적절할 것이다. 아담한 정원을 앞에 놓은 지극히 소박하고 단순한 이 다실은 무척 맑고 따뜻하였다. 미닫이〔障子〕는 젊은 중들이 길거리에서 주위 온 종이를 표백하여 곱게 바른 것이어서 더욱 운치가 있었다. 나중에는 이 다실에서 사장과 대좌해도 피차 무언의 행(行)을 하는 사이가 되었다. 이럴 때 항상 내 눈을 빼앗아 가는 것은 정원 가장 귀에 놓인 작은 바위이기가 일쑤였다. 나의 선은 이 이끼 앉은 바위를 바라보며 시를, 민족을, 죽음을 화제로 삼고 있었다. 바위는 그 어떠한 문제에도 계시(啓示)를 주는 성싶었다. 잔디 속에 묻혀 있는 불규칙한 징검돌〔飛石〕은 사념(思念)의 촉수를 어느 방향으로든 끌고 비약하였다. 이리하여 나는 선도 다도도 아닌 돌의 미학을 자득(自得)하여 가지고 이 이방의 절을 떠났던 것이다. 떠나던 전날 사장은 7, 8명의 귀족영양(貴族令孃)을 불러 다회를 열고 젊은 방랑객을 전별(餞別)하였다.

3.

그것도 이른바 인연인지 모른다. 그 1년 뒤 나는 오대산 월정사(月精寺)에 있는 불교전문 강원(講院)에서 교편을 잡게 되었고 거기서 나는 우리의 선(禪)과 우리의 돌의 진미를 맛보게 되었다. 내가 머물고 있던 월정사의 동향(東向)한 일실(一室)은 창만 열면 산이요 숲이었고, 밤이면 물소리 바람소리가 사철 가을이었다. 여기서 보는 바위는 인공으로 다스리지 않은 자연 그대로의 암석이었다. 기골과 풍치가 사뭇 대륙적이요, 검푸르고 마른 이끼가 드문드문 앉은 거창한 것이어서 묘심사의 인공적이요 온아적정(溫雅寂靜)하던 돌과는 그 맛이

판이하였다. 일진(一陣)의 바람을 몰고 흘연(屹然)한 자세로 부동하던 그 바위의 모습은 나의 심안(心眼)의 발상을 다르게 하였다. 나는 여기서 1년 동안 차보다는 술을 마셨고 나물만 먹는 창자에 애주무량(愛酒無量)해서 뼈만 남은 몸이 되어 내가 스스로 바위가 되어 가고 있었다. 나의 선(禪)도 상심락사(賞心樂事)하는 화경청적(和敬淸寂)의 다선(茶禪)에서 방우이목우(放牛而牧牛)하는 불기분방(不羈奔放)의 주선(酒禪)이 되고 말았다.

　오대산은 동서남북중대(東西南北中臺)에 절이 있다. 서대(西臺) 절은 초옥수간(草屋數間), 잡풀이 우거진 마당에 누우면 부처도 없는 곳에 향을 사르고 정(定)에 들어 있는 선승(禪僧)은 사람이 온 줄도 몰랐다. 그를 구태여 깨울 것도 없었다. 구름을 바라보는 새소리를 들으면 일천칠백칙 공안이 아랑곳없이 나도 그대로 현묘지경(玄妙之境)에 들어가는 것이었다. 오대산 상원사(上院寺)에는 방한암(方漢岩) 종정(宗正)이 선연(禪筵)을 열고 있었다. 이따금 마음이 내키면 나는 그 말석에 참(參)하였다.

　　구름 노을 깊은 골에
　　샘물이 흐르느니
　　우짖는 산새소리
　　길이 다시 아득해라
　　일 없는 늙은 중은
　　바위 아래 잠든 것을
　　靑天 白日에
　　꽃잎이 흩날린다.

좌선을 쉴 때면 역시 바위를 내다보며 시를 생각하는 것이 좋았다. 바위를 내다보는 것은 내 마음을 들여다보는 것이었다.

우리 선방(禪房)에도 차를 마신다. 오가피차나 맥차(麥茶), 그것도 아무런 형식이 없이 아주 자유롭고 흐뭇하게 둘러앉아 농담을 나누면서 마시는 품이 까다롭지 않아서 별취(別趣)였다. 창을 열면 산이 그대로 정원이요, 소동파(蘇東坡)의 '계성편시광장설(溪聲便是廣長舌) 산색기비청정신(山色豈非淸淨身)'이라는 시구 그대로 화엄의 세계였다. "차(茶)는 찬데 왜 뜨거울까."—차(茶)는 차다(冷)의 동음을 이용하며 농담선문을 나에게 던지는 노승이 있었다. 나는 웃으면서 "예, 보리찹니다"라고 대답한다. 역시 보리〔麥〕와 보제(菩提 : 俗音 보리)의 동음을 이용한 것 — 이쯤 되면 농담도 선미(禪味)가 있어서 파안대소였다.

'풍진열뇌증삼계(風塵熱惱蒸三界) 법우청량주오대(法雨淸凉酒五臺)'의 구로 연구(聯句)에 끼이기도 하던 월정사의 생활도 미일 전쟁이 터지고 싱가포르가 함락되고 하면서부터는 숨어서 살 수 있는 암혈(岩穴)은 아니고 말았다. 과음의 나머지 나는 구멍 뚫린 괴석과 같은 추상의 육체를 이끌고 오대산을 떠나고야 말았다. 뿐만 아니라, 월정사는 6·25 동란에 회신(灰燼)했다 한다. 내가 거처하던 동향 일실 — 방우산장(放牛山莊)도 물론 오유(烏有)로 돌아갔을 것이다. 그러나 나의 젊은 꿈이 깃들인 숲속의 그 바위는 아직도 남아 있을 것이다. 인세(人世)의 풍상에 아랑곳없는 것이 아니라 그 풍상을 사람으로 더불어 같이 열력(閱歷)하면서 변하지 않은 데에 바위의 엄위(嚴威)와 정다움이 함께 있는 것은 아닐까.

4.

돌에도 피가 돈다. 나는 그것을 토함산 석굴암(石窟庵)에서 분명히 보았다. 양공(良工)의 솜씨로 다듬어 낸 그 우람한 석상의 위용은 살아 있는 법열(法悅)의 모습 바로 그것이었다. 인공이 아니라 숨결과 핏줄이 통하는 신라의 이상적 인간의 전형이었다. 그러나 이 신라인의 꿈속에 살아 있던 밝고 고요하고 위엄이 있고 너그러운 모습에 숨결과 핏줄이 통하게 한 것이 불상을 조성한 희대의 예술가의 드높은 호흡과 경주(傾注)된 심혈이었다. 그의 마음 위에 빛이 되어 떠오른 이상인(理想人)의 모습을 모델로 삼아 거대한 화강석괴(花崗石塊)를 붙안고 밤낮을 헤아림 없이 쪼아 내고 깎아 낸 끝에 탄생된 이 불상은 벌써 인도인의 사상도 모습도 아닌 신라의 꿈과 솜씨였다.

석굴암의 중앙에 진좌(鎭座)한 석가상은 내가 발견한 두 번째의 돌이다. 선사(禪寺)의 돌에서 나는 동양적 예지를 발견하였다. 그것은 지혜의 돌이었다. 그러나 석굴암의 돌은 나에게 한국적 정감의 계시를 주었다. 그것은 예술의 돌이었다. 선사의 돌은 자연 그대로의 돌이었으나 석굴암의 돌은 인공이 자연을 정련(精鍊)하여 깎고 다듬어서 오히려 자연을 연장 확대한 돌이었다. 나는 거기서 예술미와 자연미의 혼융(渾融)의 극치를 보았고 인공으로 정련된 자연, 자연에 환원된 인공이 아니면 위대한 예술이 될 수 없다는 것을 배웠다. 예술은 기술을 기초로 한다. 바탕에서는 예술이나 기술이 다 'art'다. 그러나 기술이 예술로 승화하려면 자연을 얻어야 한다. 다시 말하면 인공을 디디고서 인공을 뛰어넘어야 한다. 몸에 밴 기술을 망각하고 일거수

일투족이 무비법(無非法)이 될 때 예도(藝道)가 성립되고 조화와 신공(神功)이 체득된다는 말이다. 나는 석굴암에서 그것을 보았던 것이다. 돌에도 피가 돈다는 것을 말이다. 나는 그 앞에서 찬탄과 황홀이 아니라 감읍(感泣)하였다. 그것이 불상이었기 때문이 아니었다. 한국 예술의 한 고전이었기 때문이다. 나는 몇 번이고 그 자비로운 입모습과 수렷이 내민 젖가슴을 우러러보았고 풍만한 볼깃살과 넓적다리께를 얼마나 어루만졌는지 모른다.

내가 석굴암을 처음 가던 날은 양력 4월 8일, 이미 복사꽃이 피고 버들이 푸른 철에 봄눈이 흩뿌리는 희한한 날씨였다. 눈 내리는 도화불국(桃花佛國) — 그 길을 걸어가며 나는 '벽장운외사(碧藏雲外寺) 홍로설변춘(紅露雪邊春)'의 즉흥 일구(一句)를 얻었다. 이 무렵은 내가 오대산에서 나와서 조선어학회의 《큰사전》 편찬을 돕고 있을 때여서 뿌리 뽑히려는 민족문화를 붙들고 늘어진 선배들을 모시고 있을 때라 슬프고 외로울 뿐 아니라 그저 가슴속에서 불길이 치솟고 있을 때였다. 이때의 나는 신앙인의 성지순례와도 같은 심경으로 경주를 찾았던 것이다. 우리 안에 살아 있는 신라는 서구의 희랍 바로 그것이었다. 그리하여, 나는 피가 돌고 있는 석상(石像)에서 영원한 신라의 꿈과 힘을 보고 돌아왔다.

5.

돌에는 맹렬한 의욕, 사나운 의지가 있다. 나는 그것을 피란 때 대구
에서 보았다. 왕모래 사토길 언덕에 서 있는 집채보다 큰 바위였다.
그 옆에 비쩍 마른 소나무가 하나 ― 송충이가 솔잎을 다 갉아먹어서
하늘을 가리울 한 점의 그늘도 지니지 못한 이 소나무는 용의 비늘을
지닌 채로 이미 상당히 늙어 있었다. 또 그 옆에는 이 바위보다도 작
은 판잣집이 하나 있을 뿐이었다. 이 살풍경한 언덕길을 가끔 나는 석
양배(夕陽盃)에 취하여 찾아오곤 하였다. 그 무렵은 부산에서 백골단
땃벌떼가 나돌고 경찰이 국회를 포위하여 발췌 개헌안을 강제 통과시
키던 이른바 정치파동이 있던 임진년(壬辰年) 여름이다. 드물게 보는
가뭄에 균열(龜裂)된 논이랑에서 농부가 앙천자실(仰天自失)한 사진
이 신문에 실릴 무렵이었다. 그저 목이 타서 자꾸 막걸리를 마셨지만
술이란 원래 물이긴 해도 불기운이라서 가슴은 더욱 답답하기만 하였
다. 막걸리 집에 앉아 기우문(祈雨文)을 쓴 것도 무슨 풍류만이 아니
었다. 이 무렵에 나는 이 사나운 의지의 돌을 발견하였던 것이다. 이
세 번째 돌은 혁명의 돌이었다. 그 바위에는 큰 나방이[蛾]가 한 마리
붙어 있었다. 나는 그것이 자꾸만 열리지 않는 돌문 앞에 매어 달려
울고 있는 것으로 느껴졌다. 주먹으로 꽝꽝 두드려 보면 그 바위는 무
슨 북처럼 울리는 것도 같았다. 이 석문(石門)을 열고 들어가면 맷방
석만 한 해바라기 꽃송이가 우거지고 시원한 바다가 열려지는 딴 세
상이 있을 것도 같았다.

　나는 이 바위 앞에서 바위의 내력을 상상해 본다. 태초에 꿈틀거리

던 지심(地心)의 불길에서 맹렬한 폭음과 함께 퉁겨져 나온 이 바위
는 비록 겉은 식고 굳었지만 그 속은 아직도 사나운 의욕이 꿈틀대고
있을 것이다 라고 ─. 그보다도 처음 놓여진 그 자리 그대로 앉아 풍
우상설(風雨霜雪)에 낡아 가는 그 자세가 그지없이 높이 보였다. 바
위도 놓여진 자리에 따라 사상이 한결같지 않다. 이 각박한 불모(不
毛)의 미가 또한 나에게 인상적이었다.

6.

성북동은 어느 방향으로나 5분만 가면 바위와 숲이 있어서 좋다. 요
즘 낙목한천(落木寒天)의 암석미(岩石美)를 맘껏 완상할 수 있는 나
의 산보로는 변화의 가태(假態)를 벗고 미지의 진면목을 드러낸 풍성
한 상념의 길이다. 나는 이 길에서 지나간 세월을 살피며 돌의 미학,
바위의 사상사(思想史)에 침잠한다. 내가 성북동 사람이 된 지 스물
세 해, 그것도 같은 자리 같은 집에서고 보니 나도 암석의 생리를 닮
은 모양이다. 전석불생태(轉石不生苔)라고 구르는 돌에 이끼가 앉지
않는다는 것이 암석미의 제 1 장이다.

　성북동은 산골 맛에 사는데 내 집은 산 밑이 아니어서 내가 좋아하
는 천석(泉石)은 찾아가야만 만날 수 있는 것이 일대한사(一大恨事)
다. 집장수가 지은 집이라서 20여 년을 살아도 정든 구석이라곤 없는
몰운치(沒韻致)한 집이고 보니, 다른 욕심은 별로 없어도 산 가까운
곳에 자연스러운 정원이 있는 집 하나 가지고 싶은 꿈은 버리지 못한

다. 그래서 나는 내가 좋아하는 산장의 설계를 공상하는 것으로 낙사 (樂事)를 삼는 것이다. 아무리 좋은 집일지라도 산이 멀고 전차 자동차 소리가 시끄러운 동리에서는 살 것 같지가 않기 때문이다. 이른바 천석고황(泉石膏肓) 인지도 모른다. 그러니, 그렁저렁 수석(水石)에 대한 그리움이나 지니면서 예대로 살아가는 셈이 된다.

혜화동 고개에 올라서서 성(城)돌에 앉아 우이동 연봉을 바라보는 맛, 삼선교에서 성북동 뒷산을 보며 황혼길을 걸어오는 맛은 동양화의 운치가 있다. 석산과 송림 위로 지나는 사계의 산기(山氣) 기운과 바람소리의 변화를 보고 들으며 내 암석사상의 풍상의 열력(閱歷)을 샅샅이 알고 있는 옛 집에서 조용히 늙게 될까 보다. 예지와 정감과 의지의 혼융체 — 이제사 전체로서의 바위의 묘경(妙境)이 알아질 듯도 하다.

1963.12, 《사상계》 문예 증간호

지조론(志操論)

변절자(變節者)를 위하여

지조(志操)란 것은 순일(純一)한 정신을 지키기 위한 불타는 신념이요, 눈물겨운 정성이며, 냉철한 확집(確執)이요, 고귀한 투쟁이기까지 하다. 지조가 교양인의 위의(威儀)를 위하여 얼마나 값지고 그것이 국민의 교화(敎化)에 미치는 힘이 얼마나 크며, 따라서 지조를 지키기 위한 괴로움이 얼마나 가혹한가를 헤아리는 사람들은 한 나라의 지도자를 평가하는 기준으로서 먼저 그 지조의 강도(强度)를 살피려 한다. 지조가 없는 지도자는 믿을 수가 없고 믿을 수 없는 지도자는 따를 수가 없기 때문이다. 자기의 명리(名利)만을 위하여 그 동지와 지지자와 추종자를 일조(一朝)에 함정에 빠뜨리고 달아나는 지조 없는 지도자의 무절제와 배신 앞에 우리는 얼마나 많이 실망하였는가.

지조를 지킨다는 것이 참으로 어려운 일임을 아는 까닭에 우리는 지조 있는 지도자를 존경하고 그 곤고(困苦)를 이해할 뿐 아니라 안심하고 그를 믿을 수도 있는 것이다. 우리는 이와 같이 생각하는 자(者)이기 때문에 지조 없는 지도자, 배신하는 변절자들을 개탄(慨嘆)

하고 연민(憐憫)하며 그와 같은 변절의 위기의 직전에 있는 인사들에게 경성(警醒)이 있기를 바라는 마음이 간절하다.

지조는 선비의 것이요, 교양인의 것이며, 지도자의 것이다. 장사꾼에게 지조를 바라거나 창녀에게 지조를 바란다는 것은 옛날에도 없었던 일이지만, 선비와 교양인과 지도자에게 지조가 없다면 그가 인격적으로 장사꾼과 창녀와 가릴 바가 무엇이 있겠는가. 식견(識見)은 기술자와 장사꾼에게도 있을 수 있지 않는가 말이다. 물론 지사(志士)와 정치가가 완전히 같은 것은 아니다. 독립운동을 할 때의 혁명가와 정치인은 모두 다 지사(志士)였고 또 지사라야 했지만, 정당운동의 단계에 들어간 오늘의 정치가들에게 선비의 삼엄(森嚴)한 지조를 요구하는 것은 지나친 일인 줄은 안다. 그러나 오늘의 정치 - 정당운동을 통한 정치도 국리민복(國利民福)을 위한 정책을 통해서의 정상(政商)인 이상 백성을 버리고 백성이 지지하는 공동전선을 무너뜨리고 개인의 구복(口腹)과 명리(名利)를 위한 부동(浮動)은 무지조(無志操)로 규탄되어 마땅하다고 하지 않을 수 없다. 더구나 오늘 우리가 당면한 현실과 이 난국을 수습할 지도자의 자격으로 대망(待望)하는 정치가는 권모술수(權謀術數)에 능한 직업정치인보담 지사적(志士的) 품격의 정치지도자를 더 대망하는 것이 국민 전체의 충정(衷情)인 것이 속일 수 없는 사실이기에 더욱 그러하다. 염결공정(廉潔公正) 청백강의(淸白剛毅)한 지사정치(志士政治)만이 이 국운(國運)을 만회할 수 있다고 믿는 이상 모든 정치지도자에 대하여 지조의

깊이를 요청하고 변절의 악풍을 타매(唾罵)하는 것은 백성의 눈물겨운 호소이기도 하다.

　지조와 정조는 다 같이 절개에 속한다. 지조는 정신적인 것이고, 정조는 육체적인 것이라고 하지만, 알고 보면 지조의 변설도 육체생활의 이욕(利慾)에 매수된 것이요, 정조의 부정도 정신의 쾌락에 대한 방종에서 비롯된다. 오늘의 정치인의 무절제를 장사꾼적인 이욕의 계교(計巧)와 음부적(淫婦的) 환락(歡樂)의 탐혹(耽惑)이 합쳐서 놀아난 것이라면 과연 극언이 될 것인가.

　하기는, 지조와 정조를 논한다는 것부터가 오늘에 와선 이미 시대착오의 잠꼬대에 지나지 않는다고 할 사람이 있을는지 모른다. 하긴 그렇다. 왜 그러냐 하면, 지조와 정조를 지킨다는 것은 부자연한 일이요, 시세를 거역하는 일이기 때문이다. 과부나 홀아비가 개가(改嫁)하고 재취(再娶)하는 것은 생리적으로나 가정생활로나 자연스러운 일이므로 아무도 그것을 막을 수 없고, 또 그것을 막아서는 안 된다. 그러나 우리는 그 개가와 재취를 지극히 당연한 것으로 승인하면서도 어떤 과부나 환부(鰥夫)가 사랑하는 옛짝을 위하여 또는 그 자녀를 위하여 개가나 속현(續絃)의 길을 버리고 일생을 마치는 그 절제에 대하여 찬탄(讚嘆)하는 것을 또한 잊지 않는다. 보통 사람이 능히 하기 어려운 일을 했대서만이 아니라 자연으로서의 인간의 본능고(本能苦)를 이성(理性)과 의지로써 초극(超克)한 그 정신의 높이를 보기 때문이다. 정조의 고귀성이 여기에 있다.

　지조도 마찬가지다. 자기의 사상과 신념과 양심과 주체는 일찌감치 집어던지고 시세(時勢)에 따라 아무 권력에나 바꾸어 붙어서 구복(口

腹)의 걱정이나 덜고 명리(名利)의 세도에 참여하여 꺼덕대는 것이 자연(自然)한 일이지, 못나게 쪼를 부린다고 굶주리고 얻어맞고 짓밟히는 것처럼 부자연한 일이 어디 있겠느냐고 하면 얼핏 들어 우선 말은 되는 것 같다. 여름에 아이스케익 장사를 하다가 가을바람만 불면 단팥죽 장사로 간판을 남먼저 바꾸는 것을 누가 욕하겠는가. 장사꾼, 기술자, 사무원의 생활방도는 이 길이 오히려 정도(正道)이기도 하다. 오늘의 변절자(變節者)도 자기를 이 같은 사람이라 생각하고 또 그렇게 자처한다면 별 문제다. 그러나 더러운 변절을 하면서도 자기는 훌륭한 정치가요 지도자라고 그 변절의 정당화를 위한 엄청난 공언(公言)을 늘어놓는 것은 분반(噴飯)할 일이다. 백성들이 그렇게 사람 보는 눈이 먼 줄 알아서는 안 된다. 백주대로(白晝大路)에 돌아앉아 볼기짝을 까고 대변을 보는 격이라면 점잖지 못한 표현이라 할 것인가.

지조를 지키리란 참으로 어려운 일이다. 자기의 신념에 어긋날 때면 목숨을 걸어 항거(抗拒)하여 타협하지 않고 부정과 불의한 권력 앞에는 최저의 생활, 최악의 곤욕(困辱)을 무릅쓸 각오가 없으면 섣불리 지조를 입에 담아서는 안 된다. 정신의 자존(自尊)과 자지(自持)를 위해서는 자학(自虐)과도 같은 생활을 견디는 힘이 없이는 지조는 지켜지지 않는다.

그러므로 지조의 매운 향기를 지닌 분들은 심한 고집과 기벽(奇癖)까지도 지녔던 것이다. 신단재(申丹齋) 선생은 망명생활중 추운 겨울

에 세수를 하는데 꼿꼿이 앉아서 두 손으로 물을 움켜다 얼굴을 씻기 때문에 찬물이 모두 소매 속으로 흘러 들어갔다고 한다. 어떤 제자(弟子)가 그 까닭을 물으매, 내 동서남북 어느 곳에도 머리 숙일 곳이 없기 때문이라고 했다는 일화(逸話)가 있다. 무서운 지조를 지킨 분의 한 분인 한용운(韓龍雲) 선생의 지조 때문에 낳은 많은 기벽의 일화(逸話)도 마찬가지다.

오늘 우리가 지도자와 정치인들에게 바라는 지조는 이토록 삼엄한 것은 아니다. 다만 당신 뒤에는 당신들을 주시하는 국민이 있다는 것을 잊지 말고 자신의 위의(威儀)와 정치적 생명을 위하여 좀더 어려운 것을 참고 견디라는 충고 정도다. "한때의 적막(寂寞)을 받을지언정 만고에 처량한 이름이 되지 말라"는 《채근담》(菜根譚)의 한 구절을 보내고 싶은 심정이란 것이다. 끝까지 참고 견딜 힘도 없으면서 뜻 있는 백성을 속여 야당(野黨)의 투사를 가장함으로써 권력의 미끼를 기다리다가 후딱 넘어가는 교지(狡智)를 버리라는 말이다. 욕인(辱人)으로 출세의 바탕을 삼고 항거로써 최대의 아첨을 일삼는 본색을 탄로시키지 말라는 것이다. 이러한 충언의 근원을 캐면 그 바닥에는 변절하지 말라, 지조의 힘을 기르란 뜻이 깃들어 있다.

변절(變節)이란 무엇인가. 절개를 바꾸는 것, 곧 자기가 심신으로 이미 신념하고 표방했던 자리에서 방향을 바꾸는 것이다. 그러므로 사람이 철이 들어서 세워놓은 주체의 자세를 뒤집는 것은 모두 다 넓은 의미의 변절이다. 그러나 사람들이 욕하는 변절은 개과천선(改過遷善)의 변절이 아니고, 좋고 바른 데서 나쁜 방면으로 바꾸는 변절을 변절이라 한다. 일제 때 경찰에 관계하다 독립운동으로 바꾼 이가 있거니와 그런 분을 변절이라고 욕하진 않았다. 그러나 독립운동을 하다가 친일파(親日派)로 전향한 이는 변절자로 욕하였다. 권력에 붙어 벼슬하다가 야당이 된 이도 있다. 지조에 있어 완전히 깨끗하다고는 못하겠지만 이들에게도 변절자의 비난은 돌아가지 않는다.

나머지 하나 협의(狹義)의 변절자, 비난 불신의 대상이 되는 변절자는 야당전선(野黨戰線)에서 이탈하여 권력에 몸을 파는 변절자다. 우리는 이런 사람의 이름을 역력히 기억할 수 있다.

자기 신념으로 일관한 사람은 변절자가 아니다. 병자호란(丙子胡亂) 때 남한산성(南漢山城)의 치욕에 김상헌(金尙憲)이 찢은 항서(降書)를 도로 주워 모은 주화파(主和派) 최명길(崔鳴吉)은 당시 민족정기의 맹렬한 공격을 받았으나 심양(瀋陽)의 감옥에 김상헌과 같이 갇히어 오해를 풀었다는 일화는 널리 알려진 얘기다. 최명길은 변절의 사(士)가 아니요 남다른 신념이 한층 강했던 이였음을 알 수 있다. 또 누가 박중양(朴重陽), 문명기(文明琦) 등 허다한 친일파(親日派)를 변절자라고 욕했는가. 그 사람들은 변절의 비난이 되기 이하의 더러운 친일파로 타기(唾棄)되기는 하였지만 변절자는 아니다.

민족 전체의 일을 위하여 몸소 치욕을 무릅쓴 업적이 있을 때는 변절자로 욕하지 않는다. 앞에 든 최명길도 그런 범주에 들거니와, 일제말기(日帝末期) 말살되는 국어(國語)의 명맥(命脈)을 붙들고 살렸을 뿐 아니라 해방을 위한 유일의 준비가 되었던 《맞춤법 통일안》, 《표준말 모음》, 《큰사전》을 편찬한 '조선어 학회'가 '국민총력연맹(國民總力聯盟) 조선어학회지부(朝鮮語學會支部)'의 간판을 붙인 것

을 욕하는 사람은 없었다.

　아무런 하는 일도 없었다면 그 간관은 족히 변절의 비난을 받고도 남음이 있었을 것이다. 이런 의미에서 좌옹(佐翁), 고우(古愚), 육당(六堂), 춘원(春園) 등 잊을 수 없는 업적을 지닌 이들의 일제 말의 대일협력(對日協力)의 이름은 그 변신(變身)을 통한 아무런 성과도 없었기 때문에 애석하나마 변절의 누명을 씻을 수는 없었다. 그분들의 이름이 너무나 컸기 때문에 그에 대한 실망이 컸던 것은 우리의 기억이 잘 알고 있다. 그 때문에 이분들은 '반민특위'(反民特委)에 불리었고, 거기서 그들의 허물을 벗겨 주지 않았던가. 아무것도 못하고 누명만 쓸 바에야 무위(無爲)한 채로 민족정기(民族精氣)의 사표(師表)가 됨만 같지 못한 것이다.

　변절자에게는 저마다 그럴듯한 구실이 있다. 첫째, 좀 크다는 사람들은 말하기를, 백이(伯夷), 숙제(叔齊)는 나도 될 수 있다, 나만 깨끗이 굶어 죽으면 민족은 어쩌느냐가 그것이다. 범의 굴에 들어가야 범을 잡는다는 투의 이론이요, 그 다음이 바깥에선 아무 일도 안 되니 들어가 싸운다는 것이요, 가장 하치(下値)가, 에라 권력에 붙어 이권이나 얻고 가족이나 고생시키지 말아야겠다는 것이다. 굶어 죽기가 쉽다거나 들어가 싸운다거나 바람이 났거나 그 구실을 뒷받침할 만한 일을 획책(畫策)도 한 번 못해 봤다면 그건 변절의 낙인밖에 얻을 것이 없는 것이다.

　우리는 일찍이 어떤 선비도 변절하며 권력에 영합해서 들어갔다가 더러운 물을 뒤집어쓰지 않고 깨끗이 물러나온 예를 역사상에서 보지 못했다. 연산주(燕山主)의 황음(荒淫)에 어떤 고관의 부인이 궁중에 불리어 갈 때 온몸을 명주로 동여매고 들어가면서, 만일 욕을 보면 살아서 돌아오지 않겠다고 해 놓고 밀실(密室)에 들어가서는 그 황홀한 장치와 향기에 취하여 제 손으로 그 명주를 풀고 눕더라는 야담(野談)이 있다. 어떤 강간(强姦)도 나중에는 화간(和姦)이 된다는 이치와 같지 않은가.

만근(輓近) 30년래를 우리나라는 변절자가 많은 나라였다. 일제말(日帝末)의 친일 전향, 해방 후의 남로당 탈당, 또 최근의 민주당(民主黨)의 탈당, 이것은 20이 넘은, 사상적으로 철이 난 사람들의 주책없는 변절임에 있어서는 완전히 동궤(同軌)다. 감당도 못할 일을, 제 자신도 율(律)하지 못하는 주제에 무슨 민족이니 사회니 하고 나섰다라는 말인가. 지성인의 변절은 그것이 개과천선(改過遷善)이든 무엇이든 인간적으로는 일단 모욕을 자취(自取)하는 것임을 알 것이다.

우리가 지조를 생각하는 사람에게 주고 싶은 말은 다음의 한 구절이다.

기녀(妓女)라도 늘그막에 남편을 좇으면 한평생 분냄새가 거리낌이 없을 것이요, 정부(貞婦)라도 머리털 센 다음에 정조(貞操)를 잃고 보면 반생(半生)의 깨끗한 고절(苦節)이 아랑곳없으리라. 속담에 말하기를, 사람을 보려면 다만 그 후반(後半)을 보라 하였으니 참으로 명언(名言)이다. (菜根談)

차돌에 바람이 들면 백 리를 날아간다는 우리 속담이 있거니와, 늦

바람이란 참으로 무서운 일이다. 아직 지조를 깨뜨린 적이 없는 이는 만년(晚年)을 더욱 힘쓸 것이니 사람이란 늙으면 더러워지기 마련이기 때문이다. 아직 철이 안 든 탓으로 바람이 났던 이들은 스스로의 후반을 위하여 번연(飜然)히 깨우치라. 한일합방 때 자결(自決)한 지사시인(志士詩人) 황매천(黃梅泉)은 정탈(定奪)이 내운 분으로 '매천필하무완인'(梅泉筆下無完人)이란 평(評)을 듣거니와 그《매천야록》(梅泉野錄)에 보면, 민충정공(閔忠正公), 이용익(李容翊) 두 분의 초년(初年) 행적을 헐뜯은 곳이 있다.

오늘에 누가 민충정공, 이용익 선생을 욕하는 이 있겠는가. 우리는 그분들의 초년을 모른다. 역사에 남은 것은 그분들의 후반(後半)이요, 따라서 그분들의 생명은 마지막에 길이 남게 된 것이다.

도도히 밀려오는 망국(亡國)의 탁류(濁流) ― 이 금력과 권력, 사악 앞에 목숨으로써 방파제를 이루고 있는 사람들은 지조의 함성을 높이 외치라. 그 지성(至誠) 앞에는 사나운 물결도 물러서지 않고는 못 배길 것이다. 천하의 대세가 바른 것을 향하여 다가오는 때에 변절이란 무슨 어처구니없는 말인가. 이완용(李完用)은 나라를 팔아먹어도 자기를 위한 36년의 선견지명(先見之明)(?)은 가졌었다.

무너질 날이 얼마 남지 않은 권력에 뒤늦게 팔리는 행색(行色)은 딱하기 짝없다. 배고프고 욕된 것을 조금 더 참으라. 그보다 더한 욕이 변절 뒤에 기다리고 있다.

"소인기(少忍飢)하라." 이 말에는 뼈아픈 고사(故事)가 있다. 광해군(光海君)의 난정(亂政) 때 깨끗한 선비들은 나가서 벼슬하지 않았다.

어떤 선비들이 모여 바둑과 청담(淸談)으로 소일(消日)하는데, 그

집 주인은 적빈(赤貧)이 여세(如洗)라 그 부인이 남편의 친구들을 위하여 점심에 수제비국이라도 끓여 드리려 하니 땔나무가 없었다. 궤짝을 뜯어 도마 위에 놓고 식칼로 쪼개다가 잘못되어 젖을 찍고 말았다.

바둑 두던 선비들은 갑자기 안에서 나는 비명을 들었다. 주인이 들어갔다가 나와서 사실 얘기를 하고 추연(愀然)히 하는 말이, 가난이 죄라고 탄식하였다. 그 탄식을 듣고 선비 하나가 일어서며, 가난이 원순 줄 이제 처음 알았느냐고 야유하며 간 뒤로 그 선비는 다시 그 집에 오지 않았다. 몇 해 뒤 그 주인은 첫 뜻을 바꾸어 나아가 벼슬하다가 반정(反正) 때 몰리어 죽게 되었다.

수레에 실려서 형장(刑場)으로 가는데 길가 숲 속에서 어떤 사람이 나와 수레를 잠시 멈추게 한 다음 가지고 온 닭 한 마리와 술 한 병을 내놓고 같이 나누며 영결(永訣)하였다. 그때 그 친구의 말이, 자네가 새삼스레 가난을 탄식할 때 나는 자네가 마음이 변한 줄 이미 알고 발을 끊었다고 했다. 고기밥 맛에 끌리어 절개를 팔고 이 꼴이 되었으니 죽으면 고기 맛이 못 잊어서 어쩌겠느냐는 야유가 숨었는지도 모른다. 그러나, 이렇게 찾는 것은 우정이었다.

죄인은 수레에 다시 타고 형장(刑場)으로 끌려가면서 탄식하였다. "소인기(少忍飢) 소인기(少忍飢) 하라"고 ─.

변절자에게도 양심은 있다. 야당에서 권력에로 팔린 뒤 거드럭거리다 이내 실세(失勢)한 사람도 있고 지금 요추(要樞)에 앉은 사람도 있으며 갓들어가서 애교를 떠는 축도 있다. 그들은 대개 성명서를 낸 바

있다. 표면으로 성명은 버젓하나 뜻 있는 사람을 대하는 그 얼굴에는 수치의 감정이 역연(歷然)하다. 그것이 바로 양심이란 것이다. 구복(口腹)과 명리를 위한 변절은 말없이 사라지는 것이 좋다. 자기 변명은 도리어 자기를 깎는 것이기 때문이다. 처녀가 아기를 낳아도 핑계는 있다는 법이다. 그러나 나는 왜 아기를 배게 됐느냐 하는 그 이야기 자체가 창피하지 않은가.

양가(良家)의 부녀가 놀아나고 학자 문인까지 지조를 헌신짝같이 아는 사람이 생기게 되었으니 변절하는 정치가들도 우리쯤이야 괜찮다고 자위할지 모른다. 그러나 역시 지조는 어느 때나 선비의, 교양인의, 지도자의 생명이다. 이러한 사람들이 지조를 잃고 변절한다는 것은 스스로 그 자임(自任)하는 바를 포기하는 것이다.

1960. 2. 15, 《새벽》 3월호

방우산장기(放牛山莊記)

'방우산장'(放牛山莊)은 내가 거처하고 있는 이른바 '나의 집'에다 스스로 붙인 집 이름이다.

집이란 물건은 고루거각(高樓巨閣)이든 용슬소옥(容膝小屋)이든지 본디 일정한 자리에 있는 것이요, 떠 매고 돌아다닐 수 없는 것이매 집 이름도 특칭의 고유명사가 아닐 수 없으나 나의 방우산장은 원래 특정한 장소, 일정한 건물 하나에만 명명한 것이 아니고 보니 육척수신(瘦身) 장구(長軀)를 담아서 내가 그 안에 잠자고 일하며 먹고 생각하는 터전은 다 방우산장이라 부를 수밖에 없다. 산장이라 했으니 산 속에 있어야만 붙일 수 있는 이름이로되 십리 둘레에 일점 산 없는 곳이 없고 보니 나의 방우산장은 심산(深山)에 있거나 시항(市巷)에 있거나를 가리지 않고 일여(一如)한 산장이다. 이는 내가 본디 산에서 나고 또 장차 산으로 돌아갈 자이기 때문이다.

기르는 한 마리 소야 있든지 없든지 방우(放牛)라 부르는 것은 내 소, 남의 소를 가릴 것 없이 설핏한 저녁 햇살 아래 내가 올라타고 풀피리를 희롱할 한 마리 소만 있으면 그 소가 지금 어디에 가 있든지 내가 아랑곳할 것이 없기 때문이다.

집은 떠다니지 못하지만 사람은 떠돌게 마련이다. 방우산장의 이름에 값할 집은 열 손을 넘어 꼽게 된다. 어떤 때는 따뜻한 친구의 집이 내 산장이 되었고 어떤 때는 차운 여관의 일실(一室)이 내 산장이 되기도 하였다. 그나 그뿐인가. 피란 종군(從軍)의 즈음에는 야숙(野宿)의 담요 한 장이 내 산장이 되기도 하였다. 이러고 보면 취와(醉臥)의 경우에는 저 억조 성좌로 장식한 무변한 창공이 그대로 나의 산장이 될 법도 하지 않는가. 실상은 나를 바로 나이게 하는 내 영혼이 깃들인 고(庫) 집, 이 나의 육신이 구극(究極)에는 나의 산장이기도 하다.

방우산장(放牛山莊)에는 아직 한 장의 현판(懸板)도 없다. 불행하게도 한 장의 현판을 걸었던들 방우산장은 이미 나의 집이 아니게 되었을 것이요, 나의 형터리도 없는 집 이름은 몇 번이든지 바꿔졌을지도 모른다. 그러므로, 두려운 일은 곧 뒷날 내 죽은 뒤 어느 사람이 있어 나의 마음을 가장 잘 알아 주노라는 제 정성으로 방우산장이란 묘석을 내 무덤에다 세워 줄까 저어함이다.

그때는 이미 나의 방우산장은 이 지상에서는 소멸되고 저 지하의 한 이름 모를 나무뿌리에 새겨져 있을 것이다. 땅 위에 남겨 놓고 간

'영혼의 새'가 깃들이는 곳 — 그 무성한 숲의 어느 한 가지가 방우산장이 될 것이다.

　나의 소는 어느 때든지 마침내 내 집으로 돌아오리라. 그러므로, 떠나고는 다시 오지 않는 새를 나는 사랑한다. 소가 죽어서 새가 되었다고는 생각할 수가 없다. 그러나 나의 소는 저 산새소리를 따라서 어디론가 뛰어간 것에 틀림없다. 낙엽이 날리는 산장을 쓸며 나는 소를 기다리지 않고 시를 쓰며 산다.

（癸巳 暮秋）

1953년, 《신천지》

수정관음(水晶觀音)

오대산 깊은 골에는 참 눈도 많이 쌓이긴 한다. 어린 상좌 아이가 장삼 자락을 여미고 힘껏 울리는 종소리에 문득 놀라 눈을 뜨면 노전(爐殿) 늙은 스님이 벌써 목탁을 두드리고 염불을 하며 법당 도는 발 소리가 들린다. 눈이 밟히는 소리다. 뼛속까지 스미는 찬 기운과 고요함 속에 나는 불을 켜고 향을 사른 다음 벽에 기대어 멍하니 눈을 뜨고 있다. 전연(篆煙)이 방안에 어리어 그윽한 향이 움직이면 한 자루 촛불 앞에는 가는 향 연기에 휘감기는 수정관음이 조용히 웃는다.

  철에 이른 봄옷을 입고 눈을 맞으며 이 산에 처음 들어온 나는 그 밤 방 구들장 밑으로 흘러가는 물소리를 듣기에 밤내 잠을 이루지 못했었다. 그러나 이내 이 산 속은 나의 젊음을 위로하기에 포근하였다. 중이 아닌 내가 세월과 같이 길어 가는 머리를 넘기고 흰 무명 두루마기를 입은 채 굵은 염주를 만지며, 이윽한 밤 법당 앞을 거니는 것을 보는 이는 여든이 가까운 환허노장(幻虛老丈) 뿐이었다. 그는 어려서 중이 되어 모든 욕망을 끊었으나 성욕만은 끊을 수가 없었다는 애기를 노상 조용히 웃으며 말하는 노인이었으니, 내가 깊은 밤 마당을 거닐 때든지 등불을 빌려 들고 십 리를 걸어 신선골에 가서 술이 취해 돌아오는 날은 내 방에 와서 날 새기까지 조을며 얘기하며 웃다가 가곤 하였다. 이 수정관음도 환허노장이 내 책상에 모셔 놓고 간 것이니 외로울 때 고요히 바라보라는 것이었다. 내 슬픔이 말하여 다할 것도 아니요, 무엇을 믿어 풀릴 것도 아니언만 수정관음의 밝은 모습 앞에 지난여름 깊은 밤마다 하루의 목숨이 다한 부유(蜉蝣)가 맴돌다 이내 죽은 것을 보아 온 나는 이따금 무엇을 생각해 보는 적이 많다. 잡초 우거진 서대(西臺) 절에 혼자 앉아 부처도 없는 곳에 향을 사르고 먼 산을 바라보며 삼매(三昧)에 들었던 젊은 수좌(首座)를 만나 나는 오래 잊었던 시를 느끼기 시작하였다.

사람 그리운 산 속에 사랴니깐 사람이 그립긴 하다. 어쩌다 불공 온 여인의 목소리가 비록 먼 거리일지라도 귓가에 짜르릉 울리는 것을 보면 환허노장이 성모관음(聖母觀音)을 가져다 준 진의를 잡은 듯싶어 스스로 혼자 웃어 본다. 그러나 이것쯤은 작은 파문이다. 뜻모를 괴로움을 핑계삼아 침허(枕虛) 스님과 같이 머루로 빚은 술은 달의 보름을 뜨고 지는 사이에 다 끝내고 이제 마음 기대일 곳이 수정관음뿐이다. 슬픔은 잠자지 않고 괴로움은 자꾸 격동한다. 타협과 굴종을 피하여 쫓겨 온 암굴의 이 50원(圓)짜리 가승(假僧) 노릇을 울면서 버리고라도 서울로 가버릴까 하면, 겨울의 오대산은 떠나려는 손님을 무릎에 쌓이도록 눈을 보내어 붙잡는가 하면, 종소리와 바리 밥과 향불을 보내어 붙든다. 눈은 자꾸 쌓인다. 아침 공양이 지나면 학인들과 판자에 참밧

줄을 꿰어 가지고 밭 갈듯이 눈을 갈아 마음의 길을 트이어야 한다.

큰방에서는 예불이 깊어 가는 듯 어린 중에서부터 늙은 중까지 경쇠소리에 맞추어 부르는 "원왕생 원왕생 왕생극락 견미타"(願往生 願往生 往生極樂 見彌陀)라는 애조(哀調)로운 합창이 들린다.

1947년, 《문화》 2호

멋 설(說)·삼도주(三道酒)

오대산 속 그날의 방우산장(放牛山莊) ― 나의 서실(書室)에서 무료할 제마다 끼적거려 두었던 구고(舊稿) 남은 것 중에서 두 편을 초고대로 여기 옮긴다.

제(題)하여 가로되 '멋 설'이요, '삼도주'(三道酒)다.

멋 설

어떤 이 있어 나에게 묻되 "그대는 무엇 때문에 사느뇨?" 하면 나는 진실로 대답할 말이 없다.

곰곰이 생각노니 살기 위해서 산다는 밖에 다른 도리가 없다.

산다는 그것밖에 또 다른 삶의 목적을 찾으면 그것은 사는 목적이 아니고 도리어 사는 수단이 되기 때문이다.

하나의 삶에서 부질없이 허다한 목적을 찾아낸들 무슨 신통이 있겠는가.

　도시, 산다는 내가 누군지도 모르고 사는 판이니 어째 살고 왜 사는 것을 모르고 산들 무슨 죄가 되겠는가.

　하늘이 드높아 가니 벌써 가을인가 보다.

　가을이 무엇인지 내 모르되 잎이 진 지 오래고 뜰 앞에 두어 송이 황국(黃菊)이 웃는지라 찾아오는 이마다 가을이라 이르니 나도 가을이라 믿을 수밖에 없다.

　촛불을 끄고 창 앞에 턱을 괴었으나 무엇을 생각해야 할지 생각이 나질 않는다.

　다시 왜 사는가. 문득 한 줄기 바람에 마른 잎이 날아간다.

　유위전변(有爲轉變) — 바로 그것을 위해서 모든 것이 사나 보다.

　우주의 원리 유일의 실재에다 '멋'이란 이름을 붙여 놓고 엊저녁 마시다 남은 머루술을 들이켜고 나니 새삼스레 고개 끄덕여지는 밤이다.

　산골 물소리가 어떻게 높아 가는지 열어젖힌 창문에서는 달빛이 쏟아져 들고, 달빛 아래는 산란한 책과 술병과 방우자(放牛子)가 네 활개를 펴고 잠들어 있는 것이다.

　'멋', 그것을 가져다 어떤 이는 '도'(道)라 하고 '일물'(一物)이라 하고 '일심'(一心)이라 하고 대중이 없는데, 하여간 도고 일물이고 일심이고 간에 오늘밤엔 '멋'이다.

　태초에 말씀이 있는 것이 아니라 태초에 멋이 있었다.

멋을 멋있게 하는 것이 바로 무상(無常)인가 하면 무상을 무상하게 하는 것이 또한 '멋'이다.

변함이 없는 세상이라면 무슨 멋이 있겠는가.

이 커다란 멋을 세상 사람은 번뇌(煩惱)라 이르더라. 가장 큰 괴로움이라 하더라.

우주를 자적(自適)하면 우주는 멋이었다.

우주에 회의(懷疑)하면 우주는 슬픈 속(俗)이었다.

나와 우주 사이에 주종의 관계 있어 이를 향락하고 향락 당하겠는가.

우주를 내가 향락하는가 하면 우주가 나를 향락하는 것이다.

나의 멋이 한 곳에서 슬픔이 되고 속(俗)이 되고 하는가 하면 바로 그 자리에서 즐거움이 되고 아(雅)가 되는구나.

죽지 못해 살 바에는 없는 재미도 짐짓 있다 하랴.

한 바리 밥과 산나물로 족히 목숨을 이으고 일상(一床)의 서(書)가 있으니 이로써 살아 있는 복이 족하지 않는가.

시를 읊을 동쪽 두던이 있고 발을 씻을 맑은 물이 있으니 어지러운 세상에 허물할 이가 누군가.

어째 세상이 괴롭다 하느뇨. 이는 구태여 복을 찾으려 함이니, 슬프다, 복을 찾는 사람이여. 행복이란 찾을수록 멀어 가는 것이 아닌가.

안분지족(安分知足)이 곧 행복이라, 초의야인(草衣野人)이 어찌 공명을 바라며 포류(蒲柳)의 질(質)이 어찌 장수(長壽)를 바라겠는가.

사는 대로 사는 것이 나의 삶이니 여곽지장(藜藿之腸)이라 과욕을 길러 고성(古聖)의 도를 배우나니 내 어찌 고성의 도를 알리오. 다만 알려고 함으로써 멋을 삼노라.

고루거각(高樓巨閣)이 어찌 나의 멋이 될 수 있겠는가. 다만 멋 아닌 멋으로 멋을 삼아 법당을 돌고 싶으면 돌고, 염주를 세고 싶으면 염주를 세고, 경을 읽고 싶으면 경을 읽으며, 때로 눈을 들어 먼 산을 바라고 때로는 고개 숙여 짐짓 무엇을 생각하니 나의 선(禪)은 곧 멋밖에 아무것도 없는가 보다. 오늘을 모르는 세상에 내일을 생각함은 어리석은 일일러라.

내일을 모른다 하여 오늘에 집착함은 더욱 어리석을 일일러라.

다만 남에게 해를 끼치지 않으며 나를 사랑하지 않으며 남을 도우려고도 않아 들녘에 피었다 사라지는 이름 모를 꽃과 같고자 하노라.

만물이 내가 없으매 떳떳함이 없고 떳떳함이 없으매 슬프지 않음이 없으나 괴로움을 재미로 돌리고 무상(無常)을 멋으로 보매, 상일주재 (常一主宰)하는 아(我)가 없는 것이 또 무슨 슬픔이 되랴. 없는 나를 나라고 불러 꿈 같은 세상에서 다시 꿈꾸고자 할 따름이니, 내 몸을 나마저 잊어 남이 알 이 없고 푸른 메와 흐르는 물은 항시 유유(悠悠) 하거니 다만 이와 같을 따름이로다. (辛巳 暮秋)

삼도주(三道酒)

나는 항상 '삼도주'란 술을 마신다. 이 술은 사람 사는 마을에는 없는 곳이 없다. 무엇으로 만든 술인고 하니 국화주도 매실주도 죽엽주(竹葉酒)도 아무것도 아니다. 역시 쌀과 누룩으로 빚은 술이다.

그런데, 삼도주란 이름은 어디서 왔는가.

중니(仲尼) 선생이 애써 가꾸신 쌀과 노담옹(老耼翁)이 손수 만든 누룩으로 실달다(悉達多) 상인(上人)이 길어 오신 샘물로 빚은 술인 연고(緣故)다.

컬컬한 막걸리지만 청신한 맛이 천하일품이다.

나는 반(半) 40에 삼도주를 배운다. 몇 해나 취해야 나를 볼는지 알 수 없다. 이백(李白)은 선주(仙酒)만 마셨으니 신선이 되었지만 이 삼도주는 신선도 부처도 성현도 아무것도 될 리 없다.

목적이 있어서 술을 마시는 자는 술 힘을 빌려서 싸움하려는 자를 두고는 다시없을 것이다. 신선이고 부처고 성현이고 간에 목적이 있어서 마시는 술은 하지하품(下之下品)이요 속주(俗酒)다.

술의 진미를 완미(玩味)하는 심경이면 탁주, 소주, 약주 할 것 없이 가위 도주(道酒)라 할 것이다.

오늘 달 아래 술을 거른다. 내 손수 따온 머루와 솔잎과 당귀로 빚은 술이다.

내 앉은 키와 가지런한 술독이 아랫목에 앉아 있고 술지게미 말라 붙은 체도 윗목에 걸려 있고 달 잠긴 샘물도 동승(童僧)이 길어 왔다.

두 팔을 걷어붙이고 주물러 걸러 내니 방 안에 이미 향기가 가득하다. 조양(造釀)에 동락(同樂)한 침허화상(枕虛和尙)이 한 사발을 들이켠다.

뒷입맛 다시는 소리가 북소리 같다.

영서상통(靈犀相通)으로 청할 겨를도 없이 들어서는 석규화상(昔規和尙)에게 선 채로 한 사발을 권한다.

검은 눈동자가 슬며시 옆으로 돌아간다. 어디 보자 나도 한 사발. 그만하면 훌륭하군. 회심의 미소가 떠오른다.

머루 맛에서 老子가 웃는다.
솔잎 맛에서 佛陀가 웃는다.
當歸 맛에서 孔子가 웃는다.

머루의 이 깨끗한 맛이여. 혓바닥을 몇 번 다시는 동안 날아가는 허무적멸(虛無寂滅). 솔잎의 씹을수록 향내 나는 그 묘미. 당귀의 향기는 너무 짙어서 쓰기까지 하되 훌륭한 보혈제다. 그러나 이제는 걸러낸 술 머루는 어디 갔느뇨. 솔잎은 어디 갔느뇨. 당귀는 또한 어디 갔느뇨.

只在此山中이언마는 雲深不知處로다
三道酒를 마시고 道를 그만 잊고 만다.
— 나무사바사(南無沙婆詞), (辛巳 暮秋)

1958년, 《신태양》

86

주도유단(酒道有段)

술을 마시면 누구나 다 기고만장하여 영웅호걸이 되고 위인 현사(賢士)도 안중에 없는 법이다. 그래서 주정만 하면 다 주정이 되는 줄 안다. 그러나 그 사람의 주정을 보고 그 사람의 인품과 직업은 물론 그 사람의 주력(酒歷)과 주력(酒力)을 당장 알아낼 수 있다. 주정도 교양이다. 많이 안다고 해서 다 교양이 높은 것이 아니듯이 많이 마시고 많이 떠드는 것만으로 주격은 높아지지 않는다. 주도에도 엄연히 단(段)이 있다는 말이다.

첫째, 술을 마신 연륜이 문제요, 둘째, 같이 술을 마신 친구가 문제요, 셋째는 마신 기회가 문제며, 넷째, 술을 마신 동기, 다섯째, 술버릇, 이런 것을 종합해 보면 그 단의 높이가 어떤 것인가를 알 수 있다.

음주에는 무릇 열여덟의 계단이 있다.

① 부주(不酒) : 술을 아주 못 먹진 않으나 안 먹는 사람.
② 외주(畏酒) : 술을 마시긴 마시나 술을 겁내는 사람.

③ 민주(憫酒) : 마실 줄도 알고 겁내지도 않으나 취하는 것을 민망하
　　　　　　게 여기는 사람

④ 은주(隱酒) : 마실 줄도 알고 겁내지도 않고 취할 줄도 알지만 돈
　　　　　　이 아쉬워서 혼자 숨어 마시는 사람.

⑤ 상주(商酒) : 마실 줄 알고 좋아도 하면서 무슨 잇속이 있을 때만
　　　　　　술을 내는 사람.

⑥ 색주(色酒) : 성생활을 위하여 술을 마시는 사람.

⑦ 수주(睡酒) : 잠이 안 와서 술을 마시는 사람.

⑧ 반주(飯酒) : 밥맛을 돕기 위해서 마시는 사람.

⑨ 학주(學酒) : 술의 진경을 배우는 사람 — 주졸(酒卒).

⑩ 애주(愛酒) : 술의 취미를 맛보는 사람 — 주도(酒徒).

⑪ 기주(嗜酒) : 술의 진미에 반한 사람 — 주객(酒客).

⑫ 탐주(耽酒) : 술의 진경을 체득한 사람 — 주호(酒豪).

⑬ 폭주(暴酒) : 주도를 수련하는 사람 — 주광(酒狂).

⑭ 장주(長酒) : 주도 삼매에 든 사람 — 주선(酒仙).

⑮ 석주(惜酒) : 술을 아끼고 인정을 아끼는 사람 — 주현(酒賢).

⑯ 낙주(樂酒) : 마셔도 그만 안 마셔도 그만, 술과 더불어 유유자적
　　　　　　하는 사람 — 주성(酒聖).

⑰ 관주(觀酒) : 술을 보고 즐거워하되 이미 마실 수는 없는 사람 —
　　　　　　주종(酒宗).

⑱ 폐주(廢酒) : 술로 말미암아 다른 술 세상으로 떠나게 된 사람 —
　　　　　　열반주(涅槃酒).

　부주(不酒), 외주(畏酒), 민주(憫酒), 은주(隱酒) 는 술의 진경·진미를 모르는 사람들이요, 상주(商酒), 색주(色酒), 수주(睡酒), 반주(飯酒) 는 목적을 위하여 마시는 술이니 술의 진체(眞諦) 를 모르는 사람들이다. 학주(學酒) 의 자리에 이르러 비로소 주도 초급을 주고 주졸(酒卒) 이란 칭호를 줄 수 있다. 반주는 2급이요, 차례로 내려가서 부주가 9급이니 그 이하는 척주(斥酒) 반주당(反酒黨) 들이다.

　애주(愛酒), 기주(嗜酒), 탐주(耽酒), 폭주(暴酒) 는 술의 진미·진경을 오달(悟達) 한 사람이요, 장주(長酒), 석주(惜酒), 낙주(樂酒), 관주(觀酒) 는 술의 진미를 체득하고 다시 한 번 넘어서 임운자적(任運自適) 하는 사람들이다. 애주의 자리에 이르러 비로소 주도의 초단을 주고 주도(酒徒) 란 칭호를 줄 수 있다. 기주가 2단이요, 차례로 올라가서 열반주가 9단으로 명인(名人) 급이다. 그 이상은 이미 이승 사람이 아니니 단을 맬 수 없다.

　그러나 주도의 단은 때와 곳에 따라, 그 질량의 조건에 따라 비약이 심하고 강등이 심하다. 다만 이 대강령만은 확호(確乎) 한 것이니 유단의 실력을 얻자면 수업료가 기백만 금(金) 이 들 것이요, 수행 연한이 또한 기십 년이 필요할 것이다 — 단, 천재는 차한(此限) 에 부재(不在) 이다.

　요즘 바둑열이 왕성하여 도처에 기원이다. 주도열(酒道熱) 은 그보다 훨씬 먼저인 태초 이래로 지금까지 쇠미한 적이 없지만 난세는 사도(斯道)마저 추락케 하여 질적 저하가 심하다. 내 비록 학주(學酒)의 소졸이지만 아마추어 주원(酒院)의 사범쯤은 능히 감당할 수 있건만 20년 정진에 겨우 초급으로 이미 몸은 관주(觀酒)의 경에 있으니 돌돌(咄咄) 인생사 한도 많음이여!

　술 이야기를 써서 생기는 고료는 술 마시기 위한 주전(酒錢)을 삼는 것이 제격이다. 글쓰기보다는 술 마시는 것이 훨씬 쉽고 글쓰는 재미보다도 술 마시는 재미가 더 깊은 것을 깨달은 사람은 글이고 무엇이고 만사휴의(萬事休矣)다.

　술 좋아하는 사람 쳐 놓고 악인이 없다는 것은 그만큼 술꾼이란 만사에 악착같이 달라붙지 않고 흔들거리기 때문이요, 그 때문에 모든 일에 야무지지 못하다. 음주유단(飲酒有段)! 고단(高段)도 많지만 학주의 경(境)이 최고 경지라고 보는 나의 졸견은 내가 아직 세속의 망념을 다 씻어버리지 못한 탓이다. 주도의 정견(正見)에서 보면 공리론적 경향이라 하리라. 천하의 호주(好酒) 동호자(同好者) 제(諸)씨의 의견은 약하(若何)오.

1956. 3, 《신태양》

매력이란 무엇이냐

아름다운 육체와 호감

매력(魅力)이란 말이 완전히 우리말이 된 것은 그다지 오래된 일이 아닐 것이다. 한자로 이루어진 말이면서도 오랜 동안을 강력한 한문화(漢文化)의 영향 아래 자라난 우리말 속에서 이 말이 약간 생소한 느낌을 준다는 사실부터가 이 말의 성립연대의 짧음을 입증한다고 하겠다.

매력이란 말이 지닌 어감 자체가 현대적 매력이 있다. 따라서, 매력이란 말이 내포한 느낌은 그만큼 서구적이라 할 수 있다. 말하자면, 매력이란 말은 영어의 'charm' 또는 'charming'의 역어(譯語)라고 보는 것이 오히려 타당하다는 말이다. 그러나 매력이란 말뜻이 우리나라에 아주 없었던 것은 아니다. 우선 한문으로 매력이란 말을 보더라도 그것은 '도깨비 매'(魅)자와 '힘 역'(力)자의 합성이므로 '도깨비 힘'이란 뜻이요, 도깨비의 힘을 우리말로 바꾸면 '호리는 힘'이 된다.

영어로 매력이란 말인 'charm'도 마력, 주력의 뜻이 있는 것을 보면 그 어의(語義)에 있어 완전히 상통함을 알 수 있다.

　그러나 매력이란 말은 그 본뜻인 도깨비 힘이라든가 마력이란 말만으로써는 그 바른 어감이 나질 않는다. 가령 '이매망량'(魑魅魍魎)이니 '마'(魔)니 '도깨비'니 하는 말은 우리에게 얼굴이 괴기하고, 하는 일이 흉측하다는 연상과 공포의 느낌을 준다. 그러나, 매력이란 말은 이와는 정히 반대로 우리에게 아름다운 육체와 잡아끄는 힘을 연상하게 하며 호감을 바탕으로 한다. 하기는 도깨비도 아름다운 여인으로 나타나는 수가 있고 세상에는 흉측한 사나이에게 매력을 느끼는 수도 있으니 홀린다는 사실 자체에는 본디 겁내면서도 꼼짝할 수 없도록 사로잡히는 것과 무조건으로 믿고 의심할 여지도 없이 호의로 끌려가는 두 가지 반대되는 바탕이 있는 모양이다.

이상하게 잡아끄는 힘

요컨대 문제는 '호린다'는 것과 호리어지는 것 곧 '홀린다'는 것은 무엇인가, 왜 홀리는가, 그 홀리게 하는 힘이 무엇이냐 하는 데 있을 뿐이다. 호리는 힘, 홀리게 하는 힘이 매력이란 것이기 때문이다.

　요즘 간행된 《큰 사전》에 '매력'이란 말을 찾아보면 '이상하게 사람의 눈이나 마음을 호리어 끄는 힘'이라고 풀이되어 있다. 매력은 사람의 눈이나 마음을 호리어 끄는 힘의 일종임에는 틀림없으나 그 잡아끄는 힘은 이상하게 잡아끈다는 것이니, 이상하다는 말이야말로 매력을 설명하는 데에 없어서는 안 될 말이다. '이상하게'라는 말은 '까닭 모르게'라는 말과는 다르다. 까닭이 있든 없든 그 까닭을 알든 모르든 시비 선악 이해 득실의 판단 이전에 일체의 계교(計較)를 용납하지 않고 무조건 끌리어 가는 것이 매력을 느끼는 이의 마음 바탕이다.

그러면 호리는 힘, 곧 매력을 가진 사람은 어떤가. 매력을 가진 사람도 자기의 매력이 무엇임을 확실히 모르는 데 매력의 특색이 있다. 매력은 지니는 쪽에서 보면 생래적(生來的)인 것이요, 기질적(氣質的)인 것이며 극히 자연적인 것이요 오랜 경험에서 저절로 습득된 자세(姿勢)에 지나지 않는다. 가령, 어떤 사람이 있어 자기의 어떤 점에 남이 매력을 느끼는가를 찾아서 그것을 의식적으로 자각하고 과장할 때는 이 때까지 그 사람의 그 점에 매력을 느끼던 사람도 차츰 매력을 상실하게 되는 것을 본다면 매력이란 그것을 지니는 사람 쪽에서 보아도 아주 계교(計較) 이전이요, 자각할 수 없는 데에 묘미가 있다고 하겠다.

도깨비 홀림과 비슷하다

역시 매력은 매력을 지니는 쪽보다 매력을 느끼는 쪽에 그 원인이 더 많이 있는 것 같다. 다시 말하면, 호리기 때문에 홀린 것이 아니라 홀렸기 때문에 호리게 되는 격이란 말이다. 홀리게 된 근거가 아주 없는 것은 아니지만 그것을 확대하고 과장하여 홀리게까지 되는 데는 매력을 느끼는 쪽에 무슨 까닭이 있다는 말이다. 다만 당자 자신이 그 까닭을 모를 따름이다.

관솔불을 켜던 옛날에는 물론 도깨비가 사람하고 매우 가까웠겠지만 수소탄이 터지는 오늘에도 도깨비를 만난 사람이 간혹은 있는 모양이다. 술이 취해 돌아오다가 어떤 예쁜 여인을 만나 하룻밤을 정답게 지내고 깨어 보니 화장터 옆에서 자고 있더라는 얘기라든가, 어떤 힘센 친구가 깊은 밤에 도깨비를 만나 씨름을 한 끝에 그 놈을 꽁꽁 묶어 놓았다. 아침에 보니 방앗공이에 월경이 묻은 것이었다는 얘기는 우리의 고담에서 흔히 듣는 얘기다(우리 민속의 금기에 빗자루나 방앗공이에 월경이 묻으면 도깨비가 된다는 말이 있다). 도깨비가 있고 없는 것을 나는 확실히 모른다. 홀리었을 때는 도깨비던 것이 깨고 보니 하찮은 물건이었다든가, 여러 사람이 다 못 본 것을 혼자서만 당한다는 것은 홀린 사람 자신의 환각 탓인 듯한 경우가 도깨비 소동의 태반인 것 같다. 도깨비란 것이 이런 것이고 보면 도깨비 힘이란 것도 마찬가지다. 산 사람에게 홀린 것도 깨고 보면 대수롭지 않은 것을 그랬다고 픽하고 웃고 마는 수가 있으니 알고 보면 매력이란 것도 도깨비에 홀린 것과 비슷한 경우가 많을 것이다. 도깨비에 홀리면 식은땀이 흐르고 거기서 벗어나기를 원하지만 사람에게 매력을 느끼면 자꾸 끌리고 싶어지고 그 사람에게 안기고 싶어진다(이것은 이성간이 아니라도 마찬가지다). 다르다면 이 점이 다르다고나 할까.

자기향락의 미적 쾌감

이렇게 본다면 매력은 매력을 가진 사람이 호리는 것이 아니라 매력을 느끼는 사람이 홀리는 것이 되고, 따라서 매력을 느낀다는 것은 저쪽이 나를 받아들이는 것이 아니라 매력을 느끼는 사람이 저쪽을 자기 안에 받아들이는 셈이 된다. 자기의 감정을 다른 사람의 감정으로 변형시키고 자기의 경험과 의식으로써 그것을 경험하고 의식하는 것이라고 할 수 있다. 그러므로, 남에게 홀리고 반한다는 것은 그 바탕이 자아감(自我感)이요 자기 향락의 미적 쾌감이란 말이 된다. 이런 뜻에서 매력의 본질은 리프스 미학의 감정이입설로 설명될 수도 있을 것이다.

매력은 결국 매력을 느끼는 이의 내부의 욕망이 어떤 사람을 대하는 것을 계기로 하여 바깥으로 나타나려는 충동임에 틀림없다. 이 충동에는 자기 기호성(嗜好性)과 자기 반동성(反動性)의 두 갈래가 있다. 다만 우리가 알 수 없는 것은 그 충동 발현의 계기, 곧 어떤 사람의 어떤 점이 어째서 매력이 되느냐 하는 점이다. 매력이라는 것도 미감(美感)과 같아서 A와 B가 같은 점에 함께 매력을 느끼는 수도 있지만 A가 매력을 느끼는 것을 B는 전혀 느끼지 않는 수도 있다. 이로써 보면 매력이라는 것이 아무에게나 열외 없이 통하는 규격성이 없는 것을 알 것이다. 역시 매력은 취미판단(趣味判斷)에 매인 것이요, 따라서 매력을 느끼는 쪽의 생리(生理)와 심리(心理)에서나 그 근거를 찾을 일이다. 이제 매력의 본질에 대해서도 좀 언급하기로 하자.

성적 매력과 기능의 매력

첫째, '이드'란 것, 곧 성적 매력이란 것이 있으니 이것은 남녀 어느 쪽에나 일반적으로 공통되는 매력의 타입이 있다. 용모의 잘나고 못난 것이라든가, 체격의 좋고 나쁜 것, 금력이 많고 적은 것, 교양의 있고 없음과는 관계없이 독립하는 매력이다. 동물적인 매력이요, 관능적(官能的) 매력인 만큼 매력 중에는 가장 저급하면서도 그 견인력은 가장 센 것이다.

둘째, 금권의 매력이라는 것이 있다. 돈과 권세에 대한 매력이니 이것도 일반적으로 공통된 타입이 있다. 허영의 매력인 만큼 저급한 매력의 하나이지만 그 집착력은 무시하지 못한다.

셋째, 미(美)의 매력이란 것이 있다. 정상한 매력의 대표적인 전형으로 육체적인 매력과 정신적인 매력이 잘 조화된 것이므로 보통 우리가 말하는 매력은 이것인 경우가 많다. 그러나 이 매력은 일률적인 것이 아니요, 매우 개성적인 것이 특색이다.

넷째, 기능의 매력이란 것이 있다. 화술, 행동성, 전문적 기술, 예술적 재능 등이 모두 매력이 될 수 있다. 이 종류의 매력은 특수한 성격과 재능에 대한 매력이기 때문에 관능적인 것, 허영적인 것, 미적인 매력과 반드시 결부되지 않는 좀더 고차적인 매력이다.

다섯째, 인격에 대한 매력이다. 신뢰와 존경을 바탕으로 하는 이 매력은 이른바 인간적인 매력으로서 최고의 것이다. 선배를 따르거나 친구를 사랑하거나 이성간의 애정도 그 구경(究竟)은 이 인간적인 매

력에 귀결된다. 그만큼 사람이란 너그럽고 고결하고 거룩한 가슴 안에 안기고 싶은 욕망이 있기 때문이다.

그러므로, 남성에게는 여성의 매력이 창부형(娼婦型)에서 모성형(母性型)에로 상승하게 마련이요, 여성에게도 남성의 매력은 시종형(侍從型)에서 군주형(君主型)에로 옮기가게 마련이다. 나를 포용하고 위안하고 쓰다듬어 주는 인격의 힘이 없는 모든 사랑은 수명이 짧은 법이다. 싹싹한 붙임맛, 달콤한 행동은 매력의 시초는 될 수 있으나 그것만으로 만족해지지는 않는다. 불만을 자각할 때 매력이 풀어지기 시작하는 법이다. 그러므로, 인간의 어떠한 미세한 약점도 덮어 줄 수 있는 인격적 매력, 교양의 매력이야말로 모든 매력의 최고의 경지가 되지 않을 수 없는 것이다.

다윈에 의하면 새의 수컷의 깃털이 아름다운 것은 암컷을 유혹하기 위한 치장이라고 한다. 수컷이 암컷을 유혹하는 도구로서 깃털을 그렇게 지니게 되었다는 말이다. 그렇다면 수컷의 유혹을 당하는 암컷이 응당 그 수컷의 아름다움을 느낄 줄 아는 미감(美感)이 있어야 될 것이요, 따라서 수컷의 깃털은 결국 암컷의 취미, 기호(嗜好) 곧, 그 미감에 적응된 것이라 하지 않을 수 없다. 사람의 매력은 반드시 이러한 진화론의 관계에 있는 것은 아니지만 매력을 느끼고 매력을 지닌다는 것, 유혹을 당하고 유혹을 하는 것도 알고 보면 이와 비슷하게 되는 것인지도 모른다.

그러나 매력의 바탕이 유혹 당한 쪽에 근본적으로 존재한다는 것은 틀림이 없다. 어떤 사람에게 매력을 느끼는 경우 매력을 지닌 당자는 매력 또는 유혹이라는 의식적 작위가 없음에도 불구하고 홀렸다 하면 그것은 홀린 이가 절로 홀린 것이기 때문이다. 더구나 그 매력의 소유자를 다른 사람이 평범하게 보는 경우에 더욱 그러하다. 이러한 매력의 일방적 성격 때문에 세상에 짝사랑이 생겨나는 게 아니던가. 이러한 반면에 진실로 홀리고 보면 말하지 않아도 홀린 당사자에게 그 정성이 전달되는 것도 묘한 이치다. 따라서 거기에는 반응이 반드시 생기는 법이다. 이것이 매력의 조응성(照應性)이다.

　매력은 어째서 느끼느냐 하는 문제에 대해서 나는 아는 바 없다. 다만 모르면 이상하게 우연히 일어나는 게고 알고 보면 당연하게 필연적으로 일어난다는 사실 — 그것은 매력의 발생계기(發生契機) 문제이다. 월하노인(月下老人)이 무슨 인연의 실을 맺어 주는 것도 아니고 큐피드가 사랑의 화살을 쏘는 것도 아닌 매력의 발생계기는 매력을 느끼는 그 사람만이 알 것이다. 그러나 어째서 매력을 느꼈는가를 알게 될 때는 그 매력에서 깨어나고 있을 때의 일일 것이다.

1957, 《여원》

연애미학 서설(序說)

주로 사랑의 구조에 대한 도설(圖說)

연애는 인간의 것

'연애의 인생적 의의'라는 제목을 받았다. 연애라는 것이 본디 인간만이 지니고 있는 황홀하고 애타고 말썽 많고 주체할 수 없는 오뇌(懊惱)의 행복인데 새삼스레 인생적 의의를 논할 필요가 있을까. 봄날의 아지랑이 속에 꾀꼬리란 놈의 암·수컷이 서로 부르고 가을밤 귀뚜라미란 놈이 또 서로 울어대는 것이 제법 연애를 하는 것 같지만, 그것을 연애라고 생각하는 것부터가 연애를 아는 인간이 제 마음 제 감정으로 보고 느끼는 데 지나지 않는다. 동물에게는 쾌감은 있어도 미감이 없듯이 동물끼리의 사랑은 생식본능과 거기 동반하는 쾌감은 있어도 연애랄 것은 없다는 말이다. 그러나 우리가 느끼는 미감이 쾌감을 바탕으로 하는 것처럼 사람이 하고 있는 연애란 것도 같은 동물로서의 생식본능이라든가, 그런 성애(性愛)에 기초를 두고 있다는 것은 아무도 부인할 수가 없다. 그러나 미감이 단순한 쾌감만이 아니듯이 연애도 단순한 성애만으로 성립되는 것은 아니다. 오히려 그것을 바탕으로 하면서도 그것을 감추고 마침내 그것을 잊어버리는 곳에까지 도달하는 데 연애의 상승과 비약의 고귀성이 있기 때문이다.

이와 같이 볼 때에, 우리는 여기 임의로 설정한 '연애의 미학'이 연애미(戀愛美)를 말하는 점에서 편집자가 나에게 준 그 인생의 의의란 제목과 조금도 어긋나지 않음을 알 수 있다.

나는 앞에서 연애를 인간만이 지니는 고귀한 자랑이라 전제했으나, 황홀하면서 말썽 많고 즐거우면서도 가끔가다가 스스로 비극을 만드는 이 연애가 과연 다른 동물이 못하는 것이라 해서 인간의 자랑이 될는지, 아니면 영혼이 있다는 인간이 짊어진 어쩔 수 없는 숙명의 무거운 짐이 되는지를 단언할 수는 없다. 동물들은 연애감정이 없는 대신에 그 사랑에는 어느 의미에서 법도와 절제 같은 것이 있다. 조금 농담으로 말하면 동물은 교미유시(交尾有時)라는 원칙이 있어서 그 사랑에는 계절과 시기가 있다. 그런데 인간은 이 법도가 없는 점이 연애감정 항구지속(恒久持續)의 바탕이 되는 동시에 사회생활에 어쩌면 부질없는 파탄을 저지르는 듯한 사건을 터뜨리곤 한다. 어느 것이 득이고 어느 것이 실인 것은 잠깐 미루어 두기로 하자.

사랑의 어원

연애는 사랑의 일종이다. '사랑'이란 말은 오늘에 있어서 연애란 말의 동의어로 쓰이는 것이 보통이지만, 이것은 어느 한 부분이 확대되어 그 전체를 가리워 버린 경우와 마찬가지다.

마치 '에로'란 말이 '에로스'(Eros)에서 나와서 그 작은 한 부분의 뜻을 지니게 된 것과 반대되는 현상이다.

'연애'란 우리말 어원은 '생각한다'라는 뜻에 있었다. 다시 말하면 사모(思慕)와 사유(思惟)의 두 뜻을 아우른 것이 사랑이니 그 근본개념은 플라톤의 '에로스'와 서로 통하는 바 있는 것이다. '생각한다'는 말의 한자가 '사랑'이라고 번역된 것은 우리 고전에 증거가 있다.

그러므로 '사랑'은 생각하고 그리워하는 마음의 통칭이니 연애가 생각하고 그리워하는 바탕에서 비롯되므로 사랑의 한 가지임에는 틀림없으나 생각하고 그리워하는 것을 전부 연애라고 할 수는 없다. 연애라는 언어개념은 오늘에 와서는 이미 이성간의 사랑이란 뜻으로 국한되어 있는 까닭이다. 그러면 이성간의 사랑은 다 연애인가 하면 반드시 그렇지도 않다. 왜 그러냐 하면 이성간의 사랑에도 육친애와 부부애가 있고 우정도 있을 수 있고 연애 아닌 성애도 있는 것을 흔히 볼 수 있기 때문이다.

사랑의 분류

도대체 인간이 향유하고 있는 사랑은 몇 종류나 되는가. 하느님은 사랑이시라 하니 대자대비(大慈大悲)의 사랑에서 보면 모두가 사랑일 것이지만 나는 이 넓은 사랑을 몇 가지로 줄여서 기본적 분류를 시험하여 대개 다음의 다섯 가지로 나눌 수 있다고 본다.

① 자애(自愛): 저절로 저 스스로를 사랑하는 사람이니 이것이 근본 애요 생명애며 그 본질은 이기애(利己愛)다. 모든 사 랑이 이로써 비롯되고 성취되며 여기서 갈등과 파멸 의 싹이 자란다.

② 성애(性愛): 이성을 사랑하는 원인애(原因愛)이니, 이것은 생존 애(生存愛)의 한 면이요 생리적인 배설애, 자기 연장 애(延長愛)이며 종족 번식애이다.

③ 연애(戀愛): 이성에 대한 이상애(理想愛)로서 동경애(憧憬愛)요 집착애(執着愛)며 자기보결애(自己補缺愛)이다.

④ 우애(友愛): 남녀 통성의 화합애(和合愛)로서 봉사애요 사회애 (社會愛)이다.

⑤ 자애(慈愛): 모든 동물에서까지 볼 수 있는 근본애(根本愛)로서 지상애(至上愛)이니, 희생애(犧牲愛)요 이타애(利 他愛)다. 친자애(親子愛)를 근원적 전형으로 하여 모든 사랑이 이상하는 최고의 경지다.

이제 다섯 가지 기본애를 그 본질과 상호관계를 밝히기
위하여 작은 원표를 그리면 다음과 같을 수밖에 없다.

사랑의 도설(圖說)

먼저 '생각하고 그리워하는 마음'을 중심점으로 하여 '사랑의 원'을 하
나 그어 놓고 그 원 안에 오각형 하나를 그려 그 다섯 개의 정점에다
가 앞서 말한 다섯 가지 기본애(基本愛)를 배치하고 그 오각형 안에
다섯 개의 대각선을 그으면 이러한 도표가 나올 것이니 이 도표를 한
번 봄으로써 그 다섯 가지 기본적인 사랑의 위치와 생성의 관계와 본
질을 이내 알 수 있을 것이다.

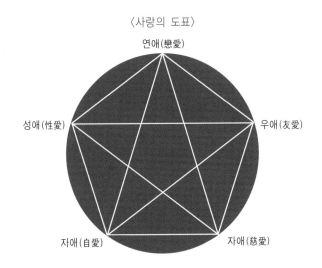

〈사랑의 도표〉

첫째, 성애(性愛)와 우애(友愛)를 연결하는 선으로써 저변을 삼는 삼각형의 정점이 연애이다. 이 삼각형 안에 있는 세 개의 삼각형은 왼쪽 것이 성애적 연애, 오른쪽 것이 우애적 연애요, 가운데 것이 올바른 연애이다. 그리고 그 가운데 삼각형의 두 사변(斜邊)을 연장한 두 대각선은 각기 자애(慈愛)의 두 점에 도달하여 있음을 볼 것이니 이 두 점을 연결하는 선으로 저변을 삼은 삼각형이 부부애(夫婦愛)이다.

이로써 연애는 성애나 우애에서 출발하여 그 조화의 정점에 이르고 거기서 결합되어 내려오는 밑바닥이 결혼인 것이다. 그러므로 연애의 가장 정상적이고 자연한 것은 결혼에 도달해야 하고, 할 수 있는 것이라야 한다는 논리가 성립된다. 그러나 연애가 다 이렇게 될 수만 있다면 오죽 좋으랴만 반드시 그렇지 못하기 때문에 연애고(戀愛苦)가 생기고 연애론이 나오는 것이다.

둘째, 우애는 연애와 자애(慈愛)를 저변으로 하는 삼각형의 정점이다. 출발한 두 개의 대각선은 각기 자애(自愛)와 성애(性愛)의 두 점에 도달한다. 이 두 점을 연결하는 선을 저변으로 한 삼각형을 나는 동지애(同志愛)라고 부른다.

셋째, 자애(慈愛)는 우애와 자애(自愛)를 저변으로 한 삼각형의 정점이니 나는 이성애(異性愛)라고 부른다.

넷째, 자애(自愛)는 자애(慈愛)와 성애를 저변으로 한 삼각형의 정점이니, 거기서 연장된 밑바탕을 나는 가족애(家族愛)라고 부른다.

다섯째, 성애는 자애(自愛)와 연애를 저변으로 하는 삼각형의 정점이다. 그것을 정점으로 하는 또 하나의 삼각형을 나는 사회애(社會愛)라 부른다.

이상으로 '사랑의 분류'와 그 위치 및 생성의 관계에 대한 나의 지론의 대강을 설명하였다. 다섯 가지 기본애가 지니는 성격을 파악하여 염두에 두고 이 설명을 더 분해하면 수긍되는 바가 있을 것이다.

　이 '사랑의 도표'의 원주(圓周)는 그 위에 있는 오각의 정점 중 자애(自愛)에서 출발하여 왼쪽으로 올라가서 오른쪽으로 내려오는 것을 '연애 감정의 상승 회귀선'이라 부르고, 오른쪽으로부터 올라가서 왼쪽으로 내려오는 것을 '윤리 감정의 상승 회귀선'이라고 나는 부른다. 그러나 원은 좌승우강(左昇右降)이 원칙이니 인생의 애정행로는 이 원주를 왼쪽으로 상승하는 것이 보통이다. 그러므로, 자애(自愛)가 사랑 중에서 제일 낮고 자애(慈愛)가 제일 높은 것이다. 사랑은 받는 것이 아니라 주는 것이라는 말도 이 도표에 부합되는 이론이다.

　연애는 사랑을 주고받는 것이지만 받음이 없는 사랑, 짝사랑이 모든 사랑 중에 가장 높은 경지이다. 짝사랑은 연애의 경우에도 가장 심각하지만 다른 사랑에서도 마찬가지로 빛이 난다. 폭군 밑의 충신이 더 빛나고 난민 속의 의인이 더욱 높으며, 불효자에게 베푸는 자애(慈愛), 잔혹한 부모에게 바치는 효도, 신의 없는 친구에게 주는 우정, 몰라주고 이룰 수 없는 님에게 바치는 연모(戀慕), 이것이 더 고귀한 까닭은 일체의 보상을 도외시한 그 고결한 심정, 애끓는 인고(忍苦)가 있기 때문이다.

　이 '사랑의 도표'의 중심점은 '그리움'이요, 그 원주(圓周)는 '사랑'이다. 호선(弧線)은 나타나는 사랑의 상생(相生) 관계를 보이고 그 대각선은 그 속에 숨은 사랑의 상극(相克) 관계를 뜻한다.

　오각형의 각 정점은 그 저변이 지니지 않는 것, 그리고 자애(自愛)

와 성애를 연결하는 선은 생물애(生物愛), 성애와 연애를 연결하는 선을 윤리애(倫理愛), 자애(自愛)와 자애(慈愛)를 연결하는 선을 천리애(天理愛)라고 이름지음으로써 나의 농중진(弄中眞)의 사랑 도설(圖說)은 일단 끝내기로 하자.

연애가 가는 길

연애는 연애되는 순간 그 자체가 정점이다. "황금시대는 황금시대가 오기 바로 직전에 있다"는 말이 있고, "화무십일홍(花無十日紅)이요 달도 차면 기우나니"라는 노랫가락도 있지만 이 두 마디 말이야말로 연애 미학에서도 그대로 하나의 공리(公理)가 된다. 다시 말하면, 그리운 마음이 싹터서 꽃피는 순간까지가 그 황금시대요 절정이다. 꽃이 피어서 지고 열매를 맺는 것이 정한 이치이듯이 연애가 개화하여 결혼으로 결실하는 것이 또한 그러하다. 그러나 꽃은 피자마자 비바람에 지는 수도 있고 가지째로 꺾이는 수도 있고 화병에 꽂고 물을 주기도 하고 따서 책 사이에 끼워서 두고두고 보기도 한다.

연애의 운명이 다기(多岐)한 점이 꽃과도 같다. 그래서 연애를 인생의 꽃이라고 하는 모양이다.

꽃은 피는 것만으로 꽃으로 의의가 있다. 열매를 맺는 것은 꽃의 결과적인 변모요 꽃은 아니다.

마찬가지로 연애는 연애로서 인생에서 일단의 의의가 끝나는 것이

니 결혼은 연애의 결과 또는 변모는 될 수 있으나 연애 그
자체는 아닌 것이다. 결혼의 사랑은 윤리애(倫理愛)로의 변성이요 순
수한 연애는 아니기 때문이다.

　그러므로, 연애에는 두 가지 길이 있을 뿐이다. 그 하나는 결합의
선(線)이니 곧 결혼하여 부부애, 육친애(肉親愛)로 변성(變成)하는
길, 다시 말하면 '변성적인 사랑의 코스'요, 다른 하나는 결별의 선이
니 떨어져서 서로 사모하며 영원히 맺어지지 않는 연인애(戀人愛)로
환원하는 길, 바꿔 말하면 '슬픈 사랑의 코스'가 그것이다.

　슬픈 사랑의 코스에는 겉으로는 결합하면서 실상은 영원히 떠나는
방향으로 정사(情死)라는 것이 있고, 변성되는 사랑의 코스에는 떨어
지면서도 만나는 길을 막지 않는 우정으로의 길도 있다.

　'짝사랑'은 연애감정으로는 최고 경지지만 형태미로는 변상적(變常
的)인 것이고, '장난 사랑'은 겉보기는 연애 같지만 내용미로는 천박
한 것이다. '풋사랑'은 앳되고 울고 싶은 것이 좋고 청신(淸新)하고
서정적이어서 좋다.

　'늙은 사랑'은 구수하고 슴슴한 것이 좋고 소박하고 관조적인 것이
좋다. 이러고 보면 '젊은 사랑'은 싱싱하고 무르익은 맛이 있어야 한
다. 정서적이면서도 의지적인 장려미(壯麗美)가 단연코 멋이 되어야
할 것이란 말이다.

연애의 윤리

나의 '연애 미학'은 이제 마지막으로 윤리문제에 부딪칠 계제에 이르렀다. 연애에는 연애 윤리가 있다. 따라서 무슨 규범이 있어야 하지 않겠는가. 17, 8세기 서구의 사교계에서는 연애 법전을 만들고 연애 재판을 했다는 기록을 본 기억이 있거니와 그 연애 법전의 조문에 가로되 "사랑하는 사람은 조금 먹고 조금 잠잔다"는 구절이 있었다. 언뜻 봐서는 코웃음이 나오는 조문이지만 법이란 것은 대개 이러한 투인지라 이 조문을 적용하면 이로써 우리는 삼각애(三角愛)를 재판하는 경우 그 건강상태로서 연애의 경중을 판단할 수 있는 준거를 삼을 수 있다.

우리가 부모에게 편지를 쓸 때 제 말은 보통 면식(眠食)이 무탈하다고 쓴다. 잠자고 먹는 것에 이상 없으면 건강하다는 말이 되는 까닭이다. 연애는 아무리 행복된 경우라도 수면과 소화에 이상이 온다. 그러므로, 연애를 한다면서 자고 먹는 것에 이상이 없는 사람은 진경(眞境)에는 아직 도달하지 못한 증거가 된다.

각설하고, 연애에 제일 기(忌)하는 것이 사련(邪戀)이다. 그런데 어떤 것이 사련이냐고 묻는다면, 이런 것이 사련이라고 내세울 수 있는 원칙은 없다. 왜 그러냐 하면, 연애는 그 결과를 봐야 그것이 바른 것인지 사(邪)된 것인지 판단을 내릴 수 있기 때문이다.

가령, 우리가 보통 말하는 사련은 애초부터 사회적으로 정당히 결합하여 같이 살 수 없는 사람 사이의 연애를 가리키지만 연애 그 자체

에서 볼 때는 결혼의 가부가 문제가 아니라 같이 살 수 없는 그 사람이 그리워서 잊을 수 없는 감정이 일어나느냐 안 일어나느냐 하는 데 문제가 있기 때문이다. 그러나 제 것이면서 제 마음대로 못하는 것이 제 마음이라고, 번연히 안 될 것인데도 연애감정이란 놈은 염치도 체면도 없어서 저지르기가 일쑤다. 그러므로, 마음속에서 사모하는 것은 어쩔 수 없는 일이요 아무도 억제하지는 못한다.

사모하는 것만으로는 죄가 되지 않는다. 그러나 이것이 바깥으로 나타나면 사회적으로 윤리적으로 파탄이 일어나게 되고 여론의 비판과 법의 제재가 따르기 마련이다. 이 문제를 처음부터 끝까지 내부에서 구원하고 해결하는 것이 '플라토닉 러브' 다. 플라토닉 러브는 가장 고귀한 사랑일 수도 있고 일종의 정신적 간음행위일 수도 있다. 생각하고 그리워하는 것이 사랑의 중심인데, 이것이 아주 가볍고 조그맣고 짧은 계기에 자기의 운명적인 고통을 만드는 법이다. 그러니, 생각하고 그리워하는 마음을 인간에서 빼앗아 버리기 전에는 아무것도 이 연애감정을 누르지는 못한다.

그래서 그 마음을 돌리는 길로서 종교나 예술이 마련되어 있다. 슬픈 사랑을 부을 수 있는 곳은 종교 아니면 예술, 둘 중의 하나가 있을 따름이다.

슬픈 사랑은 영원의 것

연애의 정점을 해결하는 길은 미혼남녀에 있어서는 오직 결혼이 있을 뿐이지만 유부유부(有夫有婦)의 남녀 사이의 연애 경우, 또는 미혼남녀와 배우자 있는 이성 사이의 연애 경우에는 세 가지 길이 있다.

영원히 생각하고 그리워만 한다는 사랑의 출발점에 환원하여 가슴 아픈 열락을 누리는 것이 그 하나요, 가정과 사회와 윤리에 대한 냉철한 이성을 움직여 우애에로 길을 바꾸는 것이 그 다른 하나이다.

이 두 가지가 다 불가능한 경우에는 건곤일척(乾坤一擲)으로 같이 사는 것이 최후의 경우에 오는 최선의 방법이다.

그러나 이 경우에 한하여서는 그 연애 이외의 여하한 욕망도 포기해야 한다. 다시 말하면, 명예와 돈과 체면과 지위 따위는 일체 사랑을 위하여 포기하는 순애(殉愛)의 결벽이 있어야 한다. 모든 것을 다 하고 싶은 것은 사람의 상정(常情)이지만 불가능한 운명 하나를 제 손으로 극복하고도 다른 욕망을 지닌다는 것은 파렴치이다.

이런 뜻에서 일몰을 모르는 대영제국(大英帝國)의 왕관을 심프슨이라는 여자와의 사랑으로 바꾼 윈저 공(公)은 연애의 도를 체득한 오달(悟達)한 사람이었다.

사련(邪戀)은 연애에 대한 열도(熱度)와 성의와 품격으로 이루어지는 그 태도에서 판별할 수 있고, 사회적으로 윤리적으로 용서할 수 없는 사랑이 마침내 용서를 하지 않을 수 없게 만드는 것은 오직 사랑에 순(殉)하는 겸허의 엄숙성에 달린 것이다. 연애가 슬프게 끝나지

않기는 어렵다. 연애가 지저분하지 않게 끝나기는 더욱 어렵다. 연애가 애욕의 유희(遊戲) 되기는 쉽다. 연애가 흥정이 되기는 더욱 쉽다.

연애미(戀愛美)의 진경(眞境)

끝으로 부언하거니와 연애의 미학은 연애를 연애하는 학(學)이란 점이다. 사랑의 도표는 오늘 저녁에 즉흥으로 만든 것이지만 만들어 놓고 보니 제격이다. 글자 한 자를 몰라도 시취(詩趣)를 알면 시인이라고, 연애가 무엇인지 모르는 이도 연애를 할 수는 있으니 참으로 알고 싶은 이는 연애를 해보는 수밖에 없다. 연애학은 연애하고 있는 사람만이 그 오류를 간파할 수 있는 것이기 때문이다.

"미워하지 말라, 미움은 괴로우니라. 사랑하지 말라, 사랑은 더 괴로우니라."

이것은 연애미학의 결론이다. 그 더 괴로운 것이 더 좋다고 생각하는 사람에게는 연애가 있을 것이요, 연애미학 따위는 아무런 필요도 없을 것이다. 심심파적으로 쓴 글이 이미 상당한 매수가 된 듯하므로 이쯤에서 그만 붓을 던지기로 한다.

1956. 3, 《여원》

'멋'의 연구

한국적 미의식의 구조를 위하여

1. 머리말

'멋'이란 말이 '미적인 것'의 한 특수한 형상(形相)으로서 한국 민족의 예술적 생활의 표현 목표와 이념, 또는 미가치(美價値)의 한 표준을 의미하고 있는 것은 누구나 아는 일이다. '멋'은 오랜 세월을 두고 우리 민족의 미적 체험 속에 체득되고 제작과 행위에서 수련(修練)되어 왔기 때문에 '멋'에 대한 취미성(趣味性)과 감수성(感受性)은 우리 민족의 민중생활 일반에 보편화되어 있다. 그러나 이렇게 '멋'이라는 특수한 미에 대한 감수성과 취미가 한국적 미의식(美意識)의 중요한 특성을 이루고 있으면서도 미적 개념으로서의 '멋'의 본질 내용은 지극히 불분명하고, 더구나 그것의 한국적 미의식 구조상의 위치와 관계 내지 의미에 대한 이론적 반성(反省)과 고구(考究)는 일찍이 있어 본 적이 없다. 그러므로 한국적 미의식의 구조를 밝힘으로써 '멋'의 위치를 찾고, 아울러 미적 범주(範疇)로서 '멋'의 내용과 나아가서는 생활이념(生活理念)으로서의 멋의 지향(志向)을 밝혀 보려는 것이 본고가 의도하는바 주제이다.

2. 한국적 미의식의 의의

한국적 미의식의 구조를 밝힌다는 것은 결코 쉬운 일이 아니다. '한국적 미의식'이란 말은 '미의식의 한국적 양상'이란 뜻인데, 이 '한국적'이라는 개성(個性) 또는 한계의식(限界意識)의 해명은 먼저 미의식의 보편성 내지 일반적 양상(樣相)을 바탕으로 하지 않으면 안 될 것이기 때문이다.

그러나 이러한 미의식의 일반문제 — 미란 무엇인가, 미는 어떤 것에서 느끼는 어떠한 느낌인가, 미는 어떻게 체득되고 창조되는가 하는 문제들은 미학상의 근본문제여서 그 문제 자체만으로도 방대한 과제를 줄 뿐 아니라, 그러한 지나친 추상적 이론이 전개하는 난삽(難澁)하고 완만(緩慢)한 추구는, 그렇지 않아도 막연하고 종잡을 수 없는 우리 미의식의 바탕을 밝히는 데 도리어 혼선과 마이너스를 가져올 우려조차 있는 것이다. 그러므로, 나는 우리 민족이면 누구나 느끼면서도 이렇다고 꼬집어서 말할 수는 없는 우리의 미의식을 분석하고 재구성함으로써 그 구조를 살펴보고자 한다. 다시 말하면, 한국적 미의식의 바탕과 윤곽과 내용을 알아보자는 것이다.

미의 욕구와 의식 또는 미적 체험은 인간이 생래로 구유(具有)한 본능적인 것이기 때문에 이 점에 있어서만은 미는 초시간적이요 초공간적인 인류통성(人類通性)으로서의 보편원리이다. 다시 말하면, 자연미든 예술미든 그것을 향수(享受)하고 완상(翫賞)하고 욕구하고

창조하는 의식의 바탕과 미감(美感)의 움직임은 결과적으로 동일원리의 것이라 할 수 있나. 마치 성의 쾌감과 연애의 미감이 인류 일반의 통성으로 생리적(生理的)이요 심리적(心理的)인 기초 위에 이루어진 보편한 원리인 것과 같이, 미의식과 미감도 이 근원적인 바탕을 떠나는 것은 아니다.

그러나 이러한 미의 욕구와 미의 의식 또는 미적 체험은 개인에 따라 다르고 시대에 따라 변하기 때문에 미가 개인적이요 시대적이라는 것도 명백한 사실이다. 그러므로, 미라는 것은 그 자체로서는 보편타당성을 요청하고 있는 가치표준이지만, 의식하는 양상과 방법과 감도(感度)에 있어서는 개인에 따라 가지각색이어서 보편적인 일치를 본다는 것은 사실상 불가능한 것이다. 그러나 이와 같은 미의식 또는 미적 체험의 개인적 상위성(相違性)은 주로 미적 대상에 대한 감도의 차—곧 민감(敏感)에서 불감(不感)에 이르는 여러 가지 개인적 차에서 유래하는 것이 아니면, 미적 대상에 대한 호오(好惡)의 차—곧 취향과 습성에서 오는 여러 가지 개인적 차에 연유하는 것이 보통이다. 그러므로 이 감도의 차와 호오의 차에도 불구하고 미감과 미의식은 그것을 긍정하는 그 자체에 있어서는 동일성을 지니게 된다. 다시 말하면, 어떤 것을 미로서 느끼든지 그 미감 자체는 일종의 정신적 쾌감이란 점에서 공통한 것이란 말이다.

감정과 취미의 상대성(相對性)은 동일인이 동일물에 대해서도 전후의 관계에 따라 한결같지 않고 선행(先行)의 심적 상황에 의하여 후속(後屬)하는 감정상태가 제약되기 마련이다. 그러므로 본질상의 문제로서 미의식은 선험적(先驗的) 보편성을 지니지만, 사실상의 문제로서의 미의식은 경험적(經驗的) 특수성에 매이게 된다. 이와 같이 미의식이 선험적 보편성과 경험적 상위성을 매개(媒介)로 하여 생성의 계기로 삼는다는 사실에서 우리는 다음과 같은 중요한 시사를 받을 수 있다.

첫째, 미는 변화와 상위가 있음으로써 지역과 시대와 개인을 한하여서의 관찰이 성립되지만, 그러나 미는 이러한 변화하고 상위하는 차별상(差別相)만에 멈추는 것이 아니고, 그것은 불변하고 상통하는 보편상(普遍相)을 가진 하나의 가치라는 점이다. 변하는 것은 미의 '실'(實)이요 '현상'이며, 변하지 않는 것은 미의 '이'(理)요 '바탕'인 것이다. 만일 미가 단지 변화와 상위의 차별상만을 지니는 것이라면 그것은 하나의 사상(事相), 하나의 사건에 지나지 않을 것이요 가치표준이 될 수는 없을 것이다. 다시 말하면, '어떤 것이 우리의 미냐' 하는 문제는 우리의 작품이나 유물로써 실증(實證)할 수가 있지만, 그러나 '이런 것이 우리의 미다'라는 판단의 뒤에는 우리의 미의식 곧 우리의 미가치표준(美價値標準)이 없이는 불가능하다는 것이다. '우리의 미'라는 말은 '남들의 미'에 대한 우리의 미라는 차별상을 바탕으로 하는 동시에 '우리들과 남들이 함께 좋아하는 미'라는 뜻의 보편성도 들어 있는 것이다.

둘째, 미의식은 개인을 통하여 구현(具現)되지만, 그것은 미의식의 보편성의 한 양상이란 사실이다. 경험과학의 하나로서의 과학적

미학은 이러한 미의 보편성을 부정하고 있으나, 만일 여러 가지 다른 모습으로 나타난 미적 현상의 근저(根底)에 아무런 보편성도 없다면 관광이라든지 예술은 그 존재마저 부정되지 않으면 안 된다. 자연미든 예술미든 간에 미는 곳과 때와 사람에 따라 여러 가지로 변화하고 상위한 데도 불구하고, 관광이라든지 예술이 그대로 존속한다는 것은 거기에 미의식의 보편성이 전제되지 않고는 불가능한 것이다. 금강산이나 베니스 같은 이름 있는 풍광(風光)이 어느 때 어느 나라의 어떤 사람에게도 한결같이 아름다운 풍경(風景)으로 느껴지는 것은 무슨 때문인가. 훌륭한 고전 예술작품들의 경우도 마찬가지다. 크거나 작거나 간에, 높든지 낮든지 간에 관광과 예술은 미의 개인적 상위성에 근거하는 것이 아니고 미의 보편성 위에 서는 것이다. 이런 뜻에서 미의 근본질(根本質)은 구경(究竟)에 보편성과 공통성을 일단 승인하지 않을 수 없는 것이다.

갑(甲)이 미라고 보는 사물에 대하여 을(乙)은 미가 아니라고 하니 보편성이 없는 것이 아니냐고 주장한다면 이는 천박한 견해다. 어떤 사물에 대하여 미라고 긍정하든지 미 아니라고 부정하든지 간에 그 판단의 이면에는 그 판단을 내리는 기준 또는 규범으로서의 미의식을 지니고 있다고 보지 않으면 안 된다. 자기의 미의식과 합치될 때 미라고 판단하는 것이고, 자기의 미의식과 어긋날 때 미가 아니라는 판단이 내려지는 것이기 때문이다. 미에 대한 긍정이든 부정이든 간에 그 판단은 각자에게 선험적으로 갖추어진 일종의 미의식을 프리서포우

즈하고 있다. 다시 말하면, 부정의 근저에는 긍정이 전제되지 않으면 안 된다. '이것은 미가 아니다'라고 부정하는 판단 뒤에는 '저것이 미이다'라는 긍정이 뒷받침되어 있다는 말이다. 우상(偶像)은 항상 우상을 지적하는 자의 손가락 위에 올라앉듯이 자기의 우상이 없으면 다른 우상을 부정할 수 없는 것과 마찬가지로, 미의식이 없이는 '이것은 미가 아니다'라는 부정의 판단을 내릴 수가 없는 것이다. 이와 같이, 미의식의 보편성은 개인적 상위성을 넘어서 공통으로 존재하는 —통일의 원리이기 때문에, 단순한 경험적 사실상의 상위만으로는 미의식의 보편성과 객관성은 부정되지 않는다. 경험적 사실로서의 개인적 상위만 주장하고 선험적인 보편적인 것을 허(許)하지 않는다면, 미학은 물론 논리학도 윤리학도 도저히 성립할 수 없는 것이다. 또 모든 사람에게 같은 정도로 예외없이 한결같이 승인되는 보편적 가치란 사실상 존재하지 않는 것이다.

셋째, 미의식은 개인의 경험적 사실을 통하여 구현(具現)되는 만큼 그 개인이 생활하고 있는 풍토와 역사와 사회집단의 영향을 받게 된다는 것은 자명한 일이다. 다시 말하면, 어떤 곳, 어떤 때, 어떤 것에서 미를 느끼느냐 하는 이 미의식의 경험적 생성현상(生成現象)은 곧 미의 풍토적 양식, 사회적 기호(취향), 역사적 이념을 고구(考究)하는 민족미학 성립의 근거와 계기를 준다. 다시 말하면, 미의식에 있어 보편성의 바탕은 개인적 상위를 뛰어넘은 공통성 곧 동일취향성을 생성시킨다. 이 미의식의 동일취향성은 바꿔 말하면 미의식의 집단적 개성으로서 다른 집단의 동일취향성에 대한 개성적 공통성이다. 미의

식의 집단적 개성은 주로 음식·복식·건축·공예·가악·무용 같은 생활문화·생활예술 면에서 현저한 공통의식 곧 동일취향성을 드러낸다. 특히 그 전형적인 예로서 민요를 들 수 있을 것이다. 민요에 대한 미의식은 각 지방이나 각 민족이 상이하여 천차만별이지만, 제 지방과 제 민족의 민요에 대한 미감과 애착은 다른 지방 다른 민족이 향수하는 미감과는 비교할 수 없으리만큼 강렬한 무엇이 있는 것이다. 이는 민요가 그 지방, 그 민족집단이 그 향토에 살면서 오랫동안 공동으로 발견하고 창작해 낸 가장 쾌적한 가락이기 때문이다. 다시 말하면, 미에 대한 그 집단의 공동의식이 성취한 개성미이기 때문이다. 우리 민요는 영남(嶺南)·호남(湖南)·근기(近畿)·영동(嶺東)·관서(關西) 등이 각기 따로 지방적 개성을 이루고 있지만, 그것들은 같은 한국 민요로서 한국 민족 전체에게 어필하는 것이다.

우리가 민족적 미의식을 다루기 전에 미리 밝혀 두지 않으면 안 될 것은 개인적 개성과 집단적 개성-민족적 개성의 관계에 대한 문제이다.

문화나 예술에 있어 개인의 개성은 보편성 또는 세계성에 통해 있으므로, 민족의 구성원으로서의 개개인의 개성은 민족적 개성이 아니라 도리어 인류적 개성이요, 이러한 인류적 개성으로서의 개개인의 개성을 총합한 것은 민족적 개성의 바탕은 되어도 그것이 곧 민족적 개성은 아니다. 개개인의 개성은 집단적 개성을 형성하지만, 집단적 개성은 개개인의 개성을 그대로 총합한 것이 아니고, 그 개개인의 개성이 공동으로 형성한 개별의 개성이기 때문에, 집단적 개성은 개개인의 개성과 같은 크기의 개성이요, 개개인의 개성의 총합보다는 훨씬 작은 개성인 것이다. 여기서 크다 작다 하는 것은 그 내포(內包)를 말하는 것으로서, 이를 바꿔 말한다면 집단개성이 될수록, 외연(外延)이 커지면 커질수록 개개인의 개성의 화(和) 보다는 내포가 줄어든다는 말이다. 집단적 개성은 그 구성원의 개성들이 지닌바 동일취향의 공통인자(共通因子)로 생성된 별개의 개성이기 때문에, 개개인의 개성과는 다른, 개개인의 개성에는 희귀(稀貴)하거나 없는 새로운 개성을 낳기도 하는 것이다.

그러므로, 한국적 미의식은 한국인 개개인의 미의식의 총화(總和)로서 인류의 보편적 미의식의 바탕 위에 구조(構造)된 집단적 개성으로서의, 한국적 특징으로서의 미의식을 뜻한다. 이것은 민족의식을 강조하는 개인이 사멸해 가도 민족의 미의식 속에 무한히 연속 체득되어 계승하는 것이다.

3. 가치판단의 한국적 개념

가치란 것은 사람이 요구하는 사물의 성질을 가리키는 말이다. 그러므로, 그것을 요구하는 사람의 일정한 태도 또는 의식이 그 요구와 관계되는 대상의 성질에서 찾은 판단인 것이다. 따라서, 가치는 승인(承認)과 거부(拒否)와 추구(追求)와 회피(回避) 등의 평가작용을 동반하게 된다. 이와 같이, 가치는 의식이라는 주체와 대상이라는 객체

사이의 관계에서 생성되는 판단과 평가작용이지만, 그 의식과 대상을 매개하는 것은 혹종의 요구 그 자체인 것이다. 다시 말하면, 생리적이든 심리적이든 감정적이든 의지적이든 간에 또는 실용적이건 잉여적(剩餘的)이건 사회적이건 시대적이건 간에 그 요구의 조건과 대상의 조건의 일치 또는 괴리와 그 정도의 다과에 따라 가치의 유무와 고하가 결정되는 것이다.

인간의 요구가 무수한 만큼 그 요구들을 충족시키는 가치도 무수하다. 이러한 인간의 수많은 요구를 크게 나누어 진·선·미의 세 가지 절대가치(絕對價値)를 설정하는 것은, 이미 낡은 것이긴 해도 저명한 분류형식임은 사실이다. 그러나 이 진·선·미는 모두가 이상정신가치(理想精神價値)요, 성가치(性價値)·경제가치와 같은 자연물질가치(自然物質價値), 곧 동물로서의 인간에게는 오히려 더 근본적인 중대한 가치는 제외되어 있다. 또 가치론적인 진·선·미의 삼분요소를 심리학적인 지(知)·정(情)·의(意)의 삼분요소와 서로 배합(配合)하는 것도 반드시 타당한 것만은 아니다. 진·선·미에 신성가치(神聖價値), 곧 성(聖)을 더했거나(빈델반트) 혹은 이론적 가치·미적 가치·신비적 가치·윤리적 가치·에로틱 가치·신성가치로 더 세분했다(리케르트) 해도 인생의 가치 전체를 설진(說盡)할 수는 없는 것이다. 다시 말하면, 인간의 근본적 요구를 분별하기 이전의 요구는 오직 '생명'이란 이름이 있을 뿐이요, 따라서 그 근본적 요구 총체를 포섭(包攝)하는 가치는 실로 '생활' 하나밖에 없는 것이다. 여기에 가치관념(價値觀念)의 통화(統化)와 분화(分化)의 계기가 있다.

가치관념의 통화 ─ 곧 가치관념이 분화되기 이전의 가치판단의 기준 또는 분화된 뒤의 모든 가치판단에 공통된 표현은 무엇인가. 우리 말은 이것을 '좋다'와 '됐다'라는 두 가지 말로 표현한다.

'좋다'와 '됐다'는 인간의 요구에 부응(副應)하는 모든 가치에 통용되는 말이다. 따라서, 그것은 절대가치라는 진·선·미의 한국적 표현인 '참되다'·'착하다'·'아름답다'의 세 가지 가치 어디에도 통용되는 말이다. '좋은 논문'·'좋은 사람'·'좋은 시'라는 말은 각기 학술적 가치·도덕적 가치·예술적 가치를 평가하는 말로서, 그것은 진실한 논문, 선량한 사람, 아름다운 시를 뜻한다. 뿐만 아니라, 우리는 논리 간명한 글을 선필(善筆) 또는 미문(美文)이라 하고, 선량한 행위를 미덕(美德) 또는 진심(眞心)이라 하며, 아름다운 예술을 진실(眞實) 또는 순정(純正)이라 해서 진·선·미를 혼용하고 있다. 참되고 착하고 아름답다는 것은 곧 다름 아닌 가치판단에서 좋다는 느낌의 공통된 표현이자 분화된 가치대상에 대한 평가작용의 구극(究極)에 발하는 제 나름의 찬탄(讚嘆)인 것이다.

이와 같은 사실에서 우리는 한국의 가치관념이 진·선·미의 합일을 지향하고 있음을 알 수 있다. 다시 말하면, 도덕적 가치는 아름답고 참된 것을, 학술적 가치는 착하고 아름다운 것을, 예술적 가치는 참되고 착한 것을 바탕으로서 희구(希求)한다는 말이다. 이것은 하나의 전인(全人)의 이상이기도 하다.

그러면 이 '좋다'와 '됐다'라는 말이 내포한 관념내용, 또는 그 말들

에 표상(表象)된 의미는 무엇인가.

'좋다'라는 말에는 대략 다섯 가지 뜻이 있다.

① 오관(五官)을 통하여 상쾌하고 흡족한 느낌을 줄 만하다.
② 아름답고 품위가 있다.
③ 어느 표준에 맞아 마음에 들다.
④ 목적한 기대에 어그러짐이 없다.
⑤ 태도나 상태가 거칠거나 흐리지 아니하고 정답거나 맑다.
⑥ 운수 따위가 순조롭다.

— 한글학회 《큰사전》

특히 풀이 ③과 ④는 이 '좋다'라는 말이 가치관념을 나타내는 말이라는 명백한 증거가 된다. 표준에 맞아 마음에 든다는 것이나 목적한 기대에 어그러짐이 없다는 것은 곧 가치기준에의 부합(符合)을 뜻하기 때문이다. 또, 풀이 ①과 ⑥은 이 '좋다'라는 말이 모든 가치관념에 통용되는 평가기준임을 밝혀 준다. 오관(五官)을 통한 상쾌하고 흡족한 느낌이나 운수 따위가 순조롭다는 것은 전자가 자기 내부의 평가요 후자가 외부에서 저절로 되는 평가라는 차는 있어도, 그것이 평가기준에의 부합이란 점에서는 양자가 일치한다. 다시 말하면, '보기 좋다'·'듣기 좋다'·'먹기 좋다'는 것은 물론 '운수가 좋다'는 것도 결국 '뜻대로 된다'는 말, '여의(如意)하다'는 뜻이기 때문이다. 더구나 풀이 ②와 ⑤는 이 '좋다'라는 말이 가치통화관념(價値統化觀念)의 표현으로서 그 기준이 미의식이 핵심(核心)이 되거나 미적 가치관을 통한 평가의 표현임을 보여준다. 아름답고 품위 있는 것, 거칠거나 흐리지 않고 정답고 맑은 것에서 좋다는 것을 느끼는 것은 '좋다'라는 말이 내포하는 관념이 아름답고 품위 있고 곱고 맑고 정답고 진실하다는 뜻인 줄 알게 한다. 실제로도 우리 고어(古語)에는 '좋다'는 말이 이와 같은 다의(多義)로 사용된 것을 볼 수 있다.

　됴홀 호(好) (訓蒙字會 下 P. 31)
　됴홀 션(善) (〃 　 下 P. 31)
　됴홀 슉(淑) (〃 　 下 P. 31)
　녀름됴홀 풍(豐) (〃 　 下 P. 19)
　됴홀 미(美) (類合 上 　 P. 26)
　됴홀 호(好) (〃 上 　 P. 26)
　됴홀 의(懿) (〃 下 　 P. 30)
　됴홀 길(吉) (〃 下 　 P. 57)
　됴홀 가(佳) (〃 下 　 P. 61)
　面美曰 捺翅朝動 (鷄林類事)

이 '좋다'는 말의 어원이 무엇인가를 우리는 알지 못한다. 다만 그 원형이 '둏다'라는 것과 그 어의(語義)가 앞에 인용한 바와 같이 好·善·淑·豐·美·吉·佳 등의 뜻으로 쓰였다는 것을 알 수 있어서,

그것이 우리의 가치관념이 아직 분화되기 이전의 공용어였다는 것을 알 수 있다.

그러나, 우리가 현재 쓰고 있는 '좋다'라는 말의 어의 또는 그 표상하는 개념은 짐작할 수가 있다. 그것은 '좋다'의 반대말을 분석하여 유추(類推)하는 역구성의 방법을 통해서 가능하다. '좋다'의 반대말엔 '좋지 않다'가 있으나 그것은 소극적인 부정일 뿐 아니라, '않다'라는 부정사를 받는 '좋지'의 개념은 의연히 불분명하다. 그러므로, '좋지 않다'보다 적극적 부정인 '궂다'와 '나쁘다'의 어원을 살핌으로써 '좋다'라는 적극적 긍정판단의 내용을 짐작할 수밖에 없다. '좋다'라는 말의 이 두 가지 반대말은 지금도 살아 있는 말이지만, '궂다'는 말은 이미 드물게 쓰이고 '나쁘다'가 더 많이 쓰이는 것으로 보아서 전자가 더 오래된 말인 줄 알 수 있다. 이 밖에도 지금은 폐어(廢語)가 되었지만 고어에는 '머즐다'와 '모딜다'가 있었다.

災징禍황는 머즐씨라 (月印釋譜 第一 p.49)
됴홀 일 지순 因緣으로 後生애 됴훈 몸 드외오 머즌 일 지순 因緣으로 後生애 머즌 몸 드외야 (月印釋譜 第二 p.16)
惡은 모딜 씨라 (月印釋譜 第一 p.16)
歌利王온 … 無道훈 マ장 모딘 님그미라 〔極惡君〕(金剛經 p.80)

'궂다'는 ① '날씨가 궂다' ② '심술궂다' ③ '얄궂다' ④ '궂은 일'들이 현재에도 쓰이는 말인데, ①은 '불순(不順)하다'는 뜻이고, ②는 '짐 짓 악의(惡意)스럽다'는 뜻이며, ③은 '이상하다'의 뜻이며, ④는 '험한 일 또는 흉사(兇事)'를 가리킨다. 이로써 보면 '궂다'라는 말은 불 순(不順)·악의(惡意)·불길(不吉)·부조화(不調和)·비정상(非正常)의 뜻임을 알 수 있다. 이 '궂다'라는 말이 '좋다'라는 말의 반대말로 쓰인 예도 고전에 있다.

됴ᄒᆞ매 구주미 더를 브트실 ᄯᆞ니언뎡 〔美惡自彼〕
(圓覺經諺解 上 一五二 p.61)

됴ᄒᆞᆫ 일란 내게 보내오 구즌 일란 ᄂᆞ미게 주ᄂᆞ니 〔好事歸己 惡事施於 人〕(金剛經 二一三)

惡道ᄂᆞᆫ 세 구즌 길히니 (阿彌陀經 十一)

'나쁘다'는 좋지 않다는 말의 적극적 표현으로 현재 가장 많이 쓰이 고 있거니와, 그 어원(語源)은 '낮브다'에 있으니 '낮다'는 뜻에서 온 말이다.

나쁘다〔惡〕	낮브다
미쁘다〔信〕	믿브다
바쁘다〔忙〕	밭브다
기쁘다〔喜〕	깉브다
가쁘다〔倦〕	갇브다
고프다〔飢〕	곯브다
슬프다〔悲〕	슳브다

아프다〔痛〕　　　앓브다[1]

위의 예에서 보인 바와 같이 '나쁘다'의 원형은 '낮브다'이다. "어간이나 어근에 '브'가 붙어서 타사(他詞)로 바뀌거나 뜻만이 변한 것은 그 어간이나 어근의 원형을 밝히어 적지 아니한다"고 〈맞춤법 통일안〉은 제17항에서 밝히고 있다. 이와 같이, '나쁘다'는 '낮다'는 어근에서 온 말이지만, 뜻이 변했기 때문에 그것을 밝히어 적을 필요가 없으므로 그냥 발음되는 대로만 적는다는 것이다. 그러므로 이 항은 '나쁘다'의 원의(原義)가 '낮다'의 뜻임을 밝혀주고 있다.

이 '나쁘다'라는 말은 '착하지 않다'·'참되지 않다'·'아름답지 않다'는 뜻으로 통용할 뿐 아니라, '밥이 나쁘다'라고 하는 경우에서는 '양이 차지 않는다'·'부족하다'라는 뜻으로도 쓰인다. 그러므로 '나쁘다'라는 말의 어의는 정도가 낮고 모자란다는 뜻이 된다.

서상(敍上)한 바로써 우리는 '좋다'의 어의개념이 '궂다'·'나쁘다'의 반대말로서 순리(順理)·정상(正常)·조화(調和)와 고도의 성취감 또는 충족감으로 이루어진 평가작용임을 알 수 있다. 이와 같이, '좋다'라는 말이 통화가치관념(統化價値觀念)으로서 또는 진·선·미의 가치평가에 함께 통용되는 것은 비단 우리말로서만 그런 것이 아니요, 한문의 '선'(善), 일어의 '良イ'나 영어의 'good', 불어의 'bon'이 다

---

1) 〈맞춤법 통일안〉, p. 31.

그렇다. 이것은 공통된 언어의식의 말미암은바 세계 통유(通有)의 관념현상이라 할 수 있다. 그러나, 그 통화가치관념의 기조(基調) 또는 표현을 미적 가치관의 주축(主軸) 위에 세우는 것은 우리말에서 더 확연하고 강세인 것이 사실이다. 우리말에서 '미'(美) 곧 아름답다는 말의 반대말—부정적 표현은 '더럽다'인데, 이 더럽다는 말은 도덕적 가치 또는 학술적 가치의 부정어(否定語)인 '몹쓸다'와 '가짜다'보다도 더 강력한 모욕적(侮辱的) 부정사(不定詞)로서 '도덕적 가치'·'학술적 가치'의 평가에 적용된다.

'아름답다'와 '더럽다'로써 미적 가치뿐 아니라, 모든 가치의 최고와 최하를 표현하는 것은 우리 민족의 가치관념에 미의식이 기조를 이루고 있다는 증좌(證左)가 된다.

'좋다'라는 말과 거의 같은 경우에 쓰이는 말로 '됐다'가 있다. '됐다'의 원형은 '되다'요, '됐다'는 '되다'의 과거형 '되었다'의 약어(略語)이다. '되다'의 고어는 'ᄃᆞ외다'이니 'ᄃᆞ외 — ᄃᆞ외 — 도외 — 되'의 순으로 음전(音轉)된 것이다.

山이 草木이 軍馬ㅣ ᄃᆞ뵈니이다〔山上草木化爲兵衆〕(龍飛御天歌 九十八章)

가ᄇᆡ야ᄫᆞᆫ 소리 ᄃᆞ외ᄂᆞ니라〔爲輕音〕(訓民正音 P.12)

쟝이 도외미 ᄯᅩ호 됴ᄒᆞ니라〔爲醬亦好〕(敎荒提要 十)

病이 되엿거늘 (三綱行實·王氏經死)

'드ᄇᆡ다 — 되다'의 그 원의는 미상이나, 이 말이 성취(成就) 또는 부응(副應)의 뜻임은 명백하다.

'되다'
① 물건이 다 만들어지다. 일정한 형태가 이루어지다.
② 일이 끝나서 성공하다.
③ 어떠한 때가 돌아오다.

— 한글학회 《큰사전》

그러므로 이 '됐다'의 반대말 '안 됐다'는 '좋다'의 반대말 '나쁘다'와 같이 쓰이는 것이다. 안 됐다는 것은 '불성'(不成)의 뜻으로, 나쁘다의 '부족'(不足)과 상통한다. 또 '안 됐다'와 비슷한 말인 '못 됐다'는 '되지 못하다' 또는 '잘못되다'는 뜻으로서 '악하다'의 뜻으로 전(轉)하기도 한다. 또, '덜 됐다'라는 말은 '설익었다' · '겉멋이다'라는 말과 같이 미숙하다는 뜻으로, 인품 · 학문 · 예술의 평가에 통용하는 말이다. 이와 같이, '됐다'라는 말은 성취감(成就感) · 부합감(符合感)의 표현으로서 '좋다'에 통하면서도, '됐다'의 완결형인 '다 됐다'라는 말은 모욕감 · 타락감 · 절망감을 표현하는 말이다. '세상 다 됐다'라는 말은 말세의 탄(嘆)이요, '그 예술도 다 됐다' 하면 더 바랄 것 없는 끝장이란 뜻이 된다. 성취와 성숙을, 조화와 균정(均整)을 높은 가치기준으로 설정하면서도 완전성취감 · 규격성 · 완벽성을 경계하는 곳에 우리 미의식의 특질이 있는 것이다. 덜 되고 안 되고 못된 것은 성숙을 위한, 되기 위한 노력으로 극복해야 하지만, 지나친 규격의 형식과 완결된 내용과 충만(充滿)·진부(陳腐)의 타성(墮性)은 거부한다는 말이다. 여기에 우리의 미이념(美理念) 또는 심미의식(審美意識)의 허극성(虛隙性)·불균정성(不均整性)·비상칭성(非相稱性)·가변성(可變性)·율동성(律動性)의 바탕이 있는 것이다. 다시 말하면, 빈틈없는 결구(結構)·정제(整齊)·조화(調和)의 바탕 위에 기술의 구경(究竟)으로서 얻은 기술의 초탈(超脫)은 항상 인공으로는 거의 불가능한 허극과 왜곡의 새로운 창의로써 타개된다는 말이다. 덜 되거나 안 되거나 못되지 않고, 되었으면서 항상 다 되지 않은 것 — 이것이 우리의 가치관념의 이상이요 가치관념의 기준임을 엿볼 수 있는 것이다.

'좋다'와 '됐다'라는 통화가치관념은 참되다[眞], 착하다[善], 아름답다[美]라는 세 가지 가치관념으로 분화되었다. 그러나, 이 세 가치개념(價値槪念) 중에 가장 먼저 성립된 것은 '아름다움'의 개념이요, '참됨'과 '착함'의 개념은 훨씬 후세에 성립된 것이다. 왜 그러냐 하면, '아름답다'는 말은 우리 고전에 진작부터 보이는 데 비해서, '참되다'거나 '착하다'는 의연(依然)히 '됴타'(좋다)라고 쓰였고, 오늘 우리가 쓰는 뜻의 '참되다'와 '착하다'는 말은 눈에 잘 띄지 않기 때문이다. '참답다'는 말의 어근(語根) '참'은 진작부터 눈에 띄지만 '착하다'는 '착'도 '착함'도 잘 보이지 않는다.

아롬다온 일후믈 사르미 밋디 몯ᄒᄂ니〔美名人不及〕 (杜諺 二十一 p.23)

아롬다올 언(彦) (類合 下 p.5)

아릿다울 교(嬌) (類合 下 p.31)

眞榛〔춤갈〕 (農事直說 p.5)

生眞油〔눌춤기름〕 (牛疫方 p.13)

'참되다'는 '眞'의 뜻인 '참'과 동사 '되다'와의 합성어로서 '참답다'라고도 한다. '眞實로'(진실로〔誠〕 — 杜諺 九 p. 8) 또는 '꾸밈 없는'(ᄭᅮ몀 업슨〔질(質)〕 — 三家解 二 p. 61)의 뜻으로 비롯된 말이다. 오늘 우리가 쓰고 있는 '참되다'라는 말은 '진실(眞實)하다'·'옳다'〔是〕·'바르다'〔正〕의 뜻이다. '참되다'의 반대말은 '가짜다'〔假〕·'그르다'〔非〕·'틀렸다'〔誤〕요 '조작이다'〔造作〕·'얼간이다'〔半鹽〕·'설익었다'〔未熟〕라는 말도 쓴다. '착하다'라는 말은 물론 선(善)의 뜻이지만, 우리 민족은 선의 기준을 어디에 두었는가 하는 문제는 흥미로운 일이 아닐 수 없다. 이것 역시 그 반대말에서 유추할 수밖에 없다.

선(善)의 반대말 악(惡)은 '몹쓸다'와 '못됐다'이다. '몹쓸다'의 어원은 '못쓰다' 곧 쓰지 못할 것〔無用〕, 써서는 안 될 것을 뜻한다. '몹쓸다'는 '몹쓰다 — 몹슬다'로 전음(轉音) 전의(轉義) 된 것이다. '쓰다'〔用〕는 원형이 '쓰다'요, '～ 쓰' → 'ㅂ쓰' 형 음전(音轉)은 뿔〔米〕에 관한 어휘에서 그 예를 찾을 수 있다.

날로 뿌메 편안킈 ᄒ고자 홇 ᄯ라미니라〔便於日用矣〕(訓民正音 序文)

니ᄡ리 동오로셔 오ᄂᆞᆺ다〔粳稻來東吳〕(杜詩諺解 卷五 十一)

ᄎ뿔나〔糯〕(訓蒙字會 上 p.12)

갱미(粳米)는 현행어로는 입쌀, 나미(糯米)는 찹쌀이다. 이는 ᄡᆞᆯ
의 'ㅂ'이 윗음절에 올라붙는 것으로서, 특히 찹쌀에서는 찹뿔의 찰의
ㄹ이 탈락되고 대신 ㅂ이 올라붙는 것이다. 경상도 일부 방언에 쌀을
살이라고 발음하는 것은 ᄡᆞᆯ의 된비읍 발음이 'ㅆ'과 같은 완전한 된소
리는 아니었던 증거가 된다. 몹슬다(몹쓸다)에서는 '몯뿔다'의 '모'의
'ㄷ'이 탈락된 것이다.

米曰 漢菩薩 (鷄林類事)

한보살(漢菩薩)은 흰뿔 곧 흰쌀〔白米〕의 표음(表音)이다. ᄡᆞᆯ을 '菩
薩'이라고 표기한 것은 ᄡᆞᆯ의 음가(音價)를 아는 데에 암시 깊은 바가
있는 것 같다.

'못됐다'는 잘못되었다는 말이니, 이로써 보면 착하다는 개념은 좋
은 사람 곧 쓸 만한 사람으로 그 가치기준이 윤리적 또는 사회적 실용
에 놓여 있을 뿐 아니라, 잘될 사람으로서 복선화음사상(福善禍淫思
想)이 바닥에 깔려 있음을 알 수 있다.

필자는 이 논고에서 우리의 가치관 또는 미의식에 관계되는 중요한
단어들을 분석하여, 그 단어들이 내포한 개념내용과 그 어원 및 어의

전성(語義轉成)의 계기를 살펴보는 방법을 시도하였다. 의미론에서는 각 단어는 그것이 실제로 사용될 경우에 그 주의(主意 : Hauptsinn)와 이 주의에 어떠한 특징을 가미하여 생긴 부의(副意 : Nebensinn)와 이 밖에 감정가치(感情價値)를 띠고 나타난다고 하거니와, 필자가 앞에서 시도한 방법도 이와 같은 것이다.

마지막으로 아름다움 곧 우리가 생각하는 미가치 ─ 그 개념의 골자내용(骨子內容)이 무엇인가 하는 문제가 남는다. 우리말에 미를 나타내는 일반적인 형용사로는 '아름답다'와 '곱다' 두 가지가 있다. 이 두 가지의 어의(語義)를 아우르면 우리 미의식의 핵심을 알 수 있을 것이다.

'아름답다'의 반대말은 '더럽다'요, '칙칙하다'와 '숭하다'가 또한 아름다움의 반대말로 쓰인다. '더럽다'의 반대는 '깨끗하다', '칙칙하다'의 반대는 '맑다', '숭하다'의 반대는 '예쁘다'이다. 그러므로, 우리가 생각하는 아름다움이란 말은 먼저 '깨끗하고, 밝고, 예쁜 것'이다. 또, '곱다'의 반대말은 '거칠다'요, '밉다'와 '투박하다'도 같이 쓰인다. '거칠다'의 반대는 '매끈하다'요, '밉다'의 반대는 '사랑스럽다'요, '투박하다'의 반대는 '날씬하다'이다. 이로써 '매끈하고, 사랑스럽고, 날씬한 것'이 또한 우리 미의 이상(理想)임을 엿볼 수 있을 것이다. 다시 말하면, 우리말에 표상(表象)된 미의 내용은 깨끗하고 밝고 예쁘며 매끈하고 사랑스럽고 날씬한 것이라 할 수 있다.

그러면, 아름답다는 말 그 자체는 무슨 뜻인가. 이 어원을 캐 보는 것은 한국적 미의식의 구명에 도움이 될 것이다. 이 '아름다움'의 어원에 대해서 고(故) 고유섭(高裕燮) 씨는 '아름'은 '안다'의 변화인 동명사(動名詞)로서 미의 이해작용을 표상하고, '다움'은 형명사(形名詞)로서 '격'(格), 즉 가치를 말한다 해서 '사람다움'이란 말이 인간적 가치, 즉 인격을 말하듯이 '아름다움'은 지(知)의 정상(正相), 지적 가치를 말하는 것이라 하였다. '아름다움'은 '알음'(知)이 추상적 형식논리에 그침과 달라서 종합적 생활감정의 이해작용에 근저(根柢)를 둔 것을 뜻한다 하여 실로 철학적 오의(奧義)가 심원한 언표(言表)라 아니 할 수 없다고 그 어원가치(語源價値)를 자랑하였다. 2)

다시 말하면, '아름다움'의 어원을 알음(知)과 다움(如)의 합성어로 보아 지적 가치 또는 '숙지성(熟知性)의 감정'과 비슷한 뜻으로 해석하였다. 미라는 것은 감정적(感情的)인 것도 아니요, 의지적(意志的)인 것도 아니요, 이지적(理智的)인 것도 아니고, 마땅히 예지적(叡智的)이라 할 것이라는 씨의 소설(所說) 3)에는 필자도 동의하는 바이지만, 아름다움의 '아름'을 知(알음)로 보는 것은 미를 예지적으로 해석하여 '지격적'(知格的)이라 하는 씨의 지론을 위해서는 우합(偶合)의 묘미가 있겠으나 어원고증으로서는 무리가 있다.

고유섭 씨는 이 논문의 후주(後註)에서는 아름다움을 '지격'(知格)이라는 뜻으로 본 자신의 설이 오해라 하여 아름다움의 어원적 고찰은 다시 해야 할 것이라고 하였다. 그와 같은 자설(自說)의 보류는 그의 학우 안용백(安龍伯) 씨의 주의(注意)에 의하여 자설의 오해가 지

2) 고유섭, "우리의 미술과 공예", 《동아일보》 1934. 10. 11~20.
3) 고유섭, 전게논문 註 2, 《조선미술문화사논총》, p. 57.

적되었기 때문임을 밝히고, 아름다움의 '아름'은 '知'의 뜻이 아니라, '實'의 뜻이라는 안 씨의 지적을 아울러 밝혔으나 그 설에 동의를 표하지는 않았고, '아름다움'의 어원적 의미로서는 자설이 오해였지만, 미를 예지적 또는 지격적이라 보는 자신의 지론은 확고불변한 것이라 하였다. 그러나, 씨로 하여금 자설을 한때의 오해로 돌려 보류하게 한 그 지적(指摘)이라는 아름〔實〕설(說)도 마찬가지로 근거가 없는 것이다. 무엇 때문에 고유섭 씨가 이 설을 받아들여 자설을 가벼이 보류했는지를 알 수가 없다.

'實'의 고어는 '여름'이요 그것은 '열'〔開〕의 명사형이다. '아람'은 '열매'〔實〕라는 말의 범칭이 아니라 '알밤'이란 말로서 밤이나 도토리가 무르익어 떨어지는 것을 가리키는 말이다.[4] 감이나 배 같은 열매에는 아람이란 말을 쓰지 않는다. 설사 '아람'이 '열매'라는 뜻이 있다고 하더라도 '열매답다'는 것은 말이 안 된다. 혹은 전의(轉義)하여 '아람'을 '알맹이'의 뜻으로 봐서 '알맹이답다'·'實답다'의 뜻으로 파악한다면 뜻은 통할 수 있으나 아무래도 견강(牽强)의 혐(嫌)은 면할 수 없다.

아름다움의 어원은 '알음〔知〕다움'도 아니요, '아람〔實〕다움'도 아니다. 현행어 지(知)·실(實)보다는 더 오랜 어원을 거슬러 올라가야

---

4) 果는 여르미오(月印釋譜 第一, 一二).
　百步에 여름 쏘샤〔射果百步〕(龍歌 六十三章).
　아람 = 밤이나 상수리 따위가 저절로 충분히 익은 상태.
　알밤 = ① 송이에서 빼어난 밤 ② = 아람 (한글학회 《큰사전》).

한다. 아름다움이란 말의 고어원형(古語原形)은 '아룸다옴'이다.

世世로 絲綸 ᄀᆞᆷ 아로미 아름다오물 알오져 홀뎬〔欲知世掌絲綸美〕
　(杜諺 卷六, 四)
美·佳 아룸다올 (石峯千字 一三)

이 아룸다옴의 아룸은 '사'(私)의 고훈(古訓)이다.

아룸ᄉ (私) (類合 下 p.4)
아룸ᄋᆞ로뼈 (以私) (內訓 二 p.20)
늘근 사룸둘히 아룸도이 우니라〔私泣百歲翁〕 (杜諺 四 p.20)
그윗 것과 아룺거시 제여곰 짜해 브터셔〔公私各地着〕 (杜諺 七 p.36)
女家亦婚書乙曾只通報爲旀 私音丁定約爲遣〔女已報婚書及有私
　約〕(明律 卷六, 二)

민(民)의 통훈(通訓) 빅셩(百姓)의 속훈(俗訓)도 아룸이지만, 이
는 사민(私民)의 뜻이므로 '私'의 훈 '아룸'에서 온 것이 분명하다.

이런 아ᄅᆞᆷ 불희 없슨 남기매〔如此之民如無根之木〕 (正俗諺解 卌一)

아룸다옴의 다옴은 답〔如〕이니 꽃답다, 사나이답다 등의 현행어에
그대로 살아 있는 말로서 같다는 뜻의 말이다. 그러므로, 아름다움의

원의는 '私好'의 뜻으로 제 마음과 같다, 제 마음에 어울린다는 뜻이 된다. 5)

다시 말하면, 아름다움은 제 미의식에 맞는 제 가치기준에 부합하는 것이란 말로서, 대상이 (또는 대상에서) '저' 곧 '各自 = 私'와 같을 때 (또는 발견할 때) 느끼는 감정이란 말이 된다. 미적 체험이 개성적 판단과 그 상위성을 우리말은 어원 자체로서 이미 애초부터 인식했다고 할 수 있다. 이야말로 미의 본질의 근본적인 문제를 밝힌 철학적 깊이를 가진 어원이라고 하겠다.

우리말에 현재 사용되고 있는 미가치(美價值) 를 표현하는 어휘는 대개 네 가지 계열이 있다. '아름다움'계·'미(美)'계·'고움'계·'멋'계가 그것이다. 이제, 이러한 미가치 표현어휘의 우리말에 있어서의 사용빈도를 살펴보면 〈표 1〉과 같다(문교부의 "우리 말수 사용의 잦기 조사" 제 1 편, 1956. 12 참조).

이 조사에 나타난 빈도순위는 조사 총어휘 56,069 어휘의 전체의 순위를 낸 것이기 때문에, 빈도 수가 같은 어휘일지라도 순위에 많은 차가 있는 것은 그 어휘들의 가나다 순 배열에 기인한다. 그러므로 같은 빈도의 어휘를 동순위(同順位)로 한다면 실제의 빈도순위는 이보다 높아진다는 것을 알아야 한다. 이제, 이 조사표에 의하여 우리말

---

5) 이에 대해서는 양주동 씨도 필자와 같은 견해를 보여주었다(《朝鮮古歌研究》, p. 111).

미가치 표현어(미남·미인 등 어휘는 제외하고 근본적인 것만)의 유계
빈도(類計頻度)와 그것의 총 빈도순위에의 해당순위를 찾아보면(역
시 가나다순) 〈표 2〉와 같다.

〈표 1〉

조사어휘 총수 : 56,069 어휘

계 열	단 어	빈 도	빈도 순위
아름다움 계	아름다움	18	8,034
	아름답다	566	418
	아릿답다	12	10,576
美 계	美	91	2,326
	美 感	1	40,325
	美 觀	4	19,877
	美 觀 的	1	23,234
	美 麗	3	23,235
	美麗하다	3	23,247
	美的(관형사)	3	19,884
	美 하 다	4	19,887
고움 계	곱 다	289	1,007
	곱다란히	1	35,788
	곱다랗다	3	22,157
멋 계	멋	32	5,242
	멋갈없다	1	40,106
	멋대가리	2	28,518
	멋대로	3	23,064
	멋대리	1	40,107
	멋들다	1	40,108
	멋멋하다	3	23,065
	멋모르다	3	23,066
	멋없다	3	40,100
	멋장이	8	13,166
	멋적다	3	23,067
	멋지다	3	23,068

〈표 2〉

단어 계열	유계 빈도	해당 순위
아름다움系	596	399
美 系	114	1,944
고 움 系	243	986
멋 系	63	3,133
	총계 1,016	233 위

〈표 3〉

단어별 빈도		계별 빈도	해당 순위
착하다	91		
善	37	137	1,679 위
善하다	9		
참 [名]	89		
참 [副]	380		
참다랗다	9		
참답다	28		
참되다	53		
진(眞)	12		
진실(眞實)	36	842	280 위
진실되다	2		
진실로	85		
진실성	7		
진실하다	43		
진정(眞正)	31		
진정하다	67		

이와 같이 미가치를 총체적으로 표현하는 말의 유별누계(類別累計)는 1,016의 빈도를 보임으로써 총 조사어휘 56,069 어 중에 233위를 차지하는 고율(高率)을 나타내고 있다.

참고삼아 착하다(善)와 참되다(眞)계의 어휘빈도를 살펴보면 〈표 3〉과 같다.

이로써 아름다움(美)계 어의 빈도가 1,016로 가장 많고, 참(眞)계 어의 빈도가 842로 그 다음, 착함(善)계 어의 빈도가 137로 가장 낮음을 알 수 있다. 이 '진·선·미'계 어 총계 1,995의 빈도에서 미계의 빈도 1,016은 전체의 50%를 초과하고 있다. 이것은 한국의 가치관에 미의식이 바탕이 되어 있다고 전제한 필자의 견해를 확정하는 것이 아닐 수 없다.

4. 한국적 미의 범주

우리말에는 미를 표상하는 어휘로 '아름다움'과 '고움'과 '멋'의 세 가지가 있다. 전장(前章)에서 고찰한 미가치 표현어 네 가지 중 미계(美系) 어휘들은 '미'자(字)를 우리말로 훈독할 때 '아름다울 미'라고 하므로, 이 '미'자가 든 말들은 아름다움 계에 포섭될 성질의 것이다. 그러므로 이 '아름다움'과 '고움' 및 '멋'의 세 가지 말이 지니고 있는 개념을 분석하고 그것들 상호간의 관계를 구명하고, 그것의 미의식 구조상의 위치를 설정함으로써 우리는 미의 한국적 범주(範疇)를 추상(抽象)

할 수 있을 것이다.

필자는 전장에서 '아름다움'의 개념내용을 분석하여 그것이 깨끗하고, 밝고, 예쁘며, 매끈하고, 사랑스럽고, 날씬한 것에서 느끼는 가치임을 지적하였다. 이것은 이미 한국의 미의식의 한 고유한 성향을 단적으로 드러내고 있어 '고움'이라든지 '멋'의 근본 바탕이 되어 있다. '아름다움'은 '고움'과 '멋'의 바탕으로서 한국적 미의식을 대표하는 말이 된다. 다시 말하면, '아름다움'이란 말은 한국적 미개념의 표상인 동시에 미개념의 보편적 원리에 통용되는 말이다. 영어의 beauty나 불어의 beauté를 한국어로 번역할 수 있는 말은 '아름다움'이란 말뿐이요, '고움'이라든지, '멋'으로써 그것에 대치할 수는 없다. 이는 곧 '고움'이라든지 '멋'이 '아름다움'보다 더 특수적이요, 한국적인 개념이기 때문이다. 바꿔 말하면, '고움'과 '멋'은 '아름다움'의 한 부분 또는 그 일면이 고조된 것으로서 그 개념내용 그대로는 번역되지 않는 말이다. 물론 '고움'과 '멋'은 외국에도 그 비슷한 것이 있을 수 있다. 그러나, 그것은 우리가 말하는 '고움'과 '멋' 그것과 완전 일치되는 것은 아니기 때문이다. 한국적 미의식의 특질로서의 아름다움의 내용은 곧 이 '고움'과 '멋'의 번역 불가능성을 밑받침으로 하는 것이기 때문이라고 말할 수도 있다.

현재 우리가 느끼는 '아름다움'의 개념 곧 미의식의 내용은 종래보다 상당히 확대되어 있다. 외래의 미가치 기준의 수용과 우리의 미의식 자체의 시대적 변용으로 인하여 깨끗하고, 밝고, 예쁘고, 날씬한 것은 물론 그 반대인 칙칙하고, 어둡고, 무디고, 일그러진 것도 아름 다움의 내용으로 들어와 있다는 말이다. 이것은 정통미(正統美)인 우아미(優雅美) 뿐 아니라 추악한 것까지도 미의 내용으로 받아들인 근대미(近代美)의 영향을 받은 것이 확실하다. 근대적 교육을 받지 않은 계층에서는 어느 누구도 둔탁(鈍濁)하고 암울(暗鬱)한 것에서 미의식을 느끼지 못한다. 그러므로, 한국 고유의 미의식으로서 '아름다움'은 밝고 날씬한 것, 곧 우아미 또는 협의의 미, 근본미를 정통이상(正統理想)으로 삼고 있음은 의심할 여지가 없는 것이다. 그러면, 한국의 미의식 또는 미가치는 이러한 밝고, 예쁘고, 사랑스럽고, 날씬한 우아미에만 잡혀 있느냐 하면 그렇지는 않다.

'고움'이야말로 한국적 미의식 곧 '아름다움'의 정통(正統) 면을 대표하는 자이다. 고움은 아름다움의 협의(狹義)로서 아름다움의 개념보다 소규모의 구체적 개념이다. 역사적으로도 고움이란 말은 아름다움이란 말과 동시에 사용되었고, 그것은 현행어의 미려(美麗)와 같은 뜻으로 쓰였던 것이다.

아롬다온 일후믈 사르미 밋디 몯호느니〔美名人不及〕
  (杜詩諺解 二十一 p.23)
거우루는 고으며 골업스며 됴호며 구주믈 너루 굴히느니
  (圓覺經諺解 上之二 p.13)
고온 사롬〔美人〕(内訓 二 p.20)
艶염은 고올씨라 (楞嚴經諺解 五 p.57)
妍 고을 연 (訓蒙字會 下 p.33)

이 '고움'은 미려(美麗)의 뜻을 가진 말로는 아마 '아름다움'보다 먼저 생긴 말인 듯하다. '고운'의 원형(原形)은 '고븐'이요, 연대적으로 오래된 문헌에 나타난 미려의 뜻은 '아름다온'보다 '고븐'으로 되어 있기 때문이다.

누네 고븐 것 보고져 흐면 제 머군 쁘드로 고븐 거시 드외야 븨며
　(月印釋譜 — p.32)
妙물화쀙는 곱고 빗날씨라 (月印釋譜 八 p.11)
졉고 고븟니로 여듧 각시롤 굴희샤 (月印釋譜 八 p.91)

이제 곱다는 말의 의미를 알기 위하여 먼저 그 용례 몇 가지를 살펴보기로 한다.

①살결이 곱다.
②마음씨가 곱다.
③솜씨가 곱다.

를 예로 들어 보자.
한글학회의 《큰사전》에는 '곱다'를,

①눈으로 보거나 귀로 들어서 아름다운 느낌이 생기다.
②마음이 순하다.

라고 주석해서, 아름다움과 동의어로 썼을 뿐 '곱다'는 말의 독자(獨自)의 뜻은 분명하지 않다. 다만, ②의 '마음이 순하다'만이 '곱다'라는 말의 일면을 밝히고 있을 따름이다. 살결이 곱다는 것은 매끄럽고 보드랍다는 말이니, 여기서 '곱다'는 말은 '거츨다〔荒〕·딱딱하다'의 반대말임을 알 수 있다. 마음씨가 곱다는 것은 온아하고 유순한 것이요, 솜씨가 곱다는 것은 치밀하고 세련되었다는 뜻이니, 이런 용례로써 보면 '곱다'라는 말은 사물의 질이 윤택(潤澤)·유순(柔順)·온아(溫雅)·치밀(緻密)·세련(洗鍊)된 것을 지칭(指稱)하는 것으로서, 황잡(荒雜)·열악(劣惡)·냉혹(冷酷)·허소(虛疎)·조야(粗野)의 반대어로 통용되는 말임을 알 수 있다. '곱다'라는 말의 이러한 개념내용은 곧 '아름다움'이란 말이 지니는 개념내용인 깨끗하고, 밝고, 예쁘며, 매끈하고, 사랑스럽고, 날씬한 인상을 주는 어감이다. 그러면서도 아름답다는 어감보다는 더 소규모요, 더 정적인 어감을 준다. 그러나, '곱다'라는 어감은 '아름답다'에 비해서 소규모요 정적(靜的)이면서도 더 구체적이요, 형태적인 어감이다. 다시 말하면, '아름답다'는 형용사로서 관념의 진폭이 '곱다'에 비해서 크다는 말이다. '아름답다'라는 형용사로서보다도 '아름다움'이라는 추상명사의 어근으로서의 의의가 더 크다. '고움'이란 명사도 마찬가지로 '곱다'에서 온 것이지만 그 어감은 형용명사이다. 왜 그러냐 하면, '곱다'라는 형용사는 구체적으로 예를 들어 설명할 수가 있을 뿐 아니라, 그 원칙의 반대되는 것에 '곱다'라는 말을 붙일 수가 없는 데 대해서, '아름답다'라는 형용사는 구체적 설명이 어렵고 그 주관적 용례의 반대에서도

미감을 느끼고, 동시에 아름답다는 말을 쓸 수가 있기 때문이다. '곱다'라는 표현은 윤택·온아·치밀·세련에만 통용될 뿐 삭막·비장·소탈·소박한 미에는 아름답다는 말을 쓸 수 있어도 곱다라는 표현을 쓸 수는 없기 때문이다.

'살결이 곱다'와 '얼굴이 아름답다'·'마음씨가 곱다'와 '정신이 아름답다'·'솜씨가 곱다'와 '재주가 아름답다'는 말은 각기 동질의 것이면서 그 관념내용의 범위와 어감은 반드시 일치하지 않을 뿐 아니라, 반대의 경우도 아름다움으로 성립한다. 살결이 곱고 마음씨가 곱고 솜씨가 고운 것은 얼굴과 정신과 재주의 아름다움을 이루는 하나의 기본조건이지만 필수조건은 아니다. 다시 말하면, 살결이 곱지 않아도 얼굴은 아름다울 수 있고, 마음씨가 억세어도 정신이 아름다울 수 있으며, 솜씨가 중후(重厚)해도 재주는 아름다울 수가 있기 때문이다. 이로써 우리가 아름다움과 고움이 항용(恒用) 생각하는 것처럼 동의어는 아니라는 것을 알 수 있다.

이러한 '고움'의 정상미(正常美) 또는 규격성으로서의 아려미(雅麗美)를 뛰어넘은 변형미(變形美) 또는 초규격성의 풍류미(風流美)가 멋이다. '멋'은 한국 미의식이 그 본래의 정상성(正常性)을 데포르메(déformer)해서 체득한 또 하나의 고유미이다. 그러므로, '고움'의 개념이 세계 일반의 우아미에 통하는 것으로서 다른 민족의 미의식과 근사치를 찾기가 쉬운 데 비해서 '멋'은 좀더 한국적인 것으로서 번역할 수 없는, 한국 사람만이 공통으로 느끼는 미가치인 것이다. 따라서 한국적 미의식의 구명은 이 '멋'의 특질을 찾는 것으로 시종할 수밖에 없는 것이다. '멋'을 외국어로써 번역할 수 없다는 것은 다른 나라 말에 '멋'과 같은 말이 없기 때문이요, 말이 없다는 것은 사고와 생활 체험에 그것의 독자적인 발달이 없었다는 것을 의미한다. 그러나, '멋'이 내포하고 있는 개념과 상통하는 일면은 다른 민족에게도 있다. 뿐만 아니라, 보편한 미의식의 선험성은 우리의 '멋'을 다른 민족도 이해하고 공감할 수 있는 기틀이 되어 있기 때문에, 우리의 멋이 우리만의 느끼고 다른 민족에게 아주 통하지 않는 것이라고 생각할 수는 없다. 다만, 다른 민족은 우리의 '멋'과 꼭 같은 것을 창조하고 행동하고 향수하고 생활하지는 못하는 것이 다를 뿐이다. 우리의 멋과 비슷한 일면은 외국에도 있다. 유머나 율동성 같은 것 말이다. 그러나, 따지고 보면 유머에도 영・불이나 중・일은 서로 다른 제 나름의 개성이 있는 것이다. 율동의 조격(調格)도 각기 개성이 있다.

　우리는 외국 사람의 행동과 예술에서 우리의 멋을 느낄 때가 있다. 그러나, 그것은 행동하고 창작하는 그 사람 자신에게는 그것이 우리의 멋으로서가 아니라, 그들의 기술의, 정신의 어느 일면이 무르익은 표현이 빚어내는 감동에 지나지 않는다. 이것을 우리의 미의식으로 받아들일 때에 우리가 멋으로 느끼는 것이다. 이와 같은 사실은 우리의 멋이 하나의 미의식에 그치는 것이 아니라 생활의 이념으로까지 승화되었다는 증좌(證左)라 할 수 있다. 풍류(風流)와 낙천(樂天)에서만이 아니라, 신의(信義)와 비장(悲壯)에서도 '멋'은 느껴지기 때문이다. 멋지게 사는 것은 풍류와 낙천에 있고, 비수(悲愁)와 우민(憂

悶) 으로 일생을 보내는 것을 멋지게 살았다고는 하지 않지만, 멋지게 죽는다는 것은 풍류낙천 외에도 숭고비장한 최후를 마치는 것을 멋지게 죽었다라고 하는 것을 보면, 멋은 그 근원이 정신미에 있음을 알 수 있다.

이상으로써 한국적 미의식의 기본구조 또는 가치관념으로서의 아름다움과 멋의 관계에 대하여 살펴봄으로써 한국의 미의 범주를 설정해 보았다. 보편미 또는 정상미로서의 '고움'과 특수미 또는 변형미로서의 '멋'을 포괄하는 것이 '아름다움'의 개념임을 보았다. 한국적 개성미로서의 '멋'의 개념의 분석은 후장으로 미루고, 여기서는 좀더 우리 미의식의 미의 범주 내부에서의 분화된 가치관념에 대하여 고찰하기로 한다. 미의식의 성찰(省察)은 대체로 형태미와 구성미와 표현미와 정신미의 네 가지로 나눌 수 있다 형태미는 '맵시'란 말로, 구성미는 '태깔(태ㅅ갈)'이란 말로, 표현미는 '결'이란 말로, 그리고 정신미는 '멋'이란 말로 나타나 있다.

맵시라는 말은 일반적으로 잘 다듬어진 모습이란 뜻으로 쓰인다. '맵시 있다'·'맵시가 아름답다'·'맵시가 좋다' 등과 같은 이 맵시를 평가하는 말로서는 '날씬하다'와 '수수하다'의 두 가지가 있다. 한글학회 《중사전》에는 이 날씬하다를 "'늘씬하다'의 작은말"이라고 풀이했고 '늘씬하다'는 "몸이 가늘게 축 늘어지다"라고 풀이되어 있다. '날씬하다'가 '늘씬하다'에서 온 말이긴 하나, 그 어의는 많이 변했으니 이 주석(註釋)은 타당하지 않은 것이다. 다시 말하면, '늘씬하다'는 손마디

가 늘씬하다거나 키가 늘씬하다는 식으로 늘어진 모양 곧 '꾀죄죄하다'
의 반대말이지만, '날씬하다'는 말은 몽똑하고 꾀죄죄하지 않다는 말
이면서 벌써 멋없이 싱겁게 늘어지거나 버성그른 것은 아니고 청초하
고 세련된 모습을 표현하는 말로 바뀐 것이다. 날렵하고 호리호리한
여인의 가다듬은 옷맵시라든지 갸름하고 매끈하게 빠진 고려자기의
병모가지 같은 것이야말로 '날씬하다'의 어의표현에 적절한 예가 되기
때문이다.

또, '수수하다'에 대해서도 한글학회 《중사전》은 "① 옷차림새나 태
도가 그저 무던하다. ② 물건의 품질이 썩 좋지도 아니하고 흉하지도
아니하다."라고 풀이되어 있다. 이와 같이 '수수하다'는 좋지도 나쁘
지도 않다는 뜻에서 '별다른 꾸밈이 없고 흠도 없다'는 뜻으로 다시 '소
박(素朴)·평순(平順)'의 뜻으로 왔다. 야하거나 아기자기하지는 않
아도 담박하고 은은한 맛 ─ '날씬하다'의 대어(對語)이다. 이조백자
의 형태미가 이 '수수하다'의 대표 예(例)다. 이 '날씬하다'와 '수수하
다'는 맵시 곧 형태미에 대한 평가로서 현재 가장 많이 사용되는 대표
어인 동시에 유행어이기도 하다.

'태ㅅ갈'은 구성미를 뜻하는 말이다. '태'는 '態'에서 '갈'은 '갈래'
〔派〕 또는 '결'〔質〕의 어근에서 온 말이니 '태ㅅ갈'은 형태의 바탕으로
서의 작용 곧 흐름을 뜻한다. 이 '태ㅅ갈'을 평가하는 말에도 두 가지
가 있다. '맵짜다'와 '구수하다'가 그것이다. 이 두 가지 말은 모두 다
미각적 표현이다.

'맵짜다'는 맵고 짜다는 말의 전의어(轉義語)로서 음식솜씨·바느

질솜씨는 물론, 기술·예술·학술상의 모든 기법이 빈구석이 없고 야무지고 결곡한 것을 지칭하는 밀로시, '싱겁다'·'버성그르다'의 반대말이다. '싱겁다'도 본래는 소금 기운이 없다는 뜻에서, '맛이 없다'·'솜씨가 모자란다'·'사람이 못나다'란 뜻으로 전성된 말이다.

'구수하다'는 '고소하다'에서 온 말 — 보리차·숭늉 맛같이 별로 두드러진 맛은 없으면서 완미(玩味)할수록 은은한 맛이 살아 나오는 소박하고 심후(深厚)한 맛을 가리키는 말이다. 달거나 맵거나 짜거나 시그럽거나 하지 않고 깨소금처럼 고소하지도 않은 이 구수한 맛은 '쓴 맛'·'신 맛'·'매운 맛'·'짠 맛'이 조금씩 다 들어 있는 별반(別般)의 맛이라 할 수 있다. 화술이 구수하다, 인품이 구수하다는 투로 쓰이는 이 말의 반대말은 '야무지다'·'반지르하다'·'바라지다'이니, '구수하다'는 말은 허술한 듯하면서 깊이가 있고, 투박한 듯하면서 운치가 있고, 꾸밈이 없으면서 은근히 풍기는 맛이다. 맵짜다가 정치(精緻)한 것이라면 구수하다는 소탈한 것, 위트가 '맵짜다'에 통한다면 유머는 '구수하다'에 통하는 것이다.

'결'은 표현미를 나타내는 말로서, 살결·나뭇결·바람결·물결의 결과 같이 기(氣)·질(質)·세(勢)·흐름을 뜻하는 말이다. 이 결을 나타내는 말에도 대표적인 것이 두 가지가 있다. '산뜻하다'와 '은근하다'가 그것이다. '산뜻하다'는 신선하고 밝다는 뜻에서 청신(淸新)·경쾌(輕快)·광윤(光潤)의 뜻으로 전성된 말로서, 그 반대말은 '칙칙하다'와 '어둡다'이다. '은근하다'는 다정하고 세심하다는 어감에서 온

아·함축·유현·미묘의 뜻으로 변성된 말로서, 그 반대말은 '호들갑스럽다'와 '내어발리다'이다.

멋은 형태미와 구성미와 표현미의 평가에도 통용되는 것으로서 그것은 정신미의 한 양상인 것이다. 형태미에 있어서도 날씬한 것이나 수수한 것이나 다 '멋지다'로 표현될 수 있다. 그러나, '날씬하다'와 '수수하다'가 그대로 다 '멋있다'가 되는 것은 아니다. 구성미에 있어서도 '맵짜다'와 '구수하다'가 멋지다가 될 수 있으며, 표현미에서도 '산뜻하다'와 '은근하다'가 다 멋지다는 평가를 얻을 수 있으나, 어느 것이나 다 그대로 멋진 것은 아니다. 이로써 보면 멋지다는 것은 이러한 날씬하거나 수수한 것, 맵짜거나 구수한 것 또는 산뜻하다와 은근하다의 속에 내재하면서 그것을 뛰어넘은 고차적인 정신미요, 그 멋은 일반적이면서 특수한 성격의 미란 것을 알 수 있다. 그래서, 우리는 멋을 정신미의 표현이라 이름지어 모든 미의 안에 깃들여 있는 초월미로 보려는 것이다.

멋을 평가하는 데도 두 가지 말이 있다. '살았다'와 '멋지다'가 그것이다. 살았다는 것은 기운생동(氣韻生動)으로서 모든 예술에 공용되는 찬사이니 인공(人工)이 자연의 혈맥을 통했다는 말이다. 산 것은 나타난 형태·기법·흐름이요, 살게 한 것은 창작자 곧 라이프 기버(life giver)이다. '생동한다'는 것은 멋의 기본조건이다.

'멋지다'는 모든 미의 초월적 변형미로서, 이 말을 좀 야비하게 사용할 때는 '시큰둥하다' 또는 '한물 넘었다'로 표현된다. '시큰둥하다'는 시다(酸)의 멋진 표현이요, 시다는 말은 절정을 넘은 미각의 뜻이

다. 성(性)의 쾌감도 시다는 말의 하나인 '새큰하다'로 표현된다. 술과 김치의 발효는 물론, 모든 무르익은 것은 시큰한 것이다. '한물 넘었다'도 마찬가지다. 생선이 약간 변했을 때, 김치가 시어졌을 때 한물 넘었다고 한다.

'시큰둥하다'와 '한물 넘었다'는 다 같이 비정상의 뜻이었다. 따라서, '멋지다'라는 말에는 수련(修鍊)과 습숙(習熟)을 바탕으로 한, 통속(通俗)하면서 탈속(脫俗)하는 비규격성의 자연한 데포르마시옹의 뜻이 깃들여 있음을 알 수 있다.

앞에서 고찰한 바로써 우리의 미의식의 내부의 분화된 평가기준은 양면성이 두드러져 있고 그 중간성이 용인되지 않음을 볼 수 있다. '날씬하다'와 '수수하다', 곧 세련미와 소박미라든지 '맵짜다'와 '구수하다'의 결구미(結構美)와 허극미(虛隙美), '산뜻하다'와 '은근하다'의 경청미(輕淸美)와 전중미(典重美)는 어느 것도 그 중간을 표현하는 말은 없다. 그런데, 이 양면기준성을 지양(止揚)·융합(融合)하는 것이 바로 멋의 초월미이다. 다시 말하면, 날씬하면서 수수할 때, 맵짜면서 구수할 때, 산뜻하면서 은근할 때, 살았으면서 한물 넘어갔을 때(죽으려 할 때) 멋이 성립된다는 말이다.

이와 같은 사실에서 우리는 '날씬하다'와 '맵짜다'와 '산뜻하다'가 아름다움의 외면적 성격으로서 '맛'의 세계에 통해 있고 아직 멋의 경지(境地)에는 못 이른 것과, '수수하다'와 '구수하다'와 '은근하다'가 아름다움의 내면적 성격으로서 그것이 들어가서 멋이 성립된다는 것을 알 수 있다. 그러므로, 멋의 생성의 계기자(契機者)는 오히려 후자의 계열에 놓여 있음을 간파할 수 있다. 다시 말하면, 멋은 단순한 세련(洗練)과, 치밀(緻密)과 청신(淸新)의 규격만으로는 성립되지 않고 그것들의 일단 변환(變換)의 묘(妙)에서 찾아지는 것이기 때문이다.

그러나, 멋은 이와 같이 정신미의 양상이지만 멋은 근본적으로 형식작용이다. 정신미로서의 멋의 현현(顯現)은 제작 또는 행위의 형식화(形式化) 상태에 매여 있기 때문에, 이 형식작용을 떠나서는 멋은 의미가 없을 뿐 아니라 문제가 되지 않는다.

다시 말하면, 멋은 먼저 형식상의 격식을 바탕으로 한다. 즉, 격에 맞지 않으면 안 된다. 그러나 격식에 맞는다는 것만으로 멋이 성립되는 것은 아니다. 우리는 격식에는 빈틈없이 맞으면서도 멋이 없는 예술과 행위를 얼마든지 볼 수 있기 때문이다. 이런 뜻에서 본다면, 멋은 격식에 맞으면서도 격식을 뛰어넘을 때, 바꿔 말하면 격이 맞는 변격(變格), 변격이면서 격에 제대로 맞을 때 거기서 멋을 느낀다는 말이다. 그러므로, 우리는 이것을 초격미(超格美)라고 부르는 것이다. 다시 말하면, 이는 '변격이합격'(變格而合格)이요 '격에 들어가서 다시 격에서 나오는 격'이라 할 수 있다.

5. 한국적 미의식과 멋

'멋'이 한국적 미가치의 대표적 특질이 될 수 있느냐 하는 문제는 멋이란 과연 한국에만 있느냐, 세계 통유(通有)의 것이냐 하는 문제와 밀접히 관련된다. 만일 그것이 세계 통유의 것이라면 한국적 미의 특질이란 이름에 값하지 못할 것이요, 만일 한국에만 있고 세계 어느 나라 사람도 아주 느낄 수가 없는 것이라면 그것은 미라고 할 수조차 없을 것이다.

만근(輓近) 십수년래 몇몇 인사에 의하여 멋에 대한 논의가 있었거니와, 그 논의가 대개는 멋의 성격에 대한 단편적인 열거였고, 주로 이 멋이란 것이 한국 특유의 것이냐 아니냐 하는 문제에 논점이 집중되었다.

신석초(申石艸) 씨는 "멋설(說)"이란 일문(一文)의 벽두에서 "우리는 멋지다 혹은 멋이 있다고 말한다. 이 어휘는 특이한 것이다. 지나에서 말하는 풍류라든지 낙취(樂趣)라는 것에 근사는 하지만 스스로 의미가 다르다"[6]고 해서 멋을 한국 예술문화의 특징으로 보려는 태도를 보여주었고, 이희승(李熙昇) 씨는 〈멋〉이란 수필 첫머리에서 "우리 문화의 특징으로서 가장 현저한 것이 무엇이냐고 묻는 친구가 있기에 나는 '멋'이라고 대답한 일이 있다"[7]고 하여 신석초 씨와 같은 입

---

6) 신석초, "멋 說", 《문장》 1941년 3월호.

지(立地)를 보여주었다.

이에 대하여, 조윤제(趙潤濟) 씨는 "멋이라는 말"에서 이희승 씨의 견해를 반박(反駁)하고, 멋은 세계 사람이 제각기 가지고 있는 것으로서 결코 한국 사람만이 독점할 것이 아니요, 따라서 한국의 예술문화의 특질이 멋이라고 하는 것은 말이 안 된다[8]고 해서, 멋이 한국문화나 예술의 특징이 될 수 없다는 견해를 보여주었고, 조용만(趙容萬) 씨는 앞의 이·조 두 사람의 논쟁을 읽고 별도로 "멋이라는 것"의 결미에서 "멋은 그러므로 우리나라 사람만이 느끼고 이해할 수 있는 것이지, 외국 사람으로서는 도저히 이해할 수도 없고 느낄 수도 없는 것이다"[9]라 하여 멋을 한국 문화의 특질로 보았다.

이와 같이 조윤제 씨 한 분만 제하고 다른 세 분은 모두 멋을 한국 특유의 것으로 보고 있다. 그러나 조윤제 씨도 그 뒤에 발표한 글에서는 "한국 사람만이 멋을 가지는 것은 아니고 중국 사람 일본 사람도 또한 서양 사람도 '멋'을 가지고 있다. 그러나 멋은 다 멋이지마는 그들의 멋과 우리나라 사람의 멋의 내용과는 조금 다른 데가 있는 것 같다"[10]고 해서 전설(前說)을 완화하여 멋의 한국적 독자성을 승인하였다. 그러므로, 멋이 한국미의 특질이 되느냐 안 되느냐의 문제는 된다는 결론으로 귀일된 셈이다.

전게한 사씨(四氏)의 견해를 검토해 보면, 신석초 씨와 조윤제 씨

---

 7) 이희승, 〈멋〉, 《현대문학》 1956년 3월호.
 8) 조윤제, "멋이라는 말", 《자유문학》 1958년 11월호.
 9) 조용만, "멋이라는 것", 《고대신문》 1959. 2. 18.
10) 조윤제, "한국인의 멋", 《한국의 발견》(1962. 12).

의 견해가 그 바탕에서 접근되어 있고, 이희승 씨와 조용만 씨의 견해가 그 입지에서 상통되어 있음을 볼 수 있다. 신석초 씨는 멋이 중국의 풍류나 낙취와 근사하지만 스스로 의미가 다르다 하여 멋의 독자성의 발현에 더 적극적인 데 비해서, 조윤제 씨는 멋은 모든 민족에게 다 있지만 한국인의 멋은 그것들과 좀 다르다 해서 멋의 보편성에 치중한 논조임을 엿볼 수 있다. 또 이희승 씨는 멋을 "중국의 '풍류'보다는 해학미가 더하고, 서양의 '유머'에 비하면 풍류적인 격이 높다"(전게 〈멋〉)라고 하여, 은연중 멋이란 말과 유비(類比)되는 근사개념이 다른 민족에게도 있음을 승인한 데 비해서, 조용만 씨는 멋은 "우리나라 사람만이 느끼고 이해할 수 있지, 외국 사람은 도저히 이해할 수도 느낄 수도 없다"[11] 해서 멋의 한국적 독특성 일방에 기울어졌음을 알 수 있다. 앞의 사씨(四氏)의 견해는 결과적으로 신석초 씨와 이희승 씨의 입지가 상통하고, 조윤제 씨는 멋의 독자성 부정 쪽으로, 조용만 씨는 멋의 독자성 긍정 쪽으로 양극이 대립하게 된다.

앞의 네 분의 견해가 근본태도에 있어서 이렇게 각양각색인 것은, 멋이란 말이 지니고 있는 일반적 의미와 특수적 의미를 혼동하거나 그 어느 한쪽에만 국집(局執)되어 있기 때문이다. 조윤제 씨는 전자에, 조용만 씨는 후자에 치우쳐 집착하는 입지임을 알 것이다.

멋의 일반적 의미라는 것은 멋과 유사한 외국의 미개념과 상통할

---

11) 조용만, 전게 논문.

수 있는 면을 말한다. 바꾸어 말하면, 중국의 풍류나 서양의 유머 같은 것을 우리말로 번역할 때 '멋'이 가장 근사치가 가까운 개념이란 말이다. 이 말을 다시 뒤집으면, 풍류나 유머는 멋의 일속성 (一屬性) 으로서 멋의 일면이긴 하지만, 그것이 멋이란 개념의 전부이거나 부분적으로나마도 완전부합되는 개념은 아니기 때문에, 어떤 의미에서 본다면 멋이란 말의 일반적 의미는 한국의 독자적 미는 아니게 된다. 그러나 한국의 멋이 외국 사람에게 얼마간이나마 이해되고 공감되는 계기는 바로 이 멋의 일반적 의미를 통해서만 가능한 것이다. 자기에게 있는 것으로 자기와 상통하는 바탕에서 자기대로 느끼는 것이 미의 보편한 원리라면, 이 멋의 일반적 의미는 일단 승인되지 않으면 안 된다.

이 멋의 일반적 의미 때문에 조윤제 씨는 "영국 사람이 모닝코트에 실크햇을 쓰고 스틱을 흔들고 다니는 것도 그들의 '멋'이요, 인도 사람이 머리에 흰 수건을 두껍게 휘휘 감고 다니는 것도 그들의 '멋'이며, 요사이 거리에 미국 군인들이 조그만 군모를 머리 위에 빼뚜름하게 붙이고 다니는 것도 그들의 '멋'일 것이다"[12] 라고 해서, 멋이 결코 한국 사람만이 독점할 것이 아니라고 주장하였다.

그러나 이러한 예는 각 민족의 복식풍속 (服飾風俗) 이요 그것이 곧 멋은 아니다. 한국인이 한복을 입고 갓을 쓰면 다 멋이 될 수 있는가. 설령 그러한 복식에 멋을 부리는 풍속과 기질은 민족마다 다 있을 것이지만, 그것은 dandyism이나 foppery나 taste일 것이요, 우리의 멋의 개념과 완전일치되는 것은 아닐 것이다. 그러한 행위를 우리말로 번역할 때 우리가 멋이라는 용어에 유사관념 (類似觀念) 을 발견하기 때

---

12) 조윤제, "멋이라는 말", 《자유문학》 1958년 11월호.

문이며, 조윤제 씨가 지적한 그런 각 민족의 풍습을 '멋'이라고 표현하는 것부터가 한국적 미의식으로서의 멋의 선험성 또는 선입견으로 보기 때문인 것이다.

멋의 특수적 의미라는 것도 물론 한국만이 가진 미의식 또는 미가치로서의 멋의 의미이다. 이 특수적 의미로서의 멋이란 말은 어떤 외국말로도 번역될 수 없는 언어개념이다. 일반적 의미로서의 멋은 멋의 일부면(一部面) 또는 한 속성으로서 타민족에 유사한 것이 있을 때 또는 타민족의 미가치로서 우리의 멋과 통할 때 멋이란 말로써 그 표현에 대체할 수 있을 때 쓰는 말이지만, 이 특수적 의미로서의 멋은 멋의 일부면 또는 일속성(一屬性)만으로는 안 되고 멋이라는 우리말이 지닌 특징적 내용 전체가 합쳐서 이루어진 별반의 개념인 것이다. 이러한 전체로서의 멋이란 개념을 번역할 수 있는 외국어는 어디에도 없는 것이다. 멋이란 말을 번역할 수 없다는 것도 어느 외국어에도 멋과 꼭 같은 개념을 표현하는 말이 없다는 뜻이 되고, 그것은 그들의 생활감정이나 문화의식의 바탕에 이러한 방면의 발달이 되어 있지 않다는 증거가 된다. 어떠한 현상이 있다면 그것을 표현할 적당한 언어가 발달되기 마련이기 때문이다. 이 점이 멋이라는 말의 한국적 독자성의 근거가 되는 것이다.

서구의 humour나 fun · satire · wit · pun 같은 것은 우리말의 '농'(弄) · '우스개' · '익살' · '재치' · '쾌사' · '재담' 따위로 번역될 수 있고, 그것은 동양의 해학(諧謔) · 풍자(諷刺) · 골계(滑稽) · 야유(揶

揄)·경책(警策)의 마음바탕과 유사한 개념으로서, 아주 번역불가능한 현격(懸隔)한 관념내용은 아닌 것이다. dandyism이나 foppery나 taste도 마찬가지이다. 그것은 맵시·취미 따위로 번역될 수도 있다. 그러나 멋은 이러한 humour·satire·wit·fun 이나 dandy·foppery·taste 같은 것의 어떠한 것으로도 번역할 수는 없다. 그것들은 멋의 한 속성으로서 부분적으로 유사개념이긴 해도 멋의 전체로서의 일반개념을 대변할 수는 없는 것이다.

다시 말하면, 멋이란 말 자체의 어원부터가 어떤 말의 '어감적(語感的) 왜곡'에서 비롯되었거니와, 멋은 전기(前記)한 여러 가지 개념을 통합하여 그것을 속성으로 하면서도 그것을 뛰어넘은 개념으로서 별반의 내용을 지닌 하나의 이념으로 승화된 것이다.

멋이란 관념내용이 지닌바 여러 가지 성격을 분석하면 그 개개의 요소와 상통되는 것은 어느 나라에도 있을 수 있으나, 그것들이 종합된 의미로서 별반의 전체 관념내용은 다른 나라에는 없는 성싶다. 이런 뜻에서 본다면 '멋'이 한국 특유의 미의식 내지 미가치 또는 미이념이 되는 것은 혹 종개념(種槪念)의 종합으로 변형하여 이루어진 새로운 특수의 전체라는 점에 있고, 외국에는 이와 동일한 종합적 의미의 미이념이 발달되지 않았기 때문이라 할 수 있다.

그러므로, 일반적 의미에서의 '멋'은 한국 특수(特殊)의 것이지만, 부분적 의미로서의 '멋'은 세계 일반의 미의식이라 할 수 있는 것이다.

'멋'이란 말의 어원이 '맛'에 있다는 것은 이미 통설이 되어 있다. 그러나 '멋'이란 말의 의미내용과 그것의 '맛'과의 관계에 대해서는 반드

시 일치되는 것이 아니고 대략 두 가지 견해로 나뉘어 있다.

'멋'은 '맛'이란 말과 같은 말로서 음상(音相)의 대립이 있을 뿐이라 하여 멋과 맛을 동의어로 보는 조윤제 씨 견해[13]가 그 한 갈래요, 맛은 주로 감각적인 뜻을 가지고 있고 '멋'은 주로 감성적인 의미를 가지고 있다고 하고, 이 두 말은 음상이나 의미의 뉘앙스의 차에만 그치는 것이 아니라, 피차간 다른 개념을 가지기에 이르렀다고 보는 이희승 씨 견해[14]가 그 다른 한 갈래이다.

이 두 가지 견해는 '멋'이란 말이 '맛'에서 발생되었다는 전제에 있어서는 공통된다. 다만, 이 두 어휘가 동의의 것으로 어감만 다른 것이냐 별개의 개념으로 변전(變轉)된 것이냐에 있어서만 대립되어 있다. 우리는 이 문제에 대해서 일단 두 가지 견해가 다 타당하다는 것을 승인하지 않을 수 없다. 왜 그러냐 하면, '멋'이란 말은 애초에는 '맛'이란 말뜻을 좀 다른 어감으로 표현하기 위하여 발음적인 왜형(歪形)으로 시작되었던 것이 차츰 특이한 관념형태로 바뀌어 원의(原義)와는 별반(別般)의 의미를 가지게 되었다고 보기 때문이다. 그러므로 멋과 맛이 같다는 조윤제 씨 견해는 주로 '멋'이란 말의 발생초기의 의미에 관점이 놓였고, '멋'과 '맛'은 다른 개념이라는 이희승 씨 견해는 '멋'이란 말이 '맛'으로부터 파생되어 별반의 뜻으로 전성(轉成)된 뒤의 어

---

13) 조윤제, "멋이라는 말", 《자유문학》 1958년 11월호.

14) 이희승, "다시 멋에 대하여", 《자유문학》 1959년 2월호.

의에 관점을 두었다는 것을 알 수 있기 때문이다. '멋'과 '맛'의 이러한 관계, 곧 파생과 전성은 점진적인 변천으로서 본래는 같은 뜻의 가까운 어감의 차이로 비롯되어 마침내 동떨어진 의미의 별다른 개념을 형성하기에 이른 것이니, 이러한 사실은 사서(辭書)의 주석에도 반영되어 있다.

기일(奇一, J. S. Gale)의 《한영자전》(*A Korean-English Dictionary*)을 보면,

멋 — taste ; flavor : interest, See 맛

이라 주석했고, '맛'이란 말을 찾아보면,

맛〔味〕 — taste ; flavor : interest,

라고 해서, '멋'의 경우와 동일한 주석을 했을 뿐 아니라, '멋'의 주석에서는 '맛'을 보라고 명백히 밝혀놓았다.

그러나 최근판인 민중서관(民衆書館)편 《포켓 한영사전》(*Minjung-sugwan's Pocket Korean-English Dictionary*)을 보면 '멋'의 해석은 맛의 개념과는 아주 다른 독자의 개념이 성립되었음을 볼 수 있다.

멋
① 방탕한 기상 dandyism ; foppery ; smartness ; stylishness.

② 풍치 taste ; charm ; elegance.
③ 이유 · 원인 reason ; cause ; ground.

라고 주석하고, 이와 다른 멋이란 단어 또 하나를 따로 세워서,

멋 · 고집 willfullness ; waywardness ; selfishness.

라고 주하고 있다.

　게일의 《한영자전》은 1891년판, 민중서관의 《포켓 한영사전》은 1958년판이니 그 사이에는 70년이란 세월이 가로놓였음을 알 수 있다. 이로써 우리는 1890년대의 '멋'이란 말은 오늘에 있어서보다는 아직 '맛'이란 말에 가까웠으리라는 것과, 오늘 우리가 쓰고 있는 '멋'이란 개념과 같이 확대되고 독자의 뜻을 지니게 된 것은 훨씬 뒤의 일이요, 그다지 오래된 것은 아닌 줄 안다. 우리는 아직 이 멋이란 말의 가장 오랜 용례가 어느 때쯤의 것인가를 모르고 있다. 가장 가까운 연대의 조선소설에도 이 '멋'이란 말은 잘 보이지 않을 정도로 문자상에 기재된 용례가 결핍하다. 그러면서도 이것이 일반 민중어로 실제생활에 폭넓게 사용되는 점으로 봐서는 그 근원이 만근 수십 년 정도의 역사만을 가진 생경한 단어는 아니라는 것을 느끼게 된다.

　'멋'이라는 말이 '맛'이라는 말에서 나오게 된 데는 두 가지 중요한 계기가 있다. 그 첫째 계기는 우리말 성음의 특징으로서의 밝은홀소

리〔양성모음〕와 어둔홀소리〔음성모음〕가 지니는 어감의 차이와 그 법칙이다. 다시 말하면, 양성모음 ㅏㅗ가 붙는 말은 부드럽고 흐리고 휘청거리는 어감을 준다는 사실이다. 이제, 그 몇 가지 예를 들어 보면 〈표 4〉와 같다.

〈표 4〉의 여러 예에서 보는 바와 같이 '맛있다'는 말은 미각적으로도 고소하고 삼삼하고 새큼하고 짭짤한 어감을 우리에게 준다. 다시 말하면, 구수하고 슴슴하고 시큰둥하고 쯥쯜한 맛은 맛이긴 해도 맛있다는 가치표준에는 반드시 맞는 것이 아닌 별반(別般)의 맛인 것이다. '촐랑거리다' · '낭창거리다' · '달랑거리다' · '담방대다' · '날씬하다'는 말은 어감적으로 밝고 가벼운 것이어서 맛에 가깝지, '멋지다'는 어감을 주지는 않는다. 이보다는 역시 '출렁거리다' · '능청거리다' · '덜렁대다' · '덤벙대다'와 '늘씬하다'가 더 멋스러운 어감이요, 멋의 내용에 부합하는 어감적 표현이다. 다시 말하면, 멋은 깜찍하다든지 야무지다든지 맵짜다든지 되바라진 것에서 느끼는 것이 아니고, 오히려 그 반대인 소탈(疏脫)의 변격이 들어갔을 때 이루어지는 느낌이란 말이다. 멋은 맛으로서도 격외의 미(味)인 것이다. 이런 뜻에서 본다면 멋은 맛에서 나온 말이나 맛과 완전히 같은 말이 아니요, 그것은 조윤제 씨가 지적한바 음상의 대립만 있는 것이 아니라, 의미의 대립까지를 보이는 말임을 알 것이다.

바꿔 말하면 '맛'과 '멋'의 음상의 대립은 어감의 차이를 통한 의미의 대립을 발생 당초부터 지녔던 것이라 보지 않을 수 없다. 그 음상, 그 어감으로는 표현되지 않는 관념이 생김으로써 멋이란 말이 맛에서 파

생했고, 그 파생은 애초부터 반립적(反立的) 파생이었던 것이다. 다시 말하면, 멋이란 말은 맛이란 말의 개념에는 없는 반대적 성격에서 만들어진 것으로서 맛과는 다른 개념의 말로 전성된 것이다. '점잖다'는 말이 '젊지 않다'〔非少〕는 말에서 왔지만 뜻이 달라진 것과 같다. 그러나 '점잖다'는 말은 '어른답다'는 뜻으로서 '젊지 않다'의 '어리지 않다'는 뜻과 상통하여 대립되는 개념의 말은 아니지만, '멋'이란 말은 '맛'에서 나왔으나, '맛'이란 말이 지닌 개념과는 어감이나 성격이나

〈표 4〉

파랗다	퍼렇다
노랗다	누렇다
까맣다	꺼멓다
하얗다	허옇다
동그랗다	둥그렇다
날씬하다	늘씬하다
촐랑거리다	출렁거리다
낭창거리다	능청거리다
달랑대다	덜렁대다
담방대다	덤벙대다
고소하다	구수하다
새콤하다	시큼하다
삼삼하다	슴슴하다
다랍다	더럽다
아버지	어머니
오빠	누나
맛	멋

개념이 대립된 말인 것이다. 이것은 곧 멋이란 말이 맛에서 파생해서 전성했으면서도 맛이라는 말이 지닌 어감과는 다른, 맛이란 말로써는 표현되지 않는 어감의 표현이란 뜻이 된다.

또 하나 '멋'이란 말이 '맛'에서 발생된 계기는 우리 민족어가 지닌바 미의식은 미각적 표현으로써 그 바탕을 삼고 있다는 사실이다.

맛있다는 말은 미각 곧 음식 먹는 맛에만 쓰인 것이 아니고 미감의 표현에 널리 쓰이는 것은 아직도 일상회화에서 흔히 듣는 사실이다. '이야기가 맛이 있다'든지 '그 그림은 볼수록 맛이 난다'든지 '그 음악은 들을 때마다 새 맛이 난다'는 식으로 항용 쓰고 있기 때문에, 이런 경우의 맛이란 말은 벌써 감각적인 뜻이 아니라 감성적인 의미를 가지고 있다는 것을 알 수 있다. 그러므로 이희승 씨가 지적한바 '맛'은 주로 감각적인 뜻을 가지고 있고 '멋'은 주로 감성적인 의미를 가지고 있다는 명확한 단언은 그대로 승인될 수는 없는 것이다. 우리는 오히려 맛이란 말의 이 같은 미각과 미감의 양의(兩義)가 공존·공용되는 데서 '멋'의 어원으로서 '맛'의 내용개념과 '맛'의 '멋'에의 변성의 가능성을 파악 인지할 수 있는 것이다.

미각으로서의 '맛'이 기호·취미·미감과 통하는 예는, 취미란 자체가 맛 味자로 되었고 アヂ[味]가 그렇고 taste가 또한 맛[味]과 취미 두 가지의 뜻을 가진 것을 보면, 우리만의 특유한 현상은 아닌 줄을 알 수 있다. 그러나 기술 또는 예술미의 평가에 미각적 표현을 많이 사용하는 예는 우리말이 좀더 잦은 줄 안다.

첫째, '솜씨가 맵짜다'·'인품이 맵짜다'의 '맵짜다'는 결곡하고 야무

지게 세련된 것을 가리키는 말로서 싱겁고 버성그른 것의 반대말인데, 이것은 맵고 짜다에서 온 말이다.

둘째, '구수하다'는 '고소하다'에서 온 말로, 참기름이나 깨소금처럼 짙지 않고 보리차나 숭늉처럼 담담하고 소박한 맛이다. 솜씨와 인품 또는 작품평가에 쓰이는 말이다.

이 밖에도 '짭짤하다'·'시큰둥하다'·'달콤하다'와 '산뜻하다'·'은근하다'·'슴슴하다'·'텁텁하다'가 다 미각과 관련된 말로서 미의식의 평가용어이다.

우리가 '맛'이란 말에서 느끼는 어감과 의미는 역시 미각(味覺)과 미감(美感)의 두 가지이고, 전자, 즉 맛이라는 미감은 미 가운데도 특히 우아(優雅)·전아(典雅)·고아(古雅)·아려(雅麗)·아담(雅淡)·담백(淡白)·고담(枯淡) 같은 미에서 맛을 느끼고 맛이 있다고 느끼지, 화려(華麗)·유려(流麗)·풍류(風流)·호방(豪放)·경쾌(輕快)·청상(淸爽) 같은 미에서는 멋을 느낄 수는 있어도 그런 것을 '맛있다'라고 표현하지는 않는다. '맛'의 미는 곧 '아(雅)'의 미요, 맛의 미는 고요하고 깊을수록 상급이다.

그러나 '멋'은 이와 정(正)히 반대이다. 멋이라는 미감은 풍류·화려·호방·뇌락(磊落)·경쾌·율동·초탈의 미에서 느끼는 것이요, 그런 세계를 멋있다고 한다. 아담·전아·규제·중후한 맛의 세계에서는 느낄 수 없는 맛이 멋이다. '멋'의 미는 곧 '유'(流)의 미요, 멋의 미는 빈틈없는 흥청거림이 상급이다.

동양에 있어서 미의 2대 전형(典型)을 들자면 우리는 풍아(風雅)와 풍류(風流)를 들 수 있으리라 본다. '풍아'는 곧 앞에서 말한바 '맛의 세계'요, '풍류'는 곧 '멋의 세계'이다. 시로써 예를 든다면, 두보(杜甫)・왕유(王維)・육유(陸游) 같은 시인은 풍아의 세계를 지향하던 시인들이요, 이백(李白)・백낙천(白樂天)・소동파(蘇東坡) 같은 시인은 풍류의 세계에 노닐던 시인들이다. 정지상(鄭知常)・이규보(李奎報)・황진이(黃眞伊)・정송강(鄭松江) 같은 시인은 멋의 세계에 거닐던 시인들이다. 일본의 하이쿠〔俳句〕 같은 것은 풍아의 세계로서 그 미적 이념인 사비〔寂・錆〕는 애초에 풍류일 수가 없었고, 오히려 와카〔和歌〕의 바탕이 된 '모노노 아와레'〔物の あはれ〕가 가냘프긴 해도 풍류의 일면을 지니고 있어 유려한 멋에 값한다 하겠다.

　다음으로 우리는 '멋'의 개념의 본질을 파악하기 위하여 '멋'이란 말이 표상하는 의미의 다양성을 추구하여 그 용례를 검토해 보고자 한다.

　'멋'이란 말은 명사다. 이 추상명사 '멋'에서 파생된 말은 현재 사용되는 것으로 15종이 있다. 이 15종을 분류하면 다음과 같다.

멋　　멋장이
　　　멋없다
　　　멋거리없다
　　　멋대가리없다
　　　멋적다

멋모르다

멋내다

멋부리다

멋지기다

멋까리다

멋있다

멋들다

멋지다

멋떨어지다

멋대로

앞의 용례를 살펴보면, 이 15종 어휘들은 모두 멋이란 말에 다른 말을 붙인 복합어인바, 이제 이것을 분류해 보면 다음과 같다.

A. 복합형태별 분류

1. 멋 + 조사형　　　　　1종 (멋대로)

2. 멋 + 접미사형　　　　2종 (멋장이 · 멋지다)

3. 멋 + 형용사형　　　　3종 (멋없다 · 멋쩍다 · 멋있다)

4. 멋 + 명사 + 형용사 2종 (멋거리없다 · 멋대가리없다)

5. 멋 + 동사형　　　　　7종 (멋모르다 · 멋내다 · 멋부리다 · 멋지기다 · 멋까리다 · 멋들다 · 멋떨어지다)

B. 품사별 분류

1. 명사 2종   (멋장이·멋대로)
2. 형용사 9종   (멋없다·멋거리없다·멋대가리없다·
                    멋쩍다·멋모르다·멋있다·멋들다·
                    멋지다·멋떨어지다)
3. 동사 4종   (멋내다·멋부리다·멋지기다·멋까리다)

이로써 보면 '멋'이란 말에 복합된 말의 품사가 그 복합어의 품사를 대체로 결정하고 있으나, '멋들다'와 '멋떨어지다'만이 예외이다. '멋들다'의 '들다'와 '멋모르다'의 '모르다'는 동사이지만 '멋들다'·'멋모르다'는 형용사요, '멋떨어지다'의 '떨어지다'는 동사이지만 '멋떨어지다'는 형용사이다.

이 멋에 관한 15종의 어휘 중 '멋장이'·'멋지다'·'멋대로'를 제외한 12종은 다 '멋'이라는 명사에 형용사 또는 동사를 붙여서 만든 말들이다. 멋이라는 체언에 동사나 형용사의 용어를 붙이되 그 체언 밑에 오는 조사〔토씨〕 '이'나 '을'을 약한 것임을 알 수 있다.

'멋없다'는 '멋이 없다'에서, '멋적다'는 '멋이 적다'에서, '멋있다'·'멋들다'·'멋떨어지다'는 각기 '멋이 있다'·'멋이 들다'·'멋이 떨어지다'에서 온 형용사요, '멋모르다'는 '멋을 모르다'에서, '멋내다'는 '멋을 내다'에서, '멋부리다'·'멋지기다'·'멋까리다'는 각기 '멋을 부리다'·'멋을 지기다'·'멋을 까리다'에서 온 동사이다.

또, '멋장이'의 '장이'는 '바람장이'·'양복장이'·'난장이〔矮小人〕'·

'땜장이' 등에서 보는 바와 같이 사람의 성질·모양·습관·직업 같은 것을 가리키어 낮게 말하는 접미사요, '멋지다'의 '지다'도 '살지다'·'기름지다'와 같이 명사 아래 붙어서 그렇게 되어 있는 상태를 나타내는 접미사며, '멋대로'의 '대로'는 '그 모양과 같이'라는 뜻의 조사이다. 이와 같은 '명사 + 장이'·'명사 + 지다'와 '명사 + 대로' 형의 어휘는 그 유례를 들기에 번거로울 지경이다.

어쨌든, 멋이라는 말이 들어간 '멋'계 어휘의 어원출처는 이와 같은 형식으로 되어 있지만, 이 복합변성한 말들은 단순히 두 가지 말의 합성에만 멈추지 않고 '이'나 '을'이 줄기 전과는 어감적으로나 의미적으로 별다른 뉘앙스를 가지게 되었다.

이제, 이 낱말들의 의미를 분석함으로써 이들 어휘의 공분모인 '멋'이 표현하는 뜻을 찾아보고자 한다.

1) 멋쟁이

멋장이는 멋을 지닌 사람, 멋이 질린 사람이란 뜻으로, 멋을 내고 멋을 부리는 사람을 가리키는 말이다. ' ~장이'란 말은 대개 비하(卑下)하는 말이니, '난장이'·'뚜장이'·'미장이'가 다 그렇지만, '멋장이'는 '멋'이라는 말이 지닌 뉘앙스 때문에 비칭(卑稱) 보다는 애칭(愛稱) 으로 들린다. 다시 말하면, 멋장이란 말에서 풍기는 멋이란 어감은 비하(卑下) 보다는 찬사(讚辭) 요 암울(暗鬱) 이 아니라 명쾌(明快) 며,

혐오(嫌惡)가 아니라 친근(親近)의 정이 들어 있는 말이다. 그러나, '멋장이'란 말은 '∼장이'의 어감 때문에 역시 '멋있는 사람'·'멋진 사나이'라는 말에 비해서 격이 조금 낮고 좀더 통속적으로 들리는 게 사실이다.

2) 멋없다 · 멋거리없다 · 멋대가리없다

'멋없다'는 '멋이 없다'가 줄어서 된 말이지만, 그 어의는 대개 '싱겁다'는 뜻으로 쓰인다. 멋없는 사람은 싱거운 사람이란 뜻이요, 싱겁다는 것은 소금 기운이 모자라는 것 곧 간이 맞지 않는다는 말이니 '멋없다'는 말이 뜻하는 '멋'은 '맛' 곧 '재미'라고 할 수 있다. 멋이 없다는 것은 재미가 없어서 싱겁다는 뜻이다. 그러므로, '멋없다'에서 표상된 '멋'의 의미는 맛 → 재미 → 취미 → 멋의 순으로 변성된 느낌임을 알 수 있다.

'멋거리없다'는 '멋갈없다'고도 하는 것으로, 지금은 드물게 쓰이는 말이다. '멋거리'는 멋이 든, 멋이 질린 '짓거리'란 뜻이니, 멋있는 사람을 '멋거리 있는 사람' 또는 줄여서 그냥 '꺼리가 있는 사람'이라고도 한다. '멋거리'는 '멋'보다도 어감이 힘차고 의미도 '기백'(氣魄)의 뜻과 비슷하게 쓰인다.

'멋대가리없다'의 '멋대가리'는 '멋'의 낮은 말이다. '맛'이란 말의 낮은 말도 '맛대가리'라 한다. '아무 맛대가리도 없다'는, 음식 맛을 평가하는 데도 쓰고 예술작품의 평가에도 쓰인다. '아무 맛짜가리도 없다'라는 같은 의미의 방언〔경상도〕도 있다. 아무튼 이 말에 표상된 멋의

어감도 맛과 상통되는 미각적 표현이다.

3) 멋적다

'멋적다'는 '멋이 적다'는 뜻에서 온 말인데, 하는 짓이나 모양이 격에
맞지 않는다는 말이다. 멋적다는 말은 '어색하다'는 말로 쓰인다.
　"그 자리에 있으려니 어쩐지 멋적더라" 하는 경우의 멋적더라는 뜻
은 어색하더라는 뜻으로서, 그 자리에 어울리지 않고 격에 맞지 않는
다는 느낌이다. 그러므로 '멋적다'는 말에 표상된 '멋'은 '어울림' 곧
'조화'라고 하겠다.

4) 멋모르다

'멋모르다'는 '멋을 모른다'는 말인데, 이 '멋모르다'는 '영문도 모르
고'·'내용도 모르고'·'덩달아'·'어리둥절' 또는 '어리석다'의 뜻으로
쓰인다. 그러므로 멋을 모르는 것이 어리석다는 뜻으로 쓰이는 것으
로 봐서는, 그 반대말인 '멋을 안다'는 것은 어찌된 영문도 알고 내용
도 알고 분위기도 알고 제 격식도 아는, 말하자면 명쾌하고 똑똑하고
지적이며 격에 맞는다는 뜻이 된다.

5) 멋내다 · 멋부리다

'멋내다'는 '멋을 낸다'는 뜻의 동사인바, 멋을 낸다는 경우의 멋은 대개 겉치장의 뜻이 있다. 주로 복식 또는 다른 장식에 맵시를 내는 것을 '멋내다'라고 한다. 이 말에서 우리는 '멋'의 어의의 장식적 일면을 찾을 수 있다.

'멋부리다'는 '멋을 부린다'는 뜻의 동사인데, 이 경우의 '~ 부린다'는 '재주부린다'·'꾀부린다'에서 보는 바와 같이 솜씨 곧 기예(技藝)의 면에서 멋을 나타낸다는 뜻이 된다. 이로써 멋의 기교적 성격을 알 수 있다. '멋내다'가 멋의 정적·장식적 표현이라면, '멋부리다'는 멋의 동적·작위적 표현이라 할 수 있다. 다시 말하면, 만들어 놓은 것에서 느끼는 멋은 멋을 낸다고 하고, 동작하는 예술 또는 만드는 기술의 작위에 입신(入神)의 묘기를 내는 것을 멋부린다고 한다. 복식·공예·건축 또는 미술에서의 멋의 표현은 멋낸다고 하고, 무용·음악·연예에서의 멋의 표현은 멋부린다고 한다. 목수 그 밖의 모든 기술의 숙달에서 오는 묘기 ─ 꼭 필요한 것도 아니면서 흥취로 짓거리하는 ─ 도 멋부린다고 한다. 이 두 가지 말에서 느끼는 어감은 공통된 것이지만, 그 멋이란 말에 붙은 '내다'와 '부리다'의 어의의 차가 작용하는 것이다. '내다'는 표출의 뜻으로, '나타내다'의 '내다'요, '부리다'는 사역 또는 '재주피우다'의 뜻으로 '재주부리다'의 '부리다'인 것이다. 전자의 정적·소극적 피동성과 후자의 동적·적극적 능동성의 차가 이 '멋내다'와 '멋부리다'의 어감의 차를 가져온 것이다. 지금은

이 두 말이 혼용되고 있지만 그 원의(原義)는 이상에 지적한 바대로이다.

6) 멋지기다 · 멋까리다

'멋지기다'와 '멋까리다'는 영남 방언에 현행하는 말이다. '멋지기다'의 '지기다'의 어원은 불명(不明)하나 그것이 '부리다'와 비슷한 행동적인 어의를 가진 것만은 알 수 있다. '멋지기다'는 말은 주로 언동에 멋을 부리는 것을 멋지긴다고 한다.

'멋까리다'의 '까리다'는 '깔기다'의 사투리요, '깔기다'는 몸 안에 든 것을 바깥으로 내어 쏘는 것을 말한다. 예를 들면 '똥을 갈기다' · '알을 깔기다'와 같다. 배설과 같은 뜻의 비어이기 때문에, 이 '멋까리다'도 '멋내다' · '멋부리다'보다는 비속한 말이다. 멋까린다는 말은 주로 익살부리는 것, 쾌사 피우는 것 같은 지나친 과장 · 허식 또는 격에 맞지 않는 멋스러움을 남발하는 것을 멋까린다고 한다.

7) 멋들다 · 멋있다

'멋들다'는 '멋'이 들어 있다는 형용사로서 '들다'라는 동사 때문에 자못 동적인 어감을 가진다. 동작 또는 표현에 멋이 들었다는 것은 그 기교가 능숙하여 규격성의 바탕을 마스터하고, 그 이상의 어떤 격 또는 경지를 체득하기 시작했다는 뜻이다. '멋들다'라는 말은 바로 멋의 평가에 있어 긍정의 제일관문(第一關門)이다.

'멋있다'는 '멋이 있다'의 축략(縮略), 발음도 '머싰다'(머시있다)로 연음이 된다. 만일 애초부터 '멋있다'라는 말로 이루어진 것이라면 그 발음을 응당 '머딨다'(먿있다)로 절음(絶音)되었을 것이다. '멋있다'는 멋이 이미 들어가 있는 상태이다. '멋들다'가 멋의 편린(片鱗)의 '번득임'에 대한 발견임에 비하여 '멋있다'는 멋의 편재(遍在)의 인정이다. '멋들다'가 입묘(入廟)의 경(境)이라면 '멋있다'는 생동의 경이라 할 수 있다.

8) 멋지다·멋떨어지다

'멋지다'의 '지다'는 완숙한 상태를 표현하는 접미사이다. '멋지다'는 멋을 표현하는 형용사로서는 대표적인 것이다. '멋지다'는 '멋들다'·'멋있다'를 거쳐 올라선 한층 고도의 상태이기 때문에, '멋들다'·'멋있다'가 멋의 인정과 발견에 많이 쓰이는 데 비해서 '멋지다'는 그러한 정도에 대한 찬탄인 것이다.

'멋떨어지다'는 멋이 떨어진 것, 곧 멋을 뛰어넘은 멋이라는 뜻이니, 이는 초월미요, 초절(超絶)의 멋이요, 최고의 멋, 입신의 경, 유유자적의 경에 대한 경이의 찬사다. 이 '멋떨어지다'라는 말은 '멋들어지다'라고 표기되고 대개의 사전에도 이렇게 나타나 있지만, 그 발음은 역시 '멋떨어지다'로 하는 것이 보통이다. 뿐만 아니라, 그 뜻으로

보아도 멋들어진다는 것은 말이 어색하다. 그대로 풀이하면 멋이 들게 된다는 뜻이 된다. 이미 '멋들다'라는 말이 있는데 그보다 상급의 말에 '멋이 들어진다'라는 멋없는 말이 있다는 것은 멋적게 들리지 않을 수 없다. '떨어지다'라는 말이 이 경우와 마찬가지로 완전상부(完全相符) 또는 어떤 초절된 것 혹은 최고의 찬사로 쓰이는 것은 다른 말에서도 그 예를 찾을 수 있다.

상대되는 두 가지가 서로 남고 모자람이 없게 딱 맞아서 해결되는 것을 '맞아떨어진다' 하는 것이라든지, 예언이나 점 같은 것이 아주 맞을 때 '신떨어지게 맞는다(신은 神)' 하는 것은 이 '멋떨어지다'의 '떨어지다'와 같은 용례인 것이다. 어의로도 '멋떨어지다'가 멋을 표현하는 최고도의 형용사로서 아주 맞아떨어지는 것이다.

9) 멋대로

'멋대로'라는 말은 '멋 그것대로'라는 뜻이지만, '멋대로'라는 말의 어의는 '마음대로' · '하고 싶은 대로' 또는 '흥나는 대로'의 뜻으로 쓰인다. 흔히 '신(神)대로, 멋대로'라고 붙여서 쓰기도 한다. 다시 말하면, '멋대로'라는 말의 어형이 가리키는 멋은 멋 일반의 넓은 뜻으로 보이지만, '멋대로'라는 말이 쓰이는 어의는 주로 앞에서 지적한 바와 같은 국한된 뜻으로 쓰인다. 다시 말하면, '멋대로'라는 말이 표상하는 의미는 멋의 자유성 곧 비규격성 내지 반형식성 · 방종성이라고 하겠다.

이상으로써 우리는 미적 범주로서의 '멋'의 개념내용을 찾고, 그 체계를 구조(構造) 하는 바탕의 준비로서 '멋'이란 말의 파생어들의 의미와 어감을 검토 분석하였다. 이제, 이상에서 검토한 바를 총정리한다면 다음과 같은 결론을 도출할 수 있을 것이다.

첫째, '멋'이란 말은 '맛'이란 말의 의미와 어감이 변형된 말이다. 맛은 미각의 뜻에서 재미란 뜻으로, 흥취란 뜻으로 바뀌어 '멋'이란 뜻에 이르렀다. 그 관계를 도시하면 〈그림 1〉과 같다.

둘째, '멋'의 바탕은 재미·흥미·흥취에 있다. 재미나 흥미가 없으면 멋이 없고 싱겁다.

셋째, '멋'의 바탕은 조화에 있다. 때의 자리에 어울리어 조화를 얻지 못하면 멋이 적고 어색하다.

〈그림 1〉

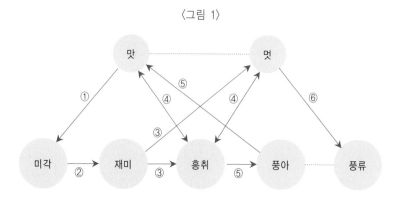

176

넷째, '멋'의 바탕은 분별에 있다. 규격과 사리에 통달하지 않으면 멋을 모르고 어리석다.

다섯째, '멋'은 치장과 솜씨와 행동의 변화·숙달·세련의 뜻이 있다. 내부의 멋을 표현화하는 것을 '멋낸다'·'멋부린다'·'멋지긴다'·'멋까린다'라고 하거니와, 멋을 까리는 것이 가장 저급이고, 멋지기는 것이 좀더 낮고, 멋부리는 것이 좀더 높고, 멋내는 것이 가장 높다. 그러나 멋을 표현화하는 동사로서의 이 네 단어는 모두 다 멋의 평가에 있어서 부정적(否定的) 면이 강하다. 멋을 내고, 부리고, 지기고, 깔기는 것은 아무래도 인위(人爲)와 조작(造作)과 고의(故意)와 난잡(亂雜)의 성격이 드러나기 때문이다. 이로써 보면, 멋은 내부에서 자연히 유로(流露)되는 것이 상승(上乘)이요, 인위적인 멋, 부자연한 멋은 낮게 보는 것을 알 수 있다.

여섯째, 멋의 단계와 그 평가의 표현은 '멋들었다' → '멋있다' → '멋지다' → '멋떨어지다'의 순으로 상승한다. 멋을 평가하는 이 네 가지 형용사는 비록 고저의 차는 있으나마 모두 다 긍정적인 것이다. 그것은 어느 것이나 다 어감으로 볼 때 수련으로 체득된 자연입도(自然入道)의 것이기 때문이다.

일곱째, '멋'의 구경(究竟)은 자유방종이 격에 맞는 열락(悅樂)이다. '멋대로'는 '마음대로·흥대로·신대로'라는 뜻이니 비규격·반형식의 일거수일투족이 모두 다 격이 되고 형식이 되는 경지다. 이러한 경지는 수련을 통해서만 체득되는 흥취와 조화와 분별이요, 그것을 뛰어넘어 자연한 법도를 이루는 경지다. 여기 이르면 멋을 내고 부리지 않아도 멋은 들게 되어 있게 되고 마침내 떨어지게 되는 것이다. 멋은 멋이 떨어진 멋없는 멋이 최고 경지니, 그것은 멋대로 해서 격에 맞는 무애자재(無碍自在)의 경지란 말이다.

　이로써 우리는 '멋'의 어원과 '멋'의 파생어의 의미와 어감의 검토를 통하여 멋의 개념을 추상하고, 한국적 미의식으로서 멋의 해명에 관한 기초적인 제문제에 매듭을 지었다. 대상적 규정으로서의 멋의 전제(前提)를 위하여 예술적 이념으로서의 멋의 이론을 위하여 미적 범주로서의 멋의 내용을 고구(考究)하는 문제가 남아 있다.

6. 미적 범주로서 멋

나는 앞에서 우리말의 중요한 미적 빈사(賓辭)의 의미를 분석하여 한국의 미의식의 구조를 복원함으로써 '아름다움'과 '고움'과 '멋'의 관계 및 그 개념내용을 밝혀 보았고, 특히 한국적 미의식의 전형으로서의 멋의 어원 내지 그 파생어의 일반적 어의를 분석함으로써 '멋'이란 말의 생성의 차제(次第)와 그 개념내용의 기초를 찾아보았다. 그러나, 그것은 '멋'의 의미 또는 그 개념내용의 윤곽을 파악하고 이해하는 바탕과 방향을 제시하긴 하지만, 그것만으로는 멋의 미적 개념을 명확히 했다고 할 수는 없는 것이다.

　'멋'은 한국 예술의 모든 분야에 있어서 중심개념이요, 이상개념으

로서 구경적(究竟的)인 지도적 기능을 발휘하는 미적 범주이다. 미적 범주로서의 '멋'은 일종의 술어적 의미로 변형되고 특수화된다. 미적 범주로서의 멋의 개념의 구극의 의미가 멋이란 말의 일반 어의(語義)와 아주 달라지거나 충돌되는 것은 아니지만, 그 일반적 어의보다는 어원적 의미가 많이 전화(轉化)되고 확대(擴大)되고 또 한정(限定)된 것이 사실이다.

뿐만 아니라, 미적 범주로서의 멋의 연구는 단지 어의의 연구만으로는 불가능하다. 그것은 역사적으로, 명료한 형태로서 특정의 예술세계를 그 배경으로 지니거나, 아니면 예술세계의 기반으로서 자연발생한 것이기 때문이다. 그러므로 우리는 멋의 미적 범주로서의 연구를 그 일반적 어의의 문제에서 출발시켜 '멋'이란 말의 정상적 의미를 끊임없이 고려하면서 그와 관련된 테두리 안에 멋의 미적 범주로서의 속성 ─ 그 제성격(諸性格)을 고찰할 수가 있다.

이와 같은 멋의 미적 내용과 그 미학적 구조에 대한 이론적 연구는 우리 학계에는 너무 결핍(缺乏)되어 있다. 사실 멋이란 우리 민족이 수천년래 생활 속에서 체득하고 행위와 제작에서 수련해 온 것이면서도 이론적 고구(考究)는 시론(詩論)이고 화론(畫論)이고 간에 예술론으로서 다루어진 적이 일찍이 없었다. 하기는 앞에서 지적한 바와 같이, 멋이란 우리가 수천년래 느껴 오긴 했어도, 이것이 하나의 독자적인 미가치로서 미적 범주를 이룬 것은 그다지 오랜 역사가 아니기 때문에, 멋의 개념내용은 그저 느껴서 알 따름이요, 너무 막연해서

구체적으로 꼬집어 내놓을 수가 없는 것이다. 그러므로, 근래 몇몇
학자에 의하여 제기된 '멋' 문제의 논의도 항상 그저 감상문(感想文)
정도로 스쳐 가는 지극히 단편적이고 피상적인 점에서는 거의 공통한
것을 볼 수 있거니와, 그러한 중요 원인은 무엇보다도 이 문제가 이른
바 사천년래 처음 개척되는 학구적 처녀란 점도 있지만, 그것을 논
하는 학자들이 이를 너무 소홀히 다루고 전체적 구조를 통찰(洞察)하
려 들지 않았기 때문에 피상적(皮相的)이 될 수밖에 없고 단편적(斷片
的)일 수밖에 없었던 것이다. 그 피상적이고 단편적인 것조차 논자에
따라 가지각색이어서 일치점이 발견되는 것은 극히 부분적인 것이다.

이때까지 멋을 논의한 제가(諸家)의 견해의 공통한 오류(誤謬)는
다음의 몇 가지라 할 수 있다.

첫째, '아름다움'과 '고움'과 '멋'을 혼동하고 있다. 멋은 확실히 아
름다움의 일양상(一樣相)이지만, 모든 아름다움이 멋은 아니고 단순
한 고움도 멋은 아니다. 멋의 독자성을 강조하는 조용만 씨의 견해도
이러한 혐(嫌)이 농후(濃厚)하다. 씨가 문학에 있어서의 멋의 실례로
인용한 목은(牧隱) 이색(李穡)의 시조

> 백설(白雪)이 자자진 골에 구름이 머흐레라.
> 반가운 매화(梅花)는 어느 골에 피었는고.
> 석양(夕陽)에 홀로 서 있어 갈 곳 몰라 하노라.

는 씨의 말대로 서양(西洋)의 되지 않은 시가(詩歌)가 추종할 바 아닌

'아름다운 시경(詩境) 높은 격조(格調)'를 보여 주고 있긴 하다. 15) 그러나 여기에 멋은 나타나 있지 않다. 오히려 여말의 충신으로서의 작자의 몸둘 곳 없는 슬픔이 멋보다 앞서 온다. 슬픔이 멋의 내용이 안된다는 것은 아니다. 그러나, 이 높은 격조의 외로움과 슬픔은 멋이라기보다는 기품(氣品) 있는 애수(哀愁)이다. 다시 말하면, 멋으로서의 변형이 의도되지 않았다. "이 시조를 읽고 어깻바람 나고 신나는 것을 느끼지 않을 수 있을까"라고 씨는 반문했지만, 16) 이 시조에는 신나는 멋은 없다. 목은에게서 멋을 찾으려면 차라리 다음과 같은 그의 일화(逸話)에서 찾을 수 있을 것이다.

조선의 태종(太宗)이 옛정으로 목은을 만나려 했을 때 목은은 흔연(欣然)히 응했다. 그러나, 목은이 입궐했을 때 태종은 옥좌(玉座)에 앉아 있었다. 그때 목은은 노부(老夫)가 몸둘 곳이 없구나 하고 되돌아서서 나오고 말았다는 것이다. 옛정으로 만날 수는 있지만 신하의 예로써 절을 할 수는 없었기 때문이다. 목은의 이 행동은 굽히지 않는 절개를 볼 수 있어서 제왕 앞에 맞선 기개에 멋을 느낄 수 있다. 이 행동이 멋이 되는 것은 그 스토리 자체의 사건구성에 이미 평범하지 않은 변격(變格)의 파란(波瀾)이 동반되었기 때문이다. 또, 씨가 예로든 《춘향전》의 어사출도 대목도 그것이 고난 끝에 변격으로 그런 장

---

15) 조용만, "멋이라는 것", 《고대신문》 1959. 2. 18.
16) 조용만, 전게 논문.

면이 벌어진 것은 소설로서는 멋진 얘기지만, 이도령이 썼다는 "金樽美酒千人血 玉盤佳肴萬姓膏 燭淚落時民淚落 歌聲高處怨聲高"라는 시는 독립된 시로서는 결코 멋있는 시는 아닌 것이다. 비분강개한 사회시이긴 하다. 이와 같이 우리적인 아름다움이나 고움을 또는 힘과 꿈과 슬픔을 모두 멋이라고 한다면, 멋을 우리는 어떻게 구별하고 가려서 파악할 것인가.

둘째, 멋을 우리의 생활풍속에 대한 애정, 익숙한 감정과 혼동하는 경향이 있다. 조윤제 씨의 견해도 이와 같은 혐이 있다. 씨는 이 글에서 "한국의 멋은 … 조금 어긋난 데에 있는 것 같다. … 조금 어긋나고 조금 비뚤어지고 비정확적(非正確的)인 것, 이것이 한국인의 생활에는 꽤 중요한 한국인의 멋이라 하는 것인데 …"라고 해서, 멋의 미의 본질적인 일면을 설파하긴 했으나, 씨가 예로 든 우리의 의상이나 가옥구조 또는 실내장식의 그 어느 것도 우리에게 익숙한 맛으로서 실례이지, 그것 그대로의 전체가 멋의 특징적 성격이 될 수 없을 뿐 아니라, 씨가 제시한 '멋'의 원리적 면을 보여주는 예도 되지 못한다. 또 들놀이·정자(亭子)놀이나 선술집 예도 마찬가지다. [17] 그것들은 멋의 바탕은 될 수 있으나 멋으로서의 형태미의 예는 되지 않는다. 한국 재래의 습속(習俗)이라 해서 그대로 다 멋이 되는 것은 아니다. 멋은 습속 안의 어느 특정된 종류에 있는 것이 아니요, 모든 습속, 아니 생활의 모든 면에 편재할 수 있는 것이다. 그러면서도 모든 습속이 멋이 될 수 없는 것은 '멋'이란 본디 어느 사상(事相)의 그 자체가 아니요, 그것의 존재하는 형식 특히 표현의 스타일과 격조(格調)이기 때문이다.

17) 조윤제, "한국인의 멋", 《한국의 발견》(1962. 12).

　물론 멋은 전통적 미이다. 그러므로, 그것은 역사적인 미요 집단적 기호(嗜好)의 것이어서 습속과의 사이에는 매우 가까운 점이 많다. 그러나 조윤제 씨가 멋의 예로서 든 들놀이·정자놀이나 선술집은 그 자체가 한국적인 풍취를 지니고 있고 한국인에게 어울리고 사랑받는 풍속이지만, 그 들놀이·정자놀이나 선술집에 모인 사람들의 언동이 무미건조하거나 파탄(破綻)되어서 멋없고 멋적고 멋모르게 되어 있다면, 그것은 결코 멋의 예가 될 수 없는 것이다. 그러므로, 들놀이·정자놀이·선술집 그 자체는 멋이 아니다. 그것의 존재형식 여하에 따라 멋일 수도 있고 멋 아닐 수도 있기 때문이다.

　셋째, 아직도 멋과 맛을 혼동하고 있는 경향이다. ‘멋’은 ‘맛’에서 환골탈태(換骨奪胎)한 말이기 때문에 ‘맛’과의 구별이 확연하지 않은 점이 있어서, 관자(觀者)에 따라서는 멋으로 볼 수도 있고 맛이라 할 수도 있는 경우가 있기는 하다. 그러나 우리가 근본적으로 알아 두지 않으면 안 될 것은 멋과 맛과의 기본관계이다. 멋은 맛을 바탕으로 하고 그것을 다시 뛰어넘는 것이기 때문에 멋에는 일반적인 맛이 있을 뿐 아니라, ‘특수한 맛’(멋)이 있다. 그러나 맛은 이와는 달라서 그것은 맛 그대로의 세계이다. 바꿔 말하면, 멋은 어느 것이나 맛을 동반하지만, 맛은 반드시 다 멋이 되는 것은 아니라는 말이다. 물론 맛에도 여러 가지 독특한 맛이 있지만, 멋은 그 여러 가지 맛에는 없는 별반의 맛으로 이루어진 것이기 때문이다.

　앞서 인용한바 조용만 씨가 목은 이색의 시조 〈백설이 자자진 골에…〉를 멋이라고 한 것도 멋을 아름다움 또는 고움과 혼동했기 때문이지만, 더 근본적으로 생각하면 맛과 멋의 혼동에서 비롯된 것임을 알 수 있다. 전장에서 이미 논술한 바와 같이 전아(典雅)·고아(古雅)·아담(雅淡)·아려(雅麗)는 멋보다는 오히려 맛의 세계요, 맛에 가까운 것이기 때문이다.

조윤제 씨가 강조한바 "멋은 물론 화려하고 풍성한 맛은 없어도 단아하고 섬세하여 아름다와서 좋다"[18]고 한 것도 역시 멋을 아름다움과 고움으로 더불어 동일시하고 멋과 맛을 혼동한 증거가 된다. 그러나 멋은 그 단아하고 섬세한 것에 변격이 들어가야 이루어지는 것이지, 단아하고 섬세한 그것만으로는 멋이 되지 않는다. 우리는 여기서 이 맛과 멋의 본질을 비교함에 있어서 맛은 고전적이요 멋은 낭만적이라는 특색을 들 수도 있다. 이렇게 멋의 본질이 오히려 풍성하고 거드럭거리고 흥청거리는 성질인데도, 씨가 멋은 화려하고 풍성한 맛은 없어도 단아하고 섬세하여 아름다워서 좋다고 한 것은, 멋의 성격보다는 맛의 개념을 설명함에 더 적합하다고 보겠다. 물론 멋에도 적막미(寂寞美)·단순미(單純美)·청초미(淸楚美) 같은 것이 없는 것은 아니다. 그러나 적어도 단아라든지 규격이라든지 섬세라든지 정상이라는 어감만으로는 멋의 뉘앙스가 우러나지 않는 것이 사실이요, 그것은 오히려 멋의 반대개념이라 할 수 있다.

정병욱(鄭炳昱) 씨는 "우리 문학의 전통과 인습"이라는 글에서 멋을 논하여,

---

18) 조윤제, 전게논문.

이같이 '멋'은 조화를 기저로 하면서 원상(原狀)이 약간 '데포롬'되었을 때에 느껴지는 일종의 미의식을 뜻함이다. 바꾸어 말하면, '멋'이란 결코 평범하고 정상적인 상태에서 느껴지는 것이 아니라, 정상적인 상태에서 약간 벗어나되 그것이 전체적인 조화를 해하지 않을 때에 느껴지는 것이고, 그것이 극치의 경지에 이르렀을 때에 우리는 그런 상태를 일컬어 '깜찍하다'고 한다. 따라서, 이 '깜찍함'은 곧 '멋'의 극치를 이룬다 할 것이다. 그런데 이 깜찍하다는 뜻은 소규모의 것이 대규모의 것을 교묘하게 재현시켰을 때에 이루어지는 개념이다.

라고 해서 멋을 데포르마시옹의 미의식이라 하여 그 본질적인 핵심을 찔렀으나, 멋의 극치를 '깜찍하다'고 한 것이라든지, 그 '깜찍하다'는 뜻이 소규모의 것이 대규모의 것을 교묘하게 재현시켰을 때 이루어지는 개념이라 한 것은[19] 역시 맛과 멋을 혼동한 것이라 하지 않을 수 없다.

왜 그러냐 하면, 멋의 극치는 '멋떨어지다'요 '깜찍하다'가 아니다. 깜찍하다는 뜻은 '당돌하다'·'빈틈없다'·'맵짜다'와 비슷한 어감을 가진 것으로, 아이들이 죄를 저지르고도 조금도 티없이 감추는 것 같은 것을 깜찍하다고 한다. 이러한 어감과 일반 용례로 보면 '깜찍하다'는 말은 정상적인, 빈틈없는 야무지고 맵짠 규격성(規格性)이 느껴져

---

19) 정병욱, "우리 문학의 전통과 인습", 《국문학산고》(國文學散藁), p. 35.

서, 우리는 이 '깜찍하다'에서 데포르마시옹의 반대 어감을 느끼는 것이다. 멋을 데포르마시옹의 미의식이라 하고, 그 멋의 극치를 '깜찍하다'라고 하는 것은 아무래도 모순된 표현 같다.

깜찍하다는 뜻은 씨의 말대로 소규모의 것을 교묘하게 구현시킬 때 이루어지는 개념임은 사실이다. 그러나, 이것은 '깜찍하다'가 이루어지는 계기요, '멋'이 이루어지는 계기는 아니다. 멋은 '깜찍하다'와 같은 소규모화의 교묘한 재현(再現)이 아니라, 오히려 '허술하다'와 통하는 대규모화의 교묘한 변형(變形)인 것이다. 멋은 맛보다는 큰 맛이기 때문이다. 또, 멋이란 것은 씨의 말대로 평범하고 정상적인 것에서 느껴지는 것이 아니지만, 정상적인 상태에서 약간 벗어나되 그것이 전체적인 조화를 해하지 않을 때에 느껴지는 것이라는 그런 소극적인 것이 아니고, 정상상태를 벗어나서 조화를 깨뜨려서 오히려 새로운 조화를 이룩하는 적극적인 것이다. 어쨌든, 정병욱 씨는 멋의 전제는 정곡(正鵠)을 맞춰 놓고 그 결론은 오착(誤錯)을 범했다. 또, 데포르마시옹을 우리 문화의 주체성과 동일시한 것이라든지, 데포르마시옹으로서의 멋의 현상이 곧 우리 문화의 후진성의 축적이 낳은 하나의 방법상의 특징이라고 본 것은[20] 모두 속단(速斷)으로서 수긍할 수 없는 입론이다.

정병욱 씨는 우리 문화의 주체성 = 멋 = 데포르마시옹의 미의식이라는 일련의 공식을 설정했기 때문에 '멋의 극치'를 '깜찍하다'라고 하고, 그것을 대규모의 교묘한 소규모화의 재현 또는 데포르마시옹의 방법을 빌린 정상(正常)에의 육박(肉薄)이라 주장하게 되었으나, 육박이

---

20) 정병욱, 전게 논문, 《국문학산고》, p. 36.

란 단어는 강력하긴 해도 아직도 미급(未及)이라는 어감이 있다. 원효(元曉)·의상(義湘)의 불교사상이나 퇴계(退溪)·율곡(栗谷)의 유학사상이나, 세종대왕(世宗大王)·다산(茶山)의 과학사상을 예로 들어 보더라도, 그것은 모두 외국 것을 받아들여 정상적으로 소화하여 집대성(集大成)함으로써 외국의 그것을 뛰어넘어 능가(凌駕)한 것이지, 데포르마시옹으로 대규모를 소규모로 재현하거나 정상적인 것에 육박한 것은 아니다. 멋은 우리 예술문화 또는 가치관의 이념으로 분명히 한국적 독자성을 가졌지만, '멋'이 곧 우리 문화의 주체성과 동의어는 아닌 것이다.

이와 같이, 멋은 맛과 구별되는 특수한 의미의 세계를 이루었으나, 그 발생의 의미는 상통한 것이어서 양자가 전혀 무관한 것일 수는 없다. 이 두 가지를 혼동하는 견해가 있는 반면에, 이 두 가지를 빙탄불상용(氷炭不相容)의 것으로 격절(隔絶)시키는 이도 있다. 신석초(申石艸) 씨의 견해가 이런 입지에 서 있다. 씨는 "멋 說" 첫머리에서 다음과 같이 논단하고 있다.

> 멋은 사치성 또는 유기(遊技)의 산물이기 때문에, 맛과 같이 무슨 공리성과 목적을 가지고 있는 것은 아니다.[21]

---

21) 신석초, "멋 說", 《문장》 1941년 3월호.

멋이 사치성과 유희성의 일면이 있는 것은 사실이다. 그러나, 그것은 그냥 사치성·유희성이라고 불러 던지기에는 너무나 소홀한 진실과 격도 지니고 있는 것이다. 만일 멋이 한갓 사치성과 유희성에만 멈추고 빠진다면, 그것은 부화(浮華)하고 허랑(虛浪)한 저급의 짓거리가 되고 말 것이다. 또, '맛'이란 것은 멋에 비하면 온건하고 깊은 맛이 있지만, 그것도 반드시 공리성과 목적성의 것만은 아니다. 맛에도 고차적이요 순수한 것은 성격이 다르다 뿐이지 제 나름의 사치성과 유희성이 깃들이는 것이다. 그러므로, 이렇게 멋과 맛을 극단으로 대립시키는 것은 씨가 맛을 한갓 맛〔味〕 곧 미각의 의미로만 파악했다는 혐을 지적하지 않을 수 없는 것이다.

7. 멋의 미적 내용

이제, 멋의 미적 내용에 대한 기본적인 개념 또는 구체적인 성격을 추출(抽出)하여 미적 범주로서의 멋의 본바탕을 살펴보기로 한다. 멋의 미적 내용의 고찰에 대하여 우리는 세 가지 각도에서 고구(考究)할 수 있다. 그 세 갈래의 관점은 곧 (1) 형태미로서의 멋, (2) 표현미로서의 멋, (3) 정신미로서의 멋이 그것이다.

1) 멋의 미적 내용(一)

형태미로서 멋은 멋의 일반적 존재형식 곧 멋은 어떻게 있는가 하는 문제, 다시 말하면 '멋'의 나타난 상태에 대한 관점이요, 거기서 추상된 개념이다. 그러므로 이것은 전장에서 분석한 멋의 파생어 중 주로 형용사로 된 일군(一群), 곧 '멋들다'·'멋있다'·'멋지다'·'멋떨어지다'들에 해당하는 개념은 어떠한 형태의 것을 가리키는가 하는 문제이다.

멋의 형태적 특질로서 가장 기본적인 것은 '비정제성'(非整除性)이다. 다시 말하면, 미술에 있어서나 음악에 있어서나 문학에 있어서 멋의 형태는 그 규구(規矩)가 산수적으로 완전 제할(除割) 되지 않는다는 점이다. 이는 앞에서 이미 누차 지적한 바와 같이, 멋이란 본디 정상·정규적인 것만으로는 안 되기 때문에 변환의 묘가 들어야 하는 것이다. 그러므로, 멋의 형태의 바탕에는 '비상칭성(非相稱性)'·'불균정성(不均整性)'이 깔려 있는 것이다.

이 멋의 비정제성을 고유섭(高裕燮) 씨는 '상상력·구성력의 풍부'란 이름 아래 우리 문화의 창조성의 제 1 례로 열거하였는바, 씨는 이것을 특히 일본·지나 등의 조형미술과 비교하여 그 구체적 예를 들어 다음과 같이 말하였다.

일본·지나의 건축 각부의 세부비례가 완수(完數) 로서 제할(除割) 되지만, 조선의 그것은 제할이 잘 되지 아니하는 일면이 있다는 것이다.

같은 방구형(方矩形) 평면의 건물이라도 일본·지나의 건물은 그 절반만 실측하면 나머지 절반은 실측하지 아니하고서도 해답이 나오지만 조선의 건물은 그렇지 않다는 것이다. 22)

이러한 비정제성은 음악·문학 특히 시가의 형식에도 현저(顯著)하다. 우리 음악이 아악(雅樂)과 민악(民樂) 할 것 없이 무반음(無半音) 5음계가 기초로 되어 있는 것은, 우주와 인간의 조화와 질서를 말하려는 음악사상의 소치라 하겠거니와, 이 5음계의 무반음 진행의 정규·정상을 깨뜨리는 것은 반음계(半音階)의 사용이다. 이 반음계의 사용은 교화음악(敎化音樂)으로서의 불건전, 또는 감상적(感傷的)·육감적(肉感的)이라는 이름으로 혐오되고 기피되었으나, 그것이 멋스러운 율격임에는 틀림없다.

우리 음악의 유반음(有半音) 음악에 대하여 계정식(桂貞植) 박사는 "오음계의 소고"란 논문에서 다음과 같이 말하였다.

조선 음악에도 가령 '육자배기' 같은 남도(南道) 노래에서 유반음 오음계를 분명히 찾을 수 있다. 이 유반음 음악을 남조선에서 찾을 수 있고, 서북조선에서는 찾을 수 없다는 것이 또한 우리의 흥미를 끌어내는 점이다.

중국 음악에서는 유반음 진행의 곡, 즉 서양의 단조(短調) 같은 기분을 현출(現出)한 악곡은 듣지 못하였다. 남조선에 유반음 오음계로 된 곡이 존재한 것과 일본에 역시 도회음악의 태반이 유반음 음악이라

---

22) 고유섭, "조선미술문화의 몇낱 성격", 《조선미술문화사논총》, p. 120.

는 깃은 지리적으로 근접한 관계를 가진 양자의 교통, 즉 문화의 교류를 말하고 있다. 그것이 아악보다도 속악(俗樂)에 있어서 더욱 더 현저하고 아악에 있어서는 원시적 건전미가 잠재한 무반음 오음계가 사용되어 있는 것도 역시 동일한 사정이다. 23)

우리는 가야금의 산조(散調)에서 멋을 느낀다. 산조란 문자 그대로 순정조(純正調)는 아니다. 그러므로, 거문고의 종장(宗匠)들은 산조는 가야금으로나 탈 게라 하여, 거문고로 산조를 타는 것을 꾸짖고 거부하였던 것이다. 24) 이런 점에서도 우리는 멋의 상궤일탈성(常軌逸脫性)과 통속성(通俗性)의 일면을 엿볼 수가 있는 것이다.

이 비정제성은 시가의 형식에 있어서도 정형시의 파괴를 가져왔다. 우리 시가는 원시가무(原始歌舞)에서 민요에 이르는 선이 주로 정형률로 되어 있고, 작가계급의 성립 이후 완성된 시가 장르는 대체의 윤곽·골격과 특정의 일부분을 남기고 곧 비정형화하였다. 다시 말하면, 정형시의 형식적 고정성은 이내 융통자재(融通自在)로 신축되어 자유시적 경향을 띠었다는 말이다. 신라의 사뇌가(詞腦歌)도 사구체

---

23) 계정식, "오음계의 소고", 《조선일보》 1940. 6. 21.

24) 이혜구(李惠求) 씨는 "시나위와 사뇌(詞腦)에 관한 연구"(《국어국문학》 8편)에서 '가야금 산조'를 시나위라고 하는데, 백낙준(白樂俊)이 거문고 산조 비난이유로 거문고는 정악(正樂)이 타는 악기지 산조를 거문고로 타는 것은 거문고를 망신시킨다고 해서, 시나위는 정악하는 사람이 기휘(忌諱)한다는 것을 설명하였다.

(四句體)·팔구체·십구체가 있고, 십구체 사뇌가 완성 뒤에도 정형 시적 요소는 그 낙구(落句) 첫머리의 감탄사 '아으' 정도다. 고려의 경기하여가(景幾何如歌)의 '~위~景幾何如〔긔 어떠하니잇고〕'라든 지, 시조 종장 초두의 '三字不加減'의 법칙을 제외하면, 우리 시가의 정형시는 엄격한 형식적 제약이랄 것이 없다. 나는 우리 시가의 이러 한 비정형성 또는 형식적 자유성을 이 멋의 형태로서의 비정제성에 연유하는 것으로 본다. 다시 말하면, 규격의 제약·구속 속에 멋은 없기 때문에 변환이 불가피하고, 그 홍청거리는 흐름의 표현을 위해 서 자수율(字數律)의 가감(加減)은 자연한 추세였던 것이다. 우리 시 가에 있어서 대표적인 정형시인 시조는 3장 6구 45자의 음수율로써 정형시의 규격을 삼고 있으나, 그 많은 고시조(古時調) 중에 이 음수 율에 완전히 맞는 것은 실상 몇 편이 되지 않을 뿐 아니라, 시조형식 완성 후 얼마 되지 않아 엇시조(旕時調)·사설시조(辭設時調)의 발 생을 보게 되었던 것이다. 시조형식의 완성은 여말선초(麗末鮮初)라 는 것이 통설인데, 성종(成宗)~선조(宣祖) 년간에 이미 엇시조·사 설시조가 있었던 것은 다음의 김인후(金麟厚, 1510~1560)와 정철 (鄭澈, 1536~1593)의 작품으로써 알 수 있다. 또, 그것이 평시조보 다 멋스러운 가락임도 물론이다.

靑山도 절로절로 綠水라도 절로절로
山 절로절로 水 절로절로 山水間에 나도 절로
그중에 절로절로 자란 몸이니 늙기도 절로절로 하리라.

— 김인후·엇시조

한 盞 먹세그녀. 또 한 盞 먹세그녀. 곳 것거 算노코 無盡無盡 먹세
그녀.

이 몸이 죽은 후면 지게 우혜 거적 더퍼 줄이여 메여 가나, 流蘇寶帳
에 萬人이 울어 예나, 어욱새 속새 덥개나모 白楊 속에 가기곳 가면,
누른 해 흰달 가는 비 굴근 눈 소소리바람 불 제, 뉘 한 盞 먹자 할고.
하물며 무덤 우혜 잰납이 파람 불 제야 뉘우친들 어떠리.

— 정철 · 사설시조

이와 같이 '멋'은 정상·정규를 일단 벗어나 규구(規矩)에 맞아떨어
지지 않는 데서 비롯되지만, 그 비정제성이 마침내 무중심·무통일에
떨어질 때 '멋'은 파괴된다. 다시 말하면, 멋의 비정제성은 막연한 산
만(散漫) 그것은 아니다. 가변(可變)·가동(可動)의 다양성을 지니
면서도 항상 제대로의 중심과 통일을 가지는 것이 '멋'의 본질이기 때
문이다.

멋의 형태미로서 제2의 특질은 '다양성'이다. 다양성은 단조(單
調)·평판(平板)·무미(無味)에서 탈출과 미묘한 변화에의 의욕의
표현이므로 그것은 비정제성과 표리(表裏)의 관계에 있다. 바꿔 말하
면, 이 다양성은 비정제성의 바탕이요 그 속성이기도 하다.

이러한 다양성의 특질이 입체적으로 응용되었을 때, 예컨대 '窓살'의
구성같이 매우 환상적인 구성을 얻는 것이다. 일본 건축의 '도꼬노

마'[床ノ間]의 '차다나'[茶棚] 등에서 볼 수 있는 '지가이다나'[違棚] 와 같은 구성이니, 조선의 모든 공예적인 작품 내지 건축 급(及) 세부 장식에 허다(許多)히 응용되어 있는 일면이다. 불국사(佛國寺)의 건축평면 내지 그 석제(石梯), 다보탑(多寶塔), 고려만월대(高麗萬月臺) 궁전평면, 각 사찰 건물에서 볼 수 있는 창호 영자(欞子)의 규모 등이 모두 이 다양성의 알기 쉬운 예들이다.

라고 고유섭 씨는 설명하고 있다. 25)

고유섭 씨는 이것은 "우리말로 소위 '그 멋이란 것이 부려져 있는 작품'들이다"라 하고, "멋이란 것은 행동을 통하여 나타나는 다양성의 발휘"라고 하였다. 씨는 '멋'의 어원이 혹 막[眲]에 있었을는지는 모르지만, 의미로서는 인간의 '탯가락'의 형용사로 쓰임이 본의였던 듯하다고 하였다. 26) '멋'의 어원이 '맛'에 있었느냐에 대해서는 반신반의하였을 뿐 좌단(左袒)하지는 않았지만, 멋을 '행동을 통하여 나타나는 다양성의 발휘'라고 한 것은 멋의 본질의 근본적 일면을 잘 도파(道破)하였다고 하겠다. 그러나 이 다양성의 해설이 멋의 전체를 대변하지는 못한다. 고도한 멋에서는 이 다양성의 극복 또는 초월로 단순화가 성취되어야 하기 때문이다.

이 '멋의 다양성'을 이희승(李熙昇) 씨는 '홍청거림'이라 이름짓고, 그 홍청거림 때문에 통일을 깨뜨리고 균제(均齊)를 벗어나서 책의 '사이즈'가 백 가지로 다르고, 일본의 '다다미'나 '쇼오지'[障子]에 비

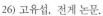

25) 고유섭, "조선미술문화의 몇낱 성격", 《조선미술문화사논총》, p. 120.
26) 고유섭, 전게 논문.

하여 우리 건축의 간살이나 창호가 각양각색이요 삼차불일(參差不
一)이요 무질서라 하여, 고유섭 씨가 지적한 바와 같은 뜻을 언급하
였다. 27)

이 다양성은 물론 '홍청거림'의 일종이긴 하다. 그러나 홍청거림이
곧 다양성은 아니요, 홍청거림은 다양성 이외의 또 그 이상의 격이 있
는 것이다. 홍청거림에는 율동과 농짓거리와 호사(豪奢)와 발산(發
散) 등 여러 가지 어감이 어울려 있기 때문이다. 다양성은 이러한 홍
청거리는 정신의 소산인 일면도 있지만, 있는 소재 그대로를 살려 생
명에 적응한 새로운 창조를 함으로써 이 다양성이 생겨나기도 한다.
우리 건축의 간살이 삼차불일한 것은 재목의 크기와 생긴 모양에 맞
추어서 집을 짓는 것이 원인이 되기도 한다는 말이다. 말하자면, 무
조작·무기교의 자연한 인공으로써 멋을 삼는 것이니, 이러한 경우의
다양성에서는 오히려 멋의 소박미(素朴美) 또는 아졸미(雅拙美)의
일면을 보게 되는 것이다.

멋의 형태미로서 제3의 특질은 '율동성'이다. '멋'이란 원래 생동태
(生動態)의 미요, 만들어진 다음에 보는 것이 아니다. 만들어 가는
과정의 변화에서 보는 미이다. 다시 말하면, 멋은 존재상태의 미가
아니요, 운동상태의 미라는 말이다. 그러므로, 멋은 형상이나 가락이
나 마음에 있어서 한 움직임에서 다음 움직임에로 이어 가고 넘어가

27) 이희승, "다시 '멋'에 대하여", 《자유문학》 1959년 2월호.

는 과정에 나타난다. 가동적인 정지태(靜止態), 멈추려는 움직임이 연속되는 가동적 경향상태가 멋의 형태미의 본질이다.

멋의 형태로서의 율동성은 근본적으로 이 가동성(可動性)의 경향형의 표현이거니와, 이와 같은 경향상태의 형태미는 동양예술 전반의 특색이기도 하다. 멋의 형태미로서의 비정제성과 다양성도 결국은 이 율동성과 표리의 관계에 있고, 어느 의미에서는 이 율동성이 더 근원적이라 할 수도 있다. 다시 말하면, 멋이란 곧 정신의 율동미이기 때문이다. 그러므로, '흥청거린다'는 동사가 '멋부린다'는 말로 더불어 가장 가까운 어감이 있는 것이다. '흥청거림'은 비정지(非靜止)·무응결(無凝結)·무규격(無規格)·반기교(反技巧)·무목적(無目的)·비실용(非實用)이라는 어감을 우리에게 주고 있다. 이 어감들은 곧 '멋'이란 개념내용의 가장 중요한 중핵(中核)이 된다. 그러므로, 멋의 율동성은 규격과 공식에 매이지 않고 변화가 자재하다.

멋의 율동성에 대하여 신석초 씨는 다음과 같이 말하였다.

정지의 상태보다는 동작의 상태에 멋이 있지만, 그러나 과도히 움직이지 않는 율동의 상태에서라야만 더 멋을 느낀다. 말하자면, 직립한 자세의 수목보다는 표풍(飄風)에 흔들리는 수목의 가지가 멋이 있고, 그보다도 춘풍에 나부끼는 수유(垂柳)가 더 멋이 있다. 그러므로 '綠楊이 千萬絲ㄴ들 가는 춘풍 매어 두며…' 하는 것은 가장 미감을 주는 한 시조의 시작으로 되는 것이다. 28)

---

28) 신석초, "멋 說", 《문장》 1941년 3월호.

　이와 같이, 멋의 형태미는 정지태(靜止態)보다 가동태(可動態)를, 그리고 격동성(激動性)보다는 미동성(微動性)에 있거니와, 동중(動中)의 잠깐 정지 곧 단절이 한층 높은 멋을 자아낸다. 빠르던 가락이 문득 뚝 그치고 잠깐 쉴 때 끊어진 여운(餘韻)에 아직 새로운 소리는 이어지기 전, 그 침묵이 몽환적(夢幻的)인 멋을 준다. 백낙천(白樂天)이 〈비파행〉(琵琶行)에서 이른바 "此時無聲勝有聲"의 경지가 곧 이것이다. 이것은 이 멋의 율동성이란 원래 분방무절제(奔放無節制)한 움직임이 아니고 생동과 절제의 조화미(調和美)이기 때문이다. 이 멋의 율동에 대하여 신석초(申石艸) 씨는 다음과 같은 멋있는 표현을 하였다.

　가야금은 멋을 느끼게 한다. 가야금은 산조에 더욱 멋이 있다. 중머리에서 곡조가 완만(緩慢)하고 활달(闊達)하게 흐르다가 잠깐 동안 정지하며 선만 그윽히 율동하여 여운을 남겨 놓는 대목이 멋을 느끼게 한다. 또는 잦은머리에서 곡조가 한창 빈색(頻索)하게 분쇄하여질 때 음조가 더욱더욱 세고(細高), 색(索)하여지고, 음자(音子)가 거의 무성(無聲)의 상태에서 연결되어 가는 몽환적인 경열(景悅)이 또한 멋을 느끼게 한다. … 조선의 고전무용은 다른 무용형식에서 볼 수 없는 특수한 그 격에 의하여 사람을 이끈다. 워낙 무용이라는 것은 동작하는 상태이고 또 그것은 직접 우리를 매료하는 인간의 육체를 사용하는 것이기 때문에 멋을 내는 데는 무비(無比)한 것이다. 그런데, 조선

무용은 전아하고 절제 있는 율동에 의하여 다른 멋이 있다. 조선 무용의 주요한 일특징은 그 어깨에 있다. 어깨의 후절(後節)에 있다. 유연히 선회하면서 어깨를 잠간 올리고 미동의 상태로 흔드는 포우즈는 도저(到底)히 번역할 수 없는 순수한 멋이다. 29)

나는 일찍이 한성준(韓成俊)의 춤을 한 번 본 적이 있거니와, 검은 배경의 무대에 나와서 직립해 있던 한성준의 어깨가 문득 한 번 으쓱하고 미동했을 때 굉연(轟然)한 율동을 보았던 것이다. 이윽고 그 팔이 서서히 퍼져서 원을 그릴 때 그 텅 빈 무대가 하나 가득해지는 것을 보고 놀란 기억이 있다. 이것이야말로 경이였고 지상의 멋이었다. 이와 같이, 멋의 율동은 미동(微動)과 단속(斷續)과 적정(寂靜)으로 유현(幽玄)한 경계에 몰입하는 것이다.

멋의 형태로서 제 4 의 특질은 '곡선성'(曲線性)이다. 이 '곡선성'은 멋의 형태로서는 가장 일반적인 것이니, 그것은 앞의 '율동성'의 표현이요, '다양성'과 '비정제성'의 표현이기도 하다. 멋을 시각적 형태로부터 거슬러 올라간다면 우리는 이 곡선성을 멋의 형태로서 최초에 다뤄야 할 것이다. 그러나, 여기서 말하는 곡선성을 앞의 '율동성'이 반드시 청각에 국한한 것이 아니듯이 반드시 시각에 국한한 것이 아니다. 곡선성은 율동성으로 더불어 정신의 바탕을 같이 하면서도 이 두 가지를 다 열거하는 것은 율동성이 반복의 움직임에서 보는 데 비해서 곡선성은 전개해 가는 움직임에서 보는 어감이 있기 때문이다.

한국의 예술을 선(線)의 예술이라고 하는 것은 정곡(正鵠)을 얻은

29) 신석초, "멋 說", 《문장》 1941년 3월호.

견해요, 또 그런 만큼 이것은 통설이 된 지 오래다. 한국의 역사를 가늘게 이어 온 선의 역사라고도 하거니와, 한국의 선은 선 중에도 곡선이다. 이 곡선미가 가장 두드러지게 나타나는 것은 우리 무용의 미이다. 우리 무용의 특성은 동작이 곡선적인데, 어깨와 손끝과 허리께와 발끝의 미묘한 움직임의 흐름은 비상히 세련된 곡선이요, 그것은 한 움직임에서 다른 움직임에로의 연결과 전개를 위한 가동적 정지태의 무한환상(無限幻想)의 열락(悅樂)이다. 만일 직선적인 기본동작을 훈련한 발레리나가 우리 춤을 춘다면 거기에 멋을 느낄 수 있을 것인가. 아마 우리는 멋적어서 차마 보아낼 수가 없을 것이다. 음악가가 소리를 '엮고', '휘이고', '흥청거리'는 것도 멋의 곡선성(曲線性)의 발현이다.

이 곡선미는 비단 무용과 음악에서뿐만 아니라 우리의 공예품이나 회화에도 현저히 나타나 있다. 곡선 중에도 현란한 곡선이 아닌 직선의 미묘한 변화로 휘어져 넘는 은은한 곡선과 반월형의 호선(弧線)이 아마도 대표적인 것일 것이다. 직선의 각을 반원으로 약간 죽이는 것은 우리 목공예품에서 흔히 목도(目睹)하는 바이다. 우리 건축의 지붕과 부연 뺀 추녀의 날아갈 듯한 선, 장롱과 즙기류의 가구에서, 소반·기명(器皿) 등 일상의 도구에서 우리가 찾아내는 곡선미, 그것의 가장 일반적인 형태는 반월형의 호선이다. 또는 그것의 중복이다. 그 전형은 저고리의 깃과 소매 끝, 버선의 코와 뒤꿈치, 태극선(太極扇) 그림의 청(靑)·홍(紅)·황(黃)이 서로 물린 머리 모양일 것이다. 이것들은 같은 유형이요, 특히 저고리 깃과 버선코와 태극선 그림 대가리는 완전히 같은 모양이다. 뿐만 아니라, 부엌의 식칼이나 화로의 인두도 고형(古形)은 이 모양과 같다. 이 호선의 미를 좋아하는 것은 유독 우리 민족만이 아니요 일반 성향이긴 하다. 그러나 그것이 예술에서 현저한 기호와 이상형태가 된 것은 우리 민족의 미의식의 경향이라 할 수 있다.

이와 같이, 멋의 형태미는 직선보다는 항상 곡선에 있으나 과도하게 곡절(曲折)된 형상에는 멋이 없다. 이것이 우리의 곡선미 의식(曲線美意識)이 직선의 완만하고 미묘한 변화로 이루어지는 저고리 깃이나 버선코의 선과 지붕과 추녀의 선에서 보이는 그러한 곡선을 낳은 줄 알 것이다.

멋의 율동성이 생동과 절제의 조화이듯이 이 곡선성도 직선과의 조화로써 이루어진다. 우리 미에서 직선미의 대표를 든다면 '아자창(亞字窓) 살'의 다양한 변화를 들지 않을 수 없을 것이다. 이것은 직선미의 극치라 할 수 있다. 그 기묘한 변화에 의하여, 우리는 그것을 직선으로서가 아니라 곡선미의 환상으로 착각할 정도로 환상적이다. 다시 말하면, 그 직선의 다양한 변화는 어느덧 곡선성의 바탕에 통하게 된다.

이상으로써 우리는 멋의 형태미의 특질로 '비정제성'·'다양성'·'율동성'·'곡선성'의 네 가지를 들어서 고찰해 보았다. 우리는 이 네 가지가 짜내는 공동의 무드가 생동하는 흥취와 절제 있는 방종 — 곧 생동과 절제의 해조(諧調)라는 것을 알 수 있다. 다시 말하면, 비정제성은 상칭(相稱)과 균정(均整)의 반대개념이지만, 그것을 회피하

는 것이 아니고, 오히려 그것을 바탕으로 하여 그것을 뛰어넘음으로써 일반 변환의 격을 이루는 것이다. 다양성도 마찬가지다. 다채(多彩)와 혼란(混亂)에 빠지지 않고 도리어 단순과 통일을 가져오며, 율동성은 절제와 단절로 부화(浮華)와 경조(輕躁)를 지양하고 보다 고차적인 유현한 율동에 이른다. 곡선성은 직선과 완만을 바탕으로 하여 건조(乾燥)와 무미(無味)를 전환하는 것이다. 이런 뜻에서 본다면, 멋의 형태미의 근본원리는 비정제성이요, 그것은 생동하는 흥취를 위한 초규격적 변환정신의 표현형태인 것이다.

여기서 우리가 잠깐 생각해 볼 것은, '멋'이 왜 곡선으로 나타나는가 하는 문제의 바탕, 다시 말하면 우리의 예술은 왜 선의 예술이냐 하는 문제이다. 이것은 바로 앞에서 지적한 바와 같이 우리의 예술은 흐름과 율동, 곧 멋을 특색으로 하기 때문이다. 이러한 가동적인 미는 그 수법으로서 색(色)을 요구하지 않고 선(線)을 요구하게 된다.

색은 운동의 미를 나타내는 것이 아니고 존재의 미를 나타내는 자이다. 색도 물론 선으로써 사용될 수 있지만, 색선은 굵어지면 면에 가깝게 되고, 면에 접근하면 색선의 기능을 나타내기보다는 면이 되려고 한다. 그러므로, 색이 자신을 만족하게 표현하자면 선이 아니라 면이 됨으로써만 가능하다. 다시 말하면, 색은 면으로 되어서 존재의 상태를 나타내는 데는 편리하지만, 자유와 변화를 특질로 하는 선의 기능을 대신할 수는 없고, 가동적인 경향상태를 나타내는 데는 불편할 것이다. 그러므로, 이러한 가동의 미를 지향하는 우리 예술이 색보다 선을 요구하는 것은 당연하다. 선은 형체를 나타내는 경우에도 색과 같이 정지적(靜止的)으로 나타내지 않고 형체를 가동적(可動的) 상태에서 표현한다. 다시 말하면, 선은 사람의 시각에 결합하기보다는 운동감각에 결합하는 것이다. 선은 변이하기 쉽고 항상 움직이고 있기 때문에, 선으로 표현된 것은 그 형체도 또한 가동적이 되는 것이다. 우리 예술에 있어서의 선의 의의는 가동적 형태미에 대한 지향의 바탕에서 설명될 성질의 것이다.

2) 멋의 미적 내용(二)

표현미로서의 '멋'은 멋의 일반적인 발현작용 곧 '멋'은 어떤 방법으로 나타나는가 하는 문제, 다시 말하면 '멋'을 나타나게 하는 구성력 또는 표현방법에 대한 원리이다. 그러므로, 이것은 전장에서 분석한 멋의 파생어 중 주로 동사로 된 일군(一群), 곧 '멋내다'·'멋부리다'·'멋지기다'·'멋까리다'들에 해당하는 개념이요, 그것은 어떠한 것을 가리키는가 하는 문제이다. 멋의 표현적 특질로서 가장 기본적인 것은 '초규격성'이다. 이것은 앞에서 예거(例擧)한 '비정제성'(非整除性)과 표리가 되는 것으로서 멋의 표현은 규격을 마스터하여 그것을 뛰어넘어야 한다는 것이다. 다시 말하면, 격에 들어가 다시 격을 나오는 것, 격을 나와서 새로운 격을 낳아야 하는 것이다. 그러므로, 멋의 표현의 바탕에는 '비정식성'·'초기교성'이 깔려 있는 것이다.

  멋의 이러한 '비규격성'은 '원숙성'(圓熟性)과 '왜형성'(歪形性)과

'완롱성'(玩弄性)을 속성으로 하고, 또 그것들을 바탕으로 해서 이루어진 표현원리이다. 첫째, 멋을 체득하고 그것을 표현하기 위해서는 먼저 기법의 원숙이 있어야 한다. 이미 있는 기법의 모든 규격에 습숙(習熟)하여 그것을 뛰어넘기 위한 수련이 있어야 한다는 말이다. 다시 말하면, 멋은 작위(作爲)하는 것이 아니요 자연유로(自然流露)되는 것이며, 멋이 자연유로되자면 피나는 수련에서 오는 기법의 원숙이 없이는 불가능한 것이다. 그러므로 이 원숙성은 인공의 구극에 체득한 자연의 기법과 그 규격이란 뜻이다. 무슨 기술이든지 원숙하여 입도(入道)의 경에 이르면 멋은 자연 발현되기 마련이다. 목수고 이발사고 간에 구두닦이에 이르기까지 모든 기술이 다 그렇고, 유도(柔道)고 검도(劍道)고 당수(唐手)고 간에 기법을 닦아서 도에 들어 눈을 뜨면 일거수·일투족이 법에 맞을 뿐 아니라, 재래의 법을 넘어선 자득(自得)의 멋을 지니는 법이다. 이런 의미에서 본다면 멋은 내고 부리는 것이 아니라, 절로 내어지고 부려지는 것이요, 안에서 풍기고 우러나는 것이라 하겠다. 그러므로, 미숙한 사람이 작위(作爲)하여 부리는 멋은 멋이 아니라 과장(誇張)과 속기(俗氣)에 떨어지고 마는 것이 보통이다. 부리는 것을 의식할 때, 곧 멋을 작위할 때 참멋은 달아나고 마는 것이다. '멋장이'라는 말이 바로 멋을 내는 사람, 멋을 부리는 사람이란 어감이 있다. 이와 같이, 멋의 표현원리로서의 초규격성은 원숙성을 바탕으로 할 뿐 아니라, 이것은 또 비조작의 자연유로로서 인공과 자연의 원융(圓融)이라는 뜻의 해설로 되는 것이다.

그러나, 이 원숙성은 원숙하여 도리어 아졸미(雅拙美)에 도달하기도 한다. 이것이 바로 대오(大悟)하고 보니 대오하기 전과 같더라는 소식(消息)이다. 늙으면 도리어 아이와 같아진다는 얘기다. 그러므로, 멋은 원숙을 발판으로 하면서도 그 원숙에서 오는 능란(能爛)함의 무난(無難)을 뛰어넘지 않으면 안 된다. 그러므로 원숙은 초규격의 바탕이지만 초규격이 곧 원숙은 아닌 것이다. 추사(秋史)의 글씨가 이러한 문제의 좋은 예가 될 수 있다.

둘째, 멋의 표현은 '왜형성'(歪形性) 곧 데포르마시옹이다. 정상적인 상태 또는 정규의 형식에서 벗어져 나가서 약간의 왜곡이 형성될 때 멋이 나온다. 그러므로 이 '왜형성'은 정상적인 것에서는 못 느끼는 별반(別般)의 맛 또는 고차(高次)의 멋을 창조하기 위한 것이요, 정병욱 씨가 지적한 바와 같은 "데포르마시옹의 방법을 빌려서 정상적인 것으로 육박하여 가기 위함"은 아닌 것이다. 30) 정상적인 것을 데포르메하는 것은 정상 이상(以上)을 지향하는 것이기 때문이다. 이런 의미에서 본다면, 멋이란 것은 "정상적인 것을 데포르메해서 정상 이상의 맛을 내는 것"이라고 풀이할 수도 있다. 멋의 전체의 구조와 의미에 대해서는 부합(符合)과 오착(誤錯)을 지니고 있으면서도, 그러나 멋의 본질을 데포르마시옹의 미의식이라고 지적한 것은 정병욱 씨가 옳게 본 점이다.

이 왜형성은 변환·기발·해학·추상의 정신적 기조를 띠고 있다. 전립(戰笠)이나 초립(草笠)을 비스듬히 또는 빼뚜름하게 쓰는 것을 비롯해서, 멋을 부린다는 것은 정상의 규격을 잘 다듬어 놓고도 어딘

---

30) 정병욱, "우리 문학의 전통과 인습", 《국문학산고》(國文學散藁), p. 36.

가 한구석에 짐짓 왜형의 변화를 둔다. 예를 들면, 목조공예 특히 문갑(文匣)의 열쇠구멍은 원형의 한가운데 두지 않고 반드시 반경상단(半徑上端)의 한쪽에 약간 비스듬히 뚫는 것이 멋이다. 장롱이나 가깨수리[倭櫃] 같은 것도 아주 소박·단순하게 꾸며 놓고 문득 그 발에 가서 미묘한 왜형(歪形)의 문양(紋樣)을 각(刻)하는 것이 또한 멋이다.

멋 표현의 셋째 특질은 '완롱성'(玩弄性)이다. 이 '완롱성'은 원숙에서 나오는 '잉여성'(剩餘性), 왜형에서 오는 '해학성'(諧謔性)이 그 바탕이 된다. 다시 말하면, 여유와 유희의 기분에서 우러나는 표현원리다.

음악에 있어서 기술의 원숙은 농으로써 멋을 표현한다. 가락이 소리를 구성지게 휘이고 꺾고 흔드는 것에서 우리가 멋을 느끼거니와 그것이 바로 농(弄)이다. 기악도 마찬가지니, 현악기의 농현(弄絃), 관악기의 신들린 도취의 가락은 거의 다 이 입신의 완농에서 이루어지는 것이다. 이것은 바로 진실 그것이 유열(愉悅)하는 경지의 표현이요, 순순한 직접적인 정감의 미묘한 현현(顯現)이다.

무용에 있어서도 마찬가지다. 어깨와 손끝의 선의 미묘한 율동이 바로 이 그윽한 완롱성의 발로이다. 이 완롱성은 앞에 열거한 원숙의 왜형으로 더불어 초규격성의 바탕이요 또 속성이니, 검무(劍舞)하는 여자가 남(藍)빛 쾌자(快子)를 입고 홍전립(紅戰笠)을 삐뚜름히 쓰고 수술 달린 은장도를 두르며 돌아가는 맵시에서 우리가 멋을 느끼는 것은, 그 의상의 왜형과 동작의 완농에서 얻는 느낌이다. 만일 그 여자가 단순한 여장에 은장도를 들었다거나 전립을 쓰되 정직하게 쓰고 아무 동작도 없이 직립의 자세를 취한다 하면 멋은 깨뜨려질 것이요, 우리는 거기서 아무런 멋도 느끼지 못할 것이다. 마찬가지로, 정직한 전복(戰服) 차림의 직립한 여인을 그린 그림에서도 우리는 멋을 느끼지 못한다. 멋은 가동의 형태, 선의 미, 왜형·완농의 포우즈에서 느껴지는 미감이 기본이기 때문이다.

이희승 씨는 '멋'을 외국말로는 번역할 수 없는 것이라 하여, 우리말의 멋과 일치되는 개념을 가진 어휘가 외국어에 없는 것으로서, 멋이 한국 문화 내지 예술의 특질이라는 반증(反證)으로 삼았거니와, 그 일례로 든 다음 문장은 곧 이어 왜형·완롱성의 호례(好例)가 되는 것이다.

버선코가 뾰족하게 솟아오른 것이라든지, 보드럽고 긴 옷고름이 바람에 포르르 날리는 것을 dandy하다고는 할 수 없을 것이요, 어깨를 으쓱거리고 엉덩춤을 추는 모양을 foppish하다고 표현할 도리가 없을 것이다. 귓대가 너무 긴 고려자기 물주전자나, 추녀가 벌쭉 위로 잦혀진 한국식 건물을 smart하다고 할 수 있을는지 알 수 없으나, 역시 어색한 표현이 아닌가 한다.
쾌자 벙거지에 두 칼을 양손에 갈라 쥐고 춤을 추다가, 가랑이를 쳐들면서 물레바퀴 돌아가듯 하는 모양이라든지, 굿중이나 농악패의 머리에 쓴 벙거지 고작에서 3·4발이나 넘는 상모(꼬꼬마)가 소용돌이를

치며 돌아가는 모양을 stylish하다고 하여서야 어디 격에 어울리는 표현이라 하겠는가. charm이나 elegance 같은 말은 더구나 '멋'과는 어의상 거리가 상당히 있는 말들이다. [31]

특히 방점 친 부분이 이 완롱성의 표현이다. 여기서 이희승 씨가 부적당하다고 본 dandy나 foppish나 smart나 stylish는 멋지다는 개념을 나타내는 데 완전 적합하진 않다 하더라도, 멋이라는 말이 없는 영어에서는 또 그대로 멋의 역어로 사용될 수 있는 것이기도 하다. 그러나, 이들 경우의 '멋지다'의 개념은 왜형·완롱성이 두드러져 있으므로 차라리 interest(흥미·감흥·재미·호기심·취미), humour(해학·골계), fun(희롱(戲弄)·익살·흥취·재미)에 가까운 어감이다.

이 완롱성이 우리 문학에 나타난 예는 인용에 번거로울 지경이다. 이는 우리 민족의 유머 민족으로서의 지위를 말해 주는 것으로서, 우리 민족이 해학·풍자·재담·익살·쾌사를 얼마나 좋아하는가를 증명해 주는 것이며, 따라서 멋의 미의식에 이 완롱성이 차지하는 비중을 말해주는 것이라 할 수 있다.

《토끼전》·《장끼전》·《흥부전》·《심청전》·《장화홍련전》 같은 설화를 소재로 한 소설, 박연암(朴燕岩)의 한문소설과《춘향전》에 나타난 인물이나 사건에 대한 과장된 흥취의 묘사, 마구 주워섬기는

---

31) 이희승, "다시 '멋'에 대하여",《자유문학》1959년 3월호.

익살조 사설이라든지, 산대도감(山臺都監) 같은 가면극 각본에서부터 떡타령·새타령에 이르기까지, 또 경기하여가(景幾何如歌)나 별곡·가사에서부터 시조의 만횡(蔓橫)·언롱(言弄)·농(弄)에 이르기까지 그 예는 허다하다.

이 완롱성이야말로 멋의 흥청거림의 표현이다. 이와 같이, 이 완롱성은 멋의 표현원리의 중요한 자의 하나이긴 하지만, 이 완롱성은 또 멋을 타락시킬 위험한 요소를 가장 많이 내포하고 있는 것이다. 이것이 만일 조화와 절제의 격을 잃으면 그것은 다양다채한 기교적 발작(發作)으로 떨어져 일종의 농짓거리에 떨어지고 만다. 다시 말하면, 멋이 허랑성(虛浪性)과 부화성(浮華性)으로 통하는 계기가 여기 있고, 또 그렇게 오인되는 까닭이 여기 있는 것이다. 고유섭 씨는 "상상성과 구성성이 진실미를 못 얻었을 때, 예술적 승화를 못 얻을 제 한편으로 '군짓'이 잘 나오고〔기야(箕野) 이방운(李芳運)의 산수에 그 일례가 있다〕, 한편으로 '거들먹거들먹하는' 부화성이 나오게 된다"고 하였다. 32) 그가 말하는 '군짓'과 '거들먹거림'이라고 하는 것이 바로 내가 말하는 '멋지기다'와 '멋까리다'인 것이다.

3) 멋의 미적 내용(三)

멋의 정신적 특질로서 가장 기본적인 것은 '무사실성'이다. 순수한 미적 충동이란 본래 실용성의 것이 아니다. 다만 이 본래 실용성 또는 공리성과는 무관한 미적 충동이 생활과 결부됨으로써 생활예술이 발

---

32) 고유섭, "조선미술문화의 몇낱 성격", 《조선미술문화사논총》, p. 20.

생했을 따름이다. 그릇에 그림무늬를 넣지 않아도 그릇이 음식을 담는 본래의 효용에는 아무 지장도 없으며, 칼자루에 조각하지 않았다 해서 칼이 칼로서의 효용성이 소멸되는 것은 아니다. 말하자면, 사람이 가지고 있는 미적 본능 곧 장식본능·유희본능이 그러한 생활도구에 회문(繪紋)이나 조각을 장식하게 된 것이다. 인류사회학적 방법에 의한 미학론자들은 예술의 발생을 한결같이 실생활의 필요 때문이라는 공리성을 주장하지만, 노동의 편리와 전쟁의 고무라는 필요 때문에 원시의 노래가 발생했다는 것은 주종전도(主從顚倒)의 견해가 아닐 수 없다. 왜 그런가?

노래를 부르면 노동의 괴로움을 잊게 되고, 노래를 부르면 투쟁의 용기가 배가된다는 것은, 사람이 생래(生來)로 노래를 즐긴다는 사실 위에 기초한다. 만일 사람이 노래를 즐기지 않는다면, 노동과 전쟁에 노래가 이용되지 않을 것이요, 노래가 발생되지도 않았을 것이기에 말이다. 그러므로, 모든 예술이란 실용 때문에 생겨났다고 하기에는 너무나 여잉적(餘剩的)이요, 유희라고 하기에는 그 창조의 고심이 참담하기까지 한 것이다. 여기서 여잉적이라고 하는 것은 '비실용성'과 '발산성' 또는 '소비성'의 뜻이 있다. 그러므로, 멋의 정신의 바탕에는 '사치성'(奢侈性)과 '소창성'(消暢性)이 깔려 있는 것이다.

멋의 '무실용성'은 그것이 우리가 실제 생명을 유지하는 데 있어 반드시 긴요한 것이 아니요, 또 생활의 실리·실용과도 무관하기 때문이다. 금수(禽獸)는 기갈(飢渴)을 느끼지 않으면 먹지 않고 기갈이

충족되면 음식 (飮食) 하는 행위를 중지하지만, 사람은 배가 부른 때에
도 먹거지를 하고, 게다가 먹고 마시는 그 자체를 향락하고 장식한
다. 음식뿐 아니다, 의복과 용모와 태도를 꾸미는 것이 또한 반드시
실용에만 그 의의가 있는 것이 아니니, 예술이란 것이 본디 이와 같은
관념의 소산이요, 멋이 또한 실용성이 없는 필요 이상 (以上) 의 것이
다. 실용성이 없고 필요 이상의 것은 사치와 일락 (逸樂) 의 면이 있는
것이다.

멋의 이 '무실용성'을 이희승 씨는 '필요 이상'이라 이름지어, '흥청
거림'으로 더불어 '멋'의 2대 요소로 삼고 다음과 같이 말하였다. 33)

> 멋은 실용적이 아니다. 다른 민족에게서 볼 수 없는 우리 고유한 의복
> 의 고름은 옷자락을 잡아매기 위하여 생겼을 뿐 터이나, 필요 이상으
> 로 무작정 길어서 걸음을 걸을 때나 바람이 불 적마다 거추장스럽기가
> 한이 없지마는, 펄렁거리며 나부끼는 그 곡선의 비상 (飛翔) 이야말로
> 괴로움을 이기고도 남음이 있는 쾌락을 주었기 때문에 생긴 것일 것이
> 다. 술띠도 댕기도 마찬가지 이유일 것이다. 고려자기 물주전자의 귓
> 대가 종작없이 길어서, 물을 따르려면 뚜껑을 덮은 아가리로 물이 넘
> 을 지경이니 실용에는 불편하기 짝이 없을 것이다.

긴 옷은 서양의 이브닝드레스 같은 것에도 예가 있지만, 옷에 붙인
긴 옷고름은 우리 특유의 것이요, 이 긴 옷고름이 유장 (悠長) 한 한국
의 멋을 나타내는 것이 사실이며, 그것이 필요 이상으로 길어졌던 것

---

33) 이희승, "다시 '멋'에 다하여", 《자유문학》 1959년 2월호.

도 사실이다. 그러므로, 한때 생활개선 운동에 이 비실용적인 긴 고름을 제거하여 단추를 달거나 고름을 짧게 자르던 시기가 있었던 것이다. 이 옷고름은 물론 손쉬운 하나의 예에 불과한 것이요, 우리가 이 앞에서 고찰한 멋의 형태와 그 형식작용의 제성격이 모두 다 이 비실용성에서 우러난 것이다.

그러나, 멋의 무실용성은 무르익은 기술행위와 정신적 열락 그것을 위해서는 자연한 효용이 있는 합실용성(合實用性)이 있다. 재목에 못을 박는 목수의 망치질 사이에 들어가는, 까닭 없고 필요 없는 곳을 딱딱 두드리는 헛망치질의 멋이라든지, 이발사가 머리 깎을 때 간간이 허공에 들고 짤깍거리는 가위 소리 같은 것은 기술의 습숙(習熟)에서 오는 멋인 동시에, 호흡과 장단을 맞추어 그 기술행위의 진행을 조정해 주는 효용이 있을 뿐 아니라, 이러한 멋의 무용한, 필요 이상의 사치가 빚어내는 유열(愉悅)은 정신의 울적(鬱寂)을 소창(消暢)하는 데는 최상의 효용이 있는 것이다. 이것이 미의 미를 위한 미적 실용성이다. 멋은 무엇보다도 정신의 여유상태에서 또는 잉여(剩餘)된 정력의 소창작용의 소산이다. 정신적인 기갈 곧 고민(苦悶)과 갈구(渴求)에는 멋이 존재할 수가 없는 것이다. 갈등이든지 몽상이든지 빈곤이든지 부유라든지 이런 것은 멋의 경지에서는 소멸되고 오직 여유와 열락만으로 충만하다. 이런 의미에서 멋은 일종의 초탈미라 할 수 있다.

멋의 정신의 제 2 의 요소는 '화동성'(和同性)이다. '비실용성'이 '초규격성'·'비정제성'으로 더불어 표리가 되듯이, 이 '화동성'은 '원숙성'

과 '다양성'으로 더불어 표리가 된다. 멋에는 규각(圭角)과 갈등(葛藤)과 고절(孤絶)이 없다. 조화와 질서와 흥취의 세계이다. 그러므로, 멋의 화동성은 '고고성'(孤高性)과 '통속성'(通俗性)의 양면을 동시에 지닌다. 화광동진(和光同塵)의 이상 ─ 중속(衆俗)과 더불어 화락(和樂)하되 그 더러움에는 물들지 않고, 고아(高雅)의 경지에 거닐어도 고절의 생각에는 빠지지 않는다. 그러므로, 멋에서는 매운 지조의 도사림과 주착없는 허랑(虛浪)이 동시에 지양된다.

멋의 정신의 제3의 요소는 '중절성'(中節性)이다. 멋은 필요 이상의 비실용성의 것이므로 사치성이 있다고 했으나 그것은 직접 사치의 상태는 아니요, 사치 그것만이 되어서는 멋은 깨어진다. 진실한 멋에는 높은 교양과 고매(高邁)한 사상이 뒷받침되어야 하고 수련과 절제가 따라야 한다. 인간은 감정의 동물이고 멋도 다분히 감정적인 것이지만, 멋의 감정은 감정의 방종과 그에의 탐닉(耽溺)이 아니고, 그 감정은 지적인 절제에 의하여 영도(領導)되지 않으면 안 된다. 이 점에 대한 신석초 씨의 견해는 자못 정곡을 얻고 있다. 그는 말하기를 "절제 없이는 인간은 모든 질서를 상실한다. 따라서, 멋도 수중(守中)하지 않으면 비천한 것으로밖에는 되지 않는다. 과도한 사치는 일가를 멸망하게 하고, 영화(榮華)의 극치와 문약성(文弱性)은 도를 넘으면 국가를 파멸로 이끈다"고 하였다.[34] 조화와 질서를 본질로 하는 멋이 이러한 절제를 요구하는 것은 자못 당연하다. 더구나 흥취의 감정을 바탕으로 하는 멋이 조화를 위해서는 절제를 불가결로 하지 않을 수 없는 것이다.

---

34) 신석초, "멋 說", 《문장》 1941년 3월호.

　또, 신석초 씨는 멋의 사치성의 절제에 대하여 그 방법으로 중용의 도를 지적하였다.[35] 중용은 중화(中和)를 근원으로 하는바, 중은 희로애락이 아직 발하지 않는 것을 말하는 것이고, 화는 그것이 발하여 모두 절(節)에 맞는 것을 의미한다.[36]

　중용은 균형과 조화요, 따라서 균정과 안정의 어감으로서 멋의 본질인 비정제성과 왜형성으로 더불어 모순되는 듯하지만, 중용의 균형은 시중(時中)이므로 다양성의 조화와 비정제성의 변조로 더불어 상충되지 않는다. 다시 말하면, 멋의 중절성은 왜형성을 통한 율동성 곧 변조의 절도를 말하는 것이다. 멋은 정감의 상태나 제작의 형태에 따라 다양하게 표현된 것이므로, 중절 곧 중화의 법칙은 시중을 잡아야 절도에 맞고 조화를 얻을 것이다. 시중을 잡는다는 것은 때와 곳과 그 작위를 일치시키는 일이다. 이것을 총괄하여 말한다면 격에 맞게 하는 일이라고 바꿔 말할 수도 있다. 멋은 마침내 하나의 격이요, 항상 그 자체의 절도를 맞춤으로써 새로운 격이 되는 것이니, 이 격이 깨어지면 멋이 깨어지는 것이다. 격에 맞지 않는 것을 '멋없다'·'멋적다'고 한다. 과도한 것은, 곧 절차를 벗어난 것은 광적(狂的)이 아니면 범속(凡俗)이 된다. 모자라는 것은, 곧 절차에 맞지 않는 것은 주착없는 것, 흘게 빠진 것이 된다.

---

35) 신석초, 전게 논문.
36) "喜怒哀樂之未發 謂之中 發而中節 謂之和." —《중용》.

그러나 멋의 중절성은 왜형성을 통한 절도이기 때문에, 광적인 것이나 흘게 빠진 듯한 곳에서도 그대로의 절도만 맞으면 멋이 성립된다. 중용의 중은 수학적 의미의 절반이 아니요, 한쪽에 치우쳐서도 중용을 성취할 수는 있는 것이다. 마치 저울대에 담은 무게에 따라 추의 놓이는 자리가 옮겨져야 하는 것과 같다.

멋은 아(雅) 도 아니고 속(俗) 도 아니다. 고아하다고 하기에는 통속적인 일면이 있고, 범속하다고 하기에는 법열(法悅) 이 있어서, 실로 아속(雅俗) 에 넘나들며 그 어느 쪽에도 떨어지지 않는 미묘한 줄타기와 같은 경지, 그 가느다란 선 위에 멋의 대도(大道) 가 있다. 뿐만 아니라, 멋은 모든 면에서 고정불변의 것이 아니요, 이것이 멋이라든지 이런 것만이 멋이라고 고착시킬 수가 없고, 그 반대의 경우에서도 홀연히 멋이 성립할 수 있다.

멋의 정신의 제 4 의 요소는 '낙천성'이다. 앞에서 서술한바 멋의 정신미로서의 비실용성·화동성 및 중절성의 해명으로서 멋이 하나의 생활철학의 이념으로 상승되고 있음을 보아 왔다.

멋의 구경(究竟) 의 마음자리는 낙천성이다. 이 낙천성은 조화와 절도를, 성실과 유락(愉樂) 을 바탕으로 하고, 유유자적하는 자연의 생활, 고고불기(孤高不羈) 하는 자재의 경지를 말한다. 이 낙천의 경지는 멋의 유열(愉悅) 을 외부에서 찾지 않고 그것을 내부에서 즐기는 낙도(樂道) 의 경지요, 번화(繁華) 의 상태에서 멋을 찾지 않고 한적(閑寂) 의 상태에서 멋의 진수를 맛보는 경지라 할 수 있다. 근조선(近朝鮮) 의 문학에 보이는 처사도(處士道) 를 근간으로 한 은일사상(隱逸

思想)의 소극적 반항, 귀고수졸(歸故守拙)의 소우사상(消憂思想) 또한 이 멋의 경지이다. [37]

이러한 정신미로서의 멋의 내용을 고구한 점에서 신석초 씨는 단편적이긴 하나마 경청할 만한 견해를 보여 주었다. 앞에 인용한 멋의 사치성(이는 이희승 씨도 지적한 것이지만)과 다음 인용할 멋의 내재성(內在性)에 대해서 더욱 그러하다.

멋은 영화의 상태와 외재하는 유락성(愉樂性)에만 있는 것이 아니고, 차라리 은둔(隱遁)과 한적(閑寂)에, 자연에 접한 생활에, 초탈한 그 정신에야말로 진수(眞粹)한 멋이 있는 것을 안다. 우유자적(優遊自適)하여 안빈하며 낙도하고 음풍영월(吟風詠月)한다는 말은 고준(孤峻)한 일종의 사치성을 형성한다. 여사(如斯)한 상태는 그 불기성(不羈性)에 의하여, 안일성에 의하여, 자유성에 의하여 십분 즐길 수가 있다. 즉 이러한 상태는 자연히 풍류와 혹종(或種)의 내적인 낙취(樂趣)를 낳는 것인데, 그 풍류와 낙취는 필경 특이한 일정감(一情感)의 상태를 내재시키는 것이며, 그 정감이 다시 외부에 멋으로 현현된다. 그리고, 이 외현한 멋은 감수성 기타의 과정에 의하여 다시 내적인 멋을 낳는다. 물론 초속(超俗)한 정신의 세계는 지속하기가 어렵다. 인간은 본성으로 고독을 싫어한다. 또 초극의 세계는 한계를 넘으면 결국 무인의 경이다. 그러므로, 우리는 비범한 수양과 적응성을 갖지 않고는

37) 신석초, "멋 說".

그 경지에 들어갈 수가 없다. 그러나, 혹은 탁발(卓拔) 한 자기훈련의 힘과 절대한 자부심과 일종의 긍지로써 거기에 안주할 수도 있다. 38)

그러나 멋이 이러한 세계에 안주하게 되면 그것은 허무와 고절과의 경지가 되기 쉽고, 허무와 고절 또는 자긍(自矜)·자락(自樂) 의 경지에서는 멋의 화동성(和同性)이 소멸될 것이다. 격에 들어서 격을 나오고 속과 같이 하면서 속을 뛰어넘는 멋의 본질은, 외재적으로나 내재적으로나 함께 유열의 세계이지, 속과 절연한 체념과 애상의 세계는 아닌 것이다.

멋의 낙천성은 명랑성을 바탕으로 한다. 멋에는 위험과 절박이 없다. 일분의 유한(悠閑) 이 항상 그것을 멋으로 전환한다. 멋에는 음예(陰翳) 와 우수가 없다. 일말의 홍청거림이 항상 그것을 걷어 버린다. 멋에는 태초에 율동이 있었고 근대의 심연이 무연(無緣) 하였다. 철학은 노장(老莊) 이 다 말했고, 윤리는 공맹(孔孟) 이 다 말했으며, 인세의 무상은 석씨(釋氏) 가 다 말했고, 우리의 신앙은 화조월석(花朝月夕) 에 가무상오(歌舞相娛) 하는 멋의 종교였다.

앞에서 지적한 바와 같이 멋이 지닌바 허랑(虛浪)·부화성(浮華性) 또는 퇴당(頹唐)·섬약성(纖弱性) 의 가능성은 많은 폐해를 끼치기도 하였지만, 이것은 멋이 타락된 까닭이요, 멋이 우리 예술문화의 순수성 또는 미학적 가치 내지 생활의 이념을 끌어올린 것은 틀림없는 사실이다.

---

38) 졸고, "한국예술의 원형", 《예술조선》 1948년 제 1 집.

8. 맺음말

이상으로써 우리는 가치판단의 한국적 개념과 한국적 미의식의 구조를 살핌으로써 한국적 미의식으로서의 멋의 어원 및 그 파생어의 의미를 분석 검토하여 멋의 일반개념 내용을 밝힌 다음, 미적 범주로서의 멋의 의의와 멋의 미적 내용을 고찰하였다. 멋의 미적 내용은 세 갈래로 나누었으니, 첫째, 멋의 형태 곧 멋이 현현(顯現)하는 상황에 대한 특질과, 둘째, 멋의 표현 곧 멋의 형식작용의 특질과, 셋째, 멋의 정신 곧 멋의 이념내용의 특질을 살펴보았다.

첫째, 멋의 형태는 이를테면 멋의 현상이요, 둘째, 멋의 표현은 멋의 작용이며, 셋째, 멋의 정신은 곧 멋의 본질이다. 우리는 여기서 멋의 현상이 멋의 작용의 결과란 것과, 멋의 작용이 멋의 본질의 형식화

〈그림 2〉

	멋지다 멋떨어지다 → 형용사 → 형태 → 현상
멋	멋내다 멋부리다 → 동사 → 표현 → 작용
	멋장이 멋대로 → 명사 → 정신 → 본질

임을 알았고, 동시에 멋의 본질은 멋의 현상을 떠나서 파악될 수 없음을 보았다. 다시 말하면, 멋이란 명사의 관념내용은 '멋지다' 등의 형용사들과 '멋내다' 등의 동사에서 추상된 개념이란 말이다. 그 관계를 도시하면 〈그림 2〉와 같다.

특히 마지막 대목인 '멋의 미적 내용'(三)에서 멋의 정신, 미의 이념 내용을 고찰함으로써 우리는 미적 범주로서의 멋이 어느덧 생활일반의 이념으로 미적 범주를 뛰어넘은 더 고차의 범주화하고 있음을 보았다.

이에 이르러 멋은 이미 도의 경지임을 알 것이다. 다시 말하면, 미적 가치의 하나인 멋은 특수미로서 도리어 진(眞)의 가치, 미(美)의 가치를 종합하고 넘어서 성(聖)의 가치에 도달한 것을 알 수 있다. 미로 들어가 미를 벗어나는 '멋'은 미 이상 곧 선이미(善而美)·진이미(眞而美)이면서 또한 그대로 미의 범주인 셈이다.

끝으로 나는 이 멋이 우리 민족의 역사상에 발현된 전통에 약간 언급하고 각필(擱筆)하려 한다.

멋은 이 논고의 서두에서 밝힌 바대로 민족미의식(民族美意識)의 집단적·역사적 동일취향성에 말미암은 것으로, 원시 이래 지금에 관류하는 하나의 전통이다. 그것의 이념으로서의 성립은 통일신라 전후이니 화랑도(花郎道)가 그것이다. 화랑제도는 말하자면 국시(國是)를 예술정신에 두었던 것이다. 국중(國中)에서 선발된 미모의 소년들은 가무(歌舞)와 검술(劍術)을 익히고 사교와 풍류와 규격을 알아 국정에 관여하고 장성하여 국가 경영의 중재(重材)가 된다. 산수에 유오(遊娛)하고 민정을 시찰하여 인재를 천거하는 그들은 경세가(經世家)인 동시에 심미가(審美家)요 예술가인 동시에 무사였던 것이다. 이 화랑도가 하나의 국민도(國民道)였던 것은 주지의 사실이거니와,

이 국민도인 화랑도는 풍류도(風流道) 또는 풍월도(風月道) · 현묘지도(玄妙之道)라 불렀던 것이다.

崔致遠鸞郎碑序曰 國有玄妙之道 曰 風流 實乃包含三敎 接化群生 且如入則孝 出則忠於國 魯司寇之旨也 處無爲之事 行不言之敎 周柱史之宗也 諸惡莫作 衆善奉行 竺乾太子之化也[39]

최치원의 〈난랑비서〉에 말하기를, 나라에 현묘한 도가 있으니 이르되 풍류라. 실은 삼교(三敎)를 포함하여 군생(群生)을 접화(接化)함이니, 들어서는 집에 효를 다하고 나가서는 나라에 충성되라 함은 노사구(魯司寇 : 공자)의 뜻이요, 무위한 일에 처하여 말없는 교를 행함은 주주사(周柱史 : 노자)의 종(宗)이요, 모든 악을 짓지 말고 모든 선을 받들어 행하라 함은 축건태자(竺乾太子 : 석가)의 교화이다.

유·불·선 삼교를 포함하였다거나 공자·노자·석가의 종지 한 마디씩을 넣은 것은 그다지 주의할 것이 못 된다. 이 비문 첫머리에 있는 '國有玄妙之道'란 것과 그것은 '풍류'라 한다는 것이 주목할 점이다. 이 '풍류'라는 것이 곧 '멋'이다. 멋이란 말은 조선 이후에 생겼지만, 멋의 내용은 이 풍류도의 내용에서부터 연원한다는 말이다. 멋을

---

39) 각훈(覺訓), 《해동고승전》(海東高僧傳).

모른다는 것과 풍류를 모른다는 것은 같은 말이다. 지금도 음악을 풍류(風流)라 하고, 시 짓는 것을 풍월(風月) 짓는다고 하거니와, 이 풍류·풍월은 곧 자연과의 조화의 미를 누리는 생활이라 할 수 있다. 이와 같이, 우리의 멋은 신라 이래의 오랜 전통이지만, 그러나 멋이 예술에서 가장 발현(發顯)되고 꽃핀 것은 조선시대이다. 시조와 판소리에서 특히 두드러졌다고 할 수 있다. 그리고, 멋이란 말이 성립된 것은 아무래도 조선 말엽 만근(輓近) 백년 이래의 일이요, 이것이 단편적으로나마 논의된 것은 24, 5년래의 일이다.

지훈전집 8 《한국학 연구》(나남, 1996) 중

제 2 부

지훈과 함께

지훈 回想 二題

박목월
시인

路上의 검은 장갑 ― 지훈과 나

1.

여름의 눈부신 폭양(暴陽)이 내리쬐이는 길바닥에 떨어뜨려진 검은 장갑 한 짝 ― 그것은 지극히 불길한 운명을 암시하는 충격적인 슬픔을 느끼게 하는 것이었다. 나는 걸음을 멈추고, 한참 그것을 응시하였다. 그러자, 가벼운 현기증을 느끼고 그 자리에 스러질 것 같아, 얼른 걸음을 재촉하였다.

이 오래된 일이 지훈(芝薰) 영결식장에서 조시(弔詩)를 읽고 제자리에 돌아와, 가슴에 북받치는 명인(鳴咽)을 겨우 참고 있는 나의 머릿속에 떠올랐다. 그야말로 불의에 살아난 이 기억의 조각이 무슨 뜻을 가지는 것일까.

그것은 틀림없이 1948년 8월 어느 날의 일이었다. 더 정확하게 말하면 8월 25·6일경이었으리라 생각된다. 날짜를 이처럼 정확하게 기억하고 있는 까닭은 그 무렵 대구에서 교편(敎鞭)을 잡고 있던 내가 지훈의 기별을 받고 상경했기 때문이었다. 고대(高大)로 옮긴 그가 후임으로 나를 추천하려는 뜻을 가졌던 모양이었다. 전보를 받고 밤차로 상경하여 이튿날 정오쯤 그를 찾아가던 길이었다. 나는 창경원 담이 막 끝나는, 햇빛이 쬐이는 눈부시게 표백된 노상(路上)의 전찻길에 까맣게 떨어진 그것을 발견하였던 것이다. 이 검은 상장(喪章)과 같은 한 짝의 장갑은 그 후 20년의 세월이 지난 지금, 지훈을 잃게 되자, 앞으로 지훈을 생각할 때마다 그를 향하는 마음의 길 위에서 언제나 발견하지 않을 수 없는 상징적인 것이 되어버렸다.

　　위에서 지훈을 찾아가던 길이라 하였다. 그 당시만 하여도 성북동으로 가려면 버스나 택시가 거의 없었다. 종로 4가에서 바꿔 타게 되는 돈암동행 전차를 이용하는 것이 고작이었다. 하지만 젊은 우리들은 전차를 기다리기보다는 걷는 편이 한결 상쾌했다. 창경원 담을 끼고, 가로수의 그늘이 덮여 있는 원남동 길도 좋았지만, 혜화동 로터리에서 보성학교 옆을 지나게 되는 고갯길은 혼자 걸으며 시상(詩想)을 가다듬기에 알맞았다. 지훈도 시내로 나오려면 이 길을 이용하였다. 간혹 그의 집에서 내가 유(留)하고, 아침에 그와 함께 시내로 나오는 일이 있었다. 그는 그 당시에도 쿨룩쿨룩 기침을 하였다. 늠름한 허우대에 비하면 몸이 약한 편이었다. 조금만 흥분하여도 눈가장자리가 분홍빛으로 상기되곤 하였다. 그는 고갯마루에 이르면 버릇처

224

럼 걸음을 멈추고, 두루마기 앞자락을 한편으로 걷어붙이며 우이동 연봉(連峰)을 우러러보는 것이었다. 먼 산을 우러러보는 지훈의 모습, 그것은 가장 지훈다운 것을 느끼게 하였다.

하늘을 우러르고 땅을 굽어봐도 부끄러운 일 아직은 내게 없는데 머언 산을 바라보면 구름 그리매를 보면 나 水晶 같은 마음에 슬픈 안개가 어린다.

그의 〈雲翳〉의 일절. 이것은 성북동 그 고갯길을 소재로 한 작품이다. 이어서 그는

城北洞 넘어가는 城壁 고갯길 牛耳洞 連峯은 말없는 石山 오랜 風雪에 깎이었어도 보랏빛 하늘 있어 莊嚴하고나.

하고 노래하였다. 이 〈雲翳〉에 있어 "하늘을 우러르고 땅을 굽어봐도 부끄러운 일이 없다"는 이것이야말로 그의 생애를 단적으로 평가할 수 있는 가장 적절한 표현이라 할 수 있다. 하늘을 우러르고, 땅을 굽어봐도 부끄러운 일이 없기를 다짐하는 그의 신념은 그의 모든 처신에 의젓함을 가지게 하였고, 세속적인 이해와 타협하기를 거부하게 하였으며, 모든 일에 공명정대하기를 염원하고, 소인(小人)과 사귀기를 피하며, 항상 선비다운 지조를 지키려고 애를 쓰게 하였던 것이다. 또한 그의 입버릇처럼 뇌이던 말을 빌리면, 대의명분이 서지 않는 일에는 움직이려 하지 않았던 것이다. 이와 같은 그의 신념이 정상

시 고개를 젖히고 하늘을 우러러보는 풍모를 가지게 하였다. 명동골목에서나 종로네거리에서 그 헌칠한 장신(長身)에 검은 머리카락을 바람에 날리며 먼 산을 바라보듯 고개를 젖히고 걸어가는 그를 발견하게 되면, 그야말로 '산이 걸어가듯'하는 의젓함과 믿음직스러움을 느끼게 하였다. 하지만 지훈의 그와 같은 신념이 그 자신의 처신을 옹색하게 만들지 않는 것은 그의 깊은 도량과 선비다운 멋과 사리를 밝게 통찰하는 그의 탁월한 식견 때문이었다. 참으로 그는 한갓 시인으로서뿐만 아니라, 한 인간으로서 비범한 사람이었다.

만일 그에게 나라를 맡겨도 안심할 수 있었을 것이다.

그의 장례(葬禮) 일을 살피던 어느 날, 시인 김종길(金宗吉) 씨의 술회. 나도 동감이었다.

이 지훈의 풍모와 자세를 나는 청록(靑鹿) 세 사람의 그것과 비교해보곤 하였다. 라는 것은 모든 일에 '우리 세 사람'을 비교해 봄으로써 나 자신의 정확한 좌표를 찾으려고 애썼던 것이다. 또한 이것은 내게 있어서 대단히 유효한 것으로 30여 년의 문단생활에 나 자신 '큰 허물' 없이 지낼 수 있었던 것은 두 사람(지훈과 두진)의 인격적인 감화와 견제가 나의 행동에 하나의 바탕을 마련해 주었기 때문이라 할 수 있다.

세 사람의 모습을 한마디로 표현하면 항상 고개를 치켜들고 하늘을 우러르는 것이 지훈이라 함은 이미 말한 바이지만, 두진은 직선적인 자세로 눈은 정면만 응시하는 것이었다. 그는 주위를 두리번거리는 일이 없었다. 언제나 그의 이념과 신앙 속에서 강인한 의지의 화신상(化身像)처럼 꼿꼿하게 직립하여 정면을 노리는 것이 두진의 자세였다.

이 두 사람에 비하면 나는 고개를 숙이며 걷는 편이었다. 물론 나 자신의 모습이 남에게 어떻게 비치느냐 하는 것을 정확하게 파악하기는 어려운 일이지만 좀더 생활에 구애되고, 발 밑을 조심하고 정에 기울어지는 편이다. 고개가 숙여지는 것이다. 그러므로 지훈의 의젓한 모습을 생각함으로써 세속적인 누추한 일에 빨려들기를 삼가고, 소심한 나 자신을 경계하는 거울을 삼게 되며, 두진을 생각함으로써 진실하기를 다짐하게 되는 것이다. 나는 날개의 양편에서 날고 있는 다른 두 마리의 비상(飛翔)을 눈여겨보며 자기의 길을 나는 새와 같은 것이었다.

2.

지훈을 처음 만나게 된 것은 1940년 이른 봄이었다. 우리가 《文章》지의 추천을 끝마친 다음 해였다. 그가 경주에 있는 나를 찾아온 것이다. 그가 나를 찾아온 것은 그의 작품세계의 분류에 따르면 제 4계열에 속하였다. 《趙芝薰詩選》(1956년 正音社版)은 작자가 자기의 작품을 정선한 사화집(詞華集)이라는 뜻에서도 기념적인 것이지만 그 책에 수록된 후기(後記)는 그의 시생활의 변천과정을 살피는 데도, 그를 연구하는 데도 좋은 자료가 될 것이다. 그 후기에 의하면,

제 1계열은 초기 백지(白紙) 동인시대를 중심으로, "암울과 회의, 화사(華奢)와 감각"적인 작품들이다. 그는 그와 같은 작품이 "간헐적

인 것으로 그 후까지 지속된 것"이라 하였다.

제2계열은 《文章》지 추천시대의 것으로서 "사라져가는 것에 대한 아쉬움과 애수(哀愁), 민족정서에 대한 애착"을 노래한 작품들이라 하였다. 그 대표적인 것이 〈古風衣裳〉, 〈僧舞〉들이며 "나 자신의 시를 정립하기 위한 발판은 이때 이루어졌던 것"이라 한다.

제3계열은 "주로 소품의 서경시(叙景詩), 선미(禪味)와 관조(觀照)에 뜻을 두어 슬프지 않은 몇 편의 시"로서 오대산(五臺山) 월정사(月精寺)에 들어가 있던 시기의 작품들.

그리고 제4계열에 속하는 것이 한만(閑漫)한 동양적 정서를 노래한 작품으로서 "절간에서 돌아와 조선어학회에 있을 무렵의 시 또는 경주순례를 비롯하여 낙향중의 방랑시편"이라는 그의 설명이었다.

그는 월정사에서 돌아와, 다시 서울에서 낙향할 무렵에 경주로 들른 것이다. 한 주일쯤 같이 있었다. 해방될 때까지 그는 내가 사귄 유일한 시우(詩友)였다. 그의 첫인상은 소탈하면서도 은근하고, 무척 동양적인 인품을 느끼게 하였다. 특히 그의 걸음걸이가 인상적인 것이었다. 전혀 그 시대의 청년답지 않은, 그리고 한가롭고 그리고 그 야말로 한만(閑漫)하였다. 이와 같은 그의 풍모에서 나는 절기 있는 선비와 세련된 풍류객의 양면을 느낄 수 있었다. 특히 그 느리게 한가로운 걸음걸이가 침착한 그의 인품을 나타낼 뿐만 아니라, 지극히 구슬픈 가락으로 느껴졌다. 팔을 휘저으며 천천히 걸어가는 그를 앞세워두고, 저 걸음걸이에 알맞게 노래라도 흥얼거리고 싶었던 것이다. 이와 같은 그의 첫인상은 그 후로 그의 작품의 구석구석에서 발견할 수 있었다.

차운산 바위 우에 하늘은 멀어
산새가 구슬피 울음운다.

구름 흘러가는
물길은 七百里

나그네 긴 소매 꽃잎에 젖어
술 익는 강마을의 저녁 노을이여.

이것은 〈玩花衫〉. 그가 나를 위하여 준비해온 작품의 한 절이었
다. 육필로 씌어진 그의 작품을 처음으로 대하게 된 것도 이 작품이었
다. 큼직하고도 아름다운 모조지에 연한 보랏빛(인가)으로 인쇄된 원
고지 — 그 독특한 지훈의 필체로 획 하나 헷갈리지 않게 씌어진 것이
었다. 이 작품의 동양적인 발상과 감각, 화사하면서도 신비로운 이미
지, 유창하면서도 구슬픈 율조(律調)는 내가 처음 대하는 그의 전신
에서 풍기는 것과 다를 바가 없었다. 또한 이것이야말로 그의 작품세
계의 가장 본령적(本領的)인 것으로서 작자가 "나의 작품세계를 일관
하는 바탕이 있기는 하다"라고 말한 바로 그것일 수 있을 것이다.

그러므로 그가 분류한 제4계열은 지훈의 가장 본질적인 바탕이 되
는 세계이며 그것을 전후하여 그의 전세계를 부감(俯瞰)할 수 있을
것이다. 그런 의미에서 그는 우리 시사(詩史)에 전시대(解放前)의 전
통적인 시를 계승하여 해방 후에 전승하고, 그것을 심화, 확대하여
참된 한국시다운 시를 보여준 시인이며, 동양적인 세계를 우리의 새
로운 시사에 수립한 거장이라 할 수 있다.

3.

지훈의 시의 업적은 지금 이 자리에 논의할 성질의 것도 아니며, 또한 그것은 본질적으로 추구되어야 할 것이다. 나는 다만 그와의 친교를 통한 가벼운 인상을 적을 따름이다.

해방 후 그가 이룩한 업적과 그 영향은 작품뿐만 아니라, 우리 겨레의 문화 전반에 걸치고 있음은 세상이 아는 일. 말년에 민족문화연구소를 세워, 예술과 학문의 양면에 활약하게 된 것이다. 하지만, 이 양면은 그에게 항상 조화를 이루게 되고, 그가 발표한 작품이 비록 말년에는 드물었다 하더라도 결코 시를 등한히 한 것은 아니었다. 그가 제6계열로서 〈기여초〉(羈旅抄)도 아직 상재(上梓)되지 않았으며, 미발표작품들도 많이 간직하고 있었으리라 생각된다. 하지만 그의 문장에 자신의 사생활이 드러나는 것이 거의 없었다. 이것은 그가 시인으로서 "영혼의 기갈(飢渴)을 축이기 위한 어쩔 수 없는 작위(作爲)의 소산"으로서 시를 쓰기는 하였지만 그야말로 문인의식보다 학자적인 긍지가 앞선 탓이었을까. 혹은 하늘을 우러르고 땅을 굽어봐도 욕됨 없이 살려는 그의 의젓한 태도가 사사로운 생활을 외면한 탓일까. 다만 전문장(全文章) 중에 비교적 그의 사생활을 엿볼 수 있는 것이 사변전(事變前) 《文藝》지에 발표된 〈슬픈 人間性〉이라는 기행문이었다. 물론 이것조차 그의 격조 높은 문장과 멋으로 말미암아 구체적인 사실이 묻어져 있지만, 그의 생애에 한 번뿐인 "가슴아픈 사건"이 비교적 자세하게 기록되어 있는 것이다. 그 글에 나오는 K와 S ─ 그것이 그의 "가슴아픈 사건"의 주인공. 정확하게 말하면 그 중의 한 사람이었다. 두 소녀와 부산, 마산, 통영, 진주 등지를 유람하고, 그는 마산으로 되돌아갔다.

두 소녀를 미리 서울로 떠나보낸 그날 밤이었다.

밤에는 나를 위하여 베풀어주는 술자리에서 만취했다. 웃지 못할 희극에 약간의 부상이 되어, 내일 진주(晉州) 행을 무기연기하고 鐵道病院 二層 베드에 누워 나는 닷새를 보내지 않으면 안 되었다.

그의 기행문의 한 대문. 이 "약간의 부상"이라는 것이 기막히는 것이었다. 두 소녀를 보낸 지훈은 그답지 않게도 마음을 걷잡을 수 없었다. 친구가 권하는 대로 어느 요정(料亭) 이층에서 만취했다. 8월이라 문을 열어젖힌 창마다 새까만 밤하늘이 끼워져 있었다. 그는 그것을 벽으로 착각하였다. 술에 취한 채 그는 일어서서 새까만 벽에 기대려 한 것이다. 그러자, 그는 허무하게도 이층에서 떨어졌다. 다행스럽게도 큰 부상은 아니었다. 사건은 이것뿐이지만 그가 "밤하늘이 끼워진 창"의 까만 벽에 기대려 한 것은 단순한 착각이었을까, 아니면, 술이 취한 몽롱한 의식 속에서 어느 사람의 애절한 사모와 그것을 물리친 공허한 감정이 "무한(無限)의 벽"에 기대려 한 것일까. 그것은 나도 모를 일이다. 하지만 지훈은 너무나 허무하게 무한의 품안에 어처구니없게 안기고 만 것이다. 그것이 1968년 5월 17일. 실로 슬프고 슬프다.

〈現代文學〉통권 163호, 1968

처음과 마지막 — 지훈에의 회상

밤물결처럼 치렁치렁한 장발을 날리며, 경주역두(慶州驛頭)에서 내게로 걸어 나오던 지훈은 틀림없이 수수한 흰 두루마기를 입고 있었다. 그의 웃는 눈매이며 허연 이마까지도 나의 기억에 선명한 것이다.

그럼에도 그가 세상을 떠난 후, 나는 오래된 사진첩을 뒤지다가, 우리들이 함께 박은 사진을 발견하고 놀랐다. 석굴암에서 가즈런히 서 있는 사진에 그는 희끄무레한 양복을 입고 있는 것이다.

물론 해방되기 전에 그와 내가 만난 것은 단 한 번뿐이며 그러므로 거짓이 있을 리 없었다. 또한 가벼운 기분으로 집을 떠나 친구를 찾아온 그가 여러 벌의 옷을 갖추어 가지고 다닐 리 없었다. 그렇다면 내 기억 속에 선명하게 떠오르는 흰 두루마기를 입은 지훈의 모습은 어떻게 된 것일까. 나도 모를 일이다. 그것은 전혀 나의 기억의 착각이지만 그렇다 하여 양복을 입은 지훈의 모습과 바꿔놓을 수 없는 것이 되어버렸다. 흰 두루마기를 입은 그의 모습만이 내게는 실감(實感)을 자아내는 것이며, 비록 그것이 나의 무의식적인 조작(操作)에서 빚어진 하나의 영상에 불과한 것이라 하더라도 그럴 만한 이유가 그의 어느 면에서 풍겨지고 있었음에도 틀림없다. 그것은 내가 그를 처음 만났을 때 받게 된 장자적(長者的)인 풍모와 선비적인 인상(印象)과 한국적인 전통에 뿌리박은 멋과 풍류(風流), 혹은 그의 작품에서 풍겨지는 한국적인 정서 탓이라 할 수도 있다. 그가 작고한 지금에도 지훈이라면 나는 흰 두루막 자락을 펄럭이는 그의 준수한 모습을 그리게 되는 것이다.

그가 나를 찾아온 것은 1940년 봄이었다. 그의 나이 31세, 우리가 《文章》지의 추천을 거친 이듬해였다. 하지만 그 당시 나는 지훈을 만난 일이 없었다. 추천을 마친 소감을 적은 글에 그의 사진이 나 있기는 하였지만 그것만으로 그의 모습을 그릴 수 없었다. 그가 온다는 전보를 받고 나는 '趙芝薰 歡迎'이라는 깃발을 들고 역으로 나갔다. 솔직하게 말하면 내가 깃발을 들고 나가게 된 것은 낯선 그를 맞이하기 위한 하나의 방법이기도 하였지만 서울에서 처음으로 찾아오는 시우에 대한 나의 자랑스러운 우정의 표현이기도 하였다. 나는 창호지를 구해서 상하를 말끔하게 서두를 하고, 붓으로 정성스럽게 '趙芝薰 歡迎'이라고 썼던 것이다. 그 깃발을 만든 때의 부풀어 오른 나의 흥분. 새로운 시우에 대한 우정의 도취는 지금 생각하면 실로 감미로운 추억이기도 하다.

그러나, 막상 기차가 닿아 승객들이 내리기 시작하자, 나는 깃발을 흔들 필요조차 없었다. 개찰구를 나오는 키가 훤칠한 지훈의 모습은 누가 보더라도 시인임을 알 수 있었다. 하지만 나의 기억의 착각적 부분이 바로 이 대문임은 참으로 맹랑한 일이다. 경주역두(慶州驛頭)에 나선 지훈은 틀림없이 흰 두루막 자락을 날리며 깃발을 휘두르는 내게 손을 들어보였다. 그것이 사실과 다르다니 이상한 일이다.

우리는 그 길로 여관으로 갔었다. 그날 밤 우리는 시와 술과 우정에 취하여 밤을 꼬박 새웠다. 정확하게 말하면 나는 우리들의 작품이 시단(詩壇)에 얼마마한 화제와 문제의 파문(波紋)을 일으켰다는 사실조차 모르고 있었다. 《文章》지의 추천이 젊은 문학도(文學徒)들에게 얼마나 선망의 대상이었음을 모르고 있었다는 뜻이다. 아무도 나

에게 전해 주지 않았기 때문이었다. 해방이 되기 전까지 내가 사귄 문우로서는 문청(文靑) 시절에 소설가 김동리(金東里) 씨와 동리를 찾아온 서정주(徐廷柱)를 한 번 만났을 뿐이었다. 아동문학을 하는 윤석중(尹石重) 씨만은 면담과 서신을 통하여 깊이 사숙(私淑)하였던 것이다.

나는 그 당시에 문단이나 시단(詩壇)에 전혀 관심이 없었다. 내가 시를 쓴다는 사실이 나 자신의 불가피한 욕망의 어쩔 수 없는 행위에 불과한 것으로, 문단사회의 반응에 눈 뜰 겨를이 없었던 것이다. 그만큼 순수하다면 순수하고 고독하다면 고독한 작업이라 할 수 있었다. 이것은 나뿐만 아니었다. 해방 후《靑鹿集》이 발간된 가을에《文章》지에서 우리들의 작품을 뽑아 준 선자(選者)를 모시고 술자리가 베풀어졌다. 발간자측에서 조풍연(趙豊衍) 씨가 자리를 같이해 주었다. 장소는 청진동 어느 이층. 비웃('청어')을 구워내는 술집이었다. 그 자리에서 선자(選者)인 C씨는,

"내가 얼마나 무서운 호랑이 새끼들을 길러냈다는 것을 아마 아무도 모를 거야. 아무리 추천해 주어도 고맙다는 인사 한 마디 적어 보내는 자가 없었을 뿐인가, 연하장 하나 보내는 자가 없었어. 지독한 놈들이야."

말하며 깔깔대고 웃었다.

"그래요."

조풍연 씨가 평소의 그이답게 한마디 익살을 부렸다.

"추천을 죄 취소해버리지, 가만 뒀어요?"

그러자, C씨는 그 까무잡잡한 얼굴을 바싹 치켜들고

"이 사람, 뭐랬지. 왜 취소해. 왜 취소하느냐 말이야. 그게 얼마나 자랑이었다고. 고만한 자부도 못 가지고 굽실거리는 자를 내가 추천해? 어림없지, 어림없어."

우리는 크게 웃었다. 하지만 선자(選者)에 대한 인사(人事)를 차릴 만한 여유를 우리는 가지지 못했다. 그런 세속적인 수인사(修人事)를 닦을 만큼 시를 쓴다는 것이 그 당시에는 여유로운 행위가 아니었던 것이다.

그날 밤, 그가 내게 보여준 것은 〈玩花衫〉이요, 내가 그에게 보여준 것은 〈밭을 갈아〉라는 작품이었다. 그는 일주일쯤 유(留)하다가 떠났다. 하지만 그가 시골의 문학청년인 내게 남긴 것은 이상한 감동과 슬픔이었다. 어느 노기(老妓) 집에서 가야금을 듣던 지훈의 침통한 모습과 2·3일 동안 기거(起居)를 함께하면서 그의 전신(全身)에서 풍기는 허무주의적인 냄새와 슬픈 체념의 그늘은 그 자신 내게 조국의 절망적인 현실을 직접 개탄하거나, 그런 말을 들려준 것은 아니지만, 나로서는 가슴이 저미는 듯한 슬픈 영상을 받게 된 것이다. 이런

면에서 청록파(青鹿派)의 또 하나의 벗인 두진을 만났을 때와는 사뭇 대조적인 것이라 할 수 있다.

박두진을 처음 만난 것은 해방된 이듬해일까. 혹은 그해 겨울이었을까. 을유문화사(당시 영보빌딩에 있었다) 편집실이었다. 밤차를 타고, 대구에서 상경한 내가 이른 아침에 을유문화사로 찾아갔다. 아직 세수도 하기 전이었다. 검은 무명 두루마기에 검은 모자를 쓰고, 내가 편집실을 찾아간 것이다. 당시에 나는 을유문화사에서 발간하던 《週刊소학생》의 편집동인(?)의 한 사람이었으며 그것을 주간하는 윤석중(尹石重) 씨와는 일찍부터 알고 있었던 것이다.

편집실은 종로로 향한 이층 구석방이었다. 문을 열고 들어서자, 사무를 보고 있는 여위고도 침착해 보이는 청년이 나를 쳐다보았다. 그것이 두진이었다. 나는 첫눈에 그가 박두진(朴斗鎭)이라는 것을 알 수 있었다. 그도 문을 열고 들어서는 청년이 박목월(朴木月)이라는 것을 직감할 수 있었다 한다. 학(鶴) ― 이것은 두진의 시에 자주 등장하는 새이지만 그 자신의 첫 인상이 바로 학과 같았다. 다만 두진에게는 해방 전 지훈을 만났을 때, 그에게 이루어져 있던 허무와 슬픔의 그늘을 찾아볼 수 없었다. 깊은 종교적인 신앙을 가진 자의 그 따뜻한 온화함과 무척 고독하면서도 의지적(意志的)인 것과 날카롭게 총명한 눈을 보았을 뿐이었다. 이와 같은 인상의 차이는 결코 그들을 만난 것이 해방 전과 후라는 시대적인 차이뿐만 아니었다. 그것은 더 본질적인 것이라 할 수 있다. 지훈도 심지가 굳건하고 그 풍모가 의연한 것은 누구나 아는 일이지만 그렇다 하여 그를 대하는 사람에게 굳은 인상을 주는 것은 아니다. 지극히 정서적이요 다정다한(多情多恨)한 시인적 인상이 앞서는 것이다. 이 시인적인 인상이 때로는 멋과 풍류를 곁들이고, 때로는 허무와 체념의 슬픈 율동으로 그의 전신에 출렁거리게 되는 것이다. 지훈의 이와 같은 다정다한한 시인적 인상에 비하면 두진은 역시 종교적 명상자적(瞑想者的)인 인상이 짙은 것은 사실이다.

이 두 사람에 대한 나의 추억도 대조적이다. 지훈과는 함께 자리를 같이하여 앉아서 이야기한 장면들이 기억에 많이 남아 있는 반면에 두진에 대한 기억은 함께 거닐게 된 장면들이 많이 남아 있다.

"참 이상하지. 지훈은 앉아 함께 얘기한 장면이 많이 떠오르는데 두진형은 함께 걸어다닌 기억뿐이야."

일전 두진에게 말하자,

"그럴 테지. 나는 늘 여유가 없었으니."

그의 쓸쓸한 대답이었다. 그가 말하는 여유라는 것은 시간적인 것만이 아니었다. 경제적인 것도 의미하는 것이다.

우리 세 사람이 함께 붙어 다닌 것은 해방 후부터의 일이었다. 물론 근년에는 청록파(靑鹿派)로서 우리 세 사람의 이름이 함께 붙어 다니는 것만큼 잦을 수는 없었지만. 어떻든 세 사람이 함께 걸어가는 경우, 늘 두진은 한 발자국 뒤처졌다. 지훈과 내가 무슨 화제로 열심히

이야기를 하다가 두진의 동의를 구하려고 옆을 보면, 두진은 한 발자국 뒤에서 전혀 우리 두 사람의 화제에는 무관심한 얼굴로 혼자 중얼중얼거리며 따라오고 있는 것이다.

"두진, 뭣 하고 있어."

그가 따라오기를 걸음을 멈추고 서서 기다리면 두진은 온 얼굴이 웃으며 다가와서

"두 사람은 콤파스가 길어서 그래."

부드럽고 낮은 음성으로 대답하곤 하였다. 그가 길거리에서 혼자 중얼거리는 것, 그것이 바로 시를 다듬는 일이었다. 두진의 초기작품은 틀림없이 각박한 생활의 틈바구니에서 걸으며 중얼거리며 빚어놓은 것이 태반일 것이다.

내가 걸음을 멈추고 두진을 기다려 함께 가려고 지훈을 찾으면 이미 그는 우리 두 사람에 대해서는 아랑곳하지 않고, 저만큼 걸어가거나, 그렇지 않으면 전혀 엉뚱한 방향의 가로수나 전신선 밑에서 먼 산을 쳐다보고 있는 것이 일쑤였다. 그의 그와 같은 점을 친구들은 그가 소탈하거나 대범하기 때문이라고 하였다. 그러나, 그가 아주 우리를 놓쳐버리는 일은 거의 없었다. 결국 지훈과 두진 사이의 거리를 멈췄다 걸었다 아등바등거리는 것이 필자였다. 서로의 성격이니 어쩔 수 없는 일이라 할 수 있다.

세 사람이 나란히 걷게 되면 노상 그 순서가 일정해 있었다. 중간에 지훈, 그 좌우 어느 한 편에 두진과 내가 서게 마련이었다. 이것은 의식적으로 내가 가운데 서려고 하여도 어느 녘에 순서가 원상으로 되돌아 가버리게 된다. 그것에 대하여 어느 날, 안국동에서 화신(和信)으로 나오며 지훈의 설명은 이러했다.

"이 순서는 당연해. 두진과 목월이 가진 시세계의 양면을 다 가진 것이 나야. 두진의 의지적인 면과 목월의 정서적 감각적인 면을 나는 다 지니고 있거든."

두진은 고개를 끄덕이며 지훈의 말을 인정하였다. 그리고는 그 성경말씀이라도 읽는 듯 나직하고 엄숙한 소리로,

"지훈 말이 옳아. 그렇지만 다 가졌다는 것은 때로 어느 것이나 부족하다는 뜻도 되지."

그 소리를 듣자, 길거리임에도 지훈은 큰 소리로 껄껄대며 웃었다. 두진도 쿡쿡 거리며 웃었다.

그의 《餘韻》이라는 시집이 나오기 전에, 우리는 이야기에 열중하여 명동에서 미도파 앞을 지나, 조선호텔 담 모퉁이를 돌다가 지훈은 문득 나의 어깨를 가볍게 톡 치며 말했다(툭이 아니고 톡이다).

"이런 시를 쓰고 싶어."

"그게 무슨 소리야."

"전신에 돋쳐있는 털 하나를 뽑아내듯 말이야."

"그래?"

"시가 따로 있는 것이 아니거든. 한 편에 전부를 담으려 하기 때문에 시가 힘에 겨운 작업이 돼."

"그럴 테지. 허지만 그렇게 되려면 먼저 시인의 언행이 모두 시가 되는 경지에 이르게 돼야지."

"물론이지."

"그야말로 입법(立法)의 경지에 이른다는 것 아닌가. 굉장한데 ⋯."

그러자, 지훈은 허허 하고 웃었다.

그가 작고(作故)하기 전에 우리 세 사람이 자리를 같이한 것은 5월 11일 — 토요일 오후였다. 평소에 좀처럼 자기가 먼저 전화를 거는 일이 없는 두진의 연락으로 지훈택(宅)에 모이게 된 것이다. 용건은 청록문학선집(靑鹿文學選集)을 내자는 것이었다. 두 시간쯤 이야기를 하고 헤어졌다.

"저녁 먹고 가."

그는 일어서는 우리를 군이 만류하였다. 하지만 앓는 사람이 있는 어수선한 집안에 손님까지 곁들이면 폐가 될까 염려하여 군이 사양하

였다. 밖으로 나와 구두끈을 매는 우리를 보고, 못내 아쉬워하는 표
정이었다.

"그러지 않아도 한 번 모여 저녁이라도 함께 하려고 하였는데 … ."

지훈의 말이었다.

"몸조리하시오."

우리는 악수를 하였다. 그의 크고도 섬세한 손. 뜨겁지도 싸늘하지
도 않은 손. 지훈은 웃는 얼굴로 우리를 보내주었다. 그것이 마지막
이었다. 실로 그가 세상을 떠나기 전에 우리 셋이 오붓하게 이야기할
수 있는 자리가 마련되었다는 것은 우연한 일만 같지 않았다.

"인간은 늙는 도중이 가장 추잡한 거야."

이것은 생전에 어느 주석(酒席)에서 그가 하던 말.

그는 늙음을 거부하고, 영원으로 되돌아간 것일까
지훈은 가버린 것이다.

《사상계》 통권 183호, 1968

논객 趙芝薫의 면모

박노준
한양대 명예교수

1.

지훈(芝薫)이 평소 숭모해 마지않던 인물 중에 다음 두 사람이 있다.
매천(梅泉)과 만해(萬海)이다.

다 아는 바와 같이 매천은 한말의 유수한 시인으로서 한일합병 때
에 음약자결(飮藥自決)한 지사였다. 지훈은 매천의 난세시(亂世詩)
에 나오는 "추등엄권 회천고 난작인간 식자인〔秋燈掩卷 懷千古 難作
人間 識字人·조선 철종 때 선비 매현 황현 선생의 '절명시'(絶命詩) 한
부분으로 '가을 등불 아래 읽던 책 덮고 지난 역사를 헤아려 보니 글 아는
사람 제 구실하기 참 어렵기만 하네'라는 뜻〕"의 구를 즐겨 읊었을 뿐만
아니라 그 속에서 뼈아픈 계명(戒銘)을 찾기도 하였다. "사직(社稷)
이 넘어지는 마당에 선비 하나쯤 자결하지 않는대서야 어디 나라 체
면이 서겠느냐"는 말을 남기고 스스로 목숨을 끊은 매천의 의연한 기

개를 지훈이 기리기 시작한 것은 이미 십내의 소년시절 때부터였다.

시인이자 불승(佛僧)이며 항일지사였던 만해를 지훈이 직접 찾아가 뵌 것은 20대에 접어들던 나이였다. 일제의 혹독한 식민지 정치가 날로 더해만 가는 때였고 믿었던 의인·열사들마저 하나둘 변절해 가는 때에 지훈은 마치 성지(聖地)를 순례하는 심정으로 성북동 심우장(尋牛莊)을 찾았던 것이다. 이래 세상을 버리는 날까지 지훈은 만해의 고결한 정신과 대쪽같이 곧은 절개를 찬양하고 존경해 마지않았다. 해방되기 바로 한 해 전 초여름에 만해가 기세(棄世)하자 지훈은 고인이 살던 옛집 심우장에 달려가서 눈물을 흘리며 슬퍼했고, 만해의 전집편찬사업이 출범할 때부터 그는 남다른 정성으로 모든 일을 기획·추진하는 열의를 보여주기도 하였다.

매천과 만해, 이 두 분은 지훈의 평생을 좌우한 스승이라 해도 과언은 아니다. 난세를 살아가는 처신법을 매천과 만해에게서 배웠으며 선비로서 갖추어야 할 몸가짐과 정신을 그 두 분에게서 배웠다.

지훈이 즐겨 쓰던 어휘 중에 '선비'라는 것이 있다. 선비란 요즘 말로 치자면 학자·교양인·인텔리 등의 뜻이 될 것이다. 얼마간은 복고적인 취향도 풍기면서 이 선비라는 용어를 자주 쓰던 지훈의 의도는 무엇이었을까.

학자니 학구니 할 때에 느끼는 뉘앙스와 선비라고 부를 때에 받아들여지는 어감 사이에는 적지 않은 차이가 있다고 보아야 한다. 학자니 학구니 하면 아무래도 상아탑 속에만 밀폐되어 있는 창백한 지성인의 몰골이 연상된다. 학식은 갖추어져 있으되 세파(世波)에 견딜 만한 의지는 제대로 구비되어 있지 않은 느낌을 받는다는 말이다. 그러나 선비라고 부를 때면 사정은 매우 달라진다. 고리탑탑한 샌님냄새를 풍긴다거나 아니면 세상 물정에 어둡다는 흠은 있으되, 굳건한 기상, 지사적인 풍모, 의연한 기개, 끈질긴 깡기는 아무래도 선비의 것이라서 대단한 자랑이자 자부가 되는 것이다. 지훈이 선비라는 용어를 즐겨 썼던 이유도 바로 그러한 선비정신에 매혹되었기 때문이다.

지훈이 오랜 세월을 두고 애독했던 책으로 《채근담》(菜根譚)을 들 수 있다. 명나라 만력년간〔萬歷年間·중국 명나라 신종의 연호(1573~1619)〕 사람인 홍자성(洪自誠)이 지은 이 《채근담》은 요컨대 난세지신(亂世持身)의 요결(要訣)과 누항낙도(陋巷樂道)의 묘체(妙諦)를 밝혀 놓은 수양서로서 전편(全編)의 내용이 마치 채근(菜根)의 담백한 맛과도 상통하는 그런 책이다. 지훈은 이 《채근담》에서 자신을 율(律)할 수 있는 법도를 배웠고 난세를 맞아 선비로서 지켜야 할 처신법을 배웠던 것이다.

지훈이 매천이나 만해를 숭상해 마지않던 이유도 그들이 부문위학(浮文僞學)에 빠져 세월을 허송하던 이들이 아니라 투철한 선비정신으로 무장되어 있으면서 《채근담》의 가르침을 좇아 학덕을 겸비한 외에 우국단성(憂國丹誠)의 한결같은 마음으로 나라의 앞날을 걱정하고 파사현정(破邪顯正)의 외길을 달려 의인·열사로서 끼친바 고매한 정신과 공훈이 남달랐기 때문이다.

　지훈을 일러 매천과 만해정신의 계승자라 하고 또 그가 세상을 버리자 많은 사람들이 "이조적(李朝的)인 선비의 마지막 인물이 사라졌다"고 애통해 한 것도 결국은 지훈 역시 시를 짓고 학문을 논하는 한편으로 나라의 선비답게 우국경세(憂國警世)의 붓을 멈추지 않고 참여하고 저항하는 지성의 진면목을 떨친 것이 마치 매천과 만해의 경우를 방불케 하였기 때문이다.

2.

지훈이 《문장》(文章) 지를 통해서 문단에 데뷔하기는 1940년 전후의 일이다. 이로써 그는 세상이 인정해 주는 시인이 되었고 그 자신 선비로서 자처할 수 있는 기틀을 잡게 되었다.

　문단에 데뷔한 이후부터 타계한 날까지 그가 살다간 30년간의 이 세상은 어느 한때고 평온한 날이 없었고 핍박과 곤욕과 비극 그리고 주체할 수 없을 정도의 암담으로 점철되어 있었다.

　지훈은 이 어둡고 우울하고 어려웠던 30년간을 매우 시끄럽게 살다간 선비였다. 일제말기 붓을 꺾고 산속에 숨어 살면서도 나라 잃은 백성의 슬픔을 시로써 읊조렸던 그였고, 해방이 되자 제 세상이나 만났다는 듯 요란스럽게 발호하는 좌익계 문인들을 향해서 필탄(筆彈)을 퍼부었던 이도 그였으며, 자유당정권을 반민주주의의 집단으로 몰아

세우고 그 비정과 독재를 준엄하게 꾸짖은 이도 그였고, 제3공화국 수립 이후로는 반정부적인 논설을 썼다는 이유로 해서 이른바 '정치교수'로 몰렸던 이도 바로 그였다.

> 나라는 위급존망지추(危急存亡之秋)에 있다. 대안(對岸)의 불을 보듯이 앉아서 지신정결(持身淨潔)만을 꿈꿀 수는 없다. 학자는 이 구국의 대의 앞에 행동의 이론이라도 세워줘야 한다.
>
> —〈인물대망론〉(人物待望論)에서

> … 그러나 기본적이고 상식적인 것이 엄폐(掩蔽)되는 시대, 박해받는 시대이기에 나는 그것을 재확인하고 증거하려고 붓을 들었고 그러한 의욕과 논거에 대한 신념은 이 책 전편에 일관되어 있으며 그것은 지금도 변함이 없다.
>
> —《지조론》(志操論) 서문에서

위에 인용한 두 토막의 글을 통해서 우리는 지훈이 살다간 세상의 무질서한 혼돈과 암담과 비리를 다시 한번 상기할 수 있으며 그러한 세상을 지훈이 어떠한 정신적인 자세로 대처했던가를 알게 된다. "기본적이고 상식적인 것이 엄폐되는 시대, 박해받는 시대"라 규정함은 전자의 경우를 단적으로 표현해 놓은 구절이고, "학자는 이 구국의 대의 앞에 행동의 이론이라도 세워줘야 한다"라고 주창한 구절은 후자의 경우, 다시 말해서 지훈과 지훈류의 선비들이 구렁텅이에 빠져 있는 현실을 어떻게 하면 정상적인 궤도에 올려놓을까 하는 일념으로

고심참담해 하던 심경의 일단을 표백해 놓은 것이라 할 것이다.

글이란 함부로 씌어지는 것이 아니다. 그것이 시국적인 논설문일 경우는 더욱 그러하다. 우선 역사와 현실을 예리하게 투시할 수 있는 안목이 갖추어져 있어야 하겠고, 입론(立論)의 바탕이 되는 그 나름대로의 경륜(經綸)이 서 있어야 하겠으며, 무엇보다도 증언할 수 있고, 비판할 수 있는 용기와 소명감이 뒤따라야 할 것이다.

정치가도 아니고 경세가도 아닌 선비가 한 세상을 시끄럽게 살다가 사라진다는 것은 매우 어려운 일에 속한다. 말하고 행동하기가 결코 자재(自在)롭다고는 볼 수 없는 과거 우리나라와 같은 현실적인 풍토에서는 더욱 그러하다.

논객 조지훈은 역사를 볼 줄 아는 안목과 현실을 판단할 수 있는 시국관과 그러한 현실에 맞서서 직언을 발(發)할 수 있는 용기와 일신(一身)을 걸고 세상을 시끄럽게 살 수 있는 패기를 고루 갖추고 있었던 선비였다.

3.

지훈이 무엇보다도 힘주어 외친 것은 선비정신의 확립과 그 구현이었다. 〈선비의 직언〉, 〈인물대망론〉, 〈학세개도설〉(學世皆盜說), 〈붕당구국론〉(朋黨救國論), 〈대기무용변〉(大器無用辯), 〈영욕무관책〉

(榮辱無關策), 〈의기론〉(意氣論) 등이 대개 그러한 성질의 글이다.

지훈이 선비다운 선비의 출현을 목놓아 외치지 않을 수 없었던 까닭은 우선 그 자신이 선비라서 선비가 차지하는 위치를 남 먼저 지실(知悉·모든 형편이나 사정을 자세히 앎)하고 있었기 때문이었고, 정사(政事)를 담당하고 있는 이들의 무능과 부패 및 이합집산이 이젠 막다른 길에 도달하여 그들에게 국운을 맡기기엔 현실이 너무 다급하였기 때문이었으며, 그런가 하면 국민들이 기대를 걸고 있는 선비들이 선비값을 제대로 지불하지 않고 있었기 때문이다.

고래로 지성인이 빠지기 쉬운 것은 문약(文弱)과 현실세계로부터의 외면 내지는 도피이다. 지성인이 고루하고 소승적(小乘的)인 자기 세계에만 탐닉되어 있을 때 초래되는 민족적인 손실과 비극을 지훈은 크게 경계한 사람의 하나였다. 그리하여 그 자신 과감한 현실참여를 단행하였을 뿐만 아니라 붓으로 지성의 궐기와 각성을 일깨우는 데 열을 올렸던 것이다. 현대지성으로서 갖출 바 기본적인 자세에 관해서 그는 다음과 같이 언급하고 있다.

> 첫째, 지성은 정열, 즉 파토스와 동일하지 않으면 안 된다. 이것만이 지성의 자기편중(自己偏重) 자기경향화(自己傾向化)를 극복하고 자기의 근원에 돌아가는 노선이기 때문이다. (중략) 둘째, 현대의 지성은 생활체험과 통일되어야 한다. 그 시대생활자의 현실적 직관, 그것은 어느 선구적 철학자의 체계화 이전에 이미 생활로서 성립되어 있기 때문이다.
>
> —〈지성과 문화〉에서

합리주의라 일컫는 현대정신의 외재적인 것에만 몰두한 나머지 실상은 역사 발전에 빼놓을 수 없는 동력의 하나인 '정열'의 요인을 상실할 때 지성인은 한갓 창백하고 나약한 상아탑 속의 퇴물에 지나지 않을 것이라는 이론이고, 현실에 살면서도 그 현실의 동향과 그 현실에 관한 의식을 갖추고 있지 않을 때 현대지성은 마땅히 사장(死藏)된 무용(無用)의 부류로 지탄될 것이라는 주장이 글 속에 내포되어 있음을 우리는 안다.

전환기에 처해 있는 지성인이 진실한 지성을 탈환하는 것이야말로 시대적인 임무에 속하는 일일 것이고, 그러한 역사적인 안목으로 따질 때에 응당 지성인은 자신의 근원에 돌아가 비상(飛翔)을 기도해야 하리라는 점을 지훈은 이 〈지성과 문화〉라는 논설에서 강조하고 있는 것이다.

① 지성인, 곧 선비는 나라의 기강이요 사회정의의 지표이다. 그러므로 한 나라의 기강을 바로잡고 사회정의의 지표를 확립하자면 무엇보다도 먼저 선비가 기절(氣節)을 숭상함으로써 선비의 명분을 세우지 않으면 안 된다.
② 백성들은 이제 진실한 문인, 학자, 교육가, 종교가에게 일말의 기대를 걸고 있다. 문인, 학자, 교육가, 종교가들 중에도 건국 이래 특히 이번 선거를 통하여 정치에 참여함으로써 소인(小人)의 여우

꼬리와 우치(愚癡)의 마각(馬脚)을 드러낸 자가 허다한 바이지만, 아직도 덜 부패한 선비는 이들 속에 많은 것이 사실이다.

③ 지성인 — 오늘의 식자인들은 어떤가. 지식인으로서의 명분과 긍지까지도 포기해 버린 느낌이 아닌가. 선비의 사명을 반성하고 자각할 성의조차 잃은 것은 아니던가. 지성인은 침체하고 현실은 혼란하고, 정신은 격동하는 것이 오늘 우리 사회의 현상이다. 침체한 것에는 활기를 불어 넣고 고무해야 할 것이요, 혼란한 것은 가다듬고 정리해야 할 것이며, 격동하는 것은 수습하고 계통지어야 할 것이다. 과연 오늘의 지성인이 이 중의 어느 한 가지에나마 자기의 사명감을 자각하고 있는 것일까.

위의 세 토막의 구절은 1960년 4·19가 일어나기 바로 직전에 발표된 논설 〈선비의 직언〉에서 뽑은 글이다. 암담했던 자유당말기의 시대적인 분위기를 새삼스레 생각게 하는 글인바, ①은 선비가 차지하는 사회적인 위치를 천명한 구절이다. "나라의 기강이요 사회정의의 지표"라고 규정한 이 일절(一節)에서 우리는 지훈의 선비관을 대하게 되거니와 국가의 기틀이랄 수 있는 정신적인 골격이 선비의 올바른 자세에서부터 비롯된다고 역설하는 그의 음성 속에서 우리는 식자인(識字人)의 대사회적인(對社會的)인 책무가 얼마나 중차대한 것인가를 깨닫게 된다.

②는 선비다운 선비의 출현을 학수고대하던 그 무렵 백성들의 심경을 그대로 대변해 주고 있는 구절이다. 말로만 민주주의를 한다고 떠들어 대고 입으로만 선정(善政)을 베푼다고 선전하던 정객들에게 백

성들이 염증을 느끼고 혐오삼에 사로잡히게 된 것은 그 또한 당연한 귀결이었을 것이다. 이제 믿고 의지할 수 있는 이는 다름 아닌 선비들 ─ 그 선비들의 현실참여를 극구 주장하고 권면하는 충정(衷情)이 이 짤막한 일절 속에 내포되어 있으며, ③은 안이와 무감각에 빠져 제 구실을 못하고 있는 선비들의 반시대적인 자세를 질타하면서 파사현정의 대도를 향하여 어서 빨리 매진할 것을 부탁하는 글이다. 지훈이 평소 안타깝게 생각한 것 중의 하나는 이른바 식자인이랄 수 있는 선비들이 제 한몸의 평안만을 위한 나머지 진리탐구라는 미명 아래 사회와는 담을 쌓아버리는 그 타기할 자세였다. 그러한 반역사적인 자세를 그는 정치가의 실정(失政) 이상으로 혐오하였거니와 이 ③의 글은 지훈의 그러한 견해가 잘 나타나 있는 글이다.

난세를 당하여 선비의 현실참여를 주장한 지훈은 선비가 지녀야 할 덕목으로 무엇보다도 지조를 들고 있다.

지조란 것은 순일(純一)한 정신을 지키기 위한 불타는 신념이요, 눈물겨운 정성이며 냉철한 확집(確執)이요, 고귀한 투쟁이기까지하다. 지조가 교양인의 위의를 위하여 얼마나 값지고 그것이 국민의 교화에 미치는 힘이 얼마나 크며 따라서 지조를 지키기 위한 괴로움이 얼마나 가혹한가를 헤아리는 사람들은 한 나라의 지도자를 평가하는 기준으로서 먼저 그 지조의 강도(強度)를 살펴려 한다. (중략) 지조는 선비의 것이요 교양인의 것이다. 장사꾼에게 지조를 바라거나 창녀에게 정조를 바란다는 것은 옛날에도 없었던 일이지만 선비와 교양인과 지도자에게 지조가 없다면 그가 인격적으로 장사꾼과 창녀와 가릴 바가 무엇이 있겠는가.

'변절자를 위하여'라는 부제가 붙어 있는 이 〈지조론〉도 역시 1960년 2월에 발표된 글로서, 그 무렵 세상을 한바탕 뒤흔들어 놓았던 명문이다. 야당의원 몇 명이 아무런 대의명분도 없이 자유당에 팔려가자 정객들의 절조 없음을 개탄하면서 쓴 이 글 속에는 정가(政街)의 무절제를 규탄하는 의미 이외에 선비로서 지녀야 할 덕목의 하나인 지조의 삼엄함과 그 긴요성도 피력되어 있다.

지성을 갖추고 있는 이로서 자칫하면 범하기 쉬운 일은 욕된 현실과 부화뇌동이 되어 정절을 폐리(敝履·헌신짝)처럼 내동댕이치고 곡학아세의 학문을 농(弄)하는 일이다. 상아탑 깊은 곳에 파묻혀 있는 이름만의 지성도 문제이거니와 실상은 제 한몸조차 율(律)하지도 못하는 위인이 무어 대단한 역사의식과 선견지명이나 갖추고 있는 양 현실에 마구 뛰어들어 갖은 추태를 다 부리면서 변절을 거듭한 끝에 일신을 망치고 국가와 사회의 기강을 흐려 놓는 일은 더욱 큰 문젯거리이다. 자유당말기에 얼마나 많은 문인·학자들이 저들 부패한 정권에 아부하고 뇌동하였던가를 우리는 생생하게 기억하고 있고, 일제때 역시 이른바 한국의 일급인물(一級人物)이랄 수 있는 많은 인사들이 대일협력에 가담하여 왜인 대하기에도 차라리 부끄러울 정도의 변신을 한 치욕의 역사를 잘 알고 있다.

　지훈은 이러한 반지성적인 지식인의 경거망동을 가장 혐오한 지조의 사람이었다. 그에 의하면 선비나 정객, 또는 교양인에게 있어서 지조란 학문적 이론이나 정치적인 수완의 확립에 앞서서 구비하여야 할 가장 중요한 정서적인 기틀인 것이다. 지조를 지킬 능력이 없으면 아예 범부로 만족할 일이지 냉엄하다면 엄청나게 냉엄한 역사의 대열에 중뿔나게 참여하여 백주 대로에 돌아앉아 볼기짝을 까고 대변을 보는 식의 어리석은 짓만은 자행하지 말라고 충고하고 있고, 특히 사람의 일생이란 후반이 더욱 중요한 것인 고로 늙어 가면서 조신(操身)에 힘쓰라는 것 또한 그의 절실한 부탁의 하나였다.

　1961년에 발표된 〈의기론〉은 사회일반이 선비를 어떻게 대접할 것인가를 밝혀 놓은 글이다. 선비는 선비 스스로 처신을 바르게 가져야 함은 물론이거니와 나라나 사회 또한 선비를 옳게 대접하여야만 마땅하다는 것이 그의 주장이고 그런 바탕 하에서만 문화도 정치도 제 궤도를 달릴 수 있고 꽃피고 열매를 맺을 수 있다고 논급(論及) 하고 있다.

　선비는 스스로 '심장이불시'(深藏而不市·재주를 감춰 놓고 팔지 않는다), '도광양덕'(韜光養德·자기의 재능을 드러내지 않고 안으로 덕을 기른다)'으로 일생을 마치려 하되 현명한 치자(治者)는 '야무유현'(野無遺賢·현명한 사람이 모두 등용되어 민간에 인물이 없음)을 이상으로 삼아 초야에 묻혀 사는 유능하고 경륜 있는 사람을 찾아내어 등용하기를 주저하지 말라고 지훈은 당부하고 있고 이것이 바로 선비로서

예우하는 정도임을 천명하고 있다.

4.

오늘날의 우리들도 마찬가지로 체험을 했지만 지훈 또한 혁명을 두 번이나 겪고 간 사람이다. 세상이 혁명 없이 순리대로만 운행될 수 있다면 더 바랄 무엇이 없지만 지난날의 우리나라 현실이 어디 그렇게 편하게만 생각할 수 있게끔 돌아갔는가. 정계와 사회풍조의 타락은 뜻있는 이의 비분강개(悲憤慷慨)와 변혁의 갈망을 사기에 족한 것이었다. 왕도정치를 내세운 맹자도 사세부득(事勢不得·일의 형세가 그리 아니할 수 없음)한 경우에는 혁명의 불길이 거침없이 타올라야만 된다고 역설한 바 있지만, 우리가 첫 번째로 겪은 4·19 직전의 상태가 또한 순리의 철인 맹자조차 개탄할 정도로 혼돈과 역리(逆理)의 풍조로 가득 차 있었던 때였음은 누구도 부인하지 못할 것이다.

지훈의 견해도 마찬가지였다. 아니 누구보다도 혁명의 봉기를 바라던 이였고 반정부의 움직임을 고대하던 이였다. 1959년 발표된 〈잠언〉(箴言)과 〈우리 무엇을 믿고 살아야 하는가〉라는 시에서 그는 지성의 각성과 의연한 봉기를 처절하리만큼 부르짖었다. 이 두 편의 시를 통하여 그는 혁명을 향한 그의 확고한 뜻과 신념을 분명히 하였다. 이제는 햇불을 들고 선두에 나설 혁명의 주동체(主動體)를 찾아 더 간절한 음성으로 호소하는 일만이 남았을 뿐이다.

〈오늘의 대학생은 무엇을 자임(自任)하는가〉 이 글은 4월혁명 직

전에 발표된 논설로서 결과적으로 혁명의 기폭제적인 역할을 담당했던 글이다. 지훈이 기대하고 믿었던 혁명의 주동체는 대학생을 제쳐놓고 달리 없었다. 그 논설에도 나타나 있듯 현실 추종자이거나 현실로부터 멀리 괴리되어 있는 기성세대에게 궐기를 당부할 수는 없는 노릇이었다. 그리하여 지훈은 항일 투쟁의 전통과 공적을 지니고 있으면서, 또 현실적으로 보아 사회 여느 계층과는 달리 순일한 정신으로 무장되어 있는 젊은 대학생의 동향을 주시하였고, 또 그들의 역사적인 거사(擧事)를 갈망하였던 것이다.

지훈의 외침이 헛되지 않아 사월혁명은 터졌거니와 그날 지훈은 두 뺨에 눈물을 적시면서 감격과 기쁨에 벅차 있었다.

午後 二時 거리에 나갔다가 비로소 나는
너희들 그 무엇으로도 막을 수 없는 물결이
議事堂 앞에 넘치고 있음을 알고
늬들 옆에서 우리는 너희의
불타는 눈망울을 보고 있었다
사실을 말하면 나는 그날 비로소 너희들이
갑자기 이뻐져서 죽겠던 것이다.

― 시 〈늬들 마음을 우리가 안다〉에서

이 짤막한 시구에서 우리는 그 무렵 그가 느끼던 감격을 생생하게 읽을 수 있다.

한동안은 이렇게 환희에 젖어, 밝아 올 희망의 앞날을 기다렸지만 그 후의 사태는 오직 반혁명적인 기풍만 만연되었을 뿐, 무엇 하나 새롭고 바르게 되는 것은 없었다. 그는 다시 붓을 들고 야속하게만 돌아가는 현실을 개탄하지 않을 수 없었다.

革命精神은 어디로 갔는가? 참으로 혁명정신은 지하에서 통곡하고, 병원의 베드 위에서 저주하고, 학원의 캠퍼스 구석구석에서 침통한 우수와 뉘우침의 안개 속에 싸여 있다.
　　　　　　　　　　　　　　　—〈革命精神은 어디로 갔는가〉에서

실의와 허탈감을 주체할 수 없어서 이렇게 비감해 한 그였으나 그래도 절망하지 않고 더욱 의연한 자세로 참다운 혁명완수의 대도(大道)를 밝히는 일도 그는 잊지 않았다.

그러나 절망해서는 안 된다. 혁명정신이란 바로 이러한 현실을 뒤집어엎는 정신이요, 그러한 정신이 하나의 행동으로 폭발하여 형식상으로나마 독재와 부패의 아성을 뒤집은 이것만으로도 그 의의는 절대한 바 있다. 시작이 반이라는 뜻에서 새로운 방향은 이미 세워졌고 아무리 反動勢力이라도 그것을 돌리기에는 용이하지 못할 것이다. (중략) 일이 이에 이르렀으매 우리는 그 혁명과업을 좀더 원대한 여유와 치밀한 구상으로 수행하지 않을 수 없게 되었다.

　같은 제목의 글에서 지훈은 이렇게 피력하여 참혁명에 대한 끈질긴 집념의 모습을 보여 주었다.

　실상 사월혁명이 실패로 돌아가게 된 데에는 누구보다도 경륜과 포부도 없이 날뛰던 당시의 정상배(政商輩)들이 일차적으로 책임을 져야 마땅한 일이지만 그 무렵 학생들이 "사월(四月)의 사자"라고 높여 주는 세평에 자과(自誇)한 나머지 연일을 두고 데모를 남발하는가 하면 학원파쟁(學園派爭)과 정쟁(政爭)에의 매수, 영합, 폭력, 공갈, 사기 등의 불미스런 행동을 자행함에 따라 사회적인 혼란을 초래케 하였던 데에도 일단의 책임이 있었다. 때에 지훈은 그가 그렇게도 "이뻐져서 죽겠다"던 학생들을 향해서 자제와 인내를 권면하는 고언을 발하기를 주저하지 않았으니 대개 〈사월혁명에 부치는 글〉, 〈큰일위해 죽음을 공부하라〉는 일문(一文)이 바로 그러한 성질의 글이다.

　그에 의하면 학생은 순정과 학구의 바탕을 떠나서 설 자리가 없고또 학생은 형식적으로는 항상 그 외곽에서 협조자 비판자가 되어야 마땅하다는 것이다. 행동 없는 지성도 거부되어야 하지만 행동(行動)마니아적 실태에서도 응당 탈출해야 한다고 주장하는 그는 큰일을 성취한 이상 일단 물러나 감시와 고발의 핵심체가 되고 힘과 꿈을 기름으로써 새로운 날을 맞이할 준비를 갖추라고 권고하였다. 자중(自重)하여 학생으로서 위의(威儀)와 단결과 정화의 길을 되찾는 이를 위하여 지훈은 보다 더 큰일을 위해 '죽음'을 공부하라고 설득하였다.

끝으로 한마디 제군들에게 부탁하는 것은 제군들은 죽음을 공부하는 사람이 되라는 부탁이다. (중략) 내가 죽음을 공부하라는 것은 군중 속에 휩싸여서 군중과 함께 여러 사람에 싸여서 죽는 공부가 아니라 혼자서라도 죽을 공부를 하라는 말이다. (중략) 24시간의 유예가 주어지거던 깨끗하게 죽음에 임하는 마음자리를 만들자.

　　　　　　　　　　　　　　　—〈큰일 위해 죽음을 공부하라〉에서

　다 아는 바와 같이 사월혁명은 비참하게도 실패로 돌아가고 말았다. 국민의 바람과 기대가 그처럼 무참하게 붕괴되는 경우가 그렇게 흔한 것은 아니리라.

　뒤이어 찾아온 5·16혁명을 맞아 그는 일단 긍정적인 자세로 받아들인 것도 사실이다. 사월혁명 이후 줄곧 계속된 혼돈과 파란의 악순환이 또 다른 혁명을 초래하게끔 극악의 경지에까지 도달하였다고 그는 보았기 때문이고, 또 5·16혁명의 근본이념인즉 사월혁명에서 학생들이 외친바 구호에 깔려 있는 정신과 합일(合一)할 수 있는 것이라 판단하였기 때문이다. 그의 이러한 소견은 〈군사혁명에 부치는 글〉이라든가 〈혁명정신은 하나이다〉 등의 문장에 잘 나타나 있는데 일단 군사혁명을 불가피한 것으로 인정한 이상, 혁명 초기 군사정부의 자문에도 응하는 한편 〈혁명정부에 직언한다〉 등의 글을 통해서 칭찬과 격려, 충고와 고언을 아끼지 않았다. 이래 서거하는 날까지 용감한 비판자로서 혹은 건실한 증언자로서 남보다 앞장서서 외치는 일에 그는 주저하지 않았다. 그의 이러한 행위가 한때 위정자의 눈에 거슬린바 되어 소위 '정치교수'로 지목된 일도 있었다.

　논객이 가는 길은 항상 형극의 길일 수밖에 없다. 갈채가 있는가 하면 비방이 뒤따른다. 지지가 있는가 하면 멸시가 있다. 그런 중에서도 논객은 자신에 대한 모든 평가를 오로지 역사에다 묻기로 하고 그가 이미 정해 놓은 길을 향해 묵묵히 걸어갈 따름이다. 지훈이 바로 그런 사람이었다.

5.

지훈은 물론 정치가도 그리고 정치학자도 아니다. 따라서 그가 느끼는 정치현실에 대한 감각과 그 시정을 위한 방안 등은 결코 상식인의 것을 능가할 수는 없었다. 그러나 원래 상식 속에 대경대법(大經大法)이 있고, 평범 속에 정도(正道)와 난국타개의 길이 있는 것은 자고이래(自古以來) 한 진리로 통하고 있다.

　나라와 겨레의 장래를 걱정하는 한 야인의 입장에 서서 평범하나 만고불변이랄 수 있는 상식에 바탕을 두고 지훈이 우리나라 정객들을 향해 촉구한 그대로의 경륜은 그것이 워낙 때 묻지 않은 선비의 청순한 목소리라서 오늘날에도 그 진가를 더하고 있는 터이다.

　그는 감성이 메말라 있는 정치인들에게 우선 '눈물'을 흘릴 줄 아는 사람이 되어 달라고 권유하고 있다. 〈우국의 서〉(憂國의 書)에서 그는 8·15에 울던 그 눈물, 9·28에 울던 그 눈물, 4·19에 울던 그 눈물을 되찾으라고 호소하였다. 각박한 조국의 현실을 광구(廣救) 하기 위해선 우선 무엇보다도 눈물이 있어야 하겠고 그것 없이는 불가망(不可望) 이기 때문에 발(發) 한 말이었다.

눈물은 회오(悔悟) 와 연민(憐憫), 발분(發憤) 의 결정체이다. 안전(眼前) 의 현실을 대하고 눈물을 흘릴 줄 아는 이라면 그릇된 과거를 뉘우칠 줄 아는 인간이며 처절한 정국에 연민의 정을 쏟을 줄 아는 인간이고 그리하여 보다 나은 내일을 위해서 절치부심·발분망식할 줄 아는 인간이다.

지훈이 눈물을 요구한 까닭은 정녕 그것의 공효성이 현실타개의 한 전환을 이룰 수 있겠기 때문이다.

나라 안팎에 가로 놓인 중첩한 난관은 어떻게 극복하며 眼高手卑한 정책의 공허는 무엇으로 메꿀는지 생각만 해도 답답하다. (중략) 앞으로의 정당은 그 정강정책이 국민 각계각층과 기브 앤드 테이크의 상리관계(相利關係) 로서 구체적으로 연결되지 않고는 종래처럼 막연한 감정공동(感情共同) 만으로 지지해 주지는 않을 것이다.

　　　　　　　　　　　　　　　　　　—〈憂國의 書〉에서

선비에게서와 마찬가지로 정치인에게도 곧은 지조를 주창한 그는 바둑같이 전체를 통관(通觀) 할 수 있는 전략, 이를테면 정강과 경륜의 필요성을 역설하였다.

경륜이 있고난 뒤에야 나라를 다스릴 수 있다는 것은 이 또한 변함없는 철칙인데 그러나 우리나라 정치라는 것이 그의 말을 빌리자면

"조국을 건 섰다판"이었음이 사실이라서 말로만 징당정치이지 실상은 당리(黨利)와 사리사욕과 구복(口腹)을 채우는 난장판 형국이었으며 그 결과 혹세무민의 비극만 연출하고야 말았던 것이다. 투철한 국가관과 역사관에 바탕을 둔 경륜 있는 정치, 그런 정치라야만 나라를 건지고 백성의 안위를 보장할 수 있다는 것이 그의 지론이었다는 말이다.

정치란 단 한 번 잘못하여도 국기(國基)가 흔들리고 백성이 기아와 헐벗음에 빠지고야 마는 것이다.

그런 막중한 정사(政事)를 뜻과 철학과 방안과 신념도 없이 함부로 덤벼들어서 이리 뒤척 저리 집적한대서야 국민이 어떻게 그를 믿고 살 수가 있느냐는 것이다.

> 일제관리세력, 미군정관리세력, 친공전향세력(親共轉向勢力), 퇴역군인세력의 독선적 동류의식을 파쇄(破碎)하고, 함경도벌(閥), 평안도벌(閥), 전라도벌(閥), 경상도벌(閥)하는 지방벌을 타파하고, 자유당, 민주당, 신민당, 사대당(社大黨)하는 불쾌한 기억의 이름을 버리고 기성세대 주축과 신진세대 주축으로 양분하여 재편성함으로써 정정당당히 대결하고 이에 협조해 보라는 것이다. (중략) 어쨌든 양심적인 민족보수세력과 정상적인 민주사회세력이 한데 뭉쳐서 공산주의와 매판자본에 대한 새로운 구국전선(救國戰線)으로 일대 운동을 전개하지 않으면 안 될 계제(階梯)에 도달한 느낌이다.
> ― 〈憂國의 書〉에서

정치실제면에서 볼 때야 당과 당끼리의 연합전선이 그리 쉽게 가능한 일은 아니리라. 그러나 우리의 현실이 외길만 고집하기엔 너무 딱하고 급박한 실정이라서 그는 위의 글에서 보이는 바와 같이 주장하였다. 요컨대 먼 안목을 지니고 거세구국(擧世救國)의 길을 달리자는 것이고, 중지(衆智)를 모아 국가를 재건하자는 것이며, 고질화되고 폐습화된 파벌싸움에서 벗어나 협조와 이해의 길을 터서 복받을 살림을 꾸려나가자는 것이다. 이런 정신없이는 국가의 백년도, 바람직한 선정(善政)도 도저히 기대할 수 없다는 것이다.

> 가난한 것이 반드시 자랑은 아니다. 청빈을 우러르는 것은 물질적 신고(辛苦) 속에서도 불의의 유혹에 꺾이지 않고 도리어 그 신고를 양식삼아 안분지족하는 그 지조, 그 멋을 존경하는 것이다. (중략) 부귀를 탐하여 경국제세(經國濟世)를 표방하는 인사는 양두구육의 자기간판(自己看板)을 돌이켜 보고 스스로 고소(苦笑) 함직하다.
>
> ─〈經國·濟世·淸貧〉에서

염결공정(廉潔公正), 그것은 정치인이 갖출 바 기본되는 정신적인 자세이자 마음의 무장이다. 제아무리 높은 경륜이 있다 해도 정치인이 황금에 눈이 어두우면 국민으로부터 지탄을 받을 뿐만 아니라 나라살림은 그 밑뿌리부터 흔들리고 마는 법이다. 그것은 만고불변의 진리라서 과거의 역사가 증언해 주고 있고 오늘의 현실이 또한 증명해 주고 있다.

지훈만큼 청렴한 선비도 드물다. 돈을 귀하게 여길 줄 알았을 뿐만

아니라 돈을 다른 무엇보다도 무서워할 줄도 알았다. 돈을 두려워하고 무서워할 줄 아는 바탕에서만 공정도 청렴도 가능한 것이다.

그 진리를 지훈은 '먹자판'으로 타락해 버린 우리나라 정치계를 향해서 진심으로 촉구해 마지않았던 것이다.

눈물을 간직한 마음바탕에서 비롯하여 지조와 청렴을 고수하면서 개인과 당을 초월한 경륜 있는 정치, 그것이 지훈 정치관의 대강(大綱)이었다.

6.

〈당신들 세대만이 더 불행한 것은 아니다〉(1962), 〈세대교체론 시비(是非)〉(1963) 등의 논설은 4·19 이후부터 급작히 대두된 세대간의 갈등과 5·16 이후 문제화된 세대교체의 시대적인 흐름에 대해서 그대로의 지론을 밝혀 놓은 글이다.

60대, 40대, 20대로 대표되는 각 세대간의 갈등과 마찰과 알력이 4·19 직후처럼 가열된 적도 일찍이 없었다. 이런 현상은 혁명을 계기로 하여 기성세대에 대한 신세대의 신랄한 비판과 그로 인하여 불가피하게 나타난 구세대의 권위의 실추로 발생되었고 떨어진 권위를 회복하기 위하여 구세대 측에서 반격을 가함에 따라 백열화하기에 이르렀던 것이다.

세대간의 다툼을 우리는 무조건 배격할 필요까진 없다고 본다. 그보다는 사회발전이라는 거시적인 안목으로 볼 때 그러한 현상은 어느 때고 으레 있기 마련이고 또 있어야 마땅한 일이라고 판단함이 옳다.

문제는 기성세대와 신진세대와의 알력이 결코 바람직하다고 볼 수 없는 감정상의 대립만으로 시종하느냐, 아니면 상호 대치의 과정을 밟으면서도 어느 한 정점을 향해 화해의 길을 달리느냐 하는 점에 달려 있다.

물론 우리는 후자의 경우를 상승(上乘)으로 꼽고 있지만 사월혁명 직후 무렵의 세대간의 다툼이란 오히려 전자의 성격을 더 많이 띠고 있어서 뜻있는 이의 적지 않은 걱정거리였음이 또한 사실이었다.

〈당신들 세대만이 더 불행한 것은 아니다〉는 그러한 상태를 염려하면서 쓴 글인데, 이 논설에서 그는 우선 자기들 세대만이 더 불행하다고 떠들어대는 습벽을 버리라고 주장하였고, 또 자기들 세대만이 사회에 참여하여 실권을 잡아야 되겠다는 식의 독단과 편견을 청산하라고 주장하였으며, 세대간의 감정적 유리와 소원(疎遠)과 알력을 그 연령적 한계로서 부패와 청순의 금을 긋지 말고 정신적 열의로써 그 시대의식을 판별하는 방향을 견지하여야 된다고 주장하였고, 불운(不運)의 삼대(三代)는 서로를 좀더 성의있게 관찰하고 이해하고 인식함으로써 위로의 손길을 서로 어루만지며 각자에 주어진 새롭고 정당한 사명의 횃불을 들어야 마땅하다고 주장하였다.

삼대 사이에 놓여 있는 감정상의 갈등과 그 격차를 되도록 좁혀 보자는 의도에서 쓴 글이라 어차피 그럴 수밖에 없었지만 그는 이 논설

에서만은 되도록 부드러운 음성으로 자신의 의견을 피력코자 노력하였고 모든 것을 총화(總和)하려는 자세를 애써 취하고 있다.

불운의 삼대들이 걸어온 험난한 과거를 일일이 실례를 들어서 상호 간 이해의 실마리를 찾으려고 노력한 점도 퍽 인상적이거니와 실상 따지고 들자면 어느 세대도 겪어야만 했던 지난날의 고생은 민족사의 테두리에서 그 책임을 추궁하여야지 이 세대가 저 세대에게, 저 세대가 이 세대에게 묻고 따져서는 될 일이 아니라고 본다. 이와 같은 견해도 내포되어 있는 이 글은 다음과 같이 끝을 맺고 있다.

불운의 삼대여! 그대들은 아니 우리들은 쇄국과 개화의 억압과 해방의, 분열과 통일의 과도기에 이 땅에 나서 희생된 세대들이다. 우리의 삼대가 모조리 우리의 꿈을 못 이루고 죽어갈지도 모른다. 망국의 쇠운을 타고난 사람들과 원수의 고문에 병든 사람들과 전쟁에 시달린 고아들에게 언제 이 죄 없이 진 십자가가 벗겨질 것인가. 그러나 우리는 성실한 의지를 다하여 민족의 정기를 전하여야 한다. 해방 후에 태어난 그 어린 세대에게 기대를 걸고 부끄럼 없는 선배가 되어야 한다.

〈세대교체론 시비〉에서 그는 세간에 오르내리는 세대교체의 방법론을 두 가지로 구분하였는데, 늙은 세대에 대신하여 젊은 세대가 교체되어야 된다는 말하자면 생물학적 세대교체론과, 이미 시험해 본

낡은 식견의 구인물(舊人物)들은 물러나고 아직 시험해 보지 않은 새로운 이념의 신예인사가 등장해야 한다는 이를테면 이념적인 세대교체론이 그것이다. 전자의 그것은 내버려 두어도 늙으면 물러나게 마련이라 문제시하지 않는다고 하였고, 후자의 경우에 관해서만 논급하였으되 비교적 비판적인 자세를 취하고 있음을 발견할 수 있다.

물론 이념적인 세대교체론에도 일면의 타당성, 요컨대 구세대가 그대로 자리를 차지하고 있는 거기에 신세대가 투입되어 봤자 부패하고 무기력한 구세대 풍토에 점진적으로 동화되기 마련이고 그렇게 되면 사회정화란 백년하청(百年河淸)이니 아예 물러날 사람은 빨리 물러나고, 그 자리에 새로운 사람이 들어앉아야 된다는 이론에는 경청할 가치를 전혀 배제하지는 않았다.

그러나 이 이념적인 세대교체론에는 우선 그 단행방법에 있어서 불가피하게 적용될 인위적인 혁명방법에 회의를 품지 않을 수 없다고 그는 언급하고 있다. 세대교체란 인위적으로 서두른다고 해서 효과를 보는 것이 아니기 때문이요 강경일변도로 나아가서는 부작용이 너무 크기 때문이다.

또 이념적인 세대교체론은 그 이론이 현실화하기 전에는, 즉 현실에 맞는 명확한 방향과 이론의 체계를 보여주지 않는 이상 사회는 그 이념 자체에 대해서 승인할 것을 거부하기 마련이니 곤란하다는 것이다.

그렇다고 그가 세대교체 그 자체를 근본적으로 반대한 것은 아니다. 무리 없이 절로 이루어지는 세대교체, 그러면서도 시기적으로 단축하고 이념적으로 개혁을 자극하는 세대교체를 주장하였고, 이 시기

266

적인 단축과 이념적인 개선이라는 인위적인 지극은 두 세대의 협동,
이를테면 구세대는 '늙었다 물러가자'라는 생각을 항상 지니고 있어야
되며, 신진계층은 '좋은 충고를 듣자'라는 마음을 늘 가지고 있어야만
가기(可期·기대하거나 기약할 만하다) 할 수 있다고 단정하였다.

7.

논객 조지훈을 생각할 때 그와 연관되어 떠오르는 인물로서 우리는
매천과 만해를 지적한 바 있다. 이 두 분의 매운 지조와 철저한 우국
단성(憂國丹誠)의 정신을 현대의 사람으로서 지훈만큼 훌륭하게 계
승하여 발전시킨 인물도 그리 흔치 않기 때문이다.

　다른 한편, 실제로 필봉을 들고 현실의 일선에 앞장서서 시시비비
의 정론을 펴고 역사의 증언자로서 자임하여 맹활약한 그의 행적을
살펴볼 때, 우리는 어차피 한말(韓末)의 지사언론인인 위암(韋庵) 장
지연(張志淵)과 단재(丹齋) 신채호(申采浩)를 연상치 않을 수 없다.

　다 아는 바와 같이 위암과 단재는 언론의 일선에 나서서 정필을 휘
두른 당대 일류의 논객이었다. 무너져 가는 사직(社稷)을 그나마 바
로잡기 위해서 안간힘을 쓴 분들이었고 왜제(倭帝)가 우리 조국을 병
탄하자 피눈물을 흘리며 붓을 들어 통매(痛罵·몹시 꾸짖음)한 분들
이 바로 이분들이었다.

논객 지훈의 초상을 위암과 단재, 이 두 분의 모습과 매우 방불한 것으로 간주함이 어떨까 한다. 물론 위암·단재 두 분이 살다간 시대적 상황과 그 무렵 눈앞에 놓여 있던 극복하여야 할 민족적 과제라든가 하는 것과 지훈이 살다간 역사적 환경과 논필(論筆)의 적(的)이 되는 대상과는 분명히 상이했던 것이 사실이다. 또 전자 두 분인즉 직업적인 저널리스트였는 데 반해서 지훈은 시인이자 학자였을 뿐 직접 언론계에 몸담고 있던 이는 아니었다는 점도 성격상 서로 다른 점으로 꼽을 수 있다.

그러나 문제는 그런 사소한 데에 걸려 있는 것이 아니라고 생각한다. 요는 위암과 단재가 추구한 절대가치의 세계와 지훈이 찾아 헤맨 절대가치의 세계가 실은 둘이 아니라 하나라는 것 — 겨레의 독립과 자유·파사현정을 통한 정의·도덕세계의 구현 등 — 그러한 절대가치의 세계를 구현키 위해서 전자나 후자 모두가 지사적인 정신으로 무장하여 붓으로서 항쟁하고 증언하고 개혁을 주장하였다는 것, 이러한 사실에 우리의 시선은 집중되어야 마땅하다고 생각하며, 그런 면에서 우리는 지훈을 매천과 만해정신의 계승자로 간주하듯 위암과 단재의 계승자로 보는 데에 주저할 필요가 없다고 생각한다.

을사보호조약의 슬픈 보(報)를 듣자 울면서 혹은 통음하면서 〈시일야방성대곡〉의 논설을 쓴 위암의 마음상태나, 대동아전쟁이 터지고, 한글사용이 폐지되고 드디어는 〈동아일보〉, 〈조선일보〉 등 민족지가 강제폐간이 되는 운명에 다다르자 이 비보를 오대산 월정사에서 듣고 민족적인 최대의 슬픔을 폭음으로 달래다가 그만 실신한 끝

에 만 사흘을 가사(假死)의 경지를 헤맨 지훈의 마음상태나, 거기 무엇이 다름이 있겠는가?

　단재가 불혹의 나이를 맞이한 곳은 망명지 중국에서였다. 나라 잃은 백성으로서, 그나마 일경(日警)에 쫓기는 몸으로서 일정한 거처도 없이 떠돌아다니던 그 무렵의 단재의 모습을 지금의 우리로서는 도저히 상상조차도 할 수 없으리라. 불혹의 나이에 이르자 단재는 매우 비감한 바 있었다. 그 비감한 심경을 그는 이렇게 토로하였다.

　　뜬세상 사십년에 한 일이 무엇인고
　　잠시도 병과 가난 떠난 적이 없었고나
　　돌아서 恨하노라 산도 물도 다한 곳에
　　울며 노래하기 그도 마저 어려워라.

　지훈에게도 이와 유사한 시가 있다. 일제말기에 씌어진 〈동물원의 오후〉는 나라 잃은 시인의 달랠 수 없는 시름을 읊은 노래이다. '혼자서 숨어 앉아 시를 써도 읽어줄 사람이 없어서' 그는 동물원을 찾아간다.

　　쇠창살 앞을 걸어가며
　　정성스레 써서 모은 詩集을 읽는다.

읽어줄 사람이 없는 그 시를 우리 안에 갇혀 있는 동물에게나마 들려주고 싶은 충동을 참지 못해 시인은 철책 앞을 거닐며 혼자 중얼거리는 것이다. 이 짤막한 구절을 통해서 우리는 그 무렵 지훈의 슬픈 모습, 아니 민족 전체의 처절한 운명을 읽을 수 있다. 그리고 이러한 지훈의 모습은 쫓기고 쫓기다 보니 이제는 '산도 물도 다한' 절대의 극한상황에 처하게 되었고 곡(哭) 할 자유도, 노래할 자유마저도 상실하여 망연자실해 있는 단재의 그 처연한 모습과 결코 다른 것이 될 수 없다는 것도 우리는 잘 안다.

〈봉황의 시름〉과 〈정치주의문학의 정체〉로 대표되는, 그의 반공문화투쟁의 생생한 자취, 논설집 《지조론》을 비롯하여 그 전에도, 그 후에도 숱하게 써낸 여러 편의 논설에 담겨 있는 그의 반독재·민주수호의 정신, 이것은 곧 위암이나 단재가 붓을 통해서 외친 독립·자주의 정신과 맥락을 같이할 수 있는 그런 것이라고 우리는 확신하고 싶다.

지훈이 만약 조선조의 인물이라면 틀림없이 사림파(士林派)의 쟁쟁한 선비였으리라 생각된다. 이 말은 곧 조선조 사림의 정신이 은연중 그에게 계승되어 그러한 정신이 시인으로서, 학자로서, 무엇보다도 논객으로서 처신함에 있어 그 바탕의 구실을 하였다는 표현에 불외(不外)하다.

조선조에 있어서 사림파의 본격적인 등장은 15세기 후반에 이르러서였다. 15세기 후반이라면 조선왕조가 선 지 약 한 세기가 가까워질 무렵에 해당된다. 사가(史家)에 의하면 이때부터 조선왕조는 기성의

집권세력인 훈구·척신 계열의 권귀화(權貴化) 현상이 현저해지는 한편 관료 전반이 관권을 이용하여 수탈을 자행함으로써 통치기반이 점차 잠식되어가는 과정을 밟기 시작하였다는 것이다. 이런 때에 등장한 비판세력이 바로 '공도(公道)에 입각한 치인(治人)'을 주창한 재야의 사림파 선비들이었다.

이 한정된 지면에서 15세기 후반부터 등단하여 16세기 전반을 거쳐 그 후반에 이르러 정치의 주도권을 쥔 바 있는 사림파의 역사적 정치적 성격과 그 발전과정을 논할 수는 없다. 우리가 이 자리에서 굳이 조선조 15·6세기의 사림을 끄집어 낸 이유는 그런 학술적 논의를 하자는 데 있는 것이 아니라 '수기치인'(修己治人)의 깃발을 들고 집권층의 불의와 부정을 매섭게 비판하면서, 왜곡된 현실을 개선코자 노력한 사림파 선비들의 그 강인한 저항정신을 잠시나마 재음미하자는 것이고 또, 한편 논객 조지훈이야말로 그러한 사림파 선비정신을 인격과 교양으로서 받아들인 사람이었다는 점을 재확인하자는 데에 있는 것이다.

조지훈 ─ 그는 실로 현대를 살다간 이조적(李朝的) 사림의 마지막 인물이었다. (1978)

크고도 섬세한 손

오탁번

시인·고려대 명예교수

"그의 크고도 섬세한 손", 이 말은 1968년 조지훈이 세상을 떠난 뒤 그와의 마지막 악수를 회상하면서 박목월이 한 말이다. 크고도 섬세하다는 이 이율배반적인 진술이야말로 우리 현대시사에 찬연하게 빛나는 시인 조지훈을 가장 정확하게 갈파한 말일 수 있다. 시사뿐만 아니라 우리 현대사에 있어서 그만큼 조지훈은 크고도 섬세한 흔적을 수없이 남긴 인물이다.

조선적인 의미의 마지막 선비형의 인간이기도 했던 지훈의 일생을 돌이켜 볼 때 그것은 한 자연인의 전기에서만 끝나는 것이 아니라 오히려 이 땅의 지식인의 고뇌를 신명을 다 바쳐서 떠맡았던 큰 인물이요, 지성인이 살아야 했던 영욕의 일생이라는 생각을 지울 수 없다.

지훈을 가리켜 지사요, 논객이요, 지조의 선비라는 찬사가 더욱 큰 의미를 지녔던 것은 그가 살았던 일제치하와 광복 이후의 혼란 그리고 6·25전쟁으로 인한 비극과 자유당 장기집권의 암흑기라는 시대적

배경 때문이었다. 그리고 지훈에게 주어졌던 이와 같은 빛나는 호칭은 그가 평생을 희생적인 태도로 이어갔기 때문에 생겨난 것이었다. 물론 지훈에게 있어서 가장 중심이 되는 호칭은 시인이지만 그를 한낱 서정시인으로 보기에는 너무나 광범위한 삶을 살았다. 이러한 광범위한 삶을 단순히 그의 다재다능으로 돌리기에는 시대가 그에게 유형무형으로 작용한 의미가 오히려 더 중요할 수도 있다.

지훈 조동탁은 1920년 경상북도에서 태어나서 그가 열아홉 살이던 1939년 《문장》지의 추천을 받아 시인으로 데뷔하였다. 그때의 선자(選者)는 정지용이었는데 지훈과 같은 시기에 시단에 나온 박두진, 박목월과 함께 해방 후 저 유명한 《청록집》을 내어 그 후 세상에서는 이 세 시인을 가리켜 청록파라 불렀다. 그 후 지훈은 민족사학인 고려대학교의 교수로 일생을 마쳤고 그러는 동안에 주옥같은 작품뿐만 아니라 한국학 관계의 논문과 시사논문(時事論文) 등 방대한 양의 업적을 남겼고, 또 고려대학교의 교가를 작사하기도 했다.

특히 그가 고려대학교의 교수로 재직하는 동안 자유·정의·진리의 민족사학의 이념은 그대로 시인 조지훈의 생의 지표가 되었으며 그리하여 4·18 의거 기념탑의 비문과 호상(虎像)의 비문에는 이러한 고대와 지훈의 육화적(肉化的) 일치가 그대로 새겨져 있다. 자유당 집권 말기에 극에 달했던 정치적 부패에 대하여 지훈은 선비정신을 유감없이 발휘하여 당시 지식인의 지표가 된 것도 이와 같은 고려대학교의 이념의 체현일 수 있는 것이다.

자유! 너 영원한 활화산이여
사악과 불의에 항거하여
압제의 사슬을 끊고
분노의 불길을 터뜨린
아! 1960년 4월 18일
천지를 뒤흔든 정의의 함성을 새겨
그날의 분화구 여기에 돌을 세운다

이러한 고대 사월혁명기념탑 비문에서도 확연히 알 수 있는 바와 같이 지훈의 정신이 항상 자유와 정의에 바탕을 두고 있으며 이러한 그의 기질은 단순한 구호나 한때의 언명으로 끝나는 것이 아니라 그의 평생을 지배하는 하나의 운명과도 같았던 것이다.

구한말 나라가 망하자 절명시(絶命詩)를 써 놓고 자결했던 매천 황현과 민족운동가이자 승려시인인 만해 한용운을 정신적 스승으로 삼았던 지훈은 이처럼 불의를 질타하고 굽은 것을 펴는 용기 있는 지성인의 자세를 죽는 날까지 견지하여 그야말로 보기 드문 지조를 실천한 인물이었다.

내가 시인 지훈을 처음 만난 것은 1960년대 초반이었다. 그는 분명 고려대학교의 교수였지만 좀처럼 학교에서는 만나 볼 수 없는 신비로운 분이었다. 나는 그의 시론 강의를 수강하였는데 사실 그분이 강의실에 나오신 것은 단 한 시간뿐이었고 학기 내내 휴강의 연속이었다. 이미 그때부터 기관지를 앓고 있었기 때문이기도 했으나 당시의 사회의 혼란상과 대학이념의 쇠퇴와 무기력을 더 이상 감당하지 못하고

현실에서 손을 떼고 일종의 관조의 세계에 침잠해 있었기 때문에, 새삼스레 시를 가르치고 학점을 내주고 하는 모든 일이 성가시기도 했기 때문이었다. 그러나 누구 하나 학기 내내 휴강하는 지훈에게 무슨 안 좋은 이야기를 하는 적은 없었다. 그는 이미 4·19를 겪으면서 이 땅의 가장 존경받는 스승의 높은 자리에 올라 있었을 뿐 아니라 지훈의 글과 기백이 캠퍼스의 곳곳에 스며 있어서 구태여 그분이 직접 강의실에 안 나와도 되었기 때문이다. 물론 그는 그때 고려대학교에서 민족문화연구소 초대 소장을 맡아서 고전의 편찬과 민족문화사 연구를 계획하고 있었으니까 현실에서 아주 손을 뗀 것이 아니라 민족학이라는 학문을 세우는 일에 몰두하고 있었으므로 자연히 강의에는 소홀했는지도 모른다.

그러나 우리는 지훈을 계속 공부하였다. 학생들 각자가 그의 글을 도서관에서 읽는 일만으로도 쩔쩔 맬 정도로 그는 많은 시와 논설과 논문을 가지고 있었다.

성북동 지훈 선생의 집을 처음 찾은 것은 1968년 3월 초였다. 그해 3월은 겨울처럼 추웠고 그날따라 눈이 펑펑 쏟아지고 있었다. 춘설치고는 심술이 사나운 눈발이었다.

나는 그해 2월에 대학을 졸업하고 사회에 나왔으나 막상 아무 할 일도 없는 신세였고, 그저 혼자서 시를 쓰는 병아리 시인이었다. 그 전해인 1967년에 어떤 신문의 신춘문예에 시가 당선된 나는 혼자서 시를 쓰며 슬픈 연애만 일삼는, 청탁도 오지 않는 무명 시인이었는데, 마침 그 해에 후배가 또 신춘문예에 당선하여 함께 지훈 선생에게 인사를 갔던 것이다. 지훈은 이미 그때 병석에 누워 있어서 두문불출한 채 외부와의 접촉을 끊고 있었다.

학교에서는 이따금 뵈었지만 막상 지훈의 집을 찾아가려고 하니 가슴이 이상하게 떨렸다. 누구나 다 살고 있는 집에서 자식을 기르며 사는 사람으로는 도무지 생각할 수 없을 만큼 그 당시 지훈은 우리들에게 하나의 신비로운 인물이었기 때문이었다. 후배와 나는 골목가게에서 술을 한 병 샀다. 지훈이 술을 좋아하니까 병아리 시인 두 명이 찾아가면서 어찌 술이 없을까 보냐는 생각만 했지, 그분이 병환중이라는 것은 생각 밖이었다.

우리가 찾아가자 지훈은 한복차림으로 안방에서 나왔다.

"어서 오게."

딱 이 한마디뿐이었다. 성북동 개울 근처에 조그만 한식 가옥이었는데, 대문에서부터 한눈에 쇠락해 있는 모습이 보일 만큼 그분의 집은 춥고 쓸쓸했다. 지훈은 우리를 안방 건너편에 있는 당신의 서재로 안내했다. 방 윗목에는 몇 개의 화분과 조그만 연탄난로가 있었지만, 불은 꺼진 채여서 화분의 잎사귀도 얼어죽은 듯이 보였고, 우리도 무릎이 시렸다. 잠시 후에 간단한 술상이 들어왔다. 우리가 사간 싸구려 독주를 선생께 올리고 우리도 받아 마셨다. 선생은 기침을 계속하시면서도 차츰 술이 오르자 그 도도한 말씀이 시작되었다.

《문장》의 추천 심사위원이었던 정지용이 일제 말에 보냈던 엽서도 꺼내어 보여주고, 당신이 써 놓은 미발표 작품들도 읽어 주었다. 그러는 동안에 우리가 사간 술이 동이 나자 선생은 마루로 나가서 정종

한 병을 들고 들어오셨다. 철부지였던 우리는 얼씨구 좋아라 하고 술을 퍼마셨다. 지훈과 우리는 많이 취했다.

"지훈과 대작을 했으니 우리도 이제 대시인이다."

그날 지훈 댁을 나오면서 우리는 이렇게 떠들었다.

그 후 지훈은 몇 달 지나지 않아서 이 세상을 떠나셨다. … 만일 그때 우리 같은 철부지 제자들과 독주를 마시지 않았던들 그분은 더 오래 사셨을지도 모른다는 생각 때문에 가슴이 아팠다. 훗날 나는 병환중에도 제자와 술을 마시며 흔쾌하게 웃던 지훈과 그의 죽음에 대하여 다음과 같은 〈춘설〉(春雪)이라는 시를 썼다.

城北洞 그의 집에는
芝蘭이 잠드는 소리가 들렸다.

봄눈이 춥게 내린 날
明仁이와 梅實을 들고 찾았을 때
詩人의 방에는
蘭草가 앉아 있었다.
그는 내실에서
朝鮮의 흰 장지문을 열고 나왔다.

보름 후에 말못할 세상으로 그는
갔다
키 큰 明子가 그 말을 했을 때

나는 울지도 놀라지도 않고
그가 닫아 버린 風雪의 時代를
덥썩 무심하게 안았다.

그는 磨石에 묻혔다
그의 살이 흙과 섞이는 장면을 본
이들이
우리나라의 지훈을 이야기하고
詩와 人生을 논할 때
나는 磨石에도 論議에도
끼지 않았다.

살과 흙이 섞이는 것이 중요한 게
아니라
글이 흙과 섞이고 바람에 섞이는
아 저 무한한 秩序를
나는 무심결에 보았을 뿐
흰 살이 흰 뼈를 거느리고
건너 세상으로
큰 새처럼 날아가는 모습을
추운 난초 옆에서 지켜봤을 뿐이다.

지훈이 마흔 아홉의 아까운 나이로 세상을 하직하자 도하 각 신문에서는 각각 다투어 특집 추모기사를 내고 고대 캠퍼스에서 있었던 장례식에는 이 나라 저명인사들이 운집하는 등 시인의 죽음을 애도하고 생전의 지훈을 예찬하느라 부산하였다. 그러나 그냥 순수하고 오만하기만 했던 나는 그 분의 장례식에 가서 분향을 할 수도, 무덤에 가서 통곡할 수도 없는 채 혼자서 남몰래 지훈을 사랑하며 괴로워했다. 난롯불조차 피우지 못한 채 투병을 할 때는 모두들 못 본 체하다가 막상 운명하자 갑자기 지훈의 애호가가 되는 나이 먹은 속물들 틈에 끼이기가 싫었고, 우리나라가 우리의 시대가 우리의 문단이 그를 살리려는 노력을 털끝만치나 했느냐는 분한 마음이 들었다. 그래서 나는 그 다음에 위의 시를 써서 지훈 영전에 바치고 나의 첫 시집에 수록했다.

그 후 몇 년이 더 지나서 나도 문인 행세를 하고 대학에서 시를 가르치게 되었을 때 나는 어느 일요일을 택하여 마장동에서 마석 가는 버스를 탔다. 혼자서 지훈의 산소를 물어물어 찾아가서 술을 뿌리고 큰절을 했다. 지훈은 옛 철부지 제자를 아는지 모르는지 그날따라 마석의 하늘은 유난히도 짙푸른 빛으로 쏟아져 내렸다. 그 후에도 시인협회 사람들과 한 번 더 갔고 또 몇 해 전에는 지훈의 비석을 세우는 날 여러 시인들과 함께 갔다.

지훈의 10주기를 당하여 제자와 후학들이 중심이 돼《조지훈연구》를 펴냈다. 시론, 학문론, 인간론의 3부로 나뉜 이 책에는 조지훈의 예술과 학문과 인간에 대한 여러 글들이 묶여져 있는데 특히 그분이 한창 왕성하게 활동하던 시기의 제자들인 시인 박희진을 비롯하여 홍일식, 인권환, 박노준 등이 쓴 지훈론은 그야말로 심금을 울리는 글이어서 나는 지금도 지훈이 그리울 때면 그것들을 다시 읽곤 한다.

성북동 골짜기를 산책하던 지훈의 멋진 모습, 고려대 캠퍼스를 거닐던 지훈의 모습은 영영 사라졌지만 그의 대범하고 섬세한 시정과 품격은 이 땅에 그대로 남아서 하나의 상징이 되고 있다.

"나라를 맡겨도 안심할 사람"이라고 김종길 교수가 지훈을 평했다지만 그는 정말 감히 소인배들이나 속물들이 함부로 근접하기 어려웠던 큰 인물이었고, 무엇보다도 곡학아세하는 사이비 지식인이 흔히 득세를 하던 당시의 세파 속에서 오로지 홀로 지조를 지키며 가장 어려운 길을 걷다가 죽은 지식인이었다.

> 끝으로 한마디 제군들에게 부탁하는 것은 제군들은 죽음을 공부하는 사람이 되라는 부탁이다. … 내가 죽음을 공부하라는 것은 군중 속에 휩싸여서 군중과 함께 여러 사람에 싸여서 죽는 공부가 아니라 혼자서라도 죽을 공부를 하라는 것이다. … 24시간의 유예가 주어지거던 깨끗하게 죽음에 임하는 마음자리를 만들자.

이 글은 지훈이 4월혁명 정신이 혼란 속에서 나뒹굴고 있을 때 혁명 주체인 대학생들에게 한 "큰일 위해 죽음을 공부하라"의 일절이다. 4월혁명을 자유와 정의의 혁명으로 파악하여 누구보다도 대학생을 격려하던 지훈이었지만 그것이 무질서화되고 소인배들의 명리로 전락

할 기미가 보이자 이처럼 간곡하게, 그러면서도 강경한 어조로 그들을 깨우쳤던 것이다. 자유와 정의의 광장을 위하여 혼자서라도 죽을 준비를 게을리 하지 말아야 한다는 지훈의 이 언명 속에는 매천과 만해의 저항정신과 순국의 얼이 들어 있는 것으로서, 그는 학생혁명을 지지하고 선도하였지만 티끌만큼의 개인적 명예를 위하는 적이 없이 오직 선생의 위치에서 격려하고 꾸짖고 했던 것이다. 대부분의 사회 지도층 인사 그리고 대학의 교수들조차도 이미 선생의 몸으로 학생 앞에 떳떳하게 나설 수 없을 만큼 당시 일당독재의 마수는 이 나라의 지성과 도덕성을 훼손시켜서 선생의 위치에서 떳떳이 설 사람이 많지 않았기 때문에 지훈의 이와 같은 꾸짖음은 더욱 빛나 보였다.

그 후 지훈은 5 · 16, 6 · 3사태, 한일협정 반대시위 등의 파도가 휘몰아치는 대학에서 여전히 떳떳한 선생의 면모를 유감없이 발휘하였다. 그래서 한때는 정치교수로 지목을 받아 곤경에 처하기도 했으나 그는 의연한 자세로 대처하여 추호도 비굴해지거나 타협하지 않았다. 지식인의 일관성, 즉 지조 있는 지식인의 태도를 지훈만큼 보여준 이가 따로 없다는 것은 이미 주지의 사실이 되어 오늘날 지훈은 우리들에게 영원한 지성의 상징이 되고 있다.

지훈은 《문장》지 추천을 받던 신인 때부터 이미 대가의 풍모를 발휘한 희귀한 시인이라고 할 수 있다. 그의 추천작품 〈승무〉는 알다시피 그가 18세 때 쓴 것인데도 소년의 솜씨라고는 도저히 믿기 어려울 만큼 완숙한 경지에 도달해 있다. 〈고풍의상〉이나 〈봉황수〉도 마찬가지이다. 이와 같이 스무 살 남짓 된 지훈은 벌써 완숙의 시경(詩境)

에 도달해 있었다. 이 점만을 두고 보아도 지훈은 예사 시인이 아니라 천재적 시인이었음이 틀림없는데, 바로 이 점이 그 후의 지훈의 시세계를 규정짓는 가장 중요한 요인이 되고 있고 또 이것은 그의 전기적 생애를 결정하는 요인도 되고 있다.

데뷔하면서부터 대가풍의 시인이었다는 말은, 이제 와서 생각해 보면 지훈을 상찬하는 말이라기보다는 비난하는 말처럼도 들리는 것은 무엇 때문인가. 아마도 그러한 까닭은 일제 말 암흑기를 지나 드디어 민족해방이 되자 지훈은 더 이상 사라져 가는 전통에 대한 향수나 선적(禪的)인 미학의 세계에 머물 수 없었다는 역사적 현실과 결부된 상황에서 찾아야 할 것 같다. 해방 조국의 광장에 선 지훈은 이제 과거의 전통이나 불교적 관조의 자세를 고집할 필요를 느끼지 않았을 것이다. 생동하는 환희의 광장, 민족의 미래가 약속된 행복한 시간에서 지훈은 보다 넓은 보편적 세계로 뛰어들어야 했다.

그러나 곧이어 일어나는 좌우투쟁과 정부수립을 전후한 혼란기는 지훈의 세계를 보다 현실 속에 묶여지게 한다. 해방이 되자 그는 목월, 두진과 더불어 시사(詩史)에 찬연하게 빛나는 시집 《청록집》을 내는 행복을 맛보았고, 그리하여 일급 서정시인의 자리에 올랐지만 해방된 조국의 혼란은 더 이상 지훈을 행복한 자리에 앉아 있지 못하게 많은 것을 요구했다. 이것은 누가 나서서 그에게 요구한 것이 아니라 민족의 요청이요, 그만큼 무언의 그리고 불가시적 요청이었다.

그리하여 그는 공산주의 문학에 대항하여 김동리, 유치환 등과 함께 청년문학가회를 조직하여 우익 문학의 가장 날카로운 이론가가 된다. 이때에 이들이 세운 민족문학의 좌표가 오늘날까지 이어지는 이른바 본격문학의 기틀이 되는 것이다.

또한 정부수립에 이어 신생 조국의 땅을 뒤흔든 6·25전쟁으로 인하여 지훈의 문학적 생애는 끝내 아름다운 서정시의 세계로 회귀하지 못하고 직면한 역사 앞에서 다시금 울부짖게 된다. 6·25가 터지자 지훈은 붉은 무리들에게 유린된 조국을 회복하고 침략자를 몰아내기 위하여 종군 문인으로 활약하게 된다. 문학 자체보다는 조국을 앞세울 수밖에 없는 당시의 상황에서 그는 신명을 다하여 투쟁하게 된다. 이 전쟁으로 인하여 그의 아버지가 납북되는 비극을 당하고, 후일 이것은 그의 가족사를 불완전하게 만든 통한의 것이 되어 그는 아버지의 생사도 모르는 채 먼저 무덤에 묻히는 불효를 저지르게 된다. 아버지가 돌아오실 날을 기다리며 그 아버지가 살았던 성북동 한식집에서 이사도 가지 않고 평생을 살던 지훈의 비극적 효심은 참으로 눈물겨운 일이 아닐 수 없는 것이다. 그가 유가적 전통이 뿌리 깊은 영남의 명문에서 태어났기 때문이 아니라, 이처럼 조국과 민족을 위하여 헌신적으로 학생혁명을 선도하는 대범함과 함께 그 이면에는 섬세한 동양 선비의 정이 항상 교차하고 있다는 이야기가 더 눈물겨운 일이다.

9·28 수복 후 국군과 유엔군이 북상할 때 평양까지 종군했던 지훈의 가슴에는 잃었던 조국과 민족 그리고 부친을 찾겠다는 비원이 서려 있었지만 그것조차 중공군 개입에 의하여 좌절돼 버렸다. 그러나 그는 그 후 시집 《풀잎단장》을 내었고 그 이듬해 1953년에는 시론집 《시의 원리》를 간행하는 열의를 보였다.

1956년에는 제 3 시집 《조지훈 시선》을 내었고 이 해에 자유문학상을 수상하였다. 1959년은 지훈의 생애 가운데 6 · 25 이래로 현실과 가장 밀착한 때로 민권수호 국민총연맹과 공명선거 전국위원회 중앙위원으로 참여하여 민주주의를 수호하려는 현실 참여를 폭넓게 했다. 이 당시의 지훈은 시인이라기보다는 지사적 면모를 더 강하게 풍겼고 한국 지성의 대변자 같은 역할을 자임하기에 이르렀다.

이때에 제 4 시집 《역사 앞에서》를 간행하여 시인 조지훈이 역사의 격랑 앞에 의연히 대처하는 면모가 유감없이 발휘되었고, 그리하여 그는 서정 시인의 범주를 벗어나서 현실 앞에 신명을 다하여 뛰어들게 된다.

이미 앞에서 말한 대로 데뷔시절부터 대가풍의 시인이었던 지훈이 서정시의 단아하고 고운 율조를 버리고 포효하듯 현실을 질타하는 지사풍의 시인으로 변모한 것은 이러한 우리가 당면한 역사와 현실이 주는 그야말로 운명적인 요청 때문에 생긴 일이었고 그것은 결과적으로 우리의 서정시사를 빈곤하게 했지만 한편으로는 우리 정신사를 풍요하게 하는 원인도 되었던 것이다.

1961년에 논설집 《지조론》을 간행한 것을 계기로 그는 민족문학 쪽으로 그 관점을 집중하여 1963년에는 고려대 민족문화연구소 초대 소장이 되어 《한국문화사대계》를 기획하면서 스스로 한국 민족운동사를 집필하게 된다. 다음해에 수상집 《돌의 미학》과 제 5 시집인 《여운》을 내었는데 이 시집은 그의 생전에 나온 마지막 시집이 된다.

《돌의 미학》이라는 표제가 풍기는 이 비정하면서도 의연한 어감을

나는 항상 지훈의 품격 그대로라고 생각한다. 지훈이 추구했던 지표, 지훈이 의식적이든 아니든 갈구했던 아름다움의 세계의 저편에 놓인 하나의 돌, 그것이 바로 이 수상집의 이름이 되었다는 생각을 지울 수 없는 것이다.

또한 마지막 시집 이름이 '여운'인 것도 참으로 의미심장하게 느껴진다. 지훈의 일생이 찬란했던 만큼 그의 시는 우리들에게 아직도 여운처럼 아슬게 맴돌고 있다. 크고도 섬세한 그의 율조가 아름답게 아직도 우리의 귓전에서 맴도는 까닭도 그가 현실에 직면하여 부딪치고 깨어지며 스스로 시의 세계에서 멀어져 간 우리 시사의 비운 때문인지도 모른다. 문득 그의 젊은 날의 작품인 〈古寺 1〉이 새삼 떠오른다. 이 작품은 흔히 불교적 관조의 세계를 읊었다고 말해지고 있는데, 나는 이 작품을 지훈의 시 가운데 가장 빛나는 서정시로 항상 애송하고 있다.

木魚를 두드리다
졸음에 겨워

고오운 상좌아이도
잠이 들었다.

부처님은 말이 없이
웃으시는데
西域 萬里길

눈부신 노을 아래

모란이 진다.

지훈의 시세계는 하나의 역행구조를 띠고 있다고도 할 수 있다. 이러한 초기 작품이 사실은 한 시인의 변모과정에서 맨 뒷부분에 있어야 할 텐데 오히려 그 반대이기 때문에 하는 말이다. 시집 《여운》에 실린 작품들이 한 시인의 시세계를 마감하는 작품이라기보다는 실험적이고 격정적인 것인 데 비하여 오히려 초기 작품들은 이토록 세계와 자아와의 미적 거리를 알맞게 유지하고 있다는 점은 놀라운 일이 아닐 수 없다.

지훈에 대한 불가사의는 이런 점에만 국한되지 않는다. 그의 《한국문화사서설》(1964) 을 비롯한 학문적인 업적들을 보면 그는 선구자적인 한국학의 대가였다는 점을 알 수 있지만, 그러나 그 많은 술을 즐기고 사회현실에 폭넓게 반응하고 강의하고 또 시를 쓰면서, 언제 어떻게 이와 같은 학술적인 논문을 썼을까 하는 의문이 쉽게 풀리지 않는다. 이 책에는 우리 문화사 전반에 대한 탁월한 논문이 실려 있어서 1960년대 당시는 물론 지금까지 대학생들의 필독서적으로 각광을 받는다.

이러한 불가사의는 목월의 지적대로 크고 섬세한 손, 즉 '섬세한 손'에서 찾을 수밖에 없을 것이다. 1968년 3월에 내가 그의 서재를 처음이자 마지막으로 찾아갔을 때 보여주던 미발표 작품을 볼 때도 깨달았지만 그는 타인 앞에서는 '크고', 혼자 있을 때는 '섬세한' 인물이었

다. 그가 보여주던 미발표 작품은 무려 대학 노트로 서너 권의 분량이었는데 획 하나 흔들리지 않는 정서(正書)로 하나하나 쓴, 그야말로 만년필 글씨 교본을 방불케 하는 것이었다. 끄적끄적 아무렇게나 쓴 원고뭉치가 아니라 노트 겉장에는 시집의 가제까지 하나씩 붙여 놓은 흡사 문학소년의 개인문집 같은 것이었다.

시와 학문, 순수와 참여, 대학과 사회를 넘나들며 그의 화려한 일생을 구가했던 것은 거대함 속에 숨어 있는 섬세함, 그리고 그 섬세한 것이 밖으로 나오면 누구도 따를 수 없는 대범한 풍격이 되는 그의 남다른 천재와 노력의 결과였던 것이다. 그의 〈연애미학서설〉이라는 수상을 보면 사랑을 도식화시켜서 논하고 있는데, 이 글은 시인이 쓴 수상문이라기보다는 기하학자가 그려 놓은 도표 같은 기분이 들 정도로 그 논리가 얄미울 정도로 정연한 것이다.

1968년 5월 17일 새벽, 그는 성북동 집에서 영원히 잠이 든다. 시인협회 회장 및 신시 60주년 기념사업회장이었던 지훈이 운명하고 나서, 그의 베개 밑에서 기념사업기금이 든 저금통장이 나왔다는 기사를 보면서, 그리고 그를 처음 찾았을 때의 그 추웠던 방을 생각하면서, 그를 추켜세우고 그를 앞장세우기만 좋아했던 이 나라 문화에 대하여 심한 노여움을 느끼던 내가, 이제 나이 마흔을 넘어 스승을 욕되게 하는 이런 글을 쓰고 있으니, 천상에 계신 스승은 마치 목어를 두드리다가 잠이 든 상좌아이를 보듯 그렇게 말없이 웃으시는가. … 지사고 논객이고 다 그만두고 그저 아름답고 눈물겨운 서정시를 쓰고 즐기며 더 오래 우리들 곁에 계셨더라면 하는 좁은 생각밖에 없는 제

자를 노여워서 꾸짖으시는가.

　1972년 남산에 지훈의 시비가 서고 몇 해 전에는 경북 영양에 또 시비가 섰으니, 지나가는 자여, 발길을 멈추게나. 여기 지훈이 문화재로서가 아니라 우리 민족의 크고도 섬세한 손으로 영원히 남아 있도다.

제 3 부

문화와 전통

현대사회와 동양사상

김인환

고려대 국문학과 명예교수

현대사회와 동양사상에 대하여 말하려면 먼저 근대와 전근대를 비교하여 설명해야 한다. 전근대란 농업사회이고 근대란 공업사회이다. 전근대와 근대는 기계가 있느냐 없느냐를 기준으로 갈라진다. 전근대는 다시 인신수취에 기반한 고대와 지대수취에 기반한 중세로 나누어지지만 지금 여기서는 전근대와 근대의 구분만 생각하고 고대와 중세는 구분하지 않기로 하는 것이 현대사회와 동양사상의 관계를 다지는데 편리하다. 근대와 현대는 어감이 다르지만 다같이 '모던'이란 말의 번역이란 점에서 구별하지 않고 쓰기로 한다. 전근대와 구별되는 생산양식을 말할 때는 근대를 사용하고 전근대와 구별되는 사회현상 일반에 대하여 언급할 때는 현대를 사용하기로 하겠다. 서양에서는 16

세기의 종교개혁과 17세기의 과학혁명을 겪고 난 이후의 사상을 근대사상이라고 한다. 그렇게 본다면 불교와 유학은 전근대 사상이라고 해야 할 것이다. 나는 이 글에서 간단하게나마 현대사회에 통할 수 있는 동양사상의 의미를 탐색해 보고자 한다. 그러므로 여기서 말하는 동양사상은 전근대 동양사상이 아니라 현대 동양사상이다.

1. 시조와 현대시

근대와 전근대의 특징을 비교하기 위하여 들 수 있는 예 가운데 손쉬운 것의 하나가 시조와 현대시이다. 시조는 네 음보의 율격으로 되어 있는 정형시이다. 시조의 운율은 한국어의 성격과 완전히 일치하므로 한국인이 생각 없이 하는 말은 대체로 시조의 율격을 따르게 된다. 음보에 강약을 배치하면 시조의 음보는

　약　강　약　강
　약　강　약　강
　강　약　강　약

으로 나타난다. 앞 두 행과 마지막 행의 강약배치가 반대가 되어 저절로 마무리를 나타내도록 구성되는 것이다. 운이 없으면서 음보 자체로 마무리를 나타내는 시 형식은 세계에서 시조가 유일하다.

동짓달 기나긴 밤을 한허리를 버혀내어
춘풍 이불 아래 서리서리 넣었다가
얼온 님 오신 날 밤이어드란 굽이굽이 펴리라.

마지막 행의 둘째 음보의 음절수가 한 음보인지 두 음보인지 가늠하기 어려울 정도로 늘어져 있는 것도 시조 형식의 특징이다.

시조에 비하여 현대시의 음보는 배후의 유령이 되어서 분명하게 드러나지 않으나 통계상으로 본다면 세 음보와 네 음보가 섞여 있는 혼합음보가 주류를 이루고 있다고 할 수 있다. 비유도 시조가 유사성의 비유를 쓴다면 현대시는 상호작용의 비유를 지어내려고 한다.

잔치는 끝났드라. 마지막 앉아서 국밥들을 마시고
빠알간 불 사루고,
재를 남기고,

포장을 거드면 저무는 하늘.
일어서서 주인에게 인사를 하자

결국은 조끔씩 취해가지고
우리 모두다 돌아가는 사람들.

모가지여
모가지여
모가지여
모가지여

멀리 서 있는 바닷물에선
亂打하여 떨어지는 나의 종소리.

—〈행진곡〉

2. 전근대와 근대

시조와 현대시의 차이는 바로 전근대와 근대의 차이를 가리킨다. 전
근대는 가난하지만 안정된 사회였다. 토지와 기술이 고정되어 있고
인구와 조세가 증가하면 생산능률은 끝없이 낮아지게 된다. 그러나
지주제는 소출을 반씩 나눔으로써 위험을 공유하는 일종의 사회적 약
속으로서 고대적 인신수취보다는 지주와 소작인 양측의 합의를 전제
한 제도라고 볼 수 있고 군주제 또한 현실의 군주는 대체로 보잘것없
는 인물이었지만 성군에 대한 희망을 말살할 정도로 착취적인 제도는
아니었다. 중국은 사치로 망하고 한국은 절약으로 망할 것이라고 한
박제가의 말로 미루어 한국의 군주제는 절제와 절검만은 실천했다고
볼 수 있다.

　그러나 현대사회는 중공업 중심의 사회로서 공장 하나를 세우는 데
10조 이상의 돈이 들어가므로 그 규모로 볼 때 전근대와는 비교할 수
없을 정도로 큰 사회이다. 기술혁신이 가능하기 때문에 인구가 늘고
조세가 증가해도 생산능률은 계속해서 높아지는 것이 현대사회의 특
징이다. 문제는 현대가 중공업 중심의 사회라 하더라도 중공업만 혼
자서는 재생산을 계속할 수 없고 반드시 중공업과 경공업이 기계와

돈을 주고받으며 공존해야 재생산이 가능하다는 데 있다. 중공업은 노동력과 기계로 생산재를 생산하고 경공업은 노동력과 기계로 소비재를 생산한다. 중공업 즉 생산재 생산부문은 경공업에 기계를 팔고 경공업 즉 소비재 생산부문은 중공업에 돈을 갚는다. 그렇다면 중공업의 임금과 부가가치는 중공업이 기계를 팔아 경공업으로부터 받은 화폐의 액수와 일치되어야 한다. 중공업에게는 그 이외에 돈이 들어올 길이 없기 때문이다. 그러나 기술수준이 끊임없이 바뀌고 있기 때문에 중공업과 경공업이 기계와 돈을 균형 있게 주고받으며 공존하기는 대단히 어렵다. 경공업에 호황이 오면 기계에 대한 수요가 필요 이상으로 늘어나고 경공업에 불황이 오면 기계에 대한 수요가 필요 이하로 줄어든다. 옷이 좀 더 팔리고 덜 팔리는 것은 큰 문제가 안 되지만 과잉생산해 놓은 기계가 안 팔리면 그 엄청난 투자액 때문에 사회전체가 장기침체를 겪게 된다. 물론 장기침체는 기술혁신을 못한 기업과 생산성이 낮은 노동력을 도태시킴으로써 경제구조를 더욱 강하게 하는 효과를 가지고 있다. 그러나 모든 사람이 부도와 실직의 위험 속에서 살아야 한다는 것이 현대사회의 특징이다.

그러므로 현대사회에 가장 중요한 두 가지 계수를 든다면 하나는 자본-노동 비율이고 다른 하나는 노동생산능률이다. 자본-노동 비율은 자본장비율이라고도 하는 것으로 노동자 한 사람이 사용하는 기계의 양이다. 노동자들만이 아니라 우리가 사용하는 기계의 양도 증가하고 있다. 일용할 양식만이 아니라 일용할 기계가 필요한 시대인 것이다. 노동생산능률은 생산량을 노동자의 수로 나눈 것으로서 공부에 비교한다면 영어책을 하루 50페이지 읽다가 100페이지 읽게 되었다면

능률이 두 배로 늘어난 것이 된다. 현대사회에서 노동-자본 비율과 노동생산능률의 경쟁에서 자유로운 사람은 없다.

3. 시장형 인간과 마케팅 사회

생산의 경쟁에 그치지 않고 생산이 판매과정의 일부로 편입될 때 우리는 그 사회를 마케팅 사회라고 부른다. 그것은 모든 사람이 세일즈맨이 되는 사회이다. 퍼블릭 릴레이션을 줄여서 PR이라고 하는데 흔히 피할 것은 피하고 알릴 것은 알리는 것이라고 설명한다. 마케팅 사회는 자기를 판매하는 사회이다. 마케팅 사회의 전형적인 인간형을 시장형 인간, 저장형 인간, 착취형 인간으로 분류한다.

　시장형 인간이란 상품처럼 인기를 얻으려 하는 인간형으로서 모두에게 좋게 보이지만 실제로는 내용이 없는 인간형이다. 인기 배우, 인기 교수 같은 사람들이다. 모든 남자의 연인인 여배우가 결혼만 하면 이혼하는 것이 한 예가 된다. 텔레비전 광고를 보고 사 먹어봐서 맛있는 음식은 별로 없다. 저장형 인간은 모든 것을 저장하기만 하고 닳을까 두려워 사용하지 않는 인간형이다. 여자도 잘 꾸며 놓고 나가지 못하게 하거나 책을 사도 표지를 예쁘게 해 놓고 읽지는 않는다. 착취형은 무엇이든 빼앗고 훔치고 하기를 즐기는 인간형이다. 책도 훔친 것을 즐겨 읽고 여자도 쉽게 만나면 재미를 못 느끼고 친구의 애인을 빼앗거나 해야 기쁨을 느낀다. 불륜이나 도착을 즐기는 것도 이런 사람들의 연애 방식이다.

고든 툴록은 《경제학의 신세계》에서 시장형 인간의 논리를 명확하게 보여 주었다. 그에 의하면 섹스의 수요량은 가격의 함수이다. 합리적인 인간이라면 한계수익과 한계비용이 같아지는 점까지 섹스를 소비할 것이기 때문에 상대가격의 변화에 따라 아이스크림이 섹스를 대체할 수도 있다는 것이다. 섹스를 비용이 수반되는 교환과정으로 여기는 사람이 실제로 있을지도 모른다. 그러나 시대의 퇴폐를 합리화하는 것은 이데올로기이지 과학이 아니다. 무엇보다도 툴록은 부분에 해당되는 사태를 전체에 적용하고 있다. "인간의 어떤 행동은 교환에 연관되어 있다"는 문장을 "인간의 모든 행동은 교환에 연관되어 있다"는 문장으로 바꾸어 경제적 교환관계가 아닌 인간의 상호관계에까지 교환의 개념을 적용하고 있는 것이다.

4. 마음과 기질의 병

시장형 인간의 논리를 벗어나 사람다움을 살려내려면 어떻게 해야 할까? 먼저 정직과 관대라는 보편도덕을 회복해야 한다. 진화론의 관점에서 볼 때 인간은 돌연변이에 의하여 발육이 부진하게 된 특수한 종류의 원숭이다. 발육이 부진한 새끼를 낳은 어미는 어쩔 수 없이 새끼 곁에 붙어서 새끼를 돌보게 되었고 수컷은 어미의 먹이를 마련하게 되었다. 암컷은 새끼를 돌보고 수컷은 먹이를 마련하면서 가족이 형성되었고 근친상간이 금지되었다. 상대를 가리지 않는 성행위는 누가 누구의 누이이고 누나인지를 알 수 없게 하기 때문이다. 인간에게 가족형성과 도덕형성과 언어발생은 동시에 시작하였다. 가족형성은 가족과 가족이 여자를 교환하는 규칙을 만들었고 그 규칙은 가족끼리는 서로 잡아먹지 말자는 규칙으로 확대되었다. 아버지-어머니-나의 삼각형은 1인칭-2인칭-3인칭의 인칭과 I/Me의 격을 분화시켰다. 2백만 년 전에 형성된 이 기본도덕을 우리는 신석기 도덕이라고 부를 수 있다. 2백만 년이라면 객관성을 인정할 만큼 오랜 세월이라고 할 수 있다. 정직과 관대라는 신석기 도덕을 담당하는 사람은 아버지인데 이 아버지의 이름이 아이의 머릿속에 너무 딱딱하게 입력되어 아이의 마음을 억압하면 신경증이 되고 아버지의 이름이 아이의 머릿속에서 아예 배제되면 정신병이 된다. 기본도덕을 배제하지 않으면서 기본도덕이 억압적으로 딱딱해지지 않도록 하는 방법을 찾아야 한다.

신경증은 의존심과 적대감으로 나타난다. 심층에는 의존심이 있고 표층에는 적대감이 있다. 신경증 환자는 누구나 예외 없이 강한 적대감에 사로잡혀 있다. 꿈에도 독사나 맹수가 자주 나온다. 그러나 치료가 되면 뱀인 줄 알았는데 자세히 보니 밧줄이더라고 이야기하게 된다. 적대감이 완화된 것이다. 의존심과 적대감은 동일한 것이다. 의존하려는데 받아주지 않으니까 미워하게 되는 것이기 때문이다. 의존심과 적대감의 표현양식은 너무나 다양해서 분류가 곤란하다. 아무에게도 의논하지 않고 매사를 혼자서 처리하는 사람은 자율적인 사람이 아니라 적대감이 투사(project) 되는 대신에 내사(introject) 되어 사랑받기를 스스로 포기한 사람이다. 인간에 대한 의존보다 물건에 대한 의존이 더 무섭다. 알코올 중독은 알코올 중독 환자를 고치고 나면 의사가 알코올 중독에 걸린다는 농담이 있을 정도로 무서운 병이다.

이퇴계는 신경증을 마음과 기질의 병이라고 하고 이치를 살피는 데 투철하지 못하여 생기는 병이라고 하였다(心氣之患 正緣察理未透). 이퇴계는 신경증을 고치는 데에는 산수어조지락(山水魚鳥之樂)이 필요하다고 하였다. 일중독에서 해방되어야 한다는 뜻일 것이다. 책을 보더라도 한꺼번에 많이 보려고 하지 말고 집착과 방심을 피하어(着意非着意之中) 내용이 저절로 녹아들 때까지(自然融會) 기다려야 한다고 권유하였다. 말을 잘해서 온 세상 사람들의 입을 막을 수 있다 하더라도 천만 년 뒤에 성인이 나와 나의 티와 흠을 지적하지 않는다고 어찌 보장할 것이냐(擧天下之人 不能抗其是非者 千萬世之下 安知不有 聖賢者出 指出我瑕隙 覷破我隱病乎)라는 말을 들으면 천만 년 뒤를 생각하고 공부한 퇴계의 자세에 옷깃을 여미게 된다. 퇴계에게 노이로제를 피하는 방법은 기본도덕을 지키는 것 이외에 다른 것이 아니었다. 뜻을 겸손하게 하고 말을 조심해서 하며 정의에 복종하고 선을 따르며 한때 한 사람의 계교를 이기려고 꾀하지 않는 여유(遜志察言 服義從善 不敢爲一時蘄勝一人計也)가 마음과 기질의 병을 막아 준다는 것이다.

5. 음양허실

동양사상의 심오한 내용을 알기는 어렵지만 동양사상의 핵심이 음양허실이란 네 글자에 있다는 것은 분명하다. 음이 실하면 사하고 음이 허하면 보하여 음과 양의 균형을 유지하는 것이 중요하다는 것이다.

음도 중요하고 양도 중요하다는 말을 불교에서는 공즉시색(空卽是色)이라고 한다. 공은 파괴되지 않는 불생멸이고 색은 파괴되는 생멸이다. 생멸도 중요하고 불생멸도 중요하다는 의미를 중생이 부처라는 말로도 나타낸다. 중생과 부처는 다르지만 중생을 만나면 중생 잘 되라고 기도하고 부처를 만나면 부처 잘 되라고 기도하는 내 마음에는 중생이나 부처나 똑같이 중요한 사람이라는 것이다. 조지훈 선생은 민주당 좌파라고 주장하신 적이 있었다. 막걸리를 마시니 민주당이고 앉아서 마시니 좌파라는 것이 그 이유였지만 사실은 좌파를 만나면 좌파 잘 되라고 하고 우파를 만나면 우파 잘 되라고 하는 마음을 그렇게 표현하신 것일 것이다. 자본-노동 비율은 우파-좌파 비율로 확대 해석할 수도 있다. 어느 사회건 공장이 있고 노동자가 있는 한 우파와 좌파가 있을 것이다. 우파가 좌파를 탄압하거나 좌파가 우파를 탄압하면 탄압받는 사람들은 지하로 들어가 게릴라가 된다. 음도 중요하고 양도 중요하다는 음양허실은 좌우동거(cohabitation)의 바탕이 될 수 있을 것이다. 내가 보기에 한국 정치는 특정한 정치가가 잘 해서가 아니라 백성들이 음양허실에 따라서 가난할 때는 산업화를 보하고 중공업이 자리를 잡은 후에는 민주화를 보하여 이만큼 성장한 것이다. 한국으로 보면 21세기 전반기가 끝나기 전에 좋건 싫건 통일이 될 것이고 지구 단위로 보면 21세기 말에는 기술혁신으로 인해서 인류의 80%가 직업을 갖지 못하는 시대가 올 것이다. 몇 개의 선진 도시를 거대한 슬럼이 포위하는 시대에 그 슬럼 속에서 로마 말기에 노예들 가운데서 기독교가 탄생했듯이 새로운 생활양식이 탄생할 것이다. 나는 한국인이 음양허실을 통해서 새로운 문명의 탄생에 기여하기를 희망하고 있다.

사람이 크게 기뻐하면 양으로 치우치게 되며 크게 노하면 음으로 치우
치게 된다. 음이나 양으로 치우쳐지면 사철이 제대로 오지 않고 추위
와 더위의 조화가 이루어지지 않는다. 음과 양이 어긋나면 사람들의
몸을 상하게 하고 사람들로 하여금 기쁨과 노여움의 도를 잃게 하고
사는 곳이 일정하지 않게 하고 제대로 생각하지 못하게 하고 도에 알
맞은 조화를 이루지 못하게 한다.
— 《장자》 외편 〈재유〉

장자는 음양의 어느 하나가 실하거나 허한 상태를 음양의 엇갈[陰
陽錯行]이라 하였는데 이것은 곧 무협소설에 나오는 주화입마(走火
入魔)이다. 동양의학에서는 허리 아래가 따뜻하고 허리 위가 서늘한
수승화강(水昇火降)을 정상으로 치는데 이것은 곧 주역의 수화기제
이다. 불이 아래 있고 물이 위에 있어야 불이 물을 데우지 거꾸로 되
면 불과 물이 상호작용을 할 수 없게 된다. 불이 위로 올라가는 것을
상기라고 하는데 술을 먹어 얼굴이 붉어지는 것도 정상으로 보지는
않는다. 술을 마시다 상기가 심해지면 울고 싸우고 하다가 기절한다.
음양허실이 실제로 존재하는 것인가에 대해서는 확실하게 말하기 어
려우나 동양 사람들이 수천 년 동안 음양허실을 전제하고 생활하였다
는 것은 의심의 여지가 없는 사실이다. 동양의학은 지금도 음양허실
에 근거하여 병증을 잡고 약을 쓰고 침을 놓는다.
　화를 많이 내면 간이 상하고 생각을 많이 하면 비가 상하고 근심을
많이 하면 폐가 상하고 많이 두려워하면 신이 상하고 많이 놀라면 담
이 상한다.

사람의 얼굴은 성나면 파래지고 기쁘면 붉어지고 겁나면 검어지고 애쓰면 희어지고 걱정하면 노래진다.

혀는 심장에 통하고 코는 폐에 통하고 입은 비에 통하고 눈은 간에 통하고 귀는 신에 통한다.

간이 나쁘면 눈이 보이지 않고 신이 나쁘면 귀가 들리지 않는다.

쓴맛은 심장에 통하고 매운 맛은 폐에 통하고 단맛은 비장에 통하고 신맛은 간에 통하고 짠맛은 신장에 통한다.

뜨거운 것은 심에 속하고 차가운 것은 신에 속하고 건조한 것은 폐에 속하고 축축한 것은 비에 속한다. 그러므로 공기가 지나치게 건조하면 폐가 상하고 습기가 지나치게 많으면 비만이 된다.

신이 허하면 겁이 많아지고 폐와 비가 허하면 우울과 비관이 늘어나며 신과 간이 허하면 무서워하게 되고 간과 폐가 허하면 피해망상이 생긴다.

간이 실하면 질투하고 신이 실하면 교만하고 심이 실하면 흥분하고 비가 실하면 욕심스럽고 간과 신이 실하면 싸우려 든다.

김인환
고려대 국문학과 명예교수, 지훈상 제2기 운영위원장

사라지는 동해안굿을 지켜보면서

박경신

울산대 교수

동해안 무가(巫歌) 자료를 정리하기 시작한 것이 1990년 가을부터였으니 어언 20년의 세월이 지났다. 시간이 흘러간 것을 별로 의식하지 않고 지냈는데 새삼스레 헤아려보니 벌써 그렇게 되었다. 그 사이 이 런저런 다른 연구뿐만 아니라 학교나 학회 일도 맡아서 하기도 했지만 그래도 지난 20년 동안 마음속으로는 내가 해야 할 가장 중요한 일이 학생을 가르치는 일과 연구라는 것을 잊은 적은 없었다. 그 가운데에 서도 동해안 무가 자료를 정리하는 일은 내게 맡겨진 가장 중요한 연구 과제라고 여겨왔고 나름대로는 제대로 해보고 싶어서 마음고생도 더러 하고 부지런을 떨어보기도 했다. 다행히도 성과가 전혀 없지는 않아서 작은 보람을 얻기도 했고 더러는 분에 넘치는 격려를 받기도 했다.

나는 문학 연구자이다. 내가 정리하는 무가 자료는 어디까지나 문학 연구를 위한 기초자료로 사용될 것을 기본 목적으로 정리한 것이다. 무가의 구연자가 무당이고, 무가는 무속의례 현장에서 불리는 노래이기 때문에 무당이나 무속과 완전히 독립된 것일 수는 없다. 그러나 나는 그것을 문학, 그것도 구비문학의 입장에서 정리하려고 하며 언제나 그런 자세를 견지하고 있다. 무당이나 무속 연구자들도 이용할 수 있는 자료가 될 수도 있겠지만 그것이 내가 무가 자료를 정리하는 기본 목적은 아니다.

연구자가 어떤 목적을 가지고 정리하느냐에 따라 자료정리의 방법은 얼마든지 달라질 수 있다고 본다. 나는 무가를 구비시라고 보는 문학 연구자이고 그런 관점에서 내게 편리한 방법으로 자료를 정리한다. 무가가 '살아있는' 구비시라는 점을 중요시하고 그런 관점을 잘 드러낼 수 있도록 하기 위해 현장상황에 특별한 관심을 쏟는다. 그래서 기존의 자료집들에서는 전혀 주의를 기울이지 않았던 잡다한 상황들도 모두 포함시키려 한다. 그런 것들이 내게는 매우 소중한 정보이기 때문에 버릴 수가 없는 것이다.

무가 자료를 정리한다는 것은 나 같은 어리석은 사람이나 하는 일이라는 것을 부인하지는 않는다. 특히나 내가 하는 방법으로 정리하는 것은 더욱 그렇다. 시간도 많이 걸리고 여간 고된 작업이 아니다. 부지런히 한다고 해서 크게 빛을 볼 수 있는 분야가 아닌 것도 거의 확실하다. 요즈음 같은 시대에 무가라는 것이 어울릴 리도 없고 이러한 사정은 앞으로도 나아지지는 않을 것이다. 그러니 세상 사람들이 별반 관심거리로 삼지도 않는 것이 당연한 일일 것이다.

사정이 이러함에도 불구하고 무거운 장비들을 들고 굿판을 기웃거리고 그 녹음자료들을 채록하느라고 녹음기와 씨름을 계속한다. 채록을 위해 하루 10여 시간씩을 테이프를 듣는 일을 반복하노라면 귀가 멍멍해져서 남과 대화하는 것조차 불편할 때도 있다.

동해안 무가는 타악기 반주만으로 되어 있고 특히 꽹과리는 소리가 너무 높고 빨라서 채록작업을 중단하고 리시버를 귀에서 떼어도 그 소리가 귀에서 쉽게 떠나지 않는 경우가 많다. 그럴 때는 한참동안 남이 하는 이야기가 제대로 들리지 않는다. 그런데도 그런 어리석은 짓을 반복하고 있는 것을 보면 나도 어지간히 덜떨어진 사람임에는 틀림없다고 할 것이다.

그러나 어쩌랴! 내가 좋아서 하는 짓이고 남들이 같이하려고 하지 않으니 혼자서라도 할 수밖에 없는 일인 것을.

사실 나도 처음부터 이렇게 오래 할 계획으로 이 일을 시작한 것은 아니었다. 하다 보니까 점점 이 일에 푹 빠지게 되었다고 해야 할지도 모르겠다. 내가 처음 관심을 가진 것은 경기도 무가였다. 서울에서 학교를 다녔기 때문에 자연스럽게 경기도 굿을 접할 기회가 먼저 주어졌던 셈이다. 은사님의 지도로 경기도 안성지역에서 유능한 무당 한 사람을 찾아 그가 보유한 전 자료를 채록하고 정리해서 《안성무가》라는 책으로 간행하였다. 그리고 그것을 자료로 해서 박사학위논문을 썼다. 무가 자료를 전문적으로 채록하고 정리하는 학자가 거의 없던 때라 그 나름대로 희소가치는 있었던 셈이다. 그것이 인연이 되어 울산대학교로 오게 되었고 동해안 굿을 접하게 되었다. 울산은 동해안 무업권(巫業圈)의 중심지역 가운데 하나이고 지금도 굿을 하는 마을이 상당수 남아 있다. 이러한 지역적 특성 때문에 울산대학교 국어국문학과에서는 1987년에 진행되었던 울산시 동구 일산동의 별신굿을 녹음했고 그 자료를 채록 정리할 사람을 구하는 상황이었다. 나의 동해안 굿 정리작업은 이렇게 시작되었다. 지금도 사정이 크게 나아진 것이 없지만, 그때까지만 해도 하나의 굿을 처음부터 끝까지 입체적으로 정리하고 그것을 철저하게 주석한 자료집이 제주도를 제외하고는 거의 없는 상태였다. 나는 전혀 새로운 방법으로 자료를 정리하기 시작했고 3년의 노력 끝에 《동해안 별신굿 무가》 5권을 펴낼 수 있었다. 그러나 이 5권의 책이 나를 만족시키지는 못했다. 애초에 이 자료는 내가 직접 녹음한 것들이 아닌 데다가 자료의 녹음방법이 내 생각과는 잘 맞지 않는 부분도 있었기 때문이다.

나는 애초부터 동해안 마을굿의 시작에서 끝까지의 모든 과정을 하나의 가감도 없이 자연상태 그대로를 활자화하기를 원했다. 그래야 온전한 무가의 모습을 살아있는 상태 그대로 보여줄 수 있다고 생각했기 때문이다. 게다가 기존의 무가 자료집들이 사설 중심, 그것도 서사무가 중심으로 정리되었다는 점도 불만스러웠다. 자연상태에서 얻어진 것이 아니라 특정 제보자를 마이크 앞에 앉혀 놓고 인공적 상태에서 사설을 구연하게 하고 그것을 정리하였다는 것은 더 큰 불만이었다. 현장감이 그대로 살아 있는 자료. 그것이 내가 만들고 싶은 자료집이었다. 무가가 구비문학의 자료인 것은 틀림없고 그것은 굿의 현장에서 연행되었을 때에야 생명을 가진다. 인공상태에서 구연한 자료는 이미 현장성을 상실한 자료이고 그것은 온전한 생명력을 가질 수 없다고 보는 것이 나의 기본적인 생각이었다. 그래서 나는 기존의 연구자들이 별다른 의미를 두지 않았던 구연 현장의 모든 정보가 다 소중한 의미를 가진다고 생각했다.

이것은 무가 자료가 단순히 무당 한 사람의 창작물이 아니라 굿을 둘러싼 모든 사람들과 그들을 둘러싼 다양한 상황들의 복합체라고 생각했던 것이다. 그래서 나는 무당이 구연하는 사설뿐만 아니라 잽이가 하는 만수받이에도 관심을 가졌다. 심지어는 관중들이 흥이 나서 외치는 하나의 탄성까지도 중요한 의미를 부여하고 싶었다. 구연자의 매너리즘에 대해 지나치는 말처럼 내뱉는 관중의 불만 한 마디도 다 나름대로 의미가 있다고 보았다. 굿판을 감싸고 있는 모든 정보는 다 의미 있는 것이고 그래서 그것들은 다 활자화할 가치가 충분하다고 생각했던 것이다.

그러나 《동해안 별신굿 무가》에 실은 자료들은 이런 점에서는 불만족스러운 부분이 있었다. 사설이 끝나고 나서 이어진 무당굿놀이 등은 무가 자료가 아니라고 판단해서 그랬는지 중간에서 채록이 중단된 경우도 있었고 마을굿에 대한 기본 정보도 충분하지 못한 상태였다. 그래서 나는 1991년에 같은 마을에서 진행된 마을굿의 전 과정을 다시금 조사하고, 녹음하고, 정리해서 1999년에 《한국의 별신굿 무가》라는 12권의 자료집을 간행하게 되었다. 한 번 하는 굿이 얼마나 길기에 12권씩이나 되는 자료집이 되느냐고 할 수도 있겠지만 며칠간 이루어지는 굿의 전 과정을 빠짐없이 정리하고 거기에 정밀한 주석을 가하면 그 정도 분량이 족히 된다. 이 자료를 정리하는 데 여러 해가 걸린 것은 이 때문이다.

《동해안 별신굿 무가》를 간행함으로써 동해안 굿에 대한 내 마음의 부담은 어느 정도 덜 수 있었다. 만족스럽다고까지 할 수야 없겠지만 그래도 일단 바람직하다고 믿었던 방법을 모두 시도해 보았고, 의도했던 수준과 근접한 자료집을 만들 수는 있었기 때문이었다. 그래서 이제는 동해안 무가에 대해서는 또 다른 연구자가 나와서 더 나은 자료집을 만들고 새로운 연구를 덧보태어 주기를 은근히 기대했다. 어차피 동해안 마을들에서 행해지는 모든 굿들을 혼자서 정리한다는 것은 물리적으로 불가능하고 각 지역의 자료들은 해당지역의 전문가들이 정리하는 것이 더 바람직하다는 생각도 했다.

그런데 이 《동해안 별신굿 무가》가 2001년에 제정된 제 1회 지훈상의 국학부문 수상작이 됨으로써 사정이 달라졌다. 마음의 짐이 하나 늘어나게 되었던 것이다. 혼자 좋아서 하던 일이 이제는 혼자만의 일로 끝날 수 없게 된 셈이다. 그래서 망설이던 동해안 오구굿 무가 자료를 정리하기로 결심하게 되었고 그 결과물이 작년에 간행한 《동해안 오구굿 무가》 10권이다. 동해안 굿은 무형문화재 제 82-가호로 지정되어 있는데 그 명칭은 〈동해안 풍어제 및 오구굿〉이다. 풍어제라고 한 것이 마을 단위로 이루어지는 이른바 별신굿이다. 그러니 동해안 무가는 크게 별신굿 무가와 오구굿 무가가 있는 셈이니 이제 비로소 별신굿과 오구굿 무가 자료가 제대로 구색을 갖춘 셈이다. 그러니 결국 동해안 오구굿 무가자료집은 지훈상이 없었더라면 아직 빛을 보지 못했을지도 모를 일이다.

이제는 동해안 굿판에 가는 것이 내게 그다지 즐거운 일이 아니다. 그래서 요즈음은 어쩌다가 굿판에 나가는 것이 문득 두려워지기도 한다. 오랜 세월 동안 민중들과 그 애환을 같이 했던 유서 깊은 하나의 예술품이 사위어가는 짚불처럼 그 생명력을 상실해가는 마지막 몸부림을 지켜보아야 한다는 것은 괴로운 일이다. 지나간 10여 년 사이에 이금옥, 김석출, 송동숙, 김미향, 제갈태오, 정채란이 유명을 달리하였다. 최근에는 김유선마저 세상을 떠났다. 이들은 한 시대를 풍미하던 뛰어난 예술가들이었음을 부인할 수 없다. 민중들의 아픔을 달래주고 기쁨을 같이하던 명실 공히 동해안 굿판의 걸출한 스타들이었다. 그러나 이들을 대신할 후계자들은 더 이상 나타나지 않는다. 세습무라는 이들 집단의 특성상 자신들의 집안에서 후손들이 그 업을 이어받아야 하지만 오늘날 이 집단의 후손들은 무업을 계승하지 않는다. 완전히 그 전승이 단절될 위기에 직면한 것이다. 현재 기능보유자로 지정된 김영희와 김용택의 세대가 끝나면 이제 더 이상 이들 김씨 집안 세습무 집단이 전승하는 제대로 된 동해안 굿을 보는 것은 불가능할 것이다. 경기도 지역의 세습무의 굿이 20세기에 사라진 그 길을 이 동해안 굿이 지금 그대로 밟아가고 있는 셈이다. 우리 세대는 제대로 된 이 동해안 굿을 본 마지막 세대가 될 것이 거의 틀림없다. 그리고 먼 훗날 우리 후손들은 우리가 그러는 것처럼 사라진 민족문화사의 한 자락을 아쉬워하면서 오늘의 우리가 그것을 전승시키는 역할을 충실히 하지 못했다고 질책할지도 모른다. 그때 지훈상이 끼친 작은 영향이 후손들의 그 질책을 조금이나마 감쇄시킬 수 있다면, 그래서 그것이 우리 모두의 작은 위안이 될 수 있다면 그나마 다행한 일이 될 수 있을 것이다.

박경신
울산대 교수, 제1회 지훈국학상 수상자, 수상작품: 《한국의 별신굿 무가》 전 12권(국학자료원, 1999),
대표작: 《東海岸 별신굿 巫歌》 등.

가야사를 연구한다는 것

김 태 식

홍익대 교수

1.

대학원 시절에 가야사(加耶史)를 연구한다고 공언한 지 어느덧 30년
이 넘었다. 무엇인가를 연구한다는 것이 어떤 의미를 지니는가에 대
해서는 연구를 시작하기 전에 곰곰이 고민해 보아야 하는 것인데, 현
실세계에서는 그렇지 않은 경우가 더 많다. 누구나 무엇을 시작할 때
는 단순한 느낌과 치기(稚氣)로 시작하는 경우가 대부분이 아닐까? 그
래서 지금이라도 가야사를 연구한다는 것의 의미를 생각해보고 싶다.

가야사는 한국 고대사의 아주 작은 하나의 분야에 지나지 않는다.
한국 고대사는 다른 시대사에 비하여 사료가 적은 것이 특징인데, 가
야사는 고대사 중에서도 가장 사료가 적은 분야에 속한다. 기초적인

한문만 읽을 수 있다면 《三國史記》와 《三國遺事》에 나오는 가야사 관련 사료를 검토하는 데 한 달도 걸리지 않을 정도이다. 그에 관련된 연구사도 빈약하였다. 그래서 한때는 사학을 전공하지 않을 사람들에 의한 손쉬운 석사학위 논문 제목으로 '가야사'가 악용되던 시절도 있었다. 즉 가야사는 쓰기 쉽지만 성과를 내기 어렵다.

그럼에도 불구하고 가야사를 연구하기로 마음먹은 것은 어떤 인연의 이끌림 때문이다. 1970년대 후반 학부 3학년 시절에 외출했다가 들어오니 아버지와 친구 분이 안방에서 약주를 드시고 계셨다. 아버지의 친구 분은 작은 중소기업을 운영하고 계시던 분이다. 그래서 방에 들어가서 인사하고 빨리 나오려고 하였다. 방에 들어가 보니 약주가 여러 순배 돌았는지 두 분 다 얼큰한 상태셨다. 얼른 약주를 한 잔 따라드리고 무릎 꿇고 앉아 잠시 기다리고 있었다.

그 친구 분은 뜻밖의 말씀을 하셨다. 요즘 국제적인 경제 위기 상황에서 일본은 잘 대처하고 있는 데 비하여 한국은 형편없이 못하고 있다고 하셨다. 자네는 국사학과 학생이니까 잘 알겠지만, 우리나라는 항상 그런 식이니까 옛날에도 일본 여자인 신공왕후(神功王后)에게 정복을 당하여 수백 년간 종살이를 하지 않았겠느냐고 반문하셨다. 그런데 이런 이야기는 처음 듣는 내용이었다. 그동안 학교에서 배운 바에 비추어 볼 때 그것이 사실일 리는 없다고 생각했지만, 그보다는 아버지 세대의 어른들이 그런 열등감 속에 살고 계시다는 것이 놀라웠다.

그때 무슨 대답을 했는지 기억이 나지 않는다. 금방 자리에서 일어나 나오기는 했지만, 그 패배주의적인 느낌은 상당히 오랫동안 남아 있었다. 그 후에 몇몇 문헌을 찾아보니, '임나일본부설'(任那日本府說)이라는 것이 있었다. 고대 일본이 가야 지역을 수백 년간 다스리고 그곳에 통치기관을 두었는데 그것이 임나일본부라는 것이었다. 물론 우리나라의 선배 학자들은 모두 그것이 사실이 아니라고 부인하였으나, 그 이유는 《일본서기》(日本書紀)라는 일본의 역사책이 왜곡되었기 때문이라는 단순 부정에 지나지 않았다.

대학원 시절에 가야사를 연구하겠다고 마음먹은 것은 그때의 충격 때문이었던 듯하다. 당시에는 한창 경남 지역에 대한 고고학적 발굴이 많았고, 특히 가야 고분들에 대한 보도가 나올 때마다 가야 문화를 재평가해야 한다는 언급들이 이어졌다. 그런 경험 속에서 앞으로 가야사를 연구하려면 《삼국사기》와 《삼국유사》뿐만 아니라 고고학 자료와 《일본서기》를 함께 연구해야 한다는 방법론이 체득되었다. 남은 것은 힘겨운 노력뿐이었다. 가야 고고학 자료의 해석은 유물 각자의 편년뿐만 아니라 문화권의 획정까지 많은 문제점을 내포하고 있었다. 《일본서기》의 사료적 문제를 알기 위해서 일본어 공부에 이어 100년 넘는 일본측의 임나일본부설 관련 연구사를 모두 검토해야 하였다.

그로부터 30년이 지난 지금, 이제 가야사는 많은 학자들의 연구 덕분에 어느 정도 자리를 잡았다. 가야사나 가야고고학의 이름으로 박사학위를 받은 사람이 족히 20명은 넘는 듯하다. 가야사의 체제는 조선 후기 실학 이래의 '6가야연맹설'을 벗어나 4세기 이전 금관가야(金官加耶) 중심의 '전기 가야'(前期 加耶), 5세기 이후 '대가야'(大加耶) 중심의 '후기 가야'(後期 加耶)라는 틀로 재구성되었다. 1995년 이후

중고등학교 국사 교과서에도 상당한 분량이 '가야'의 이름 아래 서술되고, '임나'(任那)는 몰라도 '가야'를 모르는 사람은 거의 없게 된 듯하다. 이런 점은 보람이 아닐 수 없다. 그러나 가야사 연구에는 아직 어두운 그늘이 많이 남아 있다.

2.

왜의 임나 지배 관념에 사로잡힌 전형적인 임나일본부설은 이제 퇴조하는 추세이지만, 그를 대체할 만한 설이 분분하여 일정한 의견 일치를 이루지 못하고 있는 점이 문제다. 《일본서기》에 나오는 '임나일본부'라는 존재 자체를 부정하기는 어려울 듯하다. 540년대의 사건에 한정되어 있기는 하지만, 그에 소속된 왜계(倭系) 인물의 행태나 당시의 국제관계 및 가야연맹의 상황으로 보아 너무나 사실성이 높은 자료이기 때문이다. 그러나 그에 대한 해석은 다양하다.

　현재 이른바 '임나일본부' 관련 학설은 임나 지배설(任那 支配說)과 외교 교역설(外交 交易說)의 둘로 크게 나뉜다. 임나 지배설이란, 가야 지역을 어떤 외부의 세력이 점거하거나 지배하고 있었다는 가정 아래 '임나일본부'는 그 통치기관이었다고 보는 학설이다. 한편 외교 교역설이란, 가야 지역은 독립적인 주권을 가지고 있었다는 전제 아래 '임나일본부'는 가야와 다른 지역 특히 왜와의 사이에 설치된 외교기관이나 교역기관이라고 보는 학설이다.

　임나 지배설에는 임나 지역의 지배 주체를 왜나 백제로 보는 학설도 있고, 그 지배 대상인 '임나'를 한반도의 가야가 아닌 일본열도의 어느 곳으로 보는 견해도 있다. 혹은 가야 지역에 왜인들이 오랜 기간에 걸쳐 다수 거주하고 있었기 때문에 때로 가야 정치에 관여했다고 보는 시각도 있다. 그러나 이 가설들은 마지막의 왜인 거주설을 제외하고는 대체로 설득력을 잃어가고 있으며, 그 설도 왜인의 거주 기간이나 다소 여부, 그들의 존재형태를 어떻게 보아야 할지에 대한 문제가 남는다.

외교 교역설에서는 '임나일본부'를 가야 지역에 있었던 어떤 기관이나 인간들의 집단으로 보되, 이를 왜국에서 가야 지역에 파견한 사신 집단으로 보는 설, 백제 또는 왜국에서 가야 지역에 설치한 교역기관으로 보는 설, 가야의 일국인 안라국(安羅國·경남 함안 소재)이 설치한 외무관서로 보는 설 등이 있다. 위의 두 번째와 세 번째 견해를 종합하여 그 기관의 성격이 중간에 바뀌었다고 보는 안라왜신관설도 있다. 현재 한일 학계의 대세는 외교 교역설 쪽에 있으나, 문제는 그 중에 어느 것이 가장 적합한 것인가를 결론내지 못하고 있다.

여하튼 임나일본부의 성격에 관한 국제적 쟁점에서 가야의 대외적 독립성을 전제로 두고 있는 외교 교역설이 절대적으로 우세한 입장에 있다는 점은 고무적이다. 이는 가야 지역에서 행해진 그 동안의 발굴 성과와 그에 힘입어 진행된 가야사 연구에 의하여 이루어졌다고 하겠다.

그러나 《일본서기》로 인하여 비롯된 임나 문제는 이것으로 해결된 것이 결코 아니다. 일본학계에서는 전형적인 임나일본부설을 인정하지 않는다고 하여도, 여전히 왜국이 고대 한반도의 가야뿐만 아니라 신라 및 백제에 비하여 우월하였다고 생각하고 있다. 즉 왜국 우위론이라고도 해야 할 연구 기조가 고대 한일관계를 보는 일본의 기본 관념을 이루고 있다. 물론 그런 관념의 배경에는 여전히 옛 임나일본부설의 근거 자료들이 작용하고 있다. 그 자료로는 《광개토왕릉비》(廣開土王陵碑)와 《칠지도》(七支刀)의 명문(銘文), 《송서》(宋書) 왜국전(倭國傳)에 나오는 왜 5왕의 제군사호(諸軍事號), 그리고 《일본서기》(日本書紀)에 나오는 각종 임나 관련 사료 등이 있다.

3.

역사학이라는 것은 각종 자료에 근거를 둔 객관적인 학문이나, 그 역사를 연구하는 학자에게는 각자의 국적이 있기 때문에, 일본학자들이 고대 왜국 우월주의적인 시각을 가지는 것은 어쩌면 당연한 것일 수도 있다. 이런 문제는 양국의 고고학적인 발굴 성과에 대한 연구가 진행됨에 따라 차츰 시정되어갈 것이라고 기대한다.

2005년에 필자가 일본학자들과 국제회의 막간의 식사 시간에 "가야는 고대국가 형성에 필수적 요소인 제철 능력이 500년 이상 앞선 것을 비롯하여 도질토기, 마구, 철제 무기 등 각종 선진 문물을 보유한 사회였는데, 같은 시기의 왜국이 그보다 우월할 수가 있겠는가" 하고 질문한 적이 있다. 그러자 그 일본학자는 "문화 수준이 높던 그리스가 그보다 못한 마케도니아의 알렉산더에게 정복당하지 않았는가" 하고 되받아쳤다. 그 항변은 적절한 것이었을 수 있다.

그러나 마케도니아의 그리스 정복은 사실임에 대하여 왜국의 가야 정복은 사실이 아니며, 그리스나 가야가 마케도니아나 왜국보다 문화 수준이 높았다는 것은 사실이다. 아마도 일본의 문헌사학자들이 싫어 하는 이론은 기마민족 정복왕조설인 듯하다. 4~5세기의 야마토국은 중앙아시아로부터 비롯된 어느 기마민족에 의하여 정복되었고 그 기마민족이 지금의 천황족의 조상이라는 학설이다. 일본 패전 후 천황제의 신성함에 대한 금기가 풀린 지 얼마 지나지 않아 중앙아시아 고고학을 전공하는 에가미 나미오 교수가 이 가설을 전개하였을 때 가장 격렬하게 반대한 사람들은 일본의 문헌사학자들이었다.

그 학설을 발표한 1948년 당시에, 에가미는 그 기마민족이 가야 지역에 잠시 머물다 온 듯하나 그 증거는 아직 확인되지 않아 '미싱 링크'(missing link) 가 있다고 하였다. 또한 일본열도에 들어가 지배층이 된 천황족은 자신의 옛 고향인 가야 지역을 다시 정벌하여 '임나'로 삼아 지배했다고 추정하였다. 에가미의 임나 관련 주장은 문헌에 취약한 그가 당시 일본학계의 통설에 영합한 것에 지나지 않는다. 그 후 40여 년이 지난 1990년에 경남 김해의 대성동 고분군에서 기마민족의 유물이라고 여겨지는 오르도스계 동복(銅鍑・구리솥), 즉 스키타이 케틀(Scythian Kettle) 이 출토되었다. 그러자 1992년의 마지막 저서에서 그는, 미싱 링크가 비로소 확인되었으며 대성동 고분 중에 4세기 중엽의 것은 일본 최초의 천황이라고 생각되는 미마키이리비코, 즉 숭신천황(崇神天皇)의 무덤일지도 모른다고 언급하였다. 그가 대한해협을 사이에 두고 왜한(倭韓) 연합왕조를 통치하였다면, 금관가야가 일본열도를 정복했으며 일본 천황의 시조는 금관가야의 왕이었다는 것이 된다. 그러나 일본 사학계는 이미 기마민족설을 부정하고 있던 것이 대세였기 때문에 그의 이런 언급에 대하여 주목하는 사람은 아무도 없었다. 2002년에 그가 향년 96세로 타계했을 때도 일본학계에서는 그의 학설을 거의 재조명하지 않았다.

그러나 2002년에 고고학적 측면에서 가야와 일본의 관계를 재검토하기 위해서 일본 치바현 사쿠라시〔佐倉市〕 국립역사민속박물관에서 열린 대규모 심포지엄에서 한국과 일본의 전문 학자들은 일본 고대 문물이 가야의 영향 아래 성립되었으며 특히 5세기 초의 철제 무기, 갑옷, 마구, 도질토기(스에키) 등은 그 관계가 현저하다고 보았다. 거기서 논점이 된 것은 일본열도에 영향을 준 가야 무기·무장의 전래 형태였다. 즉 이는 일본열도에 있던 주민들이 선택적으로 수용한 것인가, 아니면 그와 관계없이 외부인들이 대대적으로 가지고 들어온 것인가 하는 문제였다. 5세기 초의 급격한 일본 고고유물 변화를 제외하고도 가야와 왜는 기원 전후한 시기부터 6세기까지 오랜 기간에 걸쳐 긴밀한 교역을 나누던 사이였다는 점은 대부분이 동의하는 바였다.

이처럼 양국의 전문 학자들이 인정하고 있듯이 가야의 문화 수준은 일본열도보다 높았으며, 양국의 학문이 발달할수록 일본 고대 문명의 기초 형성에 가야가 큰 역할을 하였다는 사실은 점점 더 밝혀질 것이다. 다만 아직도 확실치 않은 선입견으로 가야와 가야사가 무시당하는 현실이 지속되니, 가야사 연구자로서 마음 한쪽이 씁쓸하다. 근본적인 해결을 위해서는 우리 학계의 일본 고대사 연구 수준이 발달하여, 가야를 비롯한 한반도 제국들의 상황과 비교하여 왜국의 성장과정을 객관적으로 설명해 내야 하지 않을까 한다.

4.

가야사는 고대 한반도의 세력 판도나 정치적 전개 상황을 설명할 때 빼놓을 수 없는 요소로 부각되고 있다. 가야사 관련 심포지엄도 거의 해마다 열리고 있고, 좀더 넓은 범위의 한국 고대사 관련 심포지엄에도 가야사가 하나의 구성요소로 당당하게 참여하는 경우가 많다. 그러나 한국 고대시기를 고구려, 백제, 신라의 삼국시대가 아니라 가야를 포함하여 사국시대로 하자고 말하면 난색을 표하는 학자들이 많다. 그 대부분의 선입견은 《삼국사기》로 인한 것이다.

그러나 《삼국사기》에 실린 삼국시대에 관한 역사 인식은 신라의 삼국 통일 이후에 신라 중심적 '삼한일통'(三韓一統) 의식에서 비롯된 것이다. 그에 따라 마한 · 진한 · 변한의 '삼한'이 고구려 · 신라 · 백제의 '삼국'과 동일시되어 한동안 가야는 한국사 이해 체계에서 사라졌었다. 그러다가 고려 말기 몽고 침략 이후 일연의 《삼국유사》에서 문제를 제기하고 조선시대 임진왜란 이후 한백겸의 《동국지리지》에서 그 잘못을 바로잡았으며, 그 이후로 조선 후기 실학자들은 한국 고대사에서 삼국 외에 가야를 포함시켜 다루었다. 이로써 사국시대 논리는 역사적 전개과정을 거쳐 완성되었으나, 일제에 의한 식민사학의 왜곡으로 다시 가야사가 경시되었다. 그러므로 한국 고대사를 사국시대로 다시 회복시키는 것은 우리 시대의 과제라고 할 수 있다.

혹자는 가야가 중앙집권 체제를 완성하지 못하였기 때문에 고대국가로 인정할 수 없다고 한다. 엄격한 의미에서 고대국가 체제를 이룬 것만을 말한다면 신라는 6세기 전반 530년대 법흥왕 때에야 성숙한 고대국가를 이루었다. 그렇게 본다면 삼국시대라는 명칭을 쓸 수 있는 시기가 그때부터 7세기 중반까지 100년 남짓한 기간에 지나지 않게 되므로 문제가 된다. 그러므로 시대 명칭은 '국가 체제'의 완성도에 집착하기보다는, 어느 정치 세력이 대외관계에서 얼마나 독자적으로 활동했는가를 분석해야 한다.

좁은 의미에서의 삼국시대인 4~7세기의 한국사에서, 가야는 4~6세기의 260여 년 동안 엄연히 하나의 독자적인 정치 세력으로 활동하였다. 6~7세기의 100년이 중요하기는 하지만 시기적으로 260년의 절반도 되지 않으므로, 둘 중의 하나를 택하라고 하면 '삼국시대'보다는 '사국시대'로 칭하는 것이 타당하다. 혹은 그 이전의 기원 전후한 시기부터 3세기까지를 '원삼국시대'나 '삼한시대'로 부르는 경우도 있으나, 그 시기에 사국의 하나인 고구려는 엄연한 고대국가로서 존재하였다. 그러므로 이 시기를 독자적인 명칭으로 다시 명명하려고 논하기보다는 넓은 의미에서 사국시대의 성립기에 포함시켜 설명하는 것이 무난하다.

더욱이 가야사는 일제강점기를 거치면서 이른바 '임나일본부설'의 왜곡을 가장 심하게 받았다. 그래서 얼마 전까지만 해도 많은 학자들이 가야사에 대해서 언급하는 것 자체를 기피했고 일본의 일각에서는 어째서 한국 교과서에서 '임나'를 언급하지 않느냐 하고 공격하기도 하였다. 그러므로 가야사를 한국 고대사의 체계에 넣어 사국시대로 하는 것은 임나일본부설을 근본적으로 물리치는 정당한 방안이기도 하다.

위와 같이 생각해 볼 때 가야사를 연구한다는 것은 여러 가지 선입견과 싸우는 일이 아닐까 한다. 그것은 668년 신라의 삼국통일 이후 고려시대를 거쳐 1,000년 이상 내려온 중세적 역사인식일 수도 있고, 또는 663년 왜군의 백강구(白江口) 전투 패배 이후 열등감에 사로잡힌 일본 내에서만 전해지다가 100여 년 전에 일제의 세력이 쳐들어오면서 우리를 짓눌러온 신공왕후의 망령일 수도 있다. 가야사를 연구한다는 것은 한국 고대사의 근대화 운동이면서 동시에 정신적 독립 운동이라고 한다면 지나친 비약일까? 그렇다면 그것이 결코 쉽지 않은 일이라는 것은 두말할 나위가 없겠다. 힘을 내자.

김태식

홍익대 교수, 제2회 지훈국학상 수상자, 수장작품 : 《미완이 문명 7백년 가야사》 전 3권 (푸른역사, 2002), 대표작 : 《伽倻聯盟史》, 《譯註三國史記》 등.

한국 문화의 '전통'을 생각하며 쓴
세 편의 글

이승하

중앙대 교수

1. 편지

김영동 선생님께

그간 별고 없으셨습니까? 선생님과 함께 일했던 1994년과 1995년의 여러 일들이 생각납니다. 1994년 9월 5일을 기해 박경리의 대하소설 《토지》가 솔출판사에서 16권으로 완간되었는데 그 얼마 전에 출판사 대표 임우기 씨는 기막힌 일을 기획했습니다. 1995년 9월 5일에 광복 50주년 및 《토지》완간 1주년을 기념하여 서사음악극 《토지》공연을 기획했던 것입니다. '서사음악극'이란 쉽게 말해 '국악 오페라'라고 할 수 있겠지요. 임우기 씨의 청탁으로 저는 대하소설 《토지》를 국악 오페라 대본으로 각색하는 작업에 착수하였고 김 선생님은 제가 쓴 대본을 갖고 작곡을 하여 바로 그 날짜로 세종문화회관 대강당에서 공연할 수 있었습니다.

저는 그 덕에 1부만 읽은 소설을 2회 완독했는데, 다 읽고 보니 그 긴 소설을 아무리 압축해도 1시간 반짜리 공연에 녹여 넣을 수는 없었습니다. 그래서 주인공 서희가 먼 친척 조준구의 모략으로 재산을 다 빼앗기고 북간도 용정으로 쫓겨 가는 것까지인 제 1부를 3막으로, 서희가 용정에서 재기에 성공하여 귀향, 빼앗긴 재산을 되찾기까지인 제 2부를 1막으로 압축하여 대본을 썼습니다.

제가 지금 선생님께 편지를 쓰고 있는 이유는 그 당시 우리들이 했던 작업의 뒷얘기를 들춰보려는 것이 아니고, 선생님의 탄식이 지금까지도 잊히지 않기 때문입니다. 공연은 그 무렵 한 차례밖에 이뤄지지 못했습니다. 10년 뒤에 예술의 전당에서도 한 적이 있고 그 사이에 두세 차례 대학극장 같은 데서 규모를 줄여서 한 적이 있는 것으로 압니다만 그 많은 인원이 호흡을 맞춰 준비한 공연이 수지타산이 맞지 않는다는 이유로 1회 공연에 그쳤던 것은 정말 안타까운 일이었습니다.

오페라나 뮤지컬의 형식을 취해 작곡을 했더라면 10여 차례는 할 수 있었을 것이라는 선생님의 장탄식이 제 마음을 아프게 했습니다. 극장측에서는 '국악'이기에 사람들이 관심을 갖지 않을 것이라고 예상했던 것이고, 사람이 별로 없는 공연장에서 그토록 규모가 큰 서사음악극 공연을 했다가는 적자를 볼 터이니 아예 1회만 공연하여 적자 볼 일을 미연에 방지하고자 했던 것입니다.

선생님은 라디오 방송국과 텔레비전 방송국의 국악 홀대와 서양음악 후원에 대해 한참 동안 개탄을 했습니다. 아닌 게 아니라 FM 라디오 음악 방송국에서 국악을 들려주는 시간은 지극히 짧지요. 텔레비전은 말할 것도 없고요. 국악방송국이 있긴 하지만 글쎄요, 청취율이 얼마나 될까요. 전주대사습놀이나 바우덕이 축제, 긱종 국악경연대회, 민속경연대회 등이 해마다 행해지긴 할 터인데 이런 공연은 텔레비전 뉴스 시간에 잠깐 볼 수 있을 따름이지요. 방송국에서 민요나 잡가공연, 고전무용이나 민속춤, 판소리나 탈춤공연 중계를 하면 광고가 안 붙을 터이니 프로그램에 편성해 넣을 수도 없을 것입니다.

저는 선생님의 한 서린 말을 들으며 저의 초등학교와 중학교 시절을 떠올려보았습니다(고등학교는 두 달밖에 다니지 못했습니다). 음악 시간에 국악에 대해 공부를 한 기억이 거의 나지 않더군요. 서양음악에 대해서는 중요 사조의 특징과 중요 작곡가의 대표곡을 포함하여 음악사를 제대로 공부했지만 국악에 대해서는 선생님의 설명을 들은 기억이 전혀 나지 않는 것입니다. 지금 우리나라 초·중·고교의 음악교육이 어떤 식으로 행해지고 있는지 잘 모릅니다만 크게 달라지지 않았을 것입니다.

적어도 고등교육을 받고 졸업한 이라면 서편제와 동편제가 어떻게 다른지, 경기민요가 무엇이고 서도소리가 무엇인지, 양주별산대놀이가 무엇이고 북청사자놀음이 무엇이지 알고 있어야 하는 게 아닙니까. 해금소리가 어떻고 아쟁소리가 어떤지 알고 있어야 하는 게 아닙니까. 임방울이 누구이고 이화중선이 누구인지 알고 있어야 하는 게 아닙니까. 사물놀이패 창설멤버인 김용배가 위대한 예술가이며 서른

다섯 살의 나이에 자살로 생을 마감했다는 것도 알고 있어야 하는 게 아닙니까.

이 땅의 아이들에게 국악이란 아프리카의 음악보다도 멀게 느껴지고 있는 것이 아닐까요. 팝과 랩 음악, 혹은 전자음악에 심취한 아이들은 국악을 듣고 음악이 뭐 이래, 어휴 지겨워, 참 구닥다리네, 저게 무슨 음악이야… 이런 반응을 보입니다. 성장과정에서 국악이 아름답다고 느낄 시간이 없었기 때문이며 학교교육 과정에서 국악에 대해 말해주는 스승이 없었기 때문이 아닐까요.

선생님은 국악 작곡가로서 사명감을 갖고 작곡하고 있지만 주변에 동조자가 많지 않아 어려움을 겪고 있노라고 말씀하셨습니다. 정부기관이나 지방자치단체, 방송국, 신문사 같은 데로부터 국악인이기에 당한 설움은 말로 할 수 없다고 하셨지요. 그래요, 참 안타까운 일입니다. 우리네 문화유산에 대한 홀대와 멸시는 숭례문 화재가 잘 증명하고 있는 것이 아닙니까. 왜 하필이면 숭례문에다 불을 지르는 것입니까. 이 땅의 도굴꾼과 장물아비들이 일제 강점기 때는 물론 그 이후 지금까지 일본인에게 판 유물의 수는 몇십만 점일까요 몇백만 점일까요.

'우리 것은 세계의 것'이라는 말은 빛 좋은 개살구에 지나지 않습니다. 외국인들은 사물놀이 공연에 감탄을 금치 못하는데 우리는 학교 선생님들부터 국악에 대해 무관심합니다. 매스컴도 무관심하고 국민들도 대체로 무관심합니다. 뉴욕 필하모닉 오케스트라 내한공연이라면 표가 매진될 수 있겠지만 김영동 작곡 발표회라면 글쎄요….

저는 작년에 《취하면 다 광대가 되는 법이지》라는 시집을 냈습니다. 제 1부 '광대를 찾아서' 편은 이 땅의 광대를 찾아가는 광대 기행이었습니다. 제가 보건대 백수광부, 백결, 처용, 서동, 원효도 타고난 광대였지만 밀양백중놀이의 대가 하보경, 고수 김명환, 꽹과리재비 김봉열, 장구재비 신기남, 은산별신제 대장 차진용, 병신춤의 대사 공옥진 등도 타고난 광대였습니다. 연극인 추송웅, 소설가 이외수, 시인 이영유, 유전공학 과학자 황우석, 개그맨 김형곤도 제 눈에는 광대로 보여 이들의 초상을 시로 써보았습니다. 제2부는 '구도자를 찾아서' 편으로, 《삼국유사》속의 인물들과 이 땅의 참된 구도자였던 혜초, 성철, 청화, 수경, 지율 스님을 형상화했습니다. 제3부는 '노래를 찾아서' 편으로 유리왕의 〈황조가〉에서부터 이화중선의 마지막 노래까지 옛 노래 스무 곡을 현대화하는 작업을 해보았습니다. 제4부는 '예인을 찾아서' 편으로, 1994년에 냈던 《박수를 찾아서》의 시편 중에서 골라서 재수록한 것입니다. 제가 존경하는 이 땅의 참된 예술가인 김석출·김용배·김유선·임순이·김숙자·이동안을 형상화한 일종의 인물시 입니다. 제 나름대로는 사명감을 갖고 한 작업이었습니다.

　우리가 외국인들 앞에서 자랑거리로 내세울 수 있는 것으로 고려청자와 이조백자가 있습니다. 거북선도 있고 한산대첩도 있지요. 팔만대장경도 있고 직지심경(원명 백운화상초록불조직지심체요정)도 있습니다. 불국사도 있고 석굴암도 있습니다. 그런데 제 생각에 국악은 정말 위대한 문화유산이라고 생각합니다. 위대한 문화유산인 국악, 우리 혼이 담긴 '우리 음악'을 왜 우리가 이렇게 홀대해야 하는 것인지요. 국악을 자랑스럽게 생각하는 사람들이 많아지기를 저는 소망합니다.

국악을 저 자신이 따로 시간을 내어 듣지는 않습니다만 귀에 들려오면 '국악이 이렇게 좋구나' 생각하며 듣습니다. 선생님의 '누나의 얼굴'이나 '어디로 갈거나', '개구리 소리'는 명곡 중의 명곡이지요. 〈명상음악〉이나 〈매굿〉, 〈단군신화〉, 〈반야심경〉 같은 타이틀을 붙여 나온 음반에 담긴 음악들도 제 마음을 고요한 호수 밑으로 잠기게 합니다. 국악의 현대화 작업은 외롭고 지난한 일이겠지만 용기를 잃지 마시고 계속해 나가시길 바랍니다. 내내 건강하시고, 신곡 꾸준히 발표하시기를 기원합니다.

2. 편지

미지의 독자에게

저는 경북 의성군 안계면에서 태어났습니다. 경찰관 아버지께서 전근을 주기적으로 다녀 저는 출생지를 일찍 떠나야 했고 네다섯 살 때부터 김천이 저의 고향이 되었습니다. 김천에 있는 황악산, 우시장, 감천냇가, 직지천, 남산공원, 직지사, 충혼탑, 평화시장, 미곡정사, 봉황대……

약골인 제가 시청 앞에서 성의중학교까지 한 시간 거리를 3년 내내 걸어 다닌 덕에 그 시절 큰 병에 안 걸렸는지도 모르겠습니다. 중학교를 졸업할 때까지 저는 김천 여기저기에 발걸음을 내디뎠습니다. 고등학교는 다니지 못했는데 대학생이 되기까지 5년 세월을 주로 대구

와 서울, 춘천 등지에서 허랑방탕하게 보냈지요. 그 덕에 시인이 되었는지도 모르겠습니다만.

김천 촌놈인 저는 어린 날, 최고의 즐거움이 서커스 구경이었습니다. 동춘서커스단의 어여쁜 소녀는 사춘기의 저를 미치게 하였고, 아저씨들의 줄타기 묘기는 꿈속에도 자꾸만 나타났습니다. 광대에 대한 저의 관심은 경기도 안성을 제 생활의 근거지로 삼은 1980년대 중반 이후 본격화되었습니다. 국립극장에서 본 김성녀 주연의 〈바우덕이〉 공연이 잊히지 않습니다.

한때는 국립극장으로 가는 그 긴 비탈길을 열심히 오르내리며 메모하고 취재하고 시를 썼지요. 직장생활을 하면서도 사람을 만나러, 책을 구하러 돌아다닌 거리가 만만치 않았습니다. 그 결과 1994년에 시집《박수를 찾아서》를 내기도 했습니다만 이 땅의 광대들을 총정리(?) 하겠다는 의지는 늘 저의 내면에서 꿈틀대는 한 마리의 이무기였습니다.

저는 2007년에《취하면 다 광대가 되는 법이지》라는 시집을 내면서 고전문학 속의 백수광부와 백결, 처용, 서동, 원효 같은 이를 시를 쓰면서 만나보았습니다. 그들은 참으로 멋진 조상이었습니다. 춤꾼 하보경, 고수 김명환, 풍물꾼 김봉열, 장구잡이 신기남, 은산별신제 대장 차진용, 각설이타령 김광진, 병신춤의 대가 공옥진 등은 둘째가라면 서러워할 이 땅의 광대들입니다.

그들의 예술과 삶을 추적하여 한 편씩의 시를 썼지만 제가 '광대를 찾아서' 연작시에서 가장 공을 들인 작품은 광대가 아니라 '광대 같은' 사람들이었습니다. 연극인 추송웅, 소설가 이외수, 시인 이영유, 대학교수 황우석, 개그맨 김형곤 등이야말로 이 시대의 광대가 아닌가 하는 생각에서 때로는 이들의 불운을 애도하고 때로는 희화했습니다. 왜 이들이 광대로 여겨졌는지 그 이유에 대한 설명이 편편의 시가 되었습니다. 감명 깊게 본 영화 〈서편제〉에는 소리꾼이, 〈왕의 남자〉에는 광대가 나오지요. 그런 예인을 탐구하면서 같은 제목으로 시 20편을 썼고, 이로써 저의 인간 탐구는 일단락되었습니다. 무거운 짐을 벗어 참 후련합니다.

꼽아보니 등단한 지 어느덧 25년이 되었습니다. 제 딴에는 열심히 시를 써왔다고 생각했지만 결과물은 늘 이렇게 허섭스레기에 가까운 것들입니다. 그렇기 때문에 앞으로 시를 더 열심히 써야겠다고 굳게 다짐을 해보는 것입니다.

광대를 찾아서 11
— 동춘서커스단

서커스단이 왔대여 동춘서커스단이 왔다누만
성내동 처녀총각들 입가에 묘한 미소 번지고
나 같은 아새끼들은 미치고 환장하는 거지
빰빠라빰빠 나팔소리 들리고 깃발 휘날리면
선생님 말씀도 엄마 잔소리도 귀에 안 들어오고
황금동 감천냇가 드넓은 모랫벌에 차일이 쳐지면
가슴이 벅차 잠을 못 잤었다 훔쳐낸 돈으로 보았던

서커스 동춘서커스 봐도 봐도 신기하고 희한하대이
온갖 기기묘묘한 것들 갖가지 기상천외한 것들
이 세상 진기한 것들 차일 안에 다 모여 있었지
짜릿한 것들, 우스꽝스런 것들, 미치도록 예쁜 것들,
흥분케 하는 것들, 황홀케 하는 것들을 보며
내지르는 비명과 탄성, 내던지는 헐벗음과 배고픔
나이도 잊고 환호작약 귀천도 잊고 박장대소

사람이 어쩜 저렇게 몸을 휙휙 돌릴 수 있을까
잽싸게 놀릴 수 있을까 눈 깜짝할 사이에 바람처럼
메뚜기처럼 개구리처럼 다람쥐처럼 강아지처럼
돌고 뛰고 돌리고 굴리고 떨어지고 솟구치고
재주 참말로 신기하대이 뭘 먹어 사람 몸이 저렇노
오금이 저리고 오줌이 지리고 방귀도 뀌어가면서
웃다보면 감천냇가에도 아랫장터에도 밤이 내리고

내 생애 최초, 최고의 황홀경은 그렇게 왔었네
나 그날 밤에 난생 처음 몽정이란 걸 했다네
동춘서커스 그 가시나가 자꾸 눈웃음을 치며
내 옷을 벗기고 자기도 옷을 벗고서 이상한 짓을⋯⋯
서커스 동춘서커스 봐도 봐도 신기하고 희한해서
연짱 사흘을 나 그 차일 안에서 살았네 나 그때
아부지한테 들켜서 죽지 않을 정도로 얻어맞고

나 지금도 '東春서커스단' 펄럭이는 깃발을 보면

홍분을 못 이겨 …… 반은 미치네, 아니, 미쳐버리네

3. 서 평

김준호·손심심, 《우리 소리 우습게 보지 말라》, 이론과실천, 1997.

서울시립국악관현악단 단장인 김영동 씨와 공동작업을 한 적이 있었다. 광복 50주년 기념 음악서사극 〈토지〉의 대본을 내가 쓰고, 즉 박경리의 대하소설 《토지》를 압축, 시화(詩化)하여 노랫말로 바꾼 것을 갖고 김영동 씨가 작곡을 해 세종문화회관 대강당 무대에 올린 것은 1995년 9월 5일이었다. 서울시립국악관현악단과 서울시립합창단이 중심이 되고, 서울중앙국악관현악단·청소년국악관현악단·서울시립가무단·서울 필하모닉 오페라 코러스까지 가세한 엄청난 규모의 음악극이었는데 워낙 규모가 커 지방 순회공연은 엄두를 못 내고 1회 공연에 그쳐 나나 김영동 씨나 많은 아쉬움을 간직하고 있다. 이 얘기를 하려는 것이 아니고, 김영동 씨는 같이 작업을 하는 과정에서 내게 몇 번이나 '국악을 하는 설움'에 대해 토로하곤 했다. 그는 서양음악을 하는 사람이 각광을 받는 것은 좋지만 어느 언론사에서도 국악이나 국악인을 존중해주지 않을 뿐 아니라 폄하하고 멸시하는 정도가 도에 지나쳐 울화가 치밀 때가 많다고 하소연하는 것이었다.

그의 불만 토로가 자격지심의 결과일까? 그렇지 않을 것이다. 우리

말, 우리 것, 우리 음악은 서양 것, 일본 것에 못지않음에도 불구하고 우리 스스로가 촌스럽다고 무시하고 배격해온 것이 지난 한 세기 동안 줄곧 일그러져온 우리 문화의 모습이었다. 나 역시 소리꾼·춤꾼·고수·줄타기 명인·징 만드는 장인·박수무당 등 예인들의 고단한 삶을 추적하고 고전 문학작품의 현대적 재해석을 꾀한 시집 《박수를 찾아서》를 내는 과정에서 얼마나 많은 수모를 당했던가. 왜 이런 재미없고 케케묵은 소재를 갖고 시를 쓰십니까? 두 유명 출판사의 관계자는 이런 내용은 상품적인 가치가 일단 없고, 그 어떤 평론가도 주목할 시가 아니라고 하면서 한심하다는 표정을 지으며 나를 쳐다보았다. 유익서의 명작 장편 《새남소리》와 《민꽃소리》에 관한 문단의 무관심도 나는 같은 맥락에서 해석하고 있다.

국악인 김준호는 텔레비전 방송국에 뛰어들어 마이크를 잡고 당당히 소리쳤다. 우리 소리 우습게 보지 말라고. 출판사에서 의도적으로 붙였는지 상당히 도전적인 발언을 제목으로 삼은 이 책은 소리꾼 김준호와 춤꾼 손심심 부부가 대중의 스타가 되고 각종 단체의 초청강연 쇄도에 분주한 나날을 보내는 과정에서 머리를 맞대고 쓴 책이다.

우리 문화와 국악에 대해 얕은 수준의 정보밖에 갖고 있지 않은 나로서도 이 책을 통해 얻은 새로운 정보는 거의 없다. 그럼에도 불구하고 이 책은 널리 읽혀야 할 충분한 가치가 있다. 일단 책의 내용이 쉽고 재미있다. 그의 강연처럼. 책을 사면 강연 테이프를 함께 주는데, 테이프를 듣고 나서 책을 읽으면 더욱 우리 소리에 대한 애정을 갖게 될 것이다. 김준호는 우리 문화와 소리에 대해 이론적인 공부를 많이 한 사람이 아니어서 어렵게 쓸 수도 없었을 테지만 강연장에서 딱딱

한 이론을 전개했더라면 대중의 스타가 되지도 못했을 것이다.

책의 첫째마당 '문화 줏대를 세우자'는 주로 우리 음식문화의 우수성에 대한 예찬이다. 끓여먹고 우려먹는 국물문화, 젓가락과 숟가락을 함께 쓰는 데서 유래한 손 기술, 김치·젓갈·장 등 삭혀서 먹는 요리법 문화에 대한 자랑은 사라져가는 문화유산을 잘 보존해 후대에 물려주자는 주장으로 이어진다. 둘째마당 '우리 소리는 힘이 세다'에 접어들면 국악 자랑이 본격적으로 펼쳐진다. 김준호는 국악이 서양음악과 어떤 점에서 그 근본이 다른가, 어떤 길을 걸어왔는가, 왜 좋은 것인가를 많은 예를 들어가며 따져본다. 강연 테이프와 달리 책은 구어체가 아님에도 술술 읽힐 정도로 쉽게 쓴 것이 《우리 소리 우습게 보지 말라》의 가장 큰 강점이 아닌가 한다. 저자의 이런 말은 새겨들을 만하다.

구한말 이후 일제가 조선문화 말살정책을 전개하고, 우리 고유의 농경산업 구조가 붕괴하고, 서구문화 환경이 침투하는 등으로 인해 거의 해체 위기에 놓여 있는 우리의 민족문화는 비록 소리에 국한된 것만은 아닐 것이다.

순수음악과 대중음악 사이에서 우리 음악은 갈 곳이 없다. 순수음악의 자리에도 끼워주지 않고 대중음악의 자리에도 끼워주지 않는다. 우리 음악에 대한 배려가 너무나 없다.

우리 음악 교사가 없다는 것이 문제다. (……) 한국음악을 잘 연주하고 잘 노래 부르는 것도 중요하지만, 사실 한국음악이 제일 필요로 하는 사람은 잘 가르칠 수 있는 사람이다.

민족적 자존심을 조금이라도 갖고 있는 사람이라면 고개를 끄덕이며 들을 말이다. 하지만 현실을 보라. 일본 패션 잡지를 보며 그들의 옷차림을 흉내 내고, 랩 음악에 심취하고, 햄버거와 피자를 즐겨 먹는 청소년들에게 국악도 알고 보면 좋은 음악이니 관심을 가져보라고 하는 것은 쇠귀에 경 읽기이리라. 사물놀이와 판소리, 탈춤과 승무의 가치를 외국에서는 인정하는데 과연 우리는 이런 문화유산을 아끼고 보존하려 어느 정도 애쓰고 있는가. 이 땅의 많은 예인들은 전수자가 없어 그 기예의 맥이 끊기는 것이 현실이다.

김명곤이 이 땅의 예인 28인을 만나 그들의 뛰어난 예술세계를 한스런 생애의 물굽이와 함께 펼쳐 보인 《한 ― 김명곤의 광대 기행》 (산하)도 좋은 책이고, 김태균의 국악 관련 에세이 모음집인 《이제 신명은 없다》(산하)도 정말 좋은 책이다. 영화 〈서편제〉를 감명 깊게 보았거나 김준호와 만남으로 우리 소리에 대한 애정을 조금이나마 갖게 된 분이라면 이 두 책의 일독도 간곡히 권한다.

이승하
중앙대 교수, 제2회 지훈문학상 수상자, 수상작품 : 《뼈아픈 별을 찾아서》(시와 시학사, 2002), 대표작 : 《사랑의 탐구》, 《취하면 광대가 되는 법이지》 등.

전율적이고 흥미로운
무니카 이야기

고 형 렬

시인·계간 《시평》 주간

나는 가끔 현실과 아주 동떨어진 이야기를 읽는다. 그것도 오래된 인연의 이야기를. 경기도 용문산의 한 향곡에 내려와 살다보니 내가 생각하고 있는 고정된 시간을 망각할 때가 많아졌다. 집도 공간도 대낮의 정적 한가운데 갇혀 정지하고 있다. 사물들이 정지해 있는 시간 속에서 무한의 무료함을 느끼면서 나는 멀어 있는 눈을 갑자기 뜰 때가 있다. 마치 고불(古佛)을 만나거나 태초의 용혈수를 쳐다보고 있는 어느 빛그늘처럼 된다. 어느 쪽으로 시간이 지나가는지 도통 생각한 적이 없다는 사실을 깨닫기도 한다. 그러나 나도 하나의 시간이므로 그렇게 느낄 뿐이지 아무런 방책이 나에겐 없다.

무니카의 이야기도 그 가운데 하나다. 진행중인 현실은 아직 문장으로 정리되지 않는 게 부지기수이다. 신문의 글들이 있지만 그건 아직 어떤 의미에선 확인된 바가 없는 또 내가 믿을 것이 아니다. 이 무니카의 이야기는 비교적 가까운 인연의 이야기라고는 해도 기억에 없는 신비한 일로 상상을 해야 한다. 그 글의 상상의 유발은 해마이랑〔뇌 속에 있는 해마(*hippocampus*)의 신비한 주름을 일컫는 전문용어〕같은 난해한 함축성 때문에 내면을 바로 보기가 쉽지 않다. 이 이야기를 언제 읽었는지는 정확하게 기억나지 않지만 가끔 상기하고 바깥을 내다보는 하나의 유별난 렌즈가 된다. 이 렌즈는 인간중심적 사유나 이해, 연민과는 별개의 것이다. 그때 내가 겪는 것은 소름이다. 과거를 기억하는 것이 아니라 상상한다는 점에서 우울한 심기가 가시는 것도 사실이지만.

먼저 말하자면 늘 끝에 가면 난해해진다는 것, 그래서 모르겠다는 것이 이 이야기에 대한 나의 결론이고 한계다. 그렇다면 화두적인 주제가 되는데 대관절 그 필자는 이 먼 곳에 와 있는 나에게 무엇을 말하려는 것인가. 나는 당시의 바라나시(인도 북부 갠지스 강 연안에 있는 도시. 힌두교 제일의 성지로, 많은 사원이 있다. 견직물, 금은 세공으로 유명하다)보다 현재의 나에게 이것이 주는 의미를 찾는 것이 여간 힘든 일이 아니다. 그러나 때론 이러는 나 자신이 흥미롭다. 이 지상에서 이처럼 심각하고 부사의(不思議)한 일이 있는가 하다가 이내 웃어넘기기 때문이다. 유머나 유니크한 발상쯤으로 치부해버리는 탓이 아닌가 할 때면 나는 소스라치듯 놀란다. 내가 하나가 아니라는 것을 거울 속에서 맞닥뜨리는 것 같아서이다. 머리를 치고 지나가는 섬광은 내가 무니카가 아닌가 하는 끔찍한 생각에 사로잡힐 때이다. 그래도 나는 두렵고 해괴하고 난해한 미궁에 빠지게 된다.

그물에 걸려 있는 물고기가 보인다. 어쩌면 나 혹은 인간은 여기까지만 인식이 가능한 것인지 모른다. 그 다음은 마치 개들에게 언어가 없어 희비(喜悲)를 문자로 표현할 수 없는 것처럼 나 역시 그 다음의 영역과는 단절된 것이 분명할 것이다. 나는 죽을 먹으며 살을 지우고 있는 살아 있는 네 발의 — 그 발굽은 얼마나 단단하였던가, 무니카이면서 뜻밖에 2, 500년이나 뒤 또 그보다 훨씬 전의 대과거의 그 무니카를 보고 뭔가의 기미가 올 때 나 자신에 대한 괜히 통쾌감을 느낀다. 작은 루비처럼 명증해지는 기분이고 그때 기이하게도 내가 거기 존재한다고 믿는다. 저 몽상적 우리 속의 현재에 갇혀 있는 한 존재의 몸에 대한 인식이 이렇게 가능한 것인가. 나는 아무래도 불가하다고 보는 편이었다. 게다가 무니카 저쪽에 있는 두 존재에게 그야말로 인욕을 요구하는 붉은(赤) 살이 있음을 알지 못하는 한 나는 결코 자유롭지 못하다. 나는 그 집 마당의 공간처럼 그 마당 안의 모든 것을 다 볼 수 있어야 한다는 강박에 사로잡힌다. 그렇지 않고는 무니카를 볼 수가 없다는 것이 나의 생각이다. 여기서 나는 나 자신도 모르게 무니카의 비애를 편들고 그 육체의 집 속에 들어가거나 뜬금없이 그가 먹는 죽이 되는 나를 발견한다. 누가 무니카를 비난할 수 있겠는가. 인간들은 한 점의 살점도 이 지상의 생명에게 바치지 않으면서 모두 불에 태워 굴뚝 밖 텅 빈 하늘로 내다버리면서. 화장장 속에 꼼짝없이 누운 채 한 줄기 청풍도 내보내지 못하는 주제가 되어 불타는 인육의 검은 연기만 펑펑 하늘로 토해내니 말이다. 굶주려서 힘이 없어 걷지 못하는 한 짐승의 먹이라도 되어준다면 얼마나 작은 보시랴만. 무니카 속엔 대체 무슨 연유로 누가 들어와 한 생을 임시로 머물고 있었던 것인가.

십우도(十牛圖)를 다시 본 적 있었지만 본심(本心)의 소잔등에 올라타고 있는 한 소년의 모습에서 감동은 오지 않았다. 그런데 이 무니카를 만나면서 나는 그의 생에 대한 의문에 사로잡혔다. 무니카는 어디로 갔는가. 그 시종과 정처를 알 수 있다면 나 따위가 어디서 어디로 가는지는 분명하게 알 수 있을 텐데. 무엇을 하고 살아가고 있는지 정말 알 수가 없다는 벽이 이 문명의 거리에서 산처럼 앞을 가로막고 있다. 매년 새로운 유리창 건물은 하늘로 번쩍이며 올라가지만 그따위는 나에게 아무것도 아닌 것 같다는 생각에 사로잡혀 있다. 나 역시 한바탕 웃음거리의 존재로 치부되어도 무방하지만 사람들은 조금도 놀라지 않고 그것을 쳐다보고 관광인 듯 구경하거나 고개를 숙이고 지나쳐간다, 저 고층빌딩 아래 작은 가로수 밑의 인도를. 그만큼 죽음도 죽었고 생시도 타락했고 과학에 의한 인식이 명료해져버렸다. 개명된 것이 나에게 준 선물은 봉사(奉事)다. 디엔에이를 발견하고 게놈을 그려냈지만 왠지 어두워지는 내 마음을 저들이 어찌 해주지 못한다.

무니카는 어떻게 정신을 잃고 누워 죽게 되었으며 그때 칼들이 달려들어 처참하게 사지를 잘라내고 살을 베어내어 대체 무엇이 됐으며 어디로 갔는가. 윤회의 법칙도 없이 시냅시드 사족류와 같은 것들이 떠 있고 발바닥엔 삼엽충 같은 것들이 뒤뚱거리고 발견되지 않은 원시 미생물들이 하루살이처럼 떼를 지어 공중에 멈춰 있는 한낮의 정적 속에서 나는 가당찮은 공포와 망상과 즐거움의 악몽을 꿈꾼다. 기척이 없는 마당의 시간과 노간주나무의 침묵, 1호집의 불길한 흰 벽 저쪽에 갑자기 전생의 질그릇이 나오고 검붉은 피를 받으며 모든 사물들이 덜그럭거리며 뛰어다니지 않았던가. 또 장자의 나비가 검은 자동찻길 위를 날아가고 있었고.

나는 얼굴이 새카만 바라나시의 개구쟁이였다. 늘 명상을 하고 조용하던 평소와는 달리 칼을 들고 손에 피를 칠하는 무서운 어른들 한쪽에 서서 검은 무니카가 소리치며 죽어가는 모습을 들여다보고 신기한 무엇인가를 자동기술적으로 익히고 있었을 것이다. 상상컨대 예리한 칼로 생명을 죽여도 용서될 수 있는 인간들만의 암묵과 동의가 있는 악습을 이미 눈 속에 담아내고 있는 순간 속에 있었을 법하다. 그다음, 동네 사람들이 마당에서 떠들어대고 신부는 망사 속에 1억 5천만 킬로미터의 하늘에서 도착하는 햇살을 받으며 자신도 모르는 미소를 지었을 법하다. 나는 여기서 분노가 아니라 통절한 세상의 발가벗음을 만난다. 이 이야기는 고타마가 기원정사에 머물 때(이 이야기의 현재) 한 비구에게 해준 전생 이야기이니 개구쟁이는 이미 가고 없고 수많은 세월이 흘러간 뒤의 일이다.

여기서 대적(大赤)과 소적(小赤)은 형제다. 어떤 연유로 이 집에서 수레를 끌어 짐을 날라주는 업을 받아 얹혀살게 되었는지는 알려져 있지 않다. 그는 다만 간단하게 부라후마닷타왕이 다스리는 나라의 어느 마을에서 태어났다. 그의 어미와 아비가 누구인지 모른다. 아마도 그 아비는 주변 마을의 어느 수소일 것이다. 이 집의 암소의 뱃속에 씨를 남겨 이 대적과 소적은 태어나게 되었던 것이 분명하다. 이 집에서 태어난 이 두 형제는 이 장자의 소유물이 되었다. 아무리 동물의 생명이라도 사람이 소유해선 안 된다고 이천 년 뒤 서구의 어느 생명윤리학자의 동물보호론 같은 것을 가지고 강조해도 아무 소용이 없는 시대의 일이다.

그런데 이 대적 속에 한 존재가 있다는 사실이 문제다. 사실 대적이 그렇게 말한 것이 아니고 그 몸 안에 자신도 모르는 영성이 들어 있다고 본 것 같다. 신격의 한 보살이 인간 속에만 있는 것이 아니라 이런 소 같은 존재들 속에 있거나 건너다닌다는 말이 성립되면 그것이 사실 진위를 떠나서 비유로서 더 생명력이 있고 유전(복합적 차원의 윤회)의 흥미로움을 더해줄 것이다. 이 글을 쓴 사람은 어떻게 대적 속에 깨달음의 말이 있는 것을 알았고 또 그가 보살의 존재임을 어떻게 알았을까. 실로 이 글에서 두 형제가 대화를 나누는 것은 가관이다(그러나 가관이라고 해서 진리가 아닌 것은 절대 아니다). 인간은 공기와 혀와 치아, 입술, 비공(鼻孔), 목구멍으로 말을 하지만 어쩌면 저 소들은 눈으로 말할지도 모른다. 증명할 길이 어디에도 없다. 하지만 나는 인간을 위한 편견이 점점 싫어지면서 이렇게 말하게 되는 것은 아마 인간에 대한 근본적인 의문 때문일지 모른다(현명한 글이라면 이런 것은 밝히는 것이 아닐 텐데. 솔직히 나는 인간을 신뢰하지 않는 편이다. 이건 생명은 하나라는 제동(諸同) 사상 때문에 겪는 불평등심리의 결핍일지 모른다).

나는 보살이란 이름이 두렵다. 특히 디팡카라가 출세(出世)하고 열반한 오랜 세월 뒤, 방카산에서 처와 함께 살던 만갈라 부처님이 강아(剛牙)라는 야차에게 두 아들을 잃은 뒤 더욱 강화되었다. 당시 묘사를 보면 '강한 이빨'의 야차는 두 아들을 마치 풀뿌리를 먹듯 하였다고 하였다. 또 그 야차의 입에서 피의 조수가 불꽃처럼 흘러나왔다고 기록하였다. 나는 여기서 독서를 중단했지만 보살이란 수많은 생사를 거쳐온 특별한 존재임은 의심할 여지가 없다. 태어나고 죽임을 수도 없이 겪은 자라면 세상에서 그보다 더 무서운 자가 어디 있겠는가. 어리석게 나는 죽음이 두려워 다시 태어나지 않기 위해선 어느 여자의 축축한 뱃속에서도 잉태하지 말기를, 어느 누구의 사랑도 나를 피해 가길 간구해야 할 것이다.

그가 지금 한 우생(寓生)으로 와 있다. 고삐와 무거운 수레와 짐이 그의 몸을 짓눌러 그것들은 무거운 쇠붙이처럼, 불필요한 또 다른 다리처럼 곳곳에 붙어 있다. 그의 몸은 무거운 짐 쪽으로 쏠려가고 있었다. 언제나 형과 함께 짐을 운반하는 소적은 비록 같은 태의 형제이지만 분명 다른 인연으로 이 길에 접어들었을 터이나 오늘은 정신이 너무 명증했는지 법형(法兄)에게 불만을 토로했다. 그날도 짐을 부리고 돌아와 지쳐 무릎을 꿇고 밖을 내다보며 대적은 오늘도 탈 없이 하루가 갔구나 하고 안도의 숨을 내쉬고 있었다. 입에 짚을 물고 되새김질을 하는 머리와 뿔이 커다란 형을 슬쩍 옆에서 바라보면 — 그때 그가 인간의 기억을 가지고 있었다면(불가능한 일일까) 아마도 마하컬러마스크를 상상했을 테지만, 소적은 이 우주와 세계, 자연, 존재들이 풀길 없는 절대적 갈등이며 절망이란 것을 느끼고 있었던 참이었다.

적도가 가까운 태양 아래서 저녁 그늘은 그래도 쉴 만했다. 벌레 울음소리가 끊이지 않고 들려왔다. 그 까마득한 과거의 어느 생에서 들었던 사라지지 않은 예의 그 풀빛 건초빛 울음소리들이었다. 아름답게 윤색된 그 소리들은 너무나 빨리 주변에서 사라지고 다른 소리들이 쌀처럼 부서지는 햇살과 함께 밀려오고 있었다. 대적은 그 소리로 위안을 삼으며 선정에 든 듯했다. 어느 경계선이 보이는 듯하다 임계선이 넓어지면서 혼미해졌다. 자신의 마음과 상관없이 몸이 피곤한 것이었다. 벗겨진 살갗이 자신의 것이 아니었고 파리떼가 달라붙는 귀도 무거운 등짝도 다 자신의 것이 아니었는데 어찌하여 이것들이 내 것이며 내가 이것들을 입고 있는지 알 길이 없다고 생각했다. 그러나 그것도 잠시였다. 대적은 게슴츠레하게 눈을 뜨고 한없이 측은한 자신에게 말해주었다. 나여, 참으로 오랜만의 선정이 아닌가. 나의 시간은 지금 현재인가, 어디쯤 온 것인가, 아직도 이 다생의 열반(涅槃)은 멀었는가. 적멸의 종결과 즐거움은 언제나 오는가.

이 집은 형과 내가 짐을 운반해서 먹고 살아가죠, 그런데 우리 둘에겐 풀과 짚을 던져주고 저 돼지에겐 젖죽을 주지 않습니까. 문득 실눈 속으로 내다보니 주인이 우리에게 짚을 던져주고 들어가더니 지금은 꿀꿀거리고 어루꾀며 돼지에게 젖죽을 주고 있었다. 돼지는 건너편에서 구유에 머리를 처박고 신이 나서 짧은 꼬리를 꼰 채 흔들어 치며 꿀꿀거리고 있었다. 마당 건너편에서 대적과 소적 형제는 그 돼지를 바라보고 있었다. 대적은 새로운 말이란 지금 이 현재 속에선 더는 없다는 것을 알고(왜냐하면 몸을 다른 것으로 나눌 수가 없는 소이므로) 변함없는 목소리로 동생에게 자신의 진리를 말했다. 어쩌면 이것이 소적에게 주는 마지막 따뜻한 인내의 말일지 모른다. 소적아, 내 말을 잘 들어라. 젖죽을 먹는 저 돼지를 부러워하지 말아라. 며칠 뒤 저 돼지가 어떻게 되는지를 두고 보아라. 그러면서 대적은 위대한 게송(偈頌)을 아우에게 읊어주었다. 저 소의 노래를 실제로 들을 수 있다면.

저 돼지의 신세를 부러워하지 말아라
그는 죽음의 음식을 먹고 있단다
욕심을 버리고 거친 음식을 먹어라
소적아 그것이 오래 사는 근본이란다

대적은 단 것을 탐하지 말고 거친 것을 선택하라는 진리의 말을 하였다. 거친 음식을 찾아가야 오래 살 수 있다 할지라도 소적에게 그 말이 먹혔을까. 그렇다고 여기서 소적에게 내가 모든 질서를 다 엎어버리라고, 즉 존재의 혁명을 일으키라고 말할 순 없는 노릇이다. 그는 지금에 한해선 소일 뿐이다. 생명을 가진 것들(중생)은 죽음을 거치지 않고선 절대 다른 곳으로 이동해갈 수가 없다. 생의 옷을 한번 껴입은 이상 함부로 벗을 수가 없다. 대적의 말은 슬프고 장엄하다. 수많은 다급하고 요긴한 일들이 널려 있지만 가장 중요한 것은 죽음의 문제다. 이 죽음은 멀리 있어서 현대사회와는 별 연관이 없어 보인다. 사람이 죽으면 사흘 뒤엔 다 화장되어 흔적이 없어지기 때문이며 죽음의 속도가 점점 빨라지고 있기 때문이다. 문명사회는 죽음의 과거도 사후도 생각하지 않는 쪽으로 발전해간다. 그 문명의 출구는 사이버적 쓰레기 개념으로 넘쳐나며 우리의 생 자체도 위험하기 짝이 없다. 몸속의 영혼의 문제는 해결된 바가 없다.

삶 다음의 열반이 여전히 의문이다. 어떤 삶이냐에 따라 열반이 달라지는 것일까. 열반의 장수를 어찌 알 수 있을까. 이것이 깨달아야 하는 최고 불변의 진리이련만 대적이 말하는 그 젖죽이란 무엇이며 거친 음식이란 무엇인가. 왜 거친 음식이 인간의 영혼을 맑게 하고 종교적 장수를 보장해 준다고 말하는가. 죽으면 다 똑같은 물체의 시신일 텐데 왜 맑은 영혼과 가벼운 육체로 죽어야 하는지도 의문이다. 교도들이 이타적이지만 일차적으로 매우 이기적이라고 보는 나의 입장에서 종교인들이 신앙의 방편만으로 '장수'를 말했을 리가 없을 것이라고 나는 자꾸 생각한다. 그런데 저 대적은 기막힌 변신과 윤회로 나타난, 하나의 인간도 아닌 한 마리의 짐과 수레와 하나의 소에 불과한 소적에게 귀중한 진리(정신의 장수 — 편한 삶과 죽음)를 말해주고 있지 않은가. 어리석은 자만이 열반할 수 있는지도 모른다.

그러나 모든 것은 사라지고 없어지는 것일까. 그렇게 편리하게 생사의 법이 짜여 있을까. 업도 함께 연기처럼 쉬 사라지고 마는 것일까. 육체만 화장터에 가서 소각해버리면 모든 것은 깨끗하게 청산되는 것일까. 업이란 것이 그렇게 쉽게 씻어지는 것일까. 그런 자연은 없다는 것이 나의 최근 생각이다. 다시 말해서 나 자신에게 약간의 협박처럼 들릴 수도 있고 과학과 중생에게 미안한 말이기도 하지만(왜냐하면 죽음으로 모든 것이 끝나기를 은근히 바라고 말하고 있는 눈치들이기 때문이다). 죽음이 모든 것의 끝을 보장해주는 것은 아닐 것이다. 이것을 증명해야 할 의무가 있는 것도 아니지만 심증적인 이 불변 혹은 생사의 무멸(無滅)은 나를 도리어 편하게 해주지만 대단한 대가와 축적을 치르지 않으면 안 되는 '무엇'이다. 업을 다 받지 않고 어쩌겠다는 것인가. 평생 거친 음식을 먹으란 말엔 만만찮은 비밀이 숨어 있을 것이다. 그것은 인욕이기도 한 것 같다.

대체 그 거친 음식이란 무엇인가. 단지 방편인가. 단지 파란 생풀이고 달콤한 젖죽일 뿐일까. 대적은 곧 잡아먹을 자에게만 달콤한 젖죽을 주는 법이라고 말하게 될까, 미운 놈에게 떡 하나 더 준다고 말했을까, 아니면 독립한 자는 거친 음식을 뜯어먹으며 혼자 자연 속에서 살아간다고 말할까. 그 어느 것도 불완전하다. 지나치게 유용하거나 목적이 뚜렷한 것들은 이용되거나 희생물이 된다. 무니카의 젖죽은 죽음의 담보였다. 그가 젖죽을 먹지 않았다면 주인은 그를 몽둥이로 때리면서 강제로 먹여 살을 지웠을 것이다. 나는 이제 허무와 공이 방편이었다는 것을 겨우 깨달으려 하는 것 같다.

며칠 뒤였다. 무니카는 그날도 주인이 내주는 젖죽에 머리를 처박고 정신없이 먹고 있었다. 귀여운 무니카의 귀가 보이지 않았다. 조금 뒤 몇 사람이 와서 마당에 말뚝을 박고 천막을 치고 사라졌다. 천막의 흰 빛이 돼지의 눈동자 속에 스쳐 지나갔다. 어디서 본 듯한 빛의 그늘이었다. 돼지는 문득 죽을 먹다가 그 흔들리는 바람을 보았지만 슬프게도 그것이 무엇인지 알 길이 없었다. 그 빛은 기분 나쁘게 오히려 예리하게 스쳐지나갔다.

어느 시각인가, 힘센 마을 장정 한 사람이 자신에게 다가오더니 안 하던 짓을 한다. 자신을 품에 안아버렸다. 나는 그 남자의 품안에 들어갔다. 순간, 어디에도 남아 있지 않은 것이지만 돼지는 그 이상한 냄새를 맡았다. 남자는 억센 두 팔로 목 부위로 해서 가슴 안쪽으로 긴 팔을 집어넣더니 꽉 움켜쥐듯 하였다. 나를 들려고 하는 것 같았다. 나와 남자가 하나가 되자 이윽고 뒤에 서 있던 낯선 남자들이 나에게 달려들었다. 순간 돼지는 숨이 막혀 꽥 하고 소리를 질렀다. 남자가 더 세게 자신을 비틀어 안았다.

그때였다. 날카로운 쇠붙이의 기다란 칼이 눈에 보였다. 그리고 나의 목에 칼이 지나가버렸다. 눈 깜짝할 사이였다. 목에서 피가 툭 하고 튀어나가는 것이 보였다. 피는 주먹 같았다. 공중에서 살아 펄떡이며 땅에 떨어지지 않고 마치 날아가려는 것 같았다. 그 와중에서도 그 피가 땅에 떨어지면 나는 죽고 만다는 괴이한 생각을 우습게 하고 있었다. 나는 그 피를 내 몸이 받아야 한다고 생각했다. 그러나 그 순간, 다시 한번 긴 칼이 목으로 깊이 들어왔다 빠져나가고 있었다. 나는 힘이 심장 속으로 도망가는 것을 느끼면서 정신을 잃었다. 그 뒤, 내가 어떻게 되었는지 모른다.

사람들은 모여들고 웅성거리기 시작했다. 별의별 얼굴을 한 이웃마을 하객들은 신랑과 신부에게 집중되어 아무도 돼지를 기억하는 사람은 없었다. 음식상이 차려나오는데 무니카의 살점이 없는 상이 없었다. 볶아지고 썰어지고 삶아지고 어느 부위인지 모르지만 납작한 접시 위의 그것들은 분명 젖죽을 먹던 무니카의 살이었다. 아 무니카가 저렇게 되어 있었다니. 그런데 무니카를 먹지 않은 대적과 소적은 누구인가. 나는 머나먼 이 먼 문명의 끝에서 지금 그 잔칫집을 들여다본다. 하객들은 떠들며 무니카를 먹고 있다. 대적과 소적은 어이가 없어 커다란 소의 얼굴 위에 뚫린 공포의 눈동자를 어디로 돌려야 할지를 모르고 있었다. 무니카의 우리는 텅 비어 있고 거기 무니카가 없었다. 그가 죽을 때 싸놓은 생똥만 냄새를 풍기고 있었다. 떨어져나간 천장에 낯선 영풍(泠風)이 불어가고 햇살이 보이지 않는 새들의 영혼처럼 지저귀고 있었다. 이 무니카는 한낱 돼지가 아니라 모든 중생의 이름이었을까.

대적과 소적은 한쪽에서 기척도 하지 않고 잔치가 벌어지는 광경을 바라보고 입을 굳게 닫았다. 대적은 눈을 감고 혼란스런 발짝 소리를 듣고 있었다. 그 소리들이 곧 어둠 끝의 햇살처럼 사라지고 텅 빈 나뭇가지 같았고, 주변엔 아무것도 남아 있지 않았다. 대적은 소적에게 '받는 음식의 과보'를 말했지만 두려움에 떨고 있었다. 그러나 대적은 열반의 마음으로 다시 말했을 것이다. 조금 뒤에 보아라. 아무도 이 자리엔 없을 것이다. 그저 평화로운 히말라야의 햇살만이 우리의 붉은 살을 지울 뿐이란다. 두렵지 않은 죽음이 있다는 것을 소의 눈이 나에게 이 글을 통해서 말해주는 것만 같다.

소의 이름이 있는 반면 이름이 표기되지 않은 운송업자는 대적의 눈을 한 번도 마주친 적이 없었을 것이다. 아니 어쩌면 이것도 오해일 수 있다. 장자는 대적을 보며 소적을 잘 부탁한다고 말했을까. 아니면 너를 믿는다고 말했을까. 이 모든 말은 진실이었을까 감언이설이었을까. 자네는 저 돼지를 부러워하지 말게, 자네와 나는 한길을 가지만 저놈의 돼지는 곧 잡아먹힐 걸세. 그 말을 듣고 소적에게 했을까. 또 어쩌면 그 장자는 아주 더 먼 인연에서는 대문 앞에서 죽음의 음식을 들고 비구를 유혹한 조악(粗惡)한 처녀의 어미였을지 모른다. 모든 중생의 업의 인연의 개연성은 사방으로 열려 있다. 무변(無邊)의 공처럼. 한 음욕의 인연이 이제 어디까지 갔는지, 그 후생의 끄나풀들의 기록일 수 있는, 아니 예언일 수 있는 '후생경'(後生經)은 없지만. 그러나 이 경에서 고타마가 말하길, 과거의 무니카는 현재(2500년 전 기원정사 시대)의 너, 즉 처녀의 유혹에 빠진 한 비구였다고 하니 불가사의하다. 이야기의 전생담인 기원정사에서 들려준 조악한 처녀의 이야기는 다음에 미루기로 하고 다만 인연의 과거가 없는 존재는 없다는 것을 존재 자체들이 이미 말하고 있다. 이런 마음을 스스로 내자 나는 보잘것없는 자신에 대해 통쾌함을 느낀다. 자신에게 냉혹하고 인연을 거부하려는 의지일지 모른다. 고타마가 열반하기 전 순타가 한 말을 기억해본다. 여러 차례에 걸쳐 어서 공양을 올리라는 고타마 앞에서 순타가 이런 말을 했다.

기인종불변토(飢人終不變吐).

나에게 이 기인은 간절한 자, 갈급한 자, 깨달은 자, 그리워하는 자, 잊을 수 없는 자, 남은 자 들이다. 절대 토하지 않는다는 이 삼매의 마음은 그 아래로 내려가면 밥의 마음이 되겠는데 이 중생의 밥이 있어야 고타마가 열반할 수 있는 힘을 얻을 수 있다는 말이 된다. 죽을 때도 죽을힘을 낼 수 있는 밥이 필요했다. 이것은 가장 인간적인 불망(不忘)의 약속이며 묵언의 전법이다. 아마도 최초의 불교적 추모와 신앙의 첫발이 고타마 열반 직전에 시행되고 있는 기묘한 순간이었을 것이다. 영원히 쉴 수 있는 자리를 마련해 달라는 중생에게의 이 부탁[신탁 같은 부촉(咐囑)의 의미]은 감히 보살이 하는 말이며, 그 부탁을 감히 들어주는 자는 다름 아닌 눈물 많은 그림자의 어리석은 중생들이다. 이 중생의 교차점이, 즉 '중생=부처'의 일체가 이중동(異中同)의 원융(圓融)이 되는 통섭의 합일점이다.

굶주린 중생이 한 번 맛나게 씹어 안으로 삼킨 것은 결단코 토해내지 않는다는 이 말은 너무나 초월을 꿈꾸는 인간의 슬픈 회향이 뼈처럼 스며 있다. 그 마음의 산상에서 모두 만나기를 바라는 마음이 사실

여부 진위를 떠나서 초라하기 짝이 없는 문학과 인생, 문화와 종교, 언어, 약속, 형식이 아니겠는가 생각해본다.

조선의 고한희언(孤閑熙彦)은 열반하면서 다비 불가의 임종게를 남겼으나 제자들이 그를 다비하였다. 그의 마지막 시는 이렇다.

> 쓸데없이 이 세상에 와
> 오직 지옥의 허섭스레기만 만들어놓았다
> 내 몸을 산록(山麓)에 버려라
> 차라리 새와 짐승들을 기르리라

> (이 시의 '사'(飼)를 '먹이로 된다'보다는 임종하면서도 굶주린
> 짐승을 기르려는 마지막 마음으로 해석했다.)

그 외의 조선시대의 일선 선사도, 중국의 법지 스님도 이와 같았다.

보살이 이 대적의 생을 거치지 않았다면 결함이 있을 뻔했다는 생각을 했다. 완성되고 행복한 자는 미완성과 불행한 자의 딸이다. 언제나 불행과 미완성이 선행하며 그것은 과거와 미래 사이에 끼어 있는 예언의 간지다. 하지만 나는 이 세상에서 산산조각 나는 한 마리의 무니카의 존재와 희생을 본다. 누구나 '나'는 한 마리 어리석은 무니카이며 우리는 오늘 한 마리의 무니카를 기르고 죽이고 잡고 먹고 있으며 진열해서 팔고 유혹하고 넘어가고 있다는 것을 망각할 수가 없다. 나는 다시 무니카를 까맣게 잊고 또 죽을 것이다. 이들은 한세상 떠다니는 먹장구름이며 바람들이다. 이 허망한 십연생구(十緣生句)의 장

엄과 금강육비유품의 본상 저쪽 우리는 서로 어디쯤 기다리며 있는
것인가.

— 2010년 4월 양평 지평에서

고형렬
시인, 창작과 비평사 기획위원, 계간 《시평》 주간, 제3회 지훈문학상 수상자, 수상작품 : 《김포 운
호가든집에서》(창비, 2006), 대표작 : 《성에 꽃 눈부처》, 《은빛 물고기》 등

한국 사상과 문화에 대한
주체적 자각

이형성

전북대 교수

1.

이 글은 지훈상운영위원회에서 〈지훈상〉 제정 10주년 기념 에세이집을 발간하며 주어진 "한국 문화(전통)와 주체성"이라는 주제에 맞춰 소회(所懷)한 것이다. 조금이나마 그 소기의 성과를 도모하기 위해, 먼저 문화의 의미를 살펴보고, 한국 전통문화를 사적(史的)으로 간략히 조망한 다음, 과거 주체성을 표출한 일례를 들면서 우리 문화와 서구 문화에 대한 접목과 조화를 주체적 자각 속에서 모색하는 양상을 서술하고자 한다.

2.

국어사전에서의 '문화'는 세 가지 뜻이 있다. 첫째는 학문을 통하여 사람들의 인지(人智)가 깨어 밝게 되는 것이고, 둘째는 권력이나 형벌보다는 문덕(文德)으로 백성을 가르쳐 인도하는 것이며, 셋째는 철학적 의미로 인간이 자연 상태에서 벗어나 일정한 목적 또는 생활 이상을 실현하려는 활동의 과정 및 그 과정에서 이룩해 낸 물질적·정신적 산물의 총칭, 특히 학문·예술·종교·도덕 등 인간의 내적 정신활동의 소산을 말한다. 더러 문화가 사상 자체를 의미하는 것이 있기는 하지만, 외형적 산물로 언어·풍속·문물·제도·공예 따위를 포함하여 사용하는 경우가 더 많을 것이다.

이러한 문화를 크게 무형문화와 유형문화로 분류할 수 있다. 무형문화는 사상과 같은 정신적 산물이며, 유형문화는 각종 생활에서 만들어진 외형적 산물이다. 고래로 온축된 문화는 여러 가지 기준으로 분류할 수 있으니, 시기에 따른 구석기문화·신석기문화·청동기문화·고대문화·중세문화·근대문화·현대문화, 생활에 따른 농경문화·수렵문화·유목문화, 종교에 따른 유교문화·불교문화·도교문화·기독교문화·이슬람문화, 국가에 따른 한국문화·중국문화·영국문화·독일문화, 신분에 따른 귀족문화·선비문화·서민문화 등이 그것이다. 현재 각 지자체에서 축제를 행사하며 무슨 무슨 문화라고까지 이름을 붙이고 있으니, 문화란 아무것에나 갖다 붙이는 꼬리표처럼 되어 가고 있다.

하지만 한국 문화는 한민족의 장구한 역사 속에서 혼 또는 얼이 깃들어 있는 것을 말한다. 현재 우리는 물질적 풍요로움을 지나치게 만끽하다보니 우리의 아름다운 정신적 혼을 올바르게 공유하지 못하고 대체로 세류(世流)를 따라가는 감이 많다 여겨진다. 이제 더 늦기 전에 우리의 혼이 담긴 고유문화를 이해하고 주체적으로 발전시켜야 할 듯하다. 그러기 위해서는 그 문화의 시원성(始原性), 그리고 이문화(異文化)의 수용과 발전도 알아야 할 것이다.

3.

우리 문화의 시원성을 발견하기란 그리 쉬운 것이 아니다. 오랜 역사를 거슬러 올라가 생활상을 보면 농경에 기초했음을 알 수 있다. 구석기·신석기시대의 유형적 유물에서 그런 문화의 흔적을 찾아 볼 수 있다. 그러나 우리 문화의 무형적 시원성을 엿보기에는 한계가 있다. 최근 경북 울진에서 7,500년 전 토기가 출토되었다. 이러한 토기는 최초로 발견된 것이다. 그 토기는 신석기인의 환한 미소를 짓고 있는 얼굴로 예술성을 띠고 있다고 한다. 그 신석기인의 환한 미소가 상대방의 정에 대한 답례인지 아니면 힘들고 고된 삶에서 잠시 여유를 가져보자는 것인지는 알 수 없다. 다만 그 예술적 미소는 분명 사유적 의식을 통한 것이기에 시원성으로 보아도 무리가 아닐 듯하다. 이를 보면 우리 문화의 시원성은 여유로움을 지향한 여유미(餘裕美)에 있지 않나 생각해 볼 수도 있을 것이다.

우리는 역사시대에 들어서도 역사적 기록이 없기에 타국의 편린적

(片鱗的) 사료를 통해 우리의 사상과 문화유산을 접하고 이해하였다. 이러한 간접적 자료 습득으로는 우리의 사상과 문화를 올바르게 이해하지 못한다는 한계가 있으니 그 점을 지적하지 않을 수 없다. 그래도 신화는 한 나라의 역사와 사상·문화의 존재 근거를 알 수 있는 것으로 세계 많은 나라는 자국의 신화를 가지고 있다. 헌국의 존재 근거를 알 수 있는 신화는 바로 단군신화이다. 이 신화는 기원전 2,333년 고조선이 발흥하는 과정을 말한 것이다. 때문에 단군신화는 우리 한민족의 시원성을 말한다고 하여도 과언이 아닐 것이다. 그 신화를 들여다보면 하늘·땅·인간이 서로 대립적 존재가 아니라 조화의 세계를 지향하면서 홍익인간(弘益人間)이라는 인간주의를 모색하였다. 인간주의에 있었지만 주술신앙과 같은 종교적 신비주의, 즉 천제(天帝)·영성신(靈星神)·일신(日神) 등에 대한 신앙이 성행하였다. 이러한 문화적 양상은 인간을 위한 신(神)에 의존함이란 측면에서 사상적으로 고신도(古神道)라 부르기도 한다. 신화와 고신도 사상에는 우리 민족의 삶과 도덕적 규범이 내재하고 있어 한민족의 특수성을 엿볼 수 있을 것이다.

고조선 이후 외래의 지배를 받았지만, 토착 세력은 강인한 의지로 그 지배를 벗어나 각각 부족국가를 세웠다. 각각의 부족들은 건국하는 과정을 신성시하기 위해 단군신화처럼 각 부족국가의 신화를 만들었으니, 이는 국가 건국의 신성성(神聖性)과 역사성(歷史性)을 알리는 것이 되었다. 각 부족국가에서 하늘에 제사를 올렸던 제천의식은 하늘에 대한 종교 경험과 밀접한 연관이 있지만, 그 내면에는 국가의 태평과 국민의 안정 및 민족의 무궁함을 기원하면서도 사람과 사람의 단결과 상호 조화를 이루고자 하는 마음이 담겨 있다. 우리는 이러한 신화와 제천의식에서 민족적 문화양상을 읽을 수 있을 것이다.

삼국시대 중국이나 인도에서 외래사상이 들어오면서 우리의 고유 문화 가운데 고신도 사상은 새로운 양상으로 변하거나 멀어지기도 하였다. 특히 선인들은 고유문화를 기반으로 하여 외래사상 즉 유학사상이나 불교사상이 우리에게 친숙해지도록 하기도 하였다. 이것은 외래사상의 역기능 측면보다 순기능에 입각하여 우리의 고유사상과 융화(融化)하려고 한 것이다.

유교는 본래 인의(仁義)에 뿌리하여 효(孝)를 중시하면서 각종 예제(禮制)의 유교문화를 보급하였다. 삼국은 국가적 충(忠)이라는 윤리에 치중하면서 유교의 예제를 통해 국가의 문물제도를 정립하였고, 고려에 들어서는 정치제도에 중점을 두었다. 조선은 중국 송학(宋學)을 수용하여 유학을 건국이념으로 하였다. 조선의 학자들은 유학 즉 주자학(朱子學)에 전념하여 우주론을 탐구하면서도 심성론을 더 연구하여 중국의 주자학을 능가하는 면이 없지 않았다. 퇴계(退溪) 이황(李滉: 1501~1570)과 고봉(高峯) 기대승(奇大升: 1527~1572), 우계(牛溪) 성혼(成渾: 1535~1598)과 율곡(栗谷) 이이(李珥: 1536~1584)의 심성론에 대한 심화적 탐구는 한국 성리학의 특징을 잘 발휘하였다. 한양의 사대문(四大門)을 비롯한 각종 건축양식 및 예술에는 유교적 문화의 소박함이 그대로 표현되었다. 최고의 예술미를 자랑하는 고려의 청자상감(靑磁象嵌)이 조선의 백자로 변모하는 것 역시 유학의 소박함과 검약정신이 그 이면에 깃든 것이었다.

불교는 현실적 고업(苦業)을 벗어나 무아(無我)의 경지인 깨달음을 갈구한다. 이를 기초로 불교의 수많은 경전이 나오고 이론이 무성하였다. 삼국시대 불교가 전래된 이래, 불교는 우리의 지역과 풍토 및 민족성 안에서 전개되고 또한 그 이론에 알맞은 그 문화가 창출되었다. 우리는 사상적 측면에서 원효(元曉)·의상(義湘)·지눌(知訥)·기화(己和)·휴정(休靜)·유정(惟政) 등의 원융회통(圓融會通)을 특색으로 하는 한국적 불교사상을 들여다볼 수 있고, 문화적 측면에서 석굴암·다보탑·황룡사구층목탑·반가사유상·탱화 등의 한국적 불교 문화양상을 엿볼 수 있다. 국가의 안녕과 발전을 기원하는 호국불교, 그리고 도교의 문화를 수용하는 도교포용적 불교로 나아가는 것 역시 한국적 불교라 할 수 있을 것이다.

조선후기에 수용된 기독교는 수용시기에 이질적 종교와 문화라는 이유로 여러 차례 박해받았다. 1895년 을미사변 이후, 기독교는 반일(反日)의 태도를 지향하며 민족교회로 거듭났고, 또 사회사업 또는 농촌운동으로 참여하며 기독교적 삶과 의식을 고취시켰다. 현재는 신학(神學)에 대한 교파적(敎派的) 경쟁적 면을 지양하고 서로 민족적 대화합을 도모하고 있다. 이러한 일련의 기독교 양상은 한국적 특성에 맞는 기독교로 변화한 것이다.

애석하게도 우리는 19세기 국내의 정세와 서세동점(西勢東漸)이라는 국외의 정세를 주체적으로 인식하지 못하고 20세기를 맞이하였다. 국가의 개혁과 발전을 위한 확고한 신념이나 힘보다는 외세가 너무나 막강하여, 우리는 국가적 대세를 만회하기가 어려웠다. 당시 을사오적(乙巳五賊)이라는 위정자들의 잘못된 국가관과 근대화론은 결국 우리가 일인(日人)에게 36년 동안 탄압받는 아픔의 역사를 초래했다.

을사오적의 죄가 크다 하겠지만, 근본요인은 우리가 자력적(自力的)으로 근대화를 이룩하지 못한 것이다.

우리가 아픔을 당했던 만큼이나 우리의 고유사상과 문화도 아픔을 당하였다. 그것은 일인 관변학자(官邊學者)의 식민사관에 입각한 연구들이다. 그 관변학자들은 우리의 사상과 문화를 36년 동안 연구하여 부정적 면모만을 드러내며 주입하였다. 광복 이후, 우리는 이러한 순수하지 못한 일인의 연구를 불식시키고 어떻게 주체적 민족문화를 정립할 것인가에 대한 큰 과제를 안게 되었다. 하지만 이러한 과제를 수행하기도 전에 민족상잔(民族相殘)이라는 또 한 번의 비극을 맞이하게 되어, 많은 학자들은 좌익우익이라는 이념에 따라 남과 북으로 분단되어 우리의 것을 전체적 차원에서 탐구하지 못하였다.

현재 우리는 급변하는 과학문명과 국제사회 속에서도 산업사회를 구축하여 물질적으로 풍요로운 나라에 살고 있다. 이러한 우리의 삶은 민족상잔 이후 폐허가 되어버린 국토를 어떻게든지 복구하기 위하여 산업에만 온 힘을 쏟아 부은 결과이다. 산업발전은 우리에게 물질적으로 풍요로운 삶을 가져다주었지만, 그 이면의 인간다운 인간과 인간다운 삶은 적지 않게 가려지고 말았다. 이는 국부(國富)를 국시(國是)로 여겨 산업경제만을 내세우고 우리의 사상과 문화에 대한 주체적 자각이나 성찰이 없었기 때문일 것이다. 특히 우리는 산업발전이라는 명목으로 서구의 기술문명을 수용하면서 서구문화를 절대시하여 우리의 고유문화는 물론이고 일체의 우리 것에 대해 부정하는 경향이 많았다. 깊은 주체적 자각과 성찰이 있어야 할 것이다.

4.

우리는 과거 외래사상과 문화를 수용할 때 한국이라는 특수한 상황을 고려하여 주체적 자각을 통해 고유문화와 조화롭게 통섭하여 전개하였다. 우리 선인들의 주체적 자각 속에 민족적 의식이 있었다. 광개토호태왕비(廣開土好太王碑)에 나타난 고구려인의 의식세계, 황룡사구층목탑(黃龍寺九層木塔)을 통한 신라인의 의식세계, 백제금동대향로(百濟金銅大香爐)에 보이는 백제인의 사상과 예술 의식, 팔만대장경(八萬大藏經)이라는 불사(佛事)를 통한 고려의 호국신앙, 조선시대 왜란과 호란 때의 의병 활동, 한말 때의 의병활동과 각 종교단체의 항일운동 등이 바로 그러한 것이다. 이것은 모두 이기적 자아를 벗어나 민족이나 국가를 위하는 주체의식이 있었기에 가능한 것이다.

특히, 나라를 빼앗겨 36년 동안 참혹한 고통이 있을 당시, 일인들의 우리의 사상과 문화에 대한 부정적 연구에 대응하여 우리의 것을 체계적으로 정리한 것도 주체적 자각의 발로였다. 장지연(張志淵: 1864~1921)의 《조선유교연원》(1922년 출간), 이능화(李能和: 1869~1943)의 《조선불교통사》(1918년)와 《조선도교사》(1945년 이전?), 하겸진(河謙鎭: 1870~1946)의 《동유학안》(東儒學案), 안확(安廓: 1886~1946)의 《조선문학사》(1922년), 백남운(白南雲: 1895~1974)의 《조선사회경제사》(1933년)·《조선봉건사회경제사》(1937년), 김태준(金台俊: 1905~1950)의 《조선한문학사》(1931년)와 《조선소설사》(1933년) 등이 바로 그것이다. 이러한 저술은 우리의 사상과 문화를 성찰한 소박한 통사이나, 지은이 한 개인을 위하는 소아(小我)

보다는 분명 국가의 미래를 위하는 대아(大我)의 정신이 깃들어 있었기에 가능한 것이다. 현상윤(玄相允: 1893~?)의 《조선유학사》나 《조선사상사》는 광복 후 민족적 혼을 되살리려는 정신이 깃들어 있었고, 그 이후 조지훈(趙芝薰: 1920~1968)을 비롯한 여러 학자들의 한국문화에 지대한 관심은 우리의 정신문화의 전승이 단절되지 않고 미래를 열어갈 수 있도록 하는 주체적 의식이었던 것이다.

위의 선각자들의 연구를 기초로 한 우리의 사상과 문화에 대한 면밀한 연구는 1970년대부터 본격적으로 이루어지다가, 1980년대 중반에 들어서 급성장하기 시작하였다. 그것은 고전적(古典籍)에 대한 출판(영인본)에 힘입은 바이다. 《한국문집총간》(韓國文集叢刊)·《한국역대문집총서》(韓國歷代文集叢書)의 영인본, 《한국불교전서》(韓國佛教全書) 활자화 출판, 그리고 문중(門中)의 선조 유집(遺集) 출판물 등을 연구자들이 직접 접하면서 한국학의 비약적 발전을 가져오게 되었다는 것은 주지의 사실이다. 우리 고유문화에 부정적 요인도 있겠지만 면면히 계승되어야 하는 유익한 요인이 더 많다는 사실을 재인식하여야 할 것이다. 현재 우리는 한국연구재단의 지원을 받아 토대연구 또는 기초연구라는 이름으로 한국학과 관련한 각종 연구를 시행하고 있다. 이러한 연구는 우리의 사상과 문화의 본질을 구명(究明)하여 새로운 문화 창달에 이바지하리라 생각한다.

그런데 현재도 우리 것의 절대적이고 보편적 가치에 대한 주체적 자각이나 성찰이 부족하다. 그것은 인류가 새로운 문명의 이기(利器) 개발에 적극적인 면을 보이고, 또한 서구의 인공적 메커니즘으로 포장된 문화를 무비판적으로 지향하면서 만족감을 얻고자 하기 때문이다. 하지만 과학문명이 발전하면 할수록 인간은 왜소해지고 심지어는 비관에 빠져 인간의 삶 자체가 공허하다는 것을 느낄 것이다. 특히 강대국은 약소국에게 산업과 문화에 대한 일방적 수용을 강요하고 있어, 이에 처한 우리도 우리의 정체성(正體性)에 적지 않은 위기를 맞고 있다.

과학문명과 강대국의 독선적 강요 속에서 우리는 어떻게 대처하고 우리 문화의 고유성을 어떻게 지킬 것인가에 대한 주체적 자각 의식이 필요하다. 주체적 자각 의식이 없다면, 아마도 우리는 정신적으로나 경제적으로 모두 공허하고 허탈하게 될 뿐만 아니라, 결국에는 종속적 삶만이 우리를 기다리게 될 것이다. 이러한 일례는 과거 우리가 빈국을 벗어나기 위해 경제를 우선으로 하는 정책을 펼칠 때, 경제 선진국에 종속되어 끌려가는 경우가 많았고, 그 결과 서구의 발달된 문명의 관점에서 무작정 한국문화를 부정했던 것을 들 수 있다.

이제 세계의 문화 선진국은 자국의 문화를 통해 경제적 부를 축적하려고 한다. 그렇다면 우리도 우리의 문화를 제대로 연구하고 개발해야 할 것이다. 그 개발하고 연구하는 담당자는 반드시 우리 문화에 대한 주체적 자각이 필요하다. 그 자각이란 국가는 국가대로 개인은 개인대로 최소한 우리의 사상과 문화에 대한 영안(靈眼)이 있어야 가능한 것이다. 교육은 전통문화를 맹신하도록 하는 것이 아니라 우리의 문화를 성찰하도록 하는 비판적 안목을 길러준다. 때문에 국가는 한국 전통문화에 대한 교육을 제대로 실시하여 학생이면 학생, 일반인이면 일반인에게 그 나름의 주체성을 갖도록 해야 할 것이다. 이것이 바로 급변한 오늘날 현실의 일을 참되고 진실하게 하면서 진리의 옳음을 찾고자 하는 실사구시(實事求是)의 정신이다. 이러한 실사구시 정신에 입각하여 창출한 새로운 사상과 문화는 인간의 사상과 문화가 아니라 바로 사상과 문화의 인간화의 길로 나아갈 것이다. 이러한 참다운 사상화와 문화화가 객관성을 담보한 세계문화로 지향해 갈 것이다. 우리들이 자주 회자하는 문화대국이 곧 경제대국이라는 말도 바로 그러한 차원이 되어야 한다.

1997년 무렵부터 우리도 문화에 심혈을 기울여 정책을 펼치고 있다 하니 다행이라 하겠다. 우리의 전통문화를 소재로 만든 드라마나 영화가 외국에 수출되어 큰 인기를 얻게 되자, 그 나라에서는 이를 한류(韓流: *Korean wave*)라고 명명하였다. 우리의 다양한 문화가 한류라는 바람을 타고 퍼진 것이 바로 한류문화이다. 이 한류문화는 외래문화의 장점을 수용하여 한국적 문화로 양산한 것이니 바로 선인들이 다양한 사상과 문화를 통섭하여 우리 것으로 만들었던 정신이 녹아있는 것이라 하겠다. 참다운 한류문화를 만들고 보급하고자 한다면, 전통문화를 잘 다듬고 콘텐츠 개발에 성실한 노력과 상호 협조가 이루어져야 한다. 그렇게 되었을 때만이 우리의 문화에 대한 꿈과 이상이 제대로 실현될 것이다. 이제 정부는 정부대로 학계는 학계대로 예술계는 예술계대로 한국문화를 각각 개발할 것이 아니라, 서로가 모두 하나의 네트워크를 형성하여 한국문화 창신(創新)에 진력할 때만이 우리 문화의 참모습을 세계에 알릴 수 있을 것이다.

결론적으로, 과거 자타가 공인하였던 '문화대국'이라는 그 말이 현시점에 되살아나도록 할 수 있는 것은 바로 주체적 자각이 있어야 하는 것이다. 왜냐하면 오직 그 주체적 자각이 있는 사람은 서구 문화를 아무리 수용하여도 그 문화를 우리 전통문화의 꽃을 새로이 피어나도록 하는 자양분으로 삼아 문화대국을 도모할 수 있기 때문이다. 이제 세계 각국은 모두 문화대국이 되기 위해 진력하고 있다. 우리의 문화대국은 바로 인간화에 있음을 주지해야 한다. 그 인간화란 주체와 객체로서의 '나'와 '남'이라는 구별의식보다는 서로의 마음과 마음이 소통되어 '우리'라는 의식 속에서 새로운 사상과 문화를 향유하며 대중화하고 생활화하는 것이다. 이러한 인간화 정신은 현대의 급박한 삶 속에서 여유로움을 가져 환한 미소를 짓도록 하여 갈등적 사회를 화합시키고 국가간의 구조적 긴장 관계를 화해시켜 대인류를 이룰 것이다. 이러한 정신이 있을 때만이 한국문화의 다양성을 대립과 충돌이 없도록 주체적 자각으로 통섭(統攝) 하고 한국을 "미래지향적 문화대국"으로 거듭나게 할 것이다.

이형성

전북대 교수, 제 4회 지훈국학상 수상자, 수상작품 : 《풀어옮긴 조선유학사》(현음사, 2003), 대표작: 《한국철학사상사》(공저), 《범주로 보는 주자학》(역) 등

사투리의 아름다움

이 기 갑

목포대 교수

1. 사투리

시치기 전에 살망살망 비베야 보들보들해. 그럴 직에 너머 많이 비비
믄 풋네 나네잉. 인자 살살 시쳐서 찜솥에 앙쳐. 짐이 들었다 싶으믄
잎삭을 내 봐서 몰랑허믄 그만 쪄. 근디 너무다 방정맞게 꺼내믄 안
익어서 꺼랍네잉. 글고잉 인자 양님장을 맨드는디 집이가 매운 것 좋
아허믄 장에다 쌩고추를 몽글몽글 썰어 넣고 알큰허니 허믄 더 맛나.
마늘 넣고 파도 쫑쫑 썰고 깨 넣고 지름 나수 넣고 고칫가리다 엔간히
넣고. 근디 너머 매웁게 허믄 호박잎 맛이 감해 불어. 어우러지게 맨
들어야제. 그래 갖고 어째? 인자 서방이랑 앙거서 맛나게 묵어야제.

— 《전라도닷컴》 2003년 9월호에서

앞의 글은 광주 재래시장의 하나인 '말바우 시장'에서 호박잎을 파는 할머니의 생생한 전라도말을 그대로 옮긴 것이다. 물론 실제의 말에는 여기에 전라도 특유의 억양이 얹혀질 것이나, 이렇게 글로만 옮겨도 토박이의 유창한 말솜씨가 그대로 느껴진다.

사투리는 일반적으로 촌스러운 말, 교육받지 못한 말, 때로는 상스러운 말로 인식되었다. 그래서 사투리를 없애야 할 우리말의 잡초 정도로 생각하는 사람도 없지는 않다. 실제로 시골에 조사를 나가 보면 현지인들로부터도 '우리 동네는 사투리가 별로 없다'는 말을 흔히 듣곤 한다. 사투리를 특별한 말로 인식하는 탓도 있겠지만, 한편으로는 사투리에 대한 사람들의 부정적 생각을 드러내는 반응일 것이다.

그러나 위의 인용문이 보여주듯이 사투리는 그 지역 토박이들의 일상적인 삶을 지배하는 언어다. 그 말은 일시적으로 생긴 것이 아니라 오랜 세월을 거쳐 사람들의 삶을 통해 만들어진 것이므로, 거기에는 그 지역 사람들의 생각과 사는 방식이 그대로 녹아 있다. 표준말은 이러한 사투리의 다양성 때문에 빚어지는 소통의 어려움을 없애기 위한 편의적 수단일 뿐이다. 그래서 표준말과 사투리 사이에는 메우지 못할 틈이 있는 것이다. 물론 표준말을 만들 때 서울말뿐 아니라 여러 지방의 사투리도 상당히 고려되었음은 부인할 수 없지만, 표준말로는 표현하기 어려운 수많은 느낌, 물건, 상황 등이 있기 때문에 요즘처럼 온 나라의 말이 표준화, 단일화되는 이 시기에도 사투리는 그 나름의 가치를 잃지 않는다. 이런 이유로 사투리의 쇠락은 그만큼 우리말의 풍성함을 잃어가는 '문화적 비극'으로 이해해야 옳을 일이다. 사투리가 갖는 언어적, 문화적 가치야 어떤 지역의 것이라도 같겠지만 이 글에서는 글쓴이에게 익숙한 전라도말을 예로 하여 사투리가 보여주는 아름다움을 살펴보고자 한다.

2. 아름다운 꾸밈말

사투리 가운데 동작이나 모습을 꾸미는 말들은 특별한 아름다움을 드러낸다. 앞의 인용문의 '살망살망 비비다', '몽글몽글 썰다', '쫑쫑 썰다'에서 사용된 '살망살망', '몽글몽글', '쫑쫑'과 같은 표현이 이런 예이다. '살망살망'과 비슷한 소리를 가진 표준어에 '살망하다'가 있는데, 이 말은 '아랫도리가 어울리지 않게 가늘고 길다'를 뜻하기 때문에 전라도말의 '살망살망'과는 전혀 다른 낱말이다. 앞의 인용문에서 '살망살망'은 부드럽게 비비는 동작을 형용한다. 어원은 '살살'과 같을 것이나 여기에 '망'이라는 말이 덧붙어 다른 말맛을 풍기는 것이다. 예를 들어 '살살' 때릴 수는 있겠지만 '살망살망' 때리는 것은 불가능하므로 '살망살망'은 '살살'보다도 훨씬 부드러운 동작을 나타내는 말이라 하겠다.

　전라도말 '몽글몽글'과 같은 형태의 표준말 '몽글몽글하다'는 '망울진 물건이 말랑말랑하고 매끄럽다'의 뜻을 갖지만 앞의 인용문에 나오는 전라도말 '몽글몽글'에서는 이런 뜻은 찾을 수 없다. 인용문의 '몽글몽글'은 '잘고 둥글게' 정도로 해석되기 때문이다. 그렇다면 전라도말이 '몽글몽글'의 한 낱말로 표현하는 상황을 표준말은 '잘고 둥글게'라는 복합적인 구 형식으로 표현할 수밖에 없는, 매우 어줍은 결과가 빚어지게 되는 셈이다.

파를 '쫑쫑' 써는 것은 표준말의 '송송'과 일치한다. 그래서 '쫑쫑'을 '송송'과 같은 기원에서 비롯된 것으로 볼 수 있다. 그러나 표준말 '송송'에는 '물건을 아주 잘게 빨리 써는 모양' 외에도 '작은 구멍이 많이 뚫린 모양'이나 '살갗에 자디잔 땀방울이나 소름 따위가 많이 난 모양'을 형용하는 용법이 더 있다. 이 세 가지 용법은 '작다'라는 의미를 공유하는 외에는 전혀 다른 상황을 가리킨다. 반면에 전라도말의 '쫑쫑'에는 표준말의 나머지 두 가지 용법이 전혀 없다. 이런 점을 고려하면 '쫑쫑'과 '송송'은 어원이 다른 것으로 보아야 할 것이다. 아마도 전라도말의 '쫑쫑'은 표준말 '종종'에서 그 의미가 확대되었을 가능성이 크다. '종종'은 원래 '발을 가까이 떼며 바삐 걷는' 모습을 묘사하는 말이었는데, 전라도말은 파를 써는 손놀림을 마치 종종 걷는 발걸음에 비유하여 그 의미를 확대시킨 것으로 보이기 때문이다. 이처럼 비록 동일한 상황을 묘사하는 말이라 할지라도 전라도말과 표준말은 전혀 다른 어원에서 출발하였기 때문에 그 말맛 또한 달리 나타나는 것이다.

전라도말은 이와 같이 우리말의 아름다운 모습을 드러내는 다양한 꾸밈말이 많이 발달했다. '멜치 및 마리 비베 넣고 마늘 넣고 물 쬐까 치고 다갈다갈 볶아', '물컹허니 쌂아노믄 벌컹허니 안 맛나. 쌀칵쌀칵 씹혀야제', '무칠라믄 된장기를 사르라니 허믄 지픈 맛이 나제' 등과 같은 예에서 보이는 '다갈다갈', '벌컹허니', '쌀칵쌀칵', '사르라니'와 같은 말들은 그야말로 이 지역 사람이 아니면 그 맛을 알기가 어려운 것인데, 이들에 대응하는 표준말들이 더러 있다 하더라도 말맛이 다르기 때문에 표준말로 옮기면 전라도말의 맛이 사라져 버린다. 그래서 예를 들어 고구마대를 무치기 위해 된장기를 '사르라니' 할 수 있지만, 표준말에서는 된장을 '사르르' 넣거나 된장기를 '사르르' 한다고 할 수는 없다. 전라도말의 '사르라니'는 '배가 사르라니 아프다'처럼 어떤 기운이 조금씩 슬그머니 퍼지는 상황을 묘사하는 말이라서, 표준말의 '사르르'와는 말맛이 다르기 때문이다.

3. 정이 담긴 말

전라도 지역의 문화 가운데 특히 타 지역 사람들을 당황하게 만드는 이른바 '성님 문화'라는 것이 있다. 만나면 그냥 친해져서 서로 '성님', '동생'하고 부르며, 이런 부름이 단지 호칭에 그치지 않고 상부상조하는 생활로까지 이어져, 합리성보다는 사적인 관계를 중요시하는 '정(情) 문화'로 발전된다는 것이다. 사실 과장된 면이 없는 것은 아니지만 서울에 비해 지방이, 그리고 도시에 비해 시골이 정을 중요시하는 것은 분명하므로, 이런 정 문화가 지방이나 시골문화의 한 특징을 이룬다는 사실을 부정할 수는 없을 것이다.

이러한 문화 탓인지 전라도말에는 정의 문화를 드러내는 표현들이 상당수 쓰이는데, 위의 인용문에서 '잉'으로 표기된 말이 그 전형적인 예이다. '풋네 나네잉', '안 익어서 꺼랍네잉', '글고잉'과 같은 말의 '잉'은 사실 정확한 표기는 아니다. 실제의 발음은 '잉'이 아니라 '이'에 콧소리가 얹힌 것이므로 국제음성표기로는 '이~'로 적어야 될 것이나 번잡함을 피하기 위해 여기서는 그냥 콧소리 대신 여린입천장소리인

/ㅇ/으로 대체하여 '잉'으로 적은 것이다. 이 '잉'은 주요한 뜻만을 전달하고자 한다면 군더더기라 할 수 있다. 그러나 '안 익어서 꺼랍네잉'처럼 '잉'을 쓰면, '솥에 넣어 둔 호박잎을 너무 방정맞게 급히 꺼내면 충분히 익지 않아서 호박잎의 촉감이 껄끄러워진다'는 충고의 말에 말하는 이의 따뜻한 정과 상대방에 대한 배려를 듬뿍 실어 표현할 수 있다.

말하는 이의 정이 담긴 또 다른 예로서 '웨'와 같은 말을 들 수 있다. 이 말은 주로 할머니들이 귀여운 손자 손녀들 또는 나이 어린 사람들에게 쓰는데, '우리 갱아지 집이 잘 갔다가 다시 오소웨'처럼 쓰인다. 강아지처럼 귀여운 손자가 아버지 어머니를 따라 할머니 집을 방문하였다가 다시 제 집으로 돌아가는 참이다. 할머니는 손자와의 헤어짐이 못내 섭섭한지라 한편으로 작별의 인사를 하면서 다른 한편으로는 다시 올 것을 간절히 바란다. 이런 할머니의 간절한 소망이야말로 이 문장의 마지막 말 '웨'가 없다면 도저히 표현할 길이 없는 것이다.

전라도말에서 '아짐'은 원래 숙모 항렬의 친척을 가리키는 말이다. 한 집안에 숙모 항렬이 여럿 있을 때에는 이를 구별하기 위해서 친정 지명을 앞에 붙여 부른다. 그래서 '곡성 아짐', '함평 아짐'과 같은 호칭이 생겨나게 된다. 그런데 사람에 따라서는 이 '아짐'을 친척이 아닌 사람에게도 쓰는 수가 있다. 한 동네에서 오래 같이 산 아주머니를 '아짐'이라고 부를 수 있는데, 이것은 친척이 아닌 사람을 마치 친척처럼 친근하게 대접하려는 마음 때문이다. 광주 MBC 방송에 '말바우 아짐'이라는 제목의 프로그램이 있다. '말바우'는 광주의 두암동 지역의 원래 이름이고, 여기에 '아짐'이라는 말을 붙여 '말바우에 사는 아주머니'라는 뜻으로 해석되는 제목이다. 그러나 '말바우 아주머니'라고 하면 라디오 청취자와 아무런 교감이 없는 낯선 사람으로 느껴진다. '말바우 아짐'이라고 할 때에야 비로소 말바우 시장에서 장사하는 친근하고 정이 많은 아주머니임이 실감나게 된다. 이처럼 '아짐'은 원래 친척을 가리켰던 말이기 때문에 이를 친척이 아닌 사람에게 쓸 때에는 자연히 친척에게 느꼈던 다정함과 친근함이 묻어나게 되는 것이다. 붙임성이 있는 남자들은 이 '아짐'에 '씨'를 붙여 '아짐씨'라 하기도 하는데, 이 '씨'는 전라도 남자들이 '성수'(형수)나 '제수' 등에 붙여 상대에 대한 각별한 다정스러움을 표현하였던 말이다. 이런 '씨'를 '아짐'에 붙여 식당이나 시장의 아주머니들을 다정하게 부르는 것이 또한 전라도 남자들의 정감어린 말법인 것이다.

4. 생생한 말

의성어나 의태어는 그야말로 구체적인 소리나 모습을 형용하는 말이니, 낱말 가운데서도 가장 생생한 표현이라 할 수 있다. 이런 의성어나 의태어를 많이 사용하면 그만큼 언어의 현장성이 두드러지게 나타나게 된다. 예를 들어 보통의 다리는 철근을 넣어 콘크리트로 만들지만 경우에 따라 이런 정상적인 다리를 만들기 어려울 때가 있다. 차가 다니지 않을 정도의 좁은 다리일 때는 굳이 콘크리트처럼 단단한 다리를 만들 필요가 없을 터인데, 이런 곳에는 흔히 구멍이 숭숭 뚫린 철판으로 임시적인 다리를 놓는 수가 있다. 이런 다리를 전라도말로는 '뽕뽕다리'라고 하는데, 이 이름에는 구멍이 뽕뽕 뚫려 있는 모양이 그대로 생생하게 표현되어 있음은 물론이다.

대머리는 머리가 벗겨진 사람이다. 표준말에서는 머리가 벗겨진 것을 묘사할 때 '훌렁'이나 '훌떡'과 같은 꾸밈말을 쓰지만, 전라도말은 '할딱'이란 말을 쓴다. 그런데 전라도 사람들은 이 '할딱'이란 부사로 '할딱보'라는 새로운 낱말을 만들었으니, 이 말은 '머리가 훌떡 벗겨진 사람' 곧 대머리를 가리키는 말이다. 물론 이 말은 상대를 좀 낮추어 말하는 느낌이 있는 것은 사실이나 대머리를 이만큼 생생하게 표현할 만한 말도 찾기 어려울 것 같다. '곰보'를 뜻하는 전라도말 '빡보'도 마찬가지다. 표준말에는 동사 '곪다'에서 온 '곰보'와, '얽다'가 포함된 '얽둑빼기'나 '얽빼기'와 같은 말이 같은 뜻으로 쓰인다. 동사 '얽다'를 강조하기 위해서는 부사 '박박'이나 '빡빡'과 같은 말이 흔히 쓰이는데, 이 점은 표준말이나 전라도말이 다를 바 없다. 그런데 흥미로운 것은 전라도 사람들이 이 '빡빡'으로 '빡보'와 같은 말을 만들었다는 점이다. '할딱보'처럼 '빡보'도 얼굴의 얽은 모습을 생생하게 표현해 주는 점에서는 마찬가지라 하겠다.

사투리에는 생생한 느낌을 주기 위해 특별한 비유를 하는 수도 있다. 예를 들어 '거짓깔로'와 같은 표현이 그것이다. 표준어로는 '거짓말로'로 옮길 수 있지만 이 말이 경우에 따라서는 극히 적은 양을 가리킬 때가 있다. 예를 들어 '칼로 썰믄 안 맛나. 인자 주먹 안에 넣고 살째기 거짓깔로 짜.'라고 하면 삶은 가지를 주먹 안에 넣고 살그머니 짜라는 말을 하면서 살그머니를 강조하기 위해 '거짓깔로'라는 꾸밈말을 덧붙였다. '마치 거짓말인 것처럼 약하게'라는 뜻이다. '마늘 넣고 깨 참지름 넣고 뙤작뙤작 무쳐. 미원도 넣고. 그래야 맛나. 거짓깔매

니로 치믄 암시랑토 안혀'에 쓰인 '거짓깔매니로'는 표준말의 '거짓말처럼'으로 옮길 수 있는 말인데, 이 역시 조미료를 아주 소량 넣으면 아무렇지도 않다는 뜻으로 한 말이다. 표준말에서도 '그 약을 먹었더니 거짓말처럼 쉽게 나았다'와 같은 경우에 쓰인 '거짓말처럼'은 '믿어지지 않을 정도로'의 뜻이다. 이런 경우 '쉽게'나 '빨리'와 같은 뜻을 내포한다고 할 수 있는데, 전라도말은 이런 짧은 시간이 아니라 적은 양을 가리키는 점이 표준말과는 다른 것이다.

우리의 일상에서 쉽게 접할 수 있는 물건으로 빗대어 은유적으로 표현하면 그만큼 언어의 생생함은 더해진다. 하늘에서 내리는 비는 빗줄기의 굵기에 따라 '장대비', '가랑비', '이슬비' 등으로 나뉘는데, 전라도말에는 여기에 더하여 이슬비보다 더 가는 빗줄기를 가리켜 '털비'라 부르기도 한다. 아마도 빗줄기가 털처럼 가늘게 내리기 때문일 것이다.

칡은 식량이 귀하던 시절 배고픔을 달래주던 귀중한 요깃거리였다. 그런데 칡 가운데도 씹으면 딱딱하고 쓴물만 나오는 것이 있는가 하면, 어떤 것은 씹을수록 달고 알갱이가 씹히는 것이 있다. 이럴 때 좋지 않은 칡은 보통 '나무칡', '물칡', '개칡'으로 부르지만, 알갱이가 씹히는 맛이 좋은 칡을 가리키는 말은 전라도 안에서도 다양하게 나타난다. '쌀칡', '떡칡', '살칡', '가리칡' 등이 이런 예인데, 여기에서도 보듯이 '쌀', '떡', '살', '가리'(가루)와 같은 구체적인 사물을 동원하여 칡의 씹히는 알갱이 맛을 표현하는 것이 전라도말의 특징인 것이다. 이때 이용된 것들이 모두 먹을거리라는 점을 고려하면 이런 칡이 단순한 군것질용이 아닌 요깃거리였음을 짐작할 수 있다.

일상의 사물로 생생한 표현을 만드는 것은 비단 전라도말에만 있는 것은 아닐 것이다. 표준말을 비롯한 여러 방언들 모두 비슷할 텐데 다만 이용되는 사물에 차이가 있을 수는 있다. 예를 들어 표준말에 '개나 소나'와 같은 말이 있다. 이 말은 '개나 소나 차를 끌고 다닌다'처럼 '그럴 만한 형편이 아닌 사람조차도' 차를 끌고 다닌다는 비아냥거림을 표현할 때 흔히 쓰는 말인데, 전라도에서는 이때 개와 소 대신 '게'나 '고둥'을 사용한다. 한때 무스탕이란 옷이 유행한 적이 있었다. 털이 밖으로 드러난 가죽옷인데, 웬만한 사람이면 이 옷을 모두 입고 다니던 상황을 못마땅하게 여기는 어떤 이가 '기나 고동이나 무스탕이시'라고 비아냥거리는 말을 들은 적이 있다. 표준말이 가축을 이용해서 표현한 것을 전라도 사람들은 가축 대신 냇가에서 흔히 볼 수 있는 게와 고둥으로 표현한 것이다. 게와 고둥은 개나 소보다 크기도 훨씬 작고 값어치도 없는 것이므로 말하는 이의 비아냥거리는 심정을 표현하기에 더욱 적당한 말이라 하겠다.

5. 순수한 우리말

사투리는 지역에 사는 소박한 사람들의 소박한 마음을 반영한다. 시골에 사는 사람들이야 전통적인 생활방식에 익숙하고 그에 따라 밖에서 들어온 외래문화를 받아들이는 데도 더딜 수밖에 없다. 그래서 그들이 사용하는 말도 자연히 외래어보다는 순수한 우리말을 쓰는 경향이 더 강하다.

여인네들이 신던 버선은 언제부터인가 서양에서 들어온 스타킹으로 대체돼 버려서 버선은 오직 특별한 날 한복을 입을 때에나 신는 골동품으로만 남아 있다. 서양에서 들어온 스타킹은 애초에 그 색깔이 살색과 비슷하였으므로 이 지역에서는 이를 '살양발'이라 불렀다. '양발'은 '양말'의 사투리이고 여기에 '살'을 덧붙인 것인데, 이제는 더 이상 이런 말은 쓰이지 않고 온통 스타킹(stocking)으로 바뀌게 되었다. '살양발', 이 얼마나 아름다운 이름인가.

우물에서 두레박으로 물을 긷던 시절이 지나간 다음, 손으로 펌프질을 하여 물을 끌어올리는 시대가 도래하였다. 그런데 펌프(pump)라는 영어 대신 이 지역 사람들은 '짝두시얌'이라는 말을 썼다. '짝두'는 '작두'의 전라도말이니, 손으로 펌프질 하는 동작이 마치 짚을 썰던 작두질의 동작과 유사한 데서 이를 차용한 것이다. 새로운 문물이 들어와도 전통적인 문물에 빗대어 이를 표현하던 우리 조상들의 지혜가 그대로 드러난 이름인 것이다.

아래층에서 위층으로 올라가기 위해 우리는 흔히 '층계'(層階)나 '계단'(階段)을 사용한다. 그러나 전라도 사람들은 이런 경우 '딸각다리'라는 말을 쓴다. 계단을 오르다 보면 걸을 때마다 딸각딸각 하는 발소리를 들을 수 있기 때문일까? 어쨌든 이 지역 사람들은 층계니 계단이니 하는 한자어 대신 '딸각다리'라는 재미있는 말을 만들어 사용했던 것이다.

앞의 인용문에서 '인자 양님장을 맨드는디 집이가 매운 것 좋아허믄 장에다 쌩고추를 몽글몽글 썰어 넣고 알큰허니 허믄 더 맛나'와 같은 말에 나오는 '집이'라는 말도 재밌다. 이 '집이'라는 말은 표준말 '댁'에 해당하는 말이니, 이 문장을 표준말로 옮긴다면 '이제 양념장을 만드는데 댁이 매운 것 좋아하면 장에다 생고추를 잘고 둥글게 썰어 넣고 알큰하게 하면 더 맛있어'와 같다. 표준어 '댁'은 집을 뜻하는 한자 宅에서 온 말로서 여기서는 이인칭 대명사로 쓰인다. 그런데 전라도말은 이 경우 한자 宅에 대응하는 순수한 우리말 '집'을 사용하여 '집이'라는 말을 만들었다. 표준말이 한자를 사용할 때 전라도말은 순수한 우리말을 고집하였던 것이다.

이처럼 사투리는 일반적으로 외래어보다는 순수한 우리말을 즐겨 쓰고 가능하면 순수한 우리말로 바꾸어 표현하려고 했으니, 이런 점에서 보면 사투리를 쓰는 사람들이야말로 우리말의 진정한 지킴이라 부를 수 있을 것이다.

6. 아름다운 사투리

아무리 못났어도 어머니는 어머니다. 어머니 얼굴이 얽었거나 얼굴에 주먹만 한 혹이 붙어 있을지라도 세상에 어머니만큼 예쁜 사람은 없는 법이다. 말도 마찬가지다. 누가 뭐래도 자기가 어렸을 적부터 써온 토박이말이 제일 편하고 귀하게 느껴지는 것은 인지상정이다. 이런 점에서 보면 어떤 사투리가 더 아름답다거나, 어느 지방 사투리가 기능적으로 더 효율적이라거나 하는 논쟁들은 무의미하다고 하겠다.

그렇지만 표준말 또는 다른 지방의 말로는 나타낼 길이 없는 섬세한 감정이나 상황을 묘사하는 말이 있다면 그런 말들은 우리말의 어휘력을 풍성하게 해주는 점에서 귀한 말이라 할 수 있다. 이런 말 가운데는 말하는 이의 정을 듬뿍 담아서 상대방을 흐뭇하게 하고 사람 사이를 따뜻하게 해주는 말이 있다. 이 역시 아름다운 말이다. 듣는 이에게 생생한 느낌을 줌으로써 현장감을 살리고 의사소통을 쉽게 해주는 말, 그리고 우리말의 조어법을 다양하게 해주는 낱말들은 우리말에 활기를 불어넣어 주는 말이다. 마지막으로 한자어나 외래어가 표현하는 사물이나 개념 등을 쉽고 아름다운 우리말로 바꾸어 표현할 수 있다면 우리말의 외연은 그만큼 넓어지게 될 것이다. 결국 말이란 토박이말일수록, 섬세하고 생생한 표현일수록, 그리고 사람 사이의 사랑을 깊게 하는 것일수록 그 아름다움이 커진다고 할 수 있겠는데, 그렇다면 시골 노인들이 소박하게 사용하는 사투리야말로 이러한 조건을 만족시키는 가장 아름다운 말인 셈이다.

이기갑

목포대 교수, 제5회 지훈국학상 수상자, 수상작품: 《국어 방언 문법》(태학사, 2003), 대표작: 《전라남도의 언어지리》, 《호남의 언어와 문화》(공저) 등

'신상'과 중고품 사이

김 기 택

시인

딸아이가 쓰는 말이나 텔레비전에서 연예인들이 쓰는 은어를 나도 모르게 익히는 경우가 종종 있다. 그런 은어도 방송을 통해 빠르게 퍼져 금방 일상어가 되곤 한다. 요즘은 텔레비전이 은어나 인터넷 용어를 일상어로 인정해주는 공인기관 같다는 생각이 들 정도다. 〈우리 결혼했어요〉라는 가상 결혼 프로그램에 나온 한 여가수가 자주 쓰는 말 중에 '신상'이라는 은어가 있다. '신상품'을 줄여 쓴 말이다. 우리말의 수준을 속되게 떨어뜨리는 은어에 반감이 들면서도 여가수가 귀엽게 말하는 걸 몇 번 듣다가 나도 가끔 써먹게 되었다. 강의를 나가는 학교의 학생들과 대화할 때 이런 은어를 쓰면 학생들의 반응이 즉각적으로 나타나고 학생들과 친밀감을 높이는 데도 도움이 되어서 일부러 사용할 때도 있다.

　젊은이들은 특히 '신상'에 관심이 많다. 신상품은 단지 고객을 유혹하는 정도에 그치지는 않는다. 잘 사용하고 있는 멀쩡한 물건들을 금방 고물로 만들어 버리고는 신상품을 사지 않을 수 없도록 압력을 가한다. 나는 휴대폰을 통화나 문자, 전화번호 저장 외에는 거의 사용하지 않기 때문에 오래 써도 별로 불편하지 않다. 그러나 3년 이상이 지나면 주변에서 쳐다보는 눈 때문에 민망해서 더 쓸 용기가 잘 나지 않는다. 지금 쓰고 있는 휴대폰도 기능이 나쁘지 않지만, 아이폰이나 스마트폰 때문에 구닥다리가 되어 버렸다. 처음 산 승용차도 14년이나 탔다. 계속 관리했기 때문에 조금 더 탈 수도 있었지만, 그러기 위해서는 주위 사람들의 경멸과 연민이 섞인 눈치를 과감하게 물리칠 용기가 있어야 했다. 소심한 나는 최근에 할 수 없이 차를 바꿨다. 구형 제품을 쓰는 것은 곧 내가 구식이고 의식이 고루하고 융통성이 없으며 구태의연하다는 것을 스스로 광고하고 다니는 일과 마찬가지가 되어 버렸다. 신상품을 쓰는 것은 그 반대의 효과를 가져 올 것이니, 남의 주변의 눈치에 민감한 사람들이나 '폼생폼사'하는 사람들은 빚을 내서라도 사지 않을 수 없을 것이다.

　신상품은 부가가치가 높기 때문에 구매 비용도 만만치 않은데, 수명은 갈수록 단축되는 것 같다. 물론 고장 나서가 아니라 빠르게 촌스러워지기 때문이다. 한 휴대폰을 3년 이상 쓰는 것은 매우 긴 기간에 해당된다. 가수나 인기가요의 수명은 너무 짧아 우리에게는 신인처럼 보이는 데도 금방 중견 가수가 되거나 잊힌다. 문단도 점점 이런 패턴을 닮아가는 것 같다. 나는 33살에 등단하여 40살이 되도록 신인 축에 끼어 젊은 시인으로 불렸다. 등단 20년이 넘었는데도 아직 문단이 낯선데, '中犬'이라고 놀림 받는 중견을 지나 곧 원로 축에 끼어야 할 판이다.

지금은 어디서나 시간이 너무 빨리 지나가는 것 같다. 시인들도 각종 문학 행사에 다니거나 '문학적인' 일을 하거나 잡문을 쓰는 등 무언가 유용한 것을 끊임없이 쫓다 보니 시 쓸 시간이 없다. 우리 문단도 '신상'에 관심을 갖는 것은 장사하는 사람들과 크게 다르지 않은 것 같다. 문예지에서 등단 10년 이내의 신인들이 차지하는 비중은 과거 어느 때보다 크다. 그러나 독자들이 찾는 것은 보다 더 젊은 시인이다. 등단 하자마자 얼마 안 되어 중견이 되어버리기 때문에 조금이라도 덜 늙은 젊음을 찾는 것이다. "지금처럼, 그리고 지금보다 더 빨리 젊음이 노쇠 했던 적은 없다"는 옥타비오 파스(Octavio Paz)의 말이 실감이 난다.

엘리엇(T. S. Eliot)은 "전통에는 역사의식이 내포되어 있으며 이 역사의식은 과거의 과거성뿐만 아니라 과거의 현재성에 대한 인식도 포함된다"고 말하였다. 이 역사의식이 '시간 속의 자기 위치'를 예민하게 의식하게 하고, 자기 나라 과거의 작가들과 '동시적 존재 속에서 동시적 질서를 형성한다는 감정'을 갖고 작품을 쓰도록 강요한다는 것이다. 그러므로 원숙한 시인은 '현재에 이르기까지 씌어진 모든 시를 하나의 살아있는 전체'로 보고, 이 가치 속에 자신의 개성을 희생하고 몰각시킴으로써 진보하게 된다는 것이다.

엘리엇의 역사의식은 한편으로는 나를 주눅 들게 하고, 다른 한편으로는 나와 관계없는 먼 나라의 이야기처럼 들린다. 그런 역사의식을 갖기에는 내 그릇이 너무 작은데다가 나에게는 마침 뒤틀리고 왜곡된 근대를 이어 받은 시인이라는 핑계도 있기 때문이다. 습작기에 내 시에 양분을 준 시는 이해하기 쉽지 않은 번역으로 읽은 20세기 영미시나 프랑스 시, 그리고 우리나라 1950년대 이후의 시들이다. 물론 지용이나 미당, 이상 같은 식민지 시대의 시인들도 있지만, 김수영, 김춘수, 김종삼 등의 전후 시인들과 오규원 같은 1970년대 시인 그리고 여러 1980년대 시인들의 작품이 내 시에 조금 더 흡수되었을 것이다. 특히 1950년대와 1980년대는 전쟁과 광주 민주화 운동 이전의 서정시의 전통에 대한 강한 반동 때문에 더욱 자극을 받았을 것이다. 우리 현대시에서 내 시에 영향을 준 시는 30년 이내에 나온 시가 대부분이며, 조금 넓혀봐야 60년, 아무리 넓힌다고 해봤댔자 100년을 넘지 않는다. 그 이전의 시들과는 친해지려 할수록 더욱 어색해지기만 하는 단절감을 느낀다.

그동안 내가 즐겨 읽었던 시들을 살펴보면 대부분 과거나 동시대의 시들과 달라지려고 하는 시, 주류적 흐름에 저항하는 시, 지금까지 표현되지 않았던 언어와 시도하지 않았던 방법을 찾으려고 애쓰는 시들이다. 그런 시를 통해서 나는 지금까지 보지 못했던 언어를 체험하고 부정의 인식을 통해 살아있는 힘을 느끼곤 했다. 시를 쓸 때도 이런 영향은 나에게 관습적인 언어나 인식에 저항하게 하거나 새로운 표현이나 이질적인 시선을 갖도록 요구한다. 지훈문학상 수강 소감에도 썼듯이, 시를 쓰는 내 몸은 현대문명에 오염되고 본능적인 감각은 퇴화되고 자연과의 친화력은 거의 상실되어 전통적인 서정시를 쓰기에는 "돌이킬 수 없을 정도의 치명적인 불구상태"가 되었다. 나에게 퇴고과정은 오류를 수정하는 과정이기도 하지만, 과거에 누군가가 쓴 것을 조금이라도 따라하는 것 같은 언어나 인식이 있는지 색출하는

일이기도 하다. 아무리 노력해도 상투어는 기어코 멋을 부리고 끼어
들려 하고, 시적 인식이나 태도는 자꾸 안이해지려 하기 때문이다.

> 노점의 빈 의자를 그냥
> 시라고 하면 안 되나
> 노점을 지키는 저 여자를
> 버스를 타려고 뛰는 저 남자의
> 엉덩이를
> 시라고 하면 안 되나
> 나는 내가 무거워
> 시가 무거워 배운
> 작시법을 버리고
> 버스 정거장에서 견딘다
>
> (중략)
>
> 배반을 모르는 시가
> 있다면 말해보라
> 의미하는 모든 것은
> 배반을 안다 시대의
> 시가 배반을 알 때까지
> 쮸쮸바를 빨고 있는
> 저 여자의 입술을
> 시라고 하면 안 되나

― 오규원, 〈버스 정거장에서〉

이런 시를 읽으면 저절로 끌리게 된다. 이 시의 화자는 과거의 틀에 갇힌 작시법에 맞추어 시를 쓰느니 차라리 그동안 배운 시를 버리고 버스 정거장으로 가겠다고 말한다. 버스 정거장은 일상의 현장이다. 거기에는 시라는 고정관념에 얽매이지 않은 삶이 있다. 적당한 리듬과 은유와 이미지를 잘 훈련된 솜씨로 빚은 시를 책상에 앉아 심각하게 읽으며 거기서 뭔가 인생과 세상에 대한 깨달음이나 미적인 흥취를 얻으려는 포즈보다는 "노점의 빈 의자"나 "버스를 타려고 뛰는 저 남자의 엉덩이", "쮸쮸바를 빨고 있는 저 여자의 입술"을 관찰하는 것이 훨씬 더 생생하다는 것이다. 버스 정거장은 흔한 일상의 모습이지만 시에서 기대되는 미적 관습이 없다. 이 흔한 일상을 시에다 날것으로 제시하면 뜻밖에도 그것은 야생적인 공간이 된다. 물론 이 시에서 시인이 풍자하고자 하는 것은 과거의 전통적인 시인이나 그들의 작품이 아니라 그 시인들과 작품을 무반성적으로 답습하려는 시인들의 안이한 태도나 인식일 것이다. 과거의 성취를 본받아야 할 부동의 모범으로 만들어서 그것을 충실하게 이어 받으려 하고 거기서 한 치도 벗어나지 않으려는 태도일 것이다. 그렇더라도 생산적이고 창조적으로 전통을 이어받는 태도보다 전통에 대한 강한 부정에서 살아있는 시정신을 찾으려는 생각을 읽을 수는 있다.

그러므로 우리 세대에게 친숙한 전통이 있다면 그것은 옥타비오 파스가 말한 '단절의 전통'일 것이다. 단절의 전통이란 전통에 대한 부정과 저항이 곧 전통이 되는 새로운 전통이다. 그것은 본받아야 할 과거가 없는 전통이며, 앞선 문학에 저항하고, 그 저항의 산물을 다시 부정하고, 다시 그 성취를 부정하고 뒤엎어서 단절시키는 전통이다. 그것은 여러 개의 단절로 이루어진 근대적 전통이다. 따라서 그 전통은 스스로 전통을 부정하는 전통이며, 전통이라고 부를 수 없는 모순을 지닌 전통이다. 그것은 새로움과 이질성을 특징으로 하기 때문에 끊임없이 앞선 문학적 성취에서 없었던 것을 찾으려고 한다.

다르게 쓰려는 것, 끊임없이 과거를 부정하고 저항하려는 경향은 서구화와 문명화, 그에 따른 직선적인 시간관과 진보적인 사고의 산물이다. 이제 우리의 맥박은 너무 빨라지고 호흡은 가빠져서 시조창의 느림은 도저히 견딜 수 없게 되었으며, 사물놀이나 랩송을 들어야 호흡이 안정된다. 그러니 시도 천천히 읽을 겨를이 없다. TV 광고나 개그콘서트처럼 2~3초 안에 반응이 나타나지 않으면 시 읽기가 싫어지게 된다. 무언가 달라야 눈에 긴장이 생긴다. 다르게 써야 한다고 할 때 그 대상에는 과거의 시는 물론이고 동시대의 시나 또는 그동안 자신이 쓴 모든 시가 포함된다. 이 전통은 지금까지 내가 써 왔던 언어나 인식에 더 철저하게 저항하고 새로운 것을 보여줄 것을 요구한다. 이런 낯선 전통이 요즘의 미래파류의 시나 난해한 시들의 생산을 더욱 부추기는 것이기도 할 것이다.

그러나 나의 시는, 이러지도 못하고 저러지도 못하고, 어정쩡한 곳에 서 있는 것 같다. 전통적인 서정시의 흐름에 발을 대지도 못하고 과격한 부정과 단절의 흐름에 줄을 서고 있지도 않다. 느린 것은 느린 것대로 좋고 과격하게 빠른 것은 그것대로 매력이 있다. 퇴고할 때도 초고에서 과거의 시들과 비슷한 구절이나 발상이 보이면 내 볼펜은 가차없이 붉은 줄을 그어 버릴 준비를 한다. 그러면서도 나의 시에 대해 적극적으로 달라져야 한다거나 새로워야 한다는 것을 의식하지 않는다.

나는 여전히 내 안에 무엇이 있는지 궁금해 하며 내 몸의 목소리가 그것을 불러줄 때까지 기다린다. 그 목소리가 들려주는 것을 글자로 옮겨 놓고 보면, 그것은 '달라져야 하기 때문에 다른 것'은 아니다. 어떤 때는 서정적인 문법에 충실해 보이는 것도 있다. 나의 시는 전통적인 시의 눈으로 보면 까칠하고, 미래파류의 눈으로 보면 너무 전통적으로 보일지 모른다. 내 시는 그 사이에 끼어 있는 것 같다. 새로 발표한 시도 '신상'은 못 되고, 나오자마자 중고품이 되는 것 같다.

김기택
시인, 제6회 지훈문학상 수상자, 수상작품: 《소》(문학과지성사, 2005), 대표작: 《태아의 잠》, 《바늘구멍 속이 폭풍》 등

21세기 국제 문화 교류와
우리의 자세

곽승훈

목원대 겸임교수

1. 외래문화의 수용과 전통문화

오늘날 우리에게 전통문화란 무엇이냐고 묻는다면 뭐라고 말할 수 있을까? 굳이 예를 들어본다면 의복은 한복을, 음악은 국악을, 주택으로 말하자면 한옥을 들지 않을까 싶다. 이것은 개항 이후 우리나라에 들어온 서양문화를 기준으로 설명된 것이다.

　나아가 오늘날 우리가 흔히 양반가의 후손으로서 지킨다는 관혼상제의 양반문화도 당연히 우리의 전통문화의 범주에 포함시켜야 할 것이다. 그런데 오늘날의 우리는 이 양반문화를 그리 철저히 행하지는 않는다. 현대화와 더불어 많은 변형이 이루어졌다. 불교문화는 어떠한가. 정토신앙은 연면히 이어져 죽은 자의 명복을 빌고, 미륵신앙은 어느덧 돌장승도 미륵부처님으로 변모되어 미래의 구세주로서 전달되기도 하였다. 이 미륵신앙은 조선 말기에 동학에 중대한 영향을 주어 후천개벽의 구세주로 탄생했다. 양반문화의 주축인 유교문화는 중국으로부터 전래된 것이며, 불교문화는 인도로부터 중국을 거쳐 전래된 것이다.

이같이 오늘날 우리가 서양문화에 대해 전통문화라고 한 것들은 사실상 외래문화이다. 그런 것이 어느덧 우리에게 익숙해져서 전통문화로 자리매김하게 된 것이다. 이것은 또한 비단 우리민족만의 사례가 아니다. 제자백가의 많은 사상가를 배출한 중국에서조차도 불교문화가 성행하였다. 더욱 그들은 수많은 경전을 번역하여 우리에게 전해주기도 했으니, 고유문화를 가진 민족이라는 이름이 도리어 어울리지 않을 듯싶다. 불교문화로만 평가했을 때 말이다.

이런 점에서 보아 우리는 전통문화를 이해할 때 착오를 범하지 말아야 할 것이다. 즉 전통문화란 고정불변의 것이 아니다. 한국민족이 살아서 성장하고 발전한 것과 같이, 그 문화도 항상 새롭게 성장하고 발전하는 것이다. 그리고 거기에는 위대한 창조적 정신이 작용하였다.

2. 역사의 교훈 - 개화승 이동인의 비애

1800년대 들어와 부산 앞바다에 이양선(異樣船)이 나타났다는 동래 부사의 보고가 자주 있었다. 이때 호기심 많은 범어사의 승려 이동인

(李東仁)은 절에서 불경만 외고 있을 수 없었다. 부산 초량에 자주 출입하면서 구경하고 또 모르는 것은 일본 상인들을 통하여 물어 알게 되었다. 하나하나 새로운 문물을 보면서 그는 어느덧 조선사회의 어두운 현실을 깨닫고 있었다. 이에 그는 일본에 가서 그들의 실상을 알아보고자 일본어를 익힌 뒤, 일본 상인들의 도움을 얻어 몰래 밀항하여 현지에 가서 살펴었다.

일본 현지에서의 견문은 상상 밖의 놀라움을 가져다주었고, 이동인은 그것을 호기심 차원에서 벗어나 점차 국가와 민족에 이익이 되고자 하는 생각을 갖게 되었다. 이 점은 그가 외국인들을 만나서 우리 민족이 개화의 혜택을 누리고자 한다는 뜻을 여러 차례 밝힌 사실에서 알 수 있다. 이에 그 뜻을 펴고자 서울로 올라와 개화파를 만나 접촉하였다.

이동인은 유대치를 통하여 김옥균을 만났고, 이어 여러 개화파 동지들을 만나 같이 학습하였다. 이를 계기로 개화파의 사상과 행동은 성숙되고 발전하게 된 것 같은데, 그때의 광경을 서재필 박사는 다음과 같이 회고하였다.

"그래서 그 책을 다 읽고 나니까 세계 대세를 대강 짐작할 것 같거든. 그래서 우리나라도 다른 나라처럼 인민의 권리를 세워보자는 생각이 났단 말이야. 이것이 우리가 개화파로 첫 번 나서게 된 근본이 된 것이야. 다시 말하면 이동인이라는 승려가 우리를 인도해 주었고 우리는 그 책을 읽고 그 사상을 가지게 되었으니 봉원사 새 절이 우리 개화파의 온상이라고 할 것이야." ─《서재필박사 자서전》

당시 이동인은 개화파에게 자신이 소지한 세계 여러 나라 도시와 군인의 모습 같은 사진을 담은 요지경을 보여 주고 또 《만국사기》를 소개하였다. 그리고 그들의 요청으로 이동인은 다시 일본에 가서 여러 가지 책과 사진 등을 가져다 보여주었다. 이때 그가 가져온 책에는 역사·지리 외에 물리·화학 책이 있었다고 한다. 물리와 화학 책이 있었다는 사실은 그의 관심이 공업을 일으켜야 한다는 실용적이고 구체적인 사업에 집중되었음을 잘 알려 주는 것이다.

이런 때문에 그의 개화사상은 다른 개화파들과는 달리 독자적이면서도 구체적인 실행방법을 갖춘 것이었다. 당시 우리 정부와 협상하기 위해 부산에 들렀던 하나부사 요시모토〔花房義質〕가 이동인과 나눈 다음의 대화 내용에서 잘 알 수 있다.

일본의 권고를 즐겁게 듣게 되려면 개혁이 있은 뒤가 아니면 할 수가 없다. 개혁을 행하기 위해서는 먼저 그 개혁해야 될 목적을 정하지 않을 수 없다. 그 목적을 정하기 위해서는 일본을 모범으로 하지 않을 수 없다. 모범을 얻기 위해서는 동지 중 십여 인을 동반하여 가서 나누어서 육·해군이며 외무며 회계며 권업(勸業) 등의 사업과 제도의 대체를 모두 조사하도록 해야 한다. 이 10여 인이 가는 것을 허락할 것인지 또한 여러 관청에 들어가 친히 그 사업을 취급하고 배울 수가 있을 것인가에 대한 물음도 있었다.

이 내용은 그가 개항 후부터 일본이 우리에게 개화를 권유했는데, 그 모범을 일본으로 삼고자 함을 밝힌 것이다. 이어 구체적인 실현 방법으로 개화당의 뜻 있는 인사 십여 인을 일본에 보내 여러 분야에 걸처 조사하게 하고 그들에게 교육받을 기회를 제공해야 함을 밝히고 있다. 이 내용은 당시 일본이 조선정부에 개화를 권유만 할 뿐 정부 관리들에게 별다른 도움을 줄 수 있는 구체적인 실행방법을 잘 알려주지 않고 있는 실정 속에서 그 의표를 찌른 것이었다. 그것은 일본의 성실성과 관련된 것이라 하겠지만, 이동인이 제시한 일본 현지 조사는 물론 수학교육의 방법은 현실에 가장 필요한 것을 정확히 제시하고 있음을 알려 준다. 배움이 없는 개화는 아무 의미가 없음을 그는 잘 알고 있었다.

당시 외국인들은 우리에게 지식을 전수하러 오기보다는 개화를 통해 그들의 공산품을 판매하거나 광산채굴 등 원재료를 확보하는 것이 주된 관심이었다. 그러므로 막연한 실질적인 실행방법이 없는 개화는 우리에게 무의미한 것이 아닐 수 없었다. 따라서 이동인이 일찍부터 교육의 중요성을 생각하고 있었던 것은 매우 다행스런 일이었다.

이처럼 한 단계 더 뛰어넘는 생각을 품고 있었던 이동인은 결국 일본에 가서 신문화에 대한 상세한 교육을 받고 지식인으로 성장한다. 또한 그는 러시아의 남하에 대비하여 영국과의 수교가 필요하다고 보고 주일 영국공사인 사토(Satow)를 만나 대화를 나누기도 한다. 이때는 영국 역시 우리와의 통상을 원했다. 그래서 이동인과 사토는 우리말과 영어를 서로 가르치고 배우기도 하였다. 이동인은 영국에 유학하고 싶다는 뜻을 말하였다고 사토는 회고하고 있는데, 이는 그의 열정을 잘 알려 준다. 일본에서의 학습을 통하여 이동인은 일본의 국정은 물론 국제 정세에도 밝게 되었다. 그리고 수신사로 온 김홍집과의 만남을 계기로 민영익과 더불어 고종을 알현한다.

이로부터 이동인은 고종의 신임을 얻어 조영, 조미조약의 체결을 위해 움직이게 된다. 결국 두 조약은 그가 기초한 내용을 토대로 후일 체결되기에 이른다. 두 조약에는 강화도조약에 없었던 관세 조항을 넣어 우리의 권익을 보호하게 되는데, 그것은 바로 이동인이 배운 신지식의 힘이었다. 그동안 정부에 아는 사람이 없어 관세 조항을 넣지 않아 가만히 앉아서 많은 손실을 초래한 것을 보면, 당시 우리가 얼마나 국제관계에 대해 문외한이었음을 알 수 있다.

1881년 정월, 나라에서는 개화를 위한 본격적인 노력으로 우선 기구 개편을 단행, 외교를 담당하는 통리기무아문을 설치한다. 통리기무아문이 설치되면서 이동인은 사상의학(四象醫學)으로 유명한 이제마(李濟馬)와 함께 참모관에 임명되었으니, 그에게는 관리로서 자신의 뜻을 보다 잘 실현시킬 수 있는 기회를 얻은 것이었다. 참모관에 있었다고 하지만 그는 실제적으로 기획관이었으며, 직급은 7품관이었지만 고위급이 하는 일과 마찬가지의 역할을 하였다.

통리기무아문을 설치한 뒤 정부에서는 부국강병으로 가는 길을 적극적으로 모색하게 된다. 그리고 이를 위해 기술도입은 물론 인재양성의 필요성을 절감하고 시행에 옮긴다. 그 결과 일본의 각종 제도와 시설을 시찰시키고자 모두 60명으로 구성된 신사유람단을 파견하는 한편, 군기 제조 등의 기술을 습득시키고자 중국에도 38명의 학도와 공장을 파견키로 한다.

본래 이 사업은 앞서 살폈듯이 이동인이 외국인들과의 만남에서 자신이 갖고 있던 생각을 말한 것과 일치하는 것이다. 따라서 이제는 그의 구상이 현실로 나타나게 된 것인데, 이는 이동인이 개화사에서 차지하는 위치를 잘 알려준다. 그렇더라도 이 생각은 이동인 단독이 아니라 그를 중심으로 한 개화당 전체의 일치된 견해로 보아야 옳을 듯하다.

개화사상가들이 점차 국제정세에 눈을 뜨게 되면서 조선이 처한 위치를 생각하게 되고, 그에 따른 자주국방문제를 깊이 생각하게 되었다. 이에 통리기무아문에서는 군비강화책으로 신식군대를 창설하고 그 훈련을 위해 외국의 군사교관을 초빙하는 한편 공채를 모집하여 무기와 군함을 구입하는 문제를 토의하였다. 그리하여 신식군대는 별기군으로 즉각 창설되고 일본인 교관을 데리고 와서 신식 훈련을 시작하였다.

군함 구입 결정이 내려져 우선 일본에 사람을 보내 구입가능성을 물어보기로 하였다. 이 사명을 위해 이동인이 선발되었는데, 그의 역량으로 볼 때 당연한 결과였다. 그리하여 3월 9일(음력 2월 10일) 참획관 이원회(李元會)와 함께 속히 일본으로 출발하라는 왕명을 받게 된다. 이리하여 이동인은 신사유람단의 향도로서 그리고 군함 구입을 위해 일본으로 향하게 되었다.

탁월한 견식을 바탕으로 국왕의 신임을 얻고, 또 승려로서 관리에 취임한 이동인은 그의 생각 즉 조선을 개명(開明)하여 백성들을 이롭게 하는 일선에 본격적으로 뛰어들어 활동하게 되었다. 신사년 봄은 그러한 그가 날개를 달고 하늘에 날아오를 듯한 분위기를 느끼게 해주었다. 그런 그가 일본여행을 준비하는 과정에서 갑자기 이 세상에서 사라졌다. 그가 실종된 것에 대해서는 대원군 일파의 소행이라는 설과 친미(親美)를 위주로 하는 김홍집의 시기로 인한 것이라는 설이 있다. 누구의 주장이 맞는지는 알 수 없다.

이동인은 우리나라의 근대 개화사에 있어 빠뜨리고 넘어갈 수 없는 매우 중요한 인물이다. 이에 따라 그에 대한 평가도 여러 사람들에 의해 내려졌는데, 영국 외교관 사토가 내린 다음의 평이 가장 잘 나타내준다.

이동인이 나가사키〔長崎〕에 도착했다는 정보가 정확한 정보로 판명되기를 바랍니다. 그는 실제로 매우 흥미 있는 사람이며, 목숨만 부지할 수 있다면 자기 나라의 역사에 큰 자취를 남길 것이 틀림없기 때문입니다.

3. 21세기 국제 문화 교류와 우리의 자세

우리나라의 개화는 강화도 조약을 개시로 시작되었다. 그렇지만 이것은 외국과의 교류에 대한 첫 시작일 뿐 정작 우리나라의 개화를 위해 어떠한 사업도 사실상 시작되지 못하였다. 진정 그 시작은 개화당이 형성되고 고종 임금의 적극적인 노력이 있은 뒤 1881년에 비로소 사업다운 정책을 결정하고 시행할 수 있었다. 이를 '신사년 개화운동'이라고 부르는데, 그 사업의 중심에 바로 이동인이 있었다.

그의 개화사업은 부국강병이 단지 정책만으로 이루어지는 것이 아니고, 신기술지식을 습득하여 활용해야 하며, 아울러 재정적 뒷받침까지 마저 있어야 한다는 사실 즉 현실적인 문제까지 파악하는 것이

었다. 당시는 이러한 문제까지 정확히 인식하는 사람들이 사실상 없었다. 여기에 개화파 요인들이 그 필요성을 절감하고 참여하여 함께 일을 추진하게 되었다.

그렇지만 이마저도 이동인의 질주를 견제한 조정대신들의 알력으로 그가 피살되면서 중심축이 흔들리게 되어 근본적인 발전을 도모하는 계기가 되지 못하였다. 이동인처럼 국제 정세에 밝고, 관련된 지식과 안목을 가진 사람이 없었기 때문이다. 인재는 다시 육성할 수 있다. 하지만 새로운 인재를 발굴하고 육성하기 전에 외세가 밀려들어와 기회를 얻을 수 없었다. 따라서 이 사업이 제대로 성과를 얻기에는 이동인의 빈자리가 너무나 컸다. 그것이 바로 개화사에 있어 이동인이 서 있는 위치인 것이다.

이처럼 우리는 조선 말기에 개화를 서둘러 시행하려는 정책을 펼쳤음에도 불구하고 외세의 침략으로부터 지켜내지 못하였다. 외래문화의 수용이 자신이 살고 있는 지위라든가 삶을 위협할 수 있다는 두려움 내지는 거부감 때문이었을 것이다. 또한 새로운 지식인의 성장에 대한 내부인들의 견제도 한몫을 하였다.

일찍이 신라에 불교가 들어 온 뒤 법흥왕이 나라에서 공식적으로 이를 수용하고자 하였을 때, 특권을 누리던 귀족들의 반대로 좌절된 적이 있었다. 이를 이차돈이라는 신하가 왕명을 거짓으로 전하였다는 책임을 지고 순교한 뒤에 비로소 공인되어 수용되었다.

이후 신라는 불교를 적극적으로 수입하고 유학승을 파견하여 배웠다. 《삼국사기》와 《해동고승전》에 따르면 진흥왕 대에는 각덕과 명관이, 진평왕 대에는 지명과 담육이 중국에 유학하고 돌아와 후학들을 양성하였고, 이어 저 유명한 원광과 자장이 유학하여 배웠다.

이런 사이에 100년여가 지난 뒤 원효(元曉)와 같은 대성인이 나오게 되었다. 원효가 뛰어남은 그의 저술이 중국과 일본에 전래되어 높은 평가를 받은 사실에서 잘 알 수 있다. 하지만 원효는 그 이상이었다. 그의 저술은 범어(梵語)로 번역되어 중국 서부의 티베트를 넘어 인도에 전래되었다. 불교의 발상지인 인도에 도리어 역수출을 한 셈이었다.

원효와 같은 대가가 나타난 것은 우리 민족의 독창적 능력 때문일 것이다. 하지만 우리는 그 이면에 신라가 불교를 공인한 후 경전을 들여오고 중국에 유학하여 배우고, 그것을 귀국하여 전달하고 교육을 통하여 후학을 양성하고 그것을 계승해 온 까닭에 가능하였음을 명심할 필요가 있다. 개화승 이동인이 외국인을 만날 때마다 유학을 강조하고 지식을 전수해 줄 수 있겠느냐고 물은 것도 바로 그러한 이유 때문이었을 것이다.

이로써 생각해보면 외래문화에 대해 우리는 먼저 잘 익히고 배움이 필요한 것이라 여겨진다. 20세기에 들어와 교통·통신 기술의 발달로 국제교류시대가 개막되었다는 말을 사용한 것이 이미 오래 전이다. 21세기에 들어 온 지금은 인터넷의 보급으로 전 세계가 동시에 연결되어 국제간 문화교류의 시간과 공간이 사실상 개방되었기 때문이다.

이런 점에서 우리는 자칫 머지않아 우리 것 우리 문화를 잃게 될지도 모른다는 불안이나 거부감도 없지 않은 것 같다. 그러나 그보다는 외래문화에서 유용한 것을 찾아 우리에 알맞게 적용하고 발전시켜야할 것이다. 또한 그것을 위해서 우리는 외래문화에 대한 학습과 교육

그리고 연구개발을 통해 우리 것으로 만들고, 다시 그것을 나라 밖으로 수출하는 역량을 길러내도록 힘을 쏟아야 할 것이다. 바로 우리 조상들이 그렇게 했던 것처럼 말이다.

곽승훈

목원대 겸임교수, 제7회 지훈국학상 수상자, 수상작품: 《新羅金石文研究》(한국사학, 2006), 《최치원의 중국사 탐구와 사산비명 찬술》(한국사학, 2005), 대표작 : 《통일신라시대의 정치변동과 불교》, 《신라고문헌연구》 등

우리 서정시의 전통

김명인

고려대 명예교수

1.

서정시(*lyric*)는 개인의 주관을 표출하는 문학이다. 그것은 발견과 경탄이라는 다소 경이적인 정서에 의해 촉발되는 삶의 어떤 분위기나 정서를 함축된 언어로 표현하는 장르라 할 수 있다. 한 개인의 주관적이고도 고양된 정서가 바탕이 되는 까닭에, 거기에는 시인 자신의 모습이 투영되기 마련이다. 따라서 서정시는 대개 마음의 진행을 섬세하게 따라가는 감각의 세계에 속하는 동시에 시적 주체의 정신적 가치와도 불가분하게 맺어져 있다. 시경(詩經)에서 "詩三百(시삼백) 一言而蔽之曰(일언이폐지왈) 思無邪(사무사)"라고 언급한 것은 그 점을

암시한 것이라 할 수 있다.

한국근대문학의 출발시점이 20세기 초라고 했을 때, 우리 서정시의 근대사는 모국어와 주권의 강탈로 이어지는, 그야말로 한국인의 자아 정체성이 상실 위기에 직면했던 시기와 겹쳐진다. 한국의 근대화가 그랬던 것처럼 우리의 근대 서정시 또한 어둡고 불안한 미래와 갑자기 만나야 하는 당혹스러운 경험을 하게 되었다. 우리에게 서정시의 유구한 전통이 있었다고는 하나, 그것을 새로운 시의 풍요로운 터전으로 삼을 형편이 못 되었다. 예전의 사고와 형식은 급변하는 시대에 맞지 않는 낡은 것이었다. 하지만 세계를 느끼고 감동하면서 소통과 화해를 꾀하는 서정의 힘은 시의 변치 않는 원천이었으므로, 근대문학의 장(場)에도 시대적 현실을 변주하는 새로운 서정시가 펼쳐지게 되는 것이다.

우리 근대시사(近代詩史)의 전개 과정에서 특별히 주목할 점은 서정이 주관의 영역에만 머무르지 않았다는 점이다. 화해와 공존을 추구하는 균형적 세계에 대한 그리움은 삶의 현장성뿐만 아니라, 순수를 그리는 형이상학적 지향에까지 시적 보편성을 유지하도록 했다. 그 서정들은 감각적 개성들을 담보했으며, 시대의식을 반영한 윤리적인 염결성 등 어느 정도 시의 사회성까지 확보해내게 했던 것이다. 말하자면 사심 없는 정서나 풍부한 감성들이 시대적 현실과 맞물려 시의 미의식으로 자리 잡은 것이다. 그리하여 삶의 총체성에 대한 총괄적 비전을 그려내려는 욕구를 드러낸 것이 우리 근대시의 모습이었다.

한편, 우리 근대시는 이곳과 저곳, 나와 너, 시간과 공간, 주체와 대상 사이에서의 대립과 갈등을 보여주기도 했지만, 동양인 특유의 순환하는 시간관을 바탕으로 다양한 상생의 관계를 펼쳐내기도 했다. 삶과 죽음이 서로 떨어져 있지 않으며, 원망과 기다림은 화해되거나 인내로 극복된다. 피폐한 삶 속에서도 이상이 동경되고, 심미적 공간 속에 자리 잡기도 한다. 따라서 공간의 분절과 시간의 경계조차 부정과 긍정을 함께 아우르는 시선에 의해 균형과 조화를 포용하는 세계로 긍정적으로 통합된다.

분리 속에서 통합을 꿈꾸며 단절 속에서 화합을 갈구하는, 경계를 넘나들어 세계를 인식하려는 이러한 심미의식이야말로 우리 근대시의 독특한 미의식이었다. 그런 점에서 한국 근대시의 서정은 정서만이 범주가 아니라 궁극적으로는 정신의 영역이었음을 짐작하게 한다. 이는 우리의 서정을 미학적 완결성과 예술적 진정성이라는 척도로 평가하려는 근래의 비평들을 바람직한 것으로 받아들이게 한다. 시가 사회현실의 정서적 반영일 뿐 아니라, 궁극적으로는 정신을 반추하고 있음을 수긍하는 의미 있는 태도이다.

그런 점에서 한국 현대시의 전개를 다시 생각해 본다면, 두 가지 서로 대위가 되는 흐름에 유념해 볼 필요가 있다. 한쪽은 주체의 신념을 시적 정체성(正體性)의 핵심으로 받아들이려는 경향이며, 다른 한쪽은 시의 감각성 내지 실험성을 강조한 부류다. 전자는 의기나 윤리, 염결성 등 시의 정신적 기율을 중요하게 생각한 반면에, 후자는 감각이나 형태 등 미의식 쇄신에 더욱 경사되었다. 그리하여 서로가 괄목할 만한 수준의 서정시를 달성해내지만, 그 시적 개성에는 상당한 차별성을 드러내는 것이다. 가령 한용운이나 김소월의 시세계는 감각보다 정신의 기율을 강조한 시로 읽히는 반면에, 이상이나 서정주 등의 시는 실험성이나 감수성 등 시의 육체성에 기울어지는 모습이 살펴지는 것이다.

물론 이 두 가지 요소를 함께 아우르는 시인의 예도 살필 수 있겠다. 김수영 같은 시인은 모더니스트로서의 여러 가지 기교와 실험들을 철저하고 특수하게 드러내었을 뿐만 아니라, 정신의 의기에도 관심을 보여줌으로써 과거와 미래 속에서 시의 육체와 정신을 함께 들여다보았다고 할 수 있다. 그러나 어느 쪽이든 과잉과 결핍이 있는 것이므로, 위의 분류가 무의미하다고는 할 수 없을 것이다. 그리고 그 과잉과 결핍은 극복되거나 조정되어야 할 과제라기보다는 공존하고 상생하면서 우리 시의 상승에 함께 기여해온 요소였으니, 우리 근대시는 오랫동안 그 차별성을 서로가 주목하면서 발전해 온 셈이다. 그리하여 어느 시대에는 시의 정신적 측면이 강조되었고, 어느 시기는 시의 육체성이 두드러지면서 우리 시의 미의식을 형성해보였던 것이다. 서로의 영역을 좀더 활발하게 전개시켰더라면 이들의 상승작용이 우리 시사를 더 풍요롭게 만들었을 것이다. 다소 위축된 대위(對位)가 결과적으로 우리 시의 한계로 나타나기도 했다.

이 글은 그 점에 착안하여 우리 시의 정신성과 육체성을 대위로 살펴보려는 것이다. 그러나 시론(試論)의 성격이므로 가설 자체에 허점이 나타날 수 있고, 논지 또한 무리하게 축약될 것이다. 앞으로 논의할 여지를 열어둠으로 보다 정치한 서술은 다음 기회로 미룰 수밖에 없겠다. 다만 여기서는 서정시의 대체적인 분별로서 우리 근대 시사의 몇 작품들을 읽어보려 한다.

2.

서정시는 여러 사정(事情)이나 갈등에 형식을 부여함으로써, 시인이 경험한 특별한 정서를 보편적인 정조(情調)나 미적 정황으로 바꾸어 놓는다. 서정시는 정서의 내용을 시라는 형식으로 전환시켜 보이지 않는 마음의 드라마를 구체화하며, 그것으로 독자들에게 감동을 각인하는 것이다. 그리하여 서정시의 세계는 인간 본연의 감동과 갈등들을 진실하고도 의미 깊은 것으로 확장시킨다. 일찍이 한 시인은 집과 길 곧 출발과 도착, 탄생과 죽음을 겪어내야만 하는 인간의 숙명 속에서 삶의 가치를 다음과 같이 노래한다.

죽는 날까지 하늘을 우러러
한 점 부끄럼 없기를,
잎새에 이는 바람에도
나는 괴로워했다.
별을 노래하는 마음으로
모든 죽어가는 것을 사랑해야지
그리고 나한테 주어진 길을
걸어가야겠다.

오늘밤에도 별이 바람에 스치운다.

— 윤동주 〈서시〉 전문

398

이 시에서 엿보이는 것은 생의 염결성이다. 그것은 시의 주체가 지켜가려고 하는 도덕적 가치이기도 하다. 그가 꿈꾸는 것은 부끄러움 없이 일생을 사는 일이며, 이는 "별을 노래하는 마음으로/죽어가는 것을 사랑"하는 것으로 마련될 수 있다. 희구하는 것이 뚜렷한 윤리적 이상을 지닌 삶의 보다 높은 질(質)이므로, 그 순연함에는 삿(邪) 됨이 끼어들 여지가 없다. 그러나 바르고 곧은 목표를 설정했다고 해서 삶이 그렇게 살아지리라고 확신할 수가 있을까. 그리하여 높은 길의 이상을 걸어가려고 애쓰는 한 개인의 염원은 "오늘밤에도 별이 바람에 스치우"는 불안을 끌어안을 수밖에 없다. 독자들도 함께 공감하는 그 길은 누구에게나 선뜻 내딛기 두려운 비장한 길일 테지만, 그럼에도 이 시인에게는 피할 수 없는 선택이다. 시대 앞에 선 자아의 결연한 의기가 이런 시를 빚게 한 바탕일 것이다. 시의 정신적 기율은 다음에 인용한 시에서도 살펴볼 수 있다.

동방은 하늘도 다 끝나고
비 한 방울 내리잖는 그때에도
오히려 꽃은 빨갛게 피지 않는가
내 목숨을 꾸며 쉬임 없는 날이여

북쪽 툰드라에도 찬 새벽은
눈속 깊이 꽃맹아리가 옴자거려
제비떼 까맣게 날아오길 기다리나니
마침내 저버리지 못할 약속이여

한 바다복판 용솟음치는 곳
바람결 따라 타오르는 꽃성(城)에는
나비처럼 취하는 회상의 무리들아
오늘 내 여기서 너를 불러 보노라

— 이육사 〈꽃〉 전문

이 시인은 또 다른 시 〈광야〉에서 기원의 자리를 "어데 닭 우는 소리 들렷스랴"라고 노래한다. '북쪽'은 안정과 질서를 잃어버린 미망의 장소다. 그 북쪽 툰드라에도 새벽은 어김없이 도래하니, '꽃맹아리'야말로 정신의 여명을 드러내는 최초의 발아(發芽), 곧 영혼의 각성을 재촉하는 시적 상징이다. 자연의 약속은 어김이 없어, 비록 늦게 오더라도 봄은 오고야만다는 낙관적 전망은 정신적 의기에서 솟아나는 믿음에 바탕을 두고 있다.

그러나 한편 시의 육체성을 중요시한 예를 살피면, 이러한 의기보다는 감각이나 정서 자체의 순연함이 두드러지게 읽힌다. 그것은 또한 시의 형식이나 실험성 등으로 이어지는 촉매 구실을 하게 된다. 우리 근대시의 여명기에 오히려 이런 미의식이 강렬하게 표출되기도 하였다.

꽃가루 같이 부드러운 고양이털에
고운 봄의 향기가 어리우도다.

금방울과 같이 호동그란 고양이 눈에
미친 봄의 불길이 흐르도다.

고요히 다물은 고양이의 입술에
포근한 봄 졸음이 떠돌아라.

날카롭게 쭉 뻗은 고양이의 수염에
푸른 봄의 생기가 뛰놀아라.
— 이장희 〈봄은 고양이로다〉 전문

봄은 감각의 계절, 고양이의 보드라운 촉수처럼 고혹적이기만 하다. 화사한 그 촉감들에 살갗을 비비다 보면, 어느새 감염되어 나른하게 빠져드는 몸의 오수(午睡). 그 꿈결 속으로 봄의 변신인 고양이가 떼로 몰려온다는 것을 지극히 감각적으로 표현한 작품이다. 따사롭고 화사한 햇살, 금방울 같이 호동그란 고양이의 울음소리, 푸릇한 촉기를 가득 뿜어 올리는 꽃향기 등이 봄날의 감미로움을 표현하는 데 온통 경사되어 있다. 감각이나 형태 등이 섬세한 심미의식으로 제시되는 것이다. 여기에는 의기나 기율 등이 끼어들 여지가 없다.

선운사(禪雲寺) 고랑으로
선운사(禪雲寺) 동백꽃을 보러 갔더니
동백꽃은 아직 일러 피지 않았고
막걸릿집 여자의 육자배기 가락에
작년 것만 오히려 남았습디다.
그것도 목이 쉬여 남았습니다.
— 서정주 〈禪雲寺 洞口〉 전문

앞에서 인용한 시에 비추어 다소 발표 연대가 벌어지기는 하지만, 이 시 또한 시의 기율보다는 감각이나 서정을 앞장세운 작품이라 할 수 있다. 동백꽃을 보러 갔다가 제철이 아니어서 주모가 걸쳐주는 목쉰 육자배기나 안주삼아 막걸리 한 잔을 걸치고 돌아섰다는 이 범상한 행각은 '선운사'라는 세파를 떨친 절 이름의 초월성과 동백꽃의 아름다움, 그리고 막걸리 집 여자의 목쉰 육자배기가락이 갖는 신산한 세속성과 범벅되어, 우리의 상상력을 견고한 시간의 벽과 마주서게 한다. 그리하여 봄의 육화(肉化)는 때 일러 아직 피지 않은 동백꽃의 시간을 작년 봄이나 그 이전에 피었던 꽃들과 겹쳐놓는다.

대중 소비사회인 오늘날에 이르면서, 시인들에게 기율이나 의기 등은 크게 중요한 것으로 다가오지 않는 듯이 보인다. 언어는 소비되고 향유되면서 현실과 대중들 속으로 스며드는 모습으로 나타나는 것이다. 따라서 언어의 신성함이나 진지함보다는 시대의 우울을 자기 식으로 체험하는 서정이 주류를 이룬다. 젊은 시인들이 자신의 시에서 진지함을 덜어내고자 애쓰는 것은 어쩔 수 없는 선택이기도 할 것이다. 그런 점에서 이즈음의 시는 앞에서 설정해본 대위적인 분류에서조차 자유롭다.

살아남기 위해
우리는 피를 흘리고
귀여워지려고 해
최대한 귀엽고
무능력해지려고 해

인도와 차도를 구분하지 않고
달려보려고 해
연통처럼 굴뚝처럼
늘어나는 감정을 위해

살아남기 위해
최대한 울어보려고 해
우리는 젖은 얼굴을
찰싹 때리며
강해지려고 해

—이근화 〈엔진〉 전문

올라가거나 내려가지도 않는 계단에 퍼질러 앉은 이 모습은 생존일까 실존일까. 실존 자체가 생존이라면 그 어쩔 수 없음을 엔진으로 매달고 살라는 것이 이 시의 요체인 듯하다. 이 역설은 주장 이상으로 묘하게도 '우리'를 한 자리에 비끄러맨다. 그 '우리'의 선택으로 이 세계에 버려져 있는 것이 아닌 이상, 살아남으려면 수단 방법을 가리지 않는 뻔뻔함이나 무능함으로 무장해야 한다는 것이 이 시의 전언일 듯하다. 이 시에는 정신적 기율이나 전통적인 심미의식으로 침윤받는 긴장된 콤플렉스가 느껴지지 않는다. 이렇게 본다면 오늘날의 우리 시는 앞서 말한 대위에서조차 자유로운 상상력의 산물인 것으로 판단되기도 한다. 그 점이 젊은 시인들을 자극하고 새로운 시를 낳게 하는 바탕으로 작용할 것으로 미루어 짐작된다.

시인들이 갖추어야 할 중요한 덕목 중 하나는 용기다. '용기'는 창신(創新)에 투신하려는 무모함을 부추기고, 개성을 키워낸다. 그리하여 시인의 시 쓰기는 이 용기로 말미암아 정신성이든 육체성이든 그에 상응하는 서정을 창출해내는 것이다. 그리고 그 전력투구는 고스란히 시에 반영되는 것이다.

김명인

고려대 명예교수, 제7회 지훈문학상 수상자, 수상작품 : 《파문》(문학과지성사, 2005), 대표작품 : 《동두천》, 《바다의 아코디언》 등

사라진 잔치와 동네

강명관

부산대 교수

한 달 전 큰누이의 셋째가 결혼을 한다기에 경기도 분당까지 먼 걸음을 하였다. 다섯 시간이나 걸려 식장에 도착했지만, 정작 결혼식에 앉아 있었던 것은 20분이었다. 늦은 점심을 먹자고 내려간 아래층 식당은 한꺼번에 몰린 하객으로 번잡하기 짝이 없었다. 먹는 둥 마는 둥 식사를 마치고 누이에게 바빠 가야겠노라고 짧은 인사를 건넨 뒤 서둘러 다시 길을 나섰다. 조카의 결혼식이라지만, 나는 오직 참석했다는 표시만 내었을 뿐, 그 아이의 결혼을 진심으로 축하할 겨를조차 없었던 것이다. 적어도 축하란 술을 한 잔 걸치고 취기가 올라 불그레한 얼굴로 신랑을 불러 어린 시절의 무안한 일도 들추기도 하면서 "이제 정말 어른이 되었구나, 좋아서 결혼하였으니, 싸우지 말고 좋이 살거라." 하고 덕담을 건네야 정상이 아니겠는가. 거기다 하루를 묵으면서 "누님 축하하오, 자형 좋은 며느리를 보았소"라는 말까지 할 수 있다면 더욱 좋으리라. 한데 나는 결혼식장에 한 시간 남짓 머물렀을 뿐이다.

결혼식에 이런 식으로 참석하는 것은 비단 나만이 아닐 것이다. 지금의 결혼식이란 혼주에게 내가 얼굴을 내민 것 보았지요 하고 확인을 받는 자리일 뿐인 것이다. 어렸을 때 보았던 결혼식은 그렇지 않았다. 혼사가 있다, 잔치가 있다 하면 가족과 친척은 물론 동네사람들까지 찾아와 잔치에 필요한 이런저런 물건을 건넸고, 일을 나누어 맡았다. 국수와 밀가루, 기름과 과일, 달걀과 쇠고기·돼지고기, 암탉·수탉이 생각나시는가? 잔칫날 전부터 어떤 이는 전을 부치고, 어떤 이는 떡을 하고, 어떤 이는 잡채를 만들었다. 그릇이 모자라면 이웃에서 빌려주었고, 손님 머무를 곳이 없으면 방도 비워주었다. 심지어 동네의 넝마주이, 거지들까지 '잡인'(누가 잡인인지는 모르지만)을 금한다면서 찾아와 문 앞을 지켰고, 주인집에서는 한 상 거룩하게 차려 그들을 대접했다. 부녀자들은 전을 부치며 맷돌을 돌리며 쉴 새 없이 수다를 떨었고, 술에 취한 남정네들은 일어나 덩실덩실 춤을 추기도 하였다. 그때도 예식장에서 하는 결혼식이 없는 것이 아니었지만, 아무도 예식장에서의 결혼식만으로는 만족하지 않았다. 결혼식이 끝나면 친척과 친지들은 신랑과 신부의 집으로 몰려가서 다시 술을 마시고 밥을 먹고, 평소 쌓였던 이야기를 나누었고, 때로는 묵은 앙금을 풀기도 했던 것이다. 이게 바로 잔치였다.

하지만 그런 잔치는 사라지고, 잔치란 말조차 사용할 때가 드물어졌다. 잔치 대신 '파티'라는 영어가 쓰이기는 하지만, 어쩐지 곰살맞지 않고 지나치게 깔끔을 떠는 것 같아 입에 착 달라붙지 않는다. 한데, 잔치는 왜 사라지고 있는 것인가. 오만 가지 이유를 꼽을 수 있을 것이다. 최종적으로는 근대화의 심화 때문이라고 한 마디로 정리할수도 있을 것이다. 하기야 내가 본 잔치는 아마도 조선시대, 곧 전근대 사회의 유물이었을 것이다. 그러나 나는 '동네'가 사라지면서 잔치도 동시에 사라진 것이라고 말하고 싶다. 동네는 도시화가 급격히 진행되면서, 아파트가 주거생활의 주류가 되면서, 집이 부동산이 되면서 사라지고 말았다. 아파트의 주민은 앞집과 윗집, 아랫집에 인사한 마디 없이, 어느 날 이삿짐센터에 전화 한 통만 걸면 간 곳 모르게 사라질 수 있는 타인일 뿐이다. 그는 '우리 동네 사람'이 아닌, 길거리를 걷다가 우연히 마주치는 사람과 다름없는 남인 것이다. 나 역시 지난 10여 년 동안 맞은 편 1301호에 사는 노부부와 엘리베이터에서 우연히 만나 "안녕하십니까?"란 말을 건넨 적이 몇 차례 있을 뿐, 그 이상의 대화와 접촉은 없다. 그가 무슨 직업을 가졌는지 어떤 인생을 살았던 것인지, 아무것도 아는 것이 없다. 싫은 것도, 좋은 것도 아니다. 그냥 앞집에 사는 사람일 뿐이다. 이럴진대 과연 같은 동네사람이라고 말할 수 있을 것인가.

대부분의 사람은 동네를 선택하지 않는다. 단지 아파트를 선택할뿐이다. 아파트는 자신이 보유하는, 혹은 동원할 수 있는 돈의 규모에 따라, 그리고 그 아파트의 값이 어느 정도 투자가치가 있는가에 따라 선택될 뿐이다. 그 동네가 자연 풍광이 아름답고 동네 인심이 좋고 하는 것은 거의 고려 대상이 되지 않는다. 이런 이유로 동네는 사라지고 아파트만 남게 된 것이다. 동네가 사라진다는 것은, 마을공동체가 사라지는 것이고, 그 공동체 내부에 있던 사람과 사람 사이의 끈끈한 유대감이 사라진다는 것이다. 결국은 인간이 자신의 삶을 꾸리는 땅에 대한 애정이 사라진다는 것이다. 공동체가 사라지고 자신이 사는 땅에 대한 애정이 사라졌으니, 거기 사는 사람에게 무슨 관심이 있을 것인가. 급기야 사람들은 모두 남과 남으로 존재하게 된 것이다. 이러니 아파트의 같은 동에 사는 사람에게 혼사가 있어도 찾을 리 없다. 다른 인간관계에 혼사가 있어도 불가피하게 눈도장을 찍어야 할 경우에만 결혼식장을 찾아가 궁리 끝에 정한 액수를 담은 봉투를 내밀고 받은 식권을 쥐고 식당으로 가서 뷔페 접시를 두어 번 채우고 비운 뒤 떠날 뿐이다. 결혼식은 과거 잔치의 그 흥겹고 설레던 풍경과는 아무 상관없는, 나 역시 받았기에 돌려주어야 할 돈, 혹은 언젠가는 돌려받아야 할 돈을 미리 의무적으로 내기 위해 참여하는 행사가 되고 만 것이다.

돌아오는 길 기차를 타고 물끄러미 창밖을 보며 무미건조한 결혼식에 대해 이런저런 생각을 굴리다가 작년 실크로드 여행길에 본 결혼식이 떠올랐다. 카슈가르에서 우루무치로 오면서 오아시스 도시를 하나씩 들르던 참이었다. 시간 계산에 약간의 착오가 생겨, 호탄이란 도시에 예정보다 훨씬 일찍 도착하게 되었다. 즐거운 착오로 한낮의 자유시간을 만끽하게 된 것이다. 먼저 호텔에 들러 큰 짐을 부려놓고 그 유명하다는 호탄의 옥(玉) 시장을 구경하러 길을 나섰다. 실크로드 쪽의 오아시스 도시가 원래 그렇듯 호탄은 인구가 불과 10만 명이 조금 넘는 작은 도시다. 길거리에 차가 드문드문 지나가고 있었다.

그런데 난데없이 음악소리, 환호하는 소리가 들린다. 젊은 남자들을 잔뜩 태운 작은 트럭이 풍악을 요란하게 잡히고 앞을 지나간다. 젊은 이들은 피리와 북을 두드리고 소리를 지르며 야단법석을 떨고 있었다. 물어보니, 동무의 결혼을 축하하는 친구들의 퍼레이드란다. 결혼 전날 신랑을 태우고 동무들이 풍악을 잡히며 시내를 돌아다니며 소리를 지르는 것이 이쪽 위구르족의 풍속이라는 것이다.

그날 저녁 식당에 들렀더니 식당 풍경이 신기했다. 앞에 무대가 있었고, 무대에서는 악대(樂隊)가 어깨가 절로 들썩이는 음악을 신바람 나게 연주하고 있었다. 홀을 가득 채운 사람은 성장(盛裝)을 한 위구르족 사람들이었다. 식당 한 구석에 앉아 위구르족 빵을 뜯어 우물거리며 무대 쪽을 바라보고 있는데, 이게 웬일인가. 사람들이 하나둘 테이블에서 일어나 무대 앞으로 나가더니 춤을 추기 시작하는 것이 아닌가. 여성과 여성이, 또는 남성과 남성이, 그리고 남성과 여성이 짝을 지어 춤을 추는 것이었다. 이내 거의 모든 사람들, 심지어는 어린 소년과 소녀도 일어나 춤을 추었다. 물어보았더니 결혼식 피로연이란다. 위구르족은 결혼식이 있으면 동네에서 혹은 동네에 사정이 있을 경우 넓은 식당을 피로연을 벌이고 악대를 불러 음악을 연주하고 춤을 추는 것이 풍속이라고 하였다.

귀국한 뒤의 일이다. 어느 날 TV를 보는데, 우연하게도 위구르족이 사는 지역을 여행 프로그램이 소개하고 있었다. 결혼식 피로연 장면이 나왔다. 음식을 풍성하게 차린 넓은 마당에는 악대가 음악을 연주하고 있었다. 사람들은 전통의상을 한껏 차려 입고 먹고 마시고 깔깔 웃었고 덩실덩실 춤을 추었다. 내가 호탄에서 본 풍경과 다르지 않았다. 내가 어릴 적에 보았던 잔치와 동네가 위구르족에게는 고스란히 남아 있는 것이었다. 위구르족의 사는 경제적 형편이야 한국보다 못했지만, 그 잔치와 동네만은 부럽기 짝이 없었다.

조선시대에 관해 이런 저런 문헌을 읽고 궁리하고 글을 쓰고, 또 그렇게 해서 깨친 것을 학생들에게 가르치는 것이 나의 직업이다. 그런데 만약 조선시대로 돌아가 살라고 한다면 살 수 있을 것인가. 결코 돌아가고 싶지 않다. 가장 큰 이유는 무엇보다 그 사회가 태어날 때부터 인간에게 등급을 매기고(곧 신분제와 여성 차별) 차별하는 사회이기 때문이다. 하여, 조선시대로 돌아가고 싶다는 생각은 꿈에서조차 하지 않는다. 하지만 조선사회에서 가져오고 싶은 것은 없는가? 조선사회가 남긴 문화유산, 혹은 전통에서 지금 사회가 계승했으면 하는 것이 없느냐는 말이다. 왜 없겠는가. 나는 조선시대에서 가져오고 싶다면 동네와 잔치를 가져오고 싶다. 아파트가 한 채도 없는, 초가와 기와집으로만 이루어진, 내가 사는 동네를 '우리 동네'라 부르고 거기서 죽을 때까지 떠나지 않고 싶다. 내 집에 잔치가 있으면 그 잔치가 동네잔치가 되고, 동네사람 다 모여 며칠을 마시고 노래 부르고 춤추고 하면서 보내고 싶다.

한국사회는 전근대를 극복하고 근대를 이룩하자며 20세기 이래 앞뒤 돌아보지 않고 냅다 달려왔지만, 그 바람에 싸잡아 팽개쳐 버린 값 있는 것도 얼마나 많았던가. 동네와 잔치도 그것이 아니겠는가.

강명관

부산대 교수, 제8회 지훈국학상 수상자, 수상작품: 《공안파와 조선후기 한문학》(소명출판, 2007), 대표작: 《조선후기 여항문학 연구》, 《책벌레들 조선을 만들다》 등

이 남자가 사는 법

이상익

부산교육대 교수

1.

1962년 늦가을 어느 날, 동녘에 해가 뜰 무렵 어머님 날 낳으시고, 귀엽던 아가야, 내 인생이 시작되었다. 어린 시절의 추억은 별로 남은 것이 없다. 봄이 되면 칡뿌리를 캐 먹던 일과 진달래꽃을 따 먹던 일, 그리고 아무렇게나 쌓인 돌담 밑에 핀 봉숭아꽃을 따서 손톱을 물들이던 일 정도가 생각난다. 나이가 좀 들자, 아버님은 여름에는 소를 뜯기게 했고, 가을에는 볏단을 나르게 했으며, 겨울에는 《천자문》(千字文)과 《동몽선습》(童蒙先習) 등을 가르쳐주셨다. 당시 우리 집에는 겨울마다 글방이 열렸다. 집안의 여러 어른들이 글(漢文)을 잘

해서, 원근에서 찾아오는 사람들이 많았다. 그래서 그런지 어려서부터 나의 꿈은 오로지 학자가 되는 것뿐이었다. 당시는 남자 또래들은 군인이나 경찰·축구선수를 선망했고, 여자 또래들은 '백의의 천사'를 꿈꾸던 시절이었다. 초등학교를 마칠 무렵 '새마을운동'이 시작되었고, 우리 마을에도 전기가 들어와 밤을 환하게 밝혔다. 돌담이 헐려나가고 시멘트 벽돌 담이 등장한 것도 이 무렵이었다. 지금 생각해보니, 이때부터 시골의 인심이 바뀌기 시작했던 것 같다. 그동안의 자연스러운 멋과 여유는 자취를 감추게 되고, 시골에서도 직선과 효율을 숭상하는 기하학적 시대가 시작된 것이다.

고향 공주를 처음 벗어나 본 것은 중학교 3학년을 마칠 무렵이었다. 고등학교 입학시험을 치러 대전에 갔는데, 이것이 나의 첫 외출이었던 셈이다. 대전에 첫발을 내딛는 순간, 나는 놀라서 눈이 휘둥그레졌다. 넓은 길이며, 높은 건물이며, 모두가 놀라운 것뿐이었다. 지금 생각해보면 겨우 왕복 6차선 도로이며, 5~6층 빌딩이었는데도 말이다.

고등학교에 합격하고 나서 겨울방학 동안에는 《대학》(大學)을 배웠다. 고등학교에 입학하면서 《대학》을 배우는 기분은 참 좋았다. 다른 친구들은 겨우 '고등학생'인데, 나는 '대학생'이라는 자부심을 가질 수 있었기 때문이다. 그런데 이게 웬일인가? 입학을 하고 보니, 다른 친구들은 방학동안 《성문종합영어》와 《수학의 정석》을 떼고 왔다는 것이 아닌가? 그때부터 나와 세상과의 '불화'(不和)가 시작되었다. 입학하고 나서 나는 곧 동아리 활동으로 문예반(文藝班)에 들어가게 되었다. 문예반의 정식 명칭은 '한모문학동인회'였는데, 내가 이 동아리에 가입한 까닭은 '한모'(크게 모가 남)가 좋아서도 아니요, '문학'이 좋아서도 아니요, 오로지 '동인회'(同人會)라는 말이 마음에 들었기 때문이다. 고향을 떠나온 외로운 처지라서, '동인회'라는 세 글자에 눈이 번쩍 뜨였던 것이다. 그러나 동아리 활동을 하면서 문학을 좋아하게 되었고, 결국엔 여러 사상들과 철학을 좋아하게 되었다. 그런데 '철학은 만학(萬學)의 왕'이라 하는 것이었다. 그리하여 알량한 자존심에 철학과에 진학하겠다는 마음을 다지고 있던 차, 외사촌 형님이 성균관대학교 유학과(儒學科)에 입학했다는 소식을 듣게 되었다. '유학과'라니, 세상에 그런 과도 있다는 말인가? 그 뒤로 나는 남은 고교 시절을 자유롭게 보낼 수 있었다. 내 학업성적이 좋은 편은 아니었지만, 성균관대 유학과는 눈 감고도 합격할 수 있다는 생각에 …

서울 구경을 처음 한 것은 역시 대학입학시험을 위해서였다. 처음 대전 구경을 할 때 놀랐던 기억 때문에, 처음 상경할 때 역시 많이 긴장되었다. 서울은 대전보다 열 배도 더 번화하다는 소문을 익히 들었기에 촌놈처럼 놀라지 않기로 마음을 단단히 다졌고, 덕분에 서울에 도착해서도 별로 놀라지 않았다.

나는 소망대로 유학을 공부하게 되었는데, 그로 인해 세상과의 불화는 더욱 커지게 되었다. '성균관대학'은 옛날의 '성균관'이 아니었으며, 더군다나 '유학'은 '찬밥' 취급을 받았기 때문이다. 원래 현대적 감각도 없고 비판적 안목도 없었기 때문인지, 나는 유학의 여러 경전들을 배우면서 기쁘게 동감하기만 했을 뿐, 아무런 의심도 품어보지 못했다. 그런데 시대의 대세에 의하면, '유학'은 '깨끗이 청산해야 할 잔재'라는 것이 아닌가? 류승국(柳承國) · 이동준(李東俊) · 금장태(琴章泰), 이 몇 분 선생님들께서 유학과 한국철학을 가르쳐주시면서,

우리의 전통사상은 결코 '청산해야 할 잔재'가 아니라 '다시 다듬어야 할 보석'이라고 역설하셨다. 내가 생각해도 그런 것 같았다. 그리하여 나는 세상과의 불화를 감내하기로 작심하였다.

때는 바야흐로 대학가에 최루탄이 난무하던 시절, 나는 시위에는 한 번도 참여하지 않고 학업에만 매달렸다. 그것은 내가 이기적이었기 때문이기도 했지만, 보다 근본적으로 그들의 주의·주장에 공감할 수 없었기 때문이다. 군부독재가 싫었던 것은 나도 마찬가지였다. 그러나 나는 삼민투·민민투가 내세우는 주장도 결코 우리의 대안일 수 없다고 생각했다. 그리하여 나는 우파 학생들에게도 환영받지 못하고, 좌파 학생들과도 어울릴 수 없는 외톨이 신세가 되었다. 나의 이러한 신세는 지금까지 변함없는 것 같다. 나는 학생들의 시위를 지지하지 않는 '어용조교'(御用助敎) 라는 조롱을 들으며 석사과정을 마치고, 육군사관학교 철학과의 교수직을 얻게 되었다. 지금 생각해보면 어용조교 출신이 당시 권력의 본산이었던 육군사관학교에 부임한 것은 제격이었던 것 같다.

육군사관학교 철학과에 근무하면서 나는 《역사철학과 역학사상》(歷史哲學과 易學思想) 이라는 나의 첫 번째 저서를 집필하기 시작했다. 그것은 '태극기'(太極旗) 에 담긴 우리 민족의 염원을 조명하는 작업이기도 했고, 그에 입각해 현대문명의 오류를 비판하는 작업이기도 했으며, 내가 왜 대학시절 이른바 '민주화운동'에 참여하지 않았나를 변명하는 작업이기도 했다. 집필을 마친 후, 곧이어 한말(韓末) 의 위정척사론(衛正斥邪論) 과 개화론(開化論) 을 비교 연구하는 박사논문을 탈고하게 되었거니와, 박사논문의 문제의식은 앞의 책과 일관된 것이었다.

나는 주로 주자(朱子)의 주석에 입각하여 유학의 경전을 공부했고, 또 조선시대의 성리학 이론도 두루 공부했다. 그러나 박사학위를 받을 때까지만 해도 나는 스스로 '유학자'요 '한국철학도'라고 생각했을 뿐, '주자학자'로 자처하지는 않았었다. 그런데 주자학이 성립하게 된 배경과 주자가 택했던 노선의 성격을 알게 되고, 또 서구 근대의 사상들을 좀더 깊이 이해하게 됨에 따라, 마침내 주자학의 노선이 이 시대의 등불이 될 수 있다는 확신을 갖게 되었다. 때는 바야흐로 1998년 무렵, 이렇게 하여 '이 남자의 인생관'이 확립되었던 것이다.

2.

1992년 여름 군복무를 마치고, 그동안 살았던 화랑대의 장교 아파트에서 나와 서대문구 홍은동에 전셋집을 얻었다. 시골의 아버님께서 전세금을 마련해 주셨는데, 이사하는 날부터 문제가 터졌다. 이른바 근저당이 설정된 집이었는데, 그것을 모르고 임차(賃借)했던 것이다. 결국 1년 만에 우리 식구는 무일푼으로 쫓겨났다. 그때서야 나는 다시 세상을 배우게 되었다. 이제는 '세상과의 불화(不和)'에다 '세상에 대한 불신(不信)'이 겹쳐지게 된 것이었다. 주변의 어떤 선배님은 내게 '세상물정을 배운 수업료'로 생각하라고 위로해주었다. 나는 값비싼 수업료를 내고 이 세상의 아름다움을 배웠더라면 여한이 없겠는데, 거꾸로 이 세상의 삭막함을 배워서 유감이라고 대꾸했다.

내가 살고 있는 집이 경매로 넘어가는 와중에, 시골의 아버님께서 다녀가셨다. 나는 '아버님께서 무슨 도움을 주시겠지' 하는 은근한 기대가 없지 않았다. 그런데 아버님께서는 "너희가 저지른 일이니, 너희가 알아서 해결하라"는 한 마디를 남기고 고향으로 돌아가셨다. 그때의 서운함이야 이루 말할 수 없었지만, 그것이 결국 전화위복의 계기가 되었다. 우리는 이웃에 월세방을 마련했고, 아내는 이른바 과외 선생으로 발 벗고 나섰다. 아내는 수학과 출신으로서, 과외로 제법 많은 수입을 올렸다. 게다가 주변의 친구가 한국방송통신대학교의 조교직을 주선해주어, 나도 다시 생업에 종사할 수 있었다. 2년 뒤 조교직을 마칠 무렵에는 얼마간의 돈을 모아서 다시 전셋집을 얻을 수 있었다. 아내는 여전히 과외를 위해 불철주야 뛰어다녔고, 특별한 생업이 없는 나는 설거지·빨래·청소 등 살림을 맡았다. 그 시절의 일화 몇 가지를 소개하고자 한다.

첫째는 방송통신대학교의 조교직을 거절했던 사연이다. 나의 어려운 처지를 잘 알고 있던 친구가 조교직을 주선해주었는데, 나는 싫다고 거절했다. 거절의 사유는 '일은 많고 월급은 적을 것'이라는 생각 때문이었다. 석사과정 시절 조교직을 경험했던 나는 '몇 푼의 월급에 구속되느니, 그 시간에 공부를 하는 것이 더 나을 것'이라고 말했던 것이다. 나의 터무니없는 배포에 놀란 그 친구는 '일은 적고 월급은 많다'고 귀띔해주면서 나의 등을 떼밀었다. 그 말이 과연 사실이었다. 그리하여 마음껏 공부하면서 생계를 꾸릴 수 있었다.

둘째는 집안 청소의 어려움이었다. 집이 좁아 가재도구들을 이중 삼중으로 쌓아놓고 살다보니, 한 번 청소를 하려면 꼭 이삿짐을 싸듯이 부산을 떨어야 했다. 넓은 집 같았으면 쓸기도 편하고 닦기도 편했을 것인데, 좁아서 꼭 기물들을 다른 곳으로 옮겨놓아야만 쓸고 닦을 수 있었으며, 좁은 구석을 청소하다가 머리를 사방에 부딪치는 일도 많았다. 당시에 TV 연속극 '이 여자가 사는 법'이 인기리에 방영되고 있었다. 여기저기 머리를 부딪치며 한참 청소를 하다보면 이마에 구슬땀이 맺히는데, 그때마다 '이 남자가 사는 법은 이런 것이구나'라는 자조 섞인 탄식이 흘러나왔다.

셋째는 '등처가'의 소회이다. 1997년 말, 이른바 외환위기 사태 (IMF 사태)가 닥치자, 여러 신문에서는 우리 사회의 문제점을 진단하는 기사들을 서로 다투어 게재했다. 당시 어떤 신문에서는 '우리 사회의 병리구조'를 '병든 사람의 신체'에 비유하여 분석했다. 그 환자의 배는 불룩 튀어나왔는데, 그 속에는 기생충이 가득하다는 것이었다. 그 신문에서는 우리 사회의 기생충들 가운데 하나로 과외교사를 지목했다. 그러고 보니 내 아내가 바로 이 사회의 기생충이었던 것이요, 나는 또 그에 기생하고 있었던 것이다. 당시 대학에 시간강사로 종사하는 친구들은 흔히 자신을 '마누라 등쳐먹고 사는 사람'이라는 뜻에서 '등처가'나 '마등거사'로 자처했다. 나 역시 마등거사였는데, 내 아내는 과외교사이니, 나는 기생충의 기생충이었던 셈이다. 나는 그때서야 우리 사회에서의 나의 위상을 정확히 파악할 수 있었다.

외환위기로 경제가 어려워지자 아내의 호황도 끝나고, 우리는 다시 끝이 보이지 않는 어둠의 터널로 들어가게 되었다. 그러나 다행히 2년 후에 교수직을 얻어 부산에 정착하게 되었다. 부산에 정착하고 나니 만감이 교차했다. 그 가운데 무엇보다도 큰 것은 아버님에 대한 감사였다. '너희가 저지른 일이니, 너희가 알아서 해결하라'는 한 마디 말씀은 당시로서는 서운하기 그지없는 것이었지만, 막상 우리의 힘으로 역경을 이겨내고 나니 그 말씀이 그렇게 고마울 수가 없었다. 만약 그때 아버님께서 다시 전세금을 마련해 주셨더라면, 나는 두 번씩이나 아버님께 의지했다는 마음의 부담을 지금까지도 벗지 못했을 것이요, 형제들 사이에서도 면목이 없게 되었을 것이다. 아버님의 매정한 한 마디는 우리에게 경제적 자립의 의지를 북돋아주셨던 것이다.

3.

공자(孔子)는 40에 '불혹'(不惑)의 경지에 이르렀다고 했다. 돌이켜보니, 나도 40 무렵에는 주관이 뚜렷해진 것 같다. 그러면 내가 세상과 불화를 겪으면서도 불혹을 자처할 수 있는 까닭은 무엇인가? 마지막으로 이에 대해 한 마디를 덧붙이고자 한다.

내가 세상과 불화를 겪게 된 까닭은, 내가 옳다고 여기는 것을 세상이 등지고, 세상이 옳다고 여기는 것을 내가 등질 수밖에 없었기 때문이다. 그러면 오늘날 세상이 옳다고 하는 것은 무엇인가? 근대인들은 이제까지 인류는 불합리한 관습에 억압당하였고, 자연의 이법에 구속당하였다고 생각했다. 이들의 눈에는 전통은 무지몽매의 소치로 보였고, 자연의 이법은 극복해야 할 과제로 인식되었던 것이다. 이들은 한편으로는 '계몽'이라는 이름 아래 기존의 전통을 타파하고자 했고, 한편으로는 '과학'이라는 이름 아래 자연을 지배하고자 했던 것이다. 이들은 또한 생존경쟁을 진화(발전)의 원동력이라고 예찬하면서, 약육강식을 천연의 공리로 선전했다. 이들은 근본적으로 인간의 욕망은 무한하다고 전제하고, 무한한 욕망을 무한히 채워야만 행복해진다고 가르쳤다. 과연 그들의 소원대로 산업혁명은 풍요를 선사했고 시민혁명은 자유를 선사했다. 이제 남은 것은 모두가 행복을 누리는 것뿐인데 실상은 그렇지 못한 것 같다.

나는 학창시절 '대량생산 대량소비는 자본주의 시대의 미덕'이라는 말과 '현대는 자기 PR의 시대'라는 말을 지겹도록 들으며 자랐다. 과연 우리 시대는 많이 만들어 많이 먹는 시대가 되었고, 자신의 장점을 유감없이 떠벌리는 시대가 되었다. 그 결과, 많은 사람들이 비만에 시달리다 못해 이제는 살빼기(diet)를 일과로 삼게 되었고, 대중매체를 통한 허위 · 과장 · 비방 선전도 이제 우리의 일상이 되었다. 내가 경전에서 배운 절제와 겸손은 생존경쟁의 장애물이었을 뿐이다. 이처럼 오늘날은 전대미문의 풍요와 자유를 누리는데, 자신이 행복하다고 생각하는 사람은 의외로 적다고 한다. 생존경쟁의 승리자들조차도 오늘의 승리를 구가하기보다는 내일의 도전에 전전긍긍할 뿐이다. 도대체 무엇이 문제인 것가?

내가 생각하기에, 현대문명은 근원적으로 두 가지 문제를 안고 있다. 첫째, 인간의 욕망을 무한으로 전제한 다음, 행복을 욕망의 충족과 등치시키고 있다는 점이다. 공리주의자들의 설명대로 '행복 = 충족/욕망'이라고 규정하고, 다시 욕망을 무한으로 설정하는 한, 아무리 충족을 늘려도 행복해질 수 없는 것이다. 수학에서, 분모가 무한대이면, 분자는 아무리 큰 수일지라도 무한대가 아닌 한 극한값을 따지면 '0'이라고 하지 않던가? 현대인들이 느끼는 삶의 공허함은 무엇보다도 여기에서 근원할 것이다. 둘째, 우리의 삶의 터전은 유한한데, 유한한 터전에서 무한한 욕망을 추구하고 있다는 점이다. 유한한 터전에서 무한한 욕망을 추구한다는 것은 그 자체로 모순이다. 설령 일시적으로는 그것이 가능하다 하더라도, 결코 그것이 장구하게 지속될 수는 없는 것이다. 오늘날의 일상어가 된 자원고갈이나 환경오염이 그 증거가 아닌가? '스타크래프트'(starcraft)가 현실이 되지 않는 한, 지구의 부존자원이 고갈되는 날은 곧 현대문명이 끝나는 날이 될 것이다.

우리의 선현들은 그렇게 가르치지 않았다. 사람은 자신의 욕망을 절제할 줄 알아야 한다고 가르쳤고, 자연의 이법에 순응하라고 가르쳤다. 또 약육강식은 짐승들이나 하는 짓이요, 사람은 예의염치를 알아야 한다고 가르쳤다. 그들은 '동물적 본능(本能)'에서 유래하는 욕심(欲心, 人心)과 '인간적 본성(本性)'에서 유래하는 양심(良心, 道心)을 구별하고, 사람다운 삶은 인의예지의 본성을 실현하는 데 있다고 가르쳤다. 알고 보니, 한말의 위정척사파들은 이러한 관점에서 서양열강의 문물을 '야만'(野蠻)으로 규정하고, 그를 추종하고자 하는 '개화'(開化)를 반대했던 것이었다.

박사학위논문을 쓰면서 이 대목에서 나는 적지 않게 방황했다. 그러면 개화파들이 내세운 자유와 풍요, 그리고 인권은 어찌하란 말인가? 우리의 전통시대에는 자유도 없었고 풍요도 없었으며 인권은 더더욱 없었던 것 아닌가? 우리는 과연 자유와 풍요와 인권이 없는 세상을 살 수 있을 것인가? 그런데 알고 보니, 우리의 선현들이 추구한 것은 억압과 빈곤이 아니라 인륜이었다. 그들은 인륜이라는 범주 안에서 자유와 풍요를 승인했던 것이다. 반면에 근대의 계몽주의에서는 인권을 우위에 두고 인륜을 그 아래에 종속시켰던 것이다. 이제 나는 인권(人權)과 인륜(人倫)이라는 두 중심 개념 중에서 무엇을 우위에 둘 것인가를 결정해야 했다. 나는 결국 인륜이 인권보다 우위에 있어야 한다고 판단하게 되었다.

나의 논지는 단순한 것이었다. 내 생각을 말하자면, 인권은 인간의 존엄성에서 파생되는 개념이나 인륜은 인간의 존엄성을 뒷받침하는 개념인 것이요, 또 인권은 본능으로부터 도출되는 개념이나 인륜은 본성으로부터 도출되는 개념이라는 것이다. 나름대로 이렇게 정리하고 보니, 선택은 어렵지 않은 것이었다. 그리하여 나는 오늘날 인권의 시대에 반항하면서 인륜의 시대를 꿈꾸는 것이다.

내가 생각하는 우리의 전통이란 무엇보다도 인륜의 전통이다. 단군신화로부터 삼국시대·고려시대의 불교사상, 조선시대의 유교사상에 이르기까지, 우리의 조상들은 모두 절제와 겸손을 가르쳤고, 우리가 평화롭게 공존할 수 있는 지혜를 모색했던 것이다. 우리의 전통은 단순히 자유와 풍요를 부정한 것이 아니다. 거기에는 '나와 너'가 공존(共存)하고, '인간과 자연'이 동생(同生)하고자 하는 깊은 소망과 통찰이 배어있는 것이었다. 우리의 태극기도 이러한 염원을 담고 있는 것이었으며, 조선시대의 주자학도 이러한 이치를 밝히고자 하는 것이었다. 또한 알고 보니, 이러한 정신은 꼭 우리의 전통에만 담겨있는 것도 아니었다. 동·서를 막론하고 전근대(前近代)의 이상은 대부분 이와 같았다. 다만 근대 이후로 가치관이 전도(顚倒)됨에 따라, 전통은 무지몽매 또는 암흑의 시대로 폄하되었던 것이다.

나는 꼭 우리의 전통만을 고집할 생각이 없다. 유럽의 전통과 아프리카의 전통도 우리의 전통과 맞먹는 지혜를 담고 있을 것이라고 생각한다. 그럼에도 불구하고 우리의 전통에 조금이라도 더 애착을 갖는다면, 그것은 우리의 것이 독존적(獨尊的)인 것이기 때문이 아니라, 우리의 것이 우리의 정체성(正體性)의 근원이라는 생각 때문이다. 오늘날은 세계화시대라고 하지만, 어찌하여 우리의 가슴패기나 상점의 간판, 심지어는 지자체(地自體)의 표어까지 모두 영어로 도배질하는 것인가? 말은 세계화라고 하면서 왜 행동으로는 미국의 흉내만 내는가? 우리가 우리의 정체성을 외면하고서 우리의 주체성을 논할 수 있는가? 나는 다만 이 점이 아쉬울 뿐이다. 그리하여 나는 이러한 세태를 못마땅하게 여기며, 지금도 내 고집대로 살고 있는 것이다. 아마나는 끝까지 이렇게 살다가 죽을 것이다.

다만 다행스러운 것은 요즈음엔 현대문명의 한계를 통찰하고 전근대문명의 의의를 다시 조명하는 사람들이 늘고 있다는 점과 우리의 주체성을 견지하고자 우리의 정체성을 다시 문제 삼는 사람들이 늘고 있다는 점이다. 나는 이들의 글을 읽으면서, 이들을 마음의 벗으로 삼고 있다. 아마 그들도 내 마음을 알고 있을 것이다. 그러니 이 세상이 예전처럼 외롭지는 않게 여겨진다. 그러나 이 세상 풍속이 하루아침에 변할 것이라고는 생각하지 않는다. 더 많은 모순을 겪어야 사람들의 마음이 돌아설 것이라고 보기 때문이다. 각자 자업자득의 인생을 살 뿐이니, 크게 안타까울 것도 없다는 생각이다.

이상익
부산교육대 교수, 제9회 지훈국학상 수상자, 수상작품: 《朱子學의 길》(심산, 2007), 대표작품: 《역사철학과 易學思想》, 《기호성리학논고》 등

바다를 배경으로 한 9개의 변주

정일근

시인·경남대 교수

고래와 시인

"고래다!" 환호성처럼 터져 나오는 소리에, 고래탐사선이 출항하자마자 멀미기가 있어 선실에 누워있던 도종환 형이 순식간에 뛰어나왔다. 깊은 생각에 잠겨있던, 시를 노래로 만들어 부르는 김현성은 놀란 듯 64분 음표처럼 일어섰다.

겨울바다의 진객, 낫돌고래떼였다. 낫돌고래는 유영할 때 등지느러미가 낫의 날처럼 보여 생긴 이름이다.

어림잡아 수천 마리가 넘었다. 울산 울기등대 동방 2. 5마일 해상, 북위 35도 29분 162초 동경 129도 29분 300초에서 경해(鯨海) 란 옛 이름 그대로 '고래바다'가 신기루처럼 펼쳐지는 순간이다. 지난겨울에 만난 적이 있는 낫돌고래떼여서 더더욱 반갑다.

울산에서는 2007년부터 정기적으로 고래탐사를 한다. 나도 울산광역시의 고래자문위원 자격으로 탐사선에 동승해 고래를 찾으러 나간다. 바다에서 나는 '럭키맨'이다. 내가 탐사선에 타면 고래 발견 확률이 높았기 때문이다.

고래탐사선에는 '시인이 타면 고래를 발견한다'는 말이 있다. 김남조 시인이 타셨을 때 탐사선 바로 옆으로 밍크고래가 산처럼 솟아오른 일은 신화처럼 전해진다. 분명히 고래는 시인을 좋아한다. 어느새 도종환 형은 고래들에게 시를 읽어주고 김현성은 고래를 음표 삼아 노래를 만든다.

고래와 시인의 이 아름다운 만남을 두고 전날 밤차로 추운 서울로 돌아간 정호승 선배는 많이 아쉬워할 것이다.

선장시인

'선장시인'이 돌아왔다. 휴대폰에 이윤길이란 이름이 뜬다. 부산항 제3부두에 자신의 '바다 자가용' 305호 창진호를 계류 중이라고 한다. 특유의 너털웃음에 북태평양의 바다내음이 묻어난다.

그의 시가 그렇다. 육지에서, 책상머리에 앉아 쓰는 내 시에는 없는 '짠내'가 물씬 나서 좋다. 우리나라 최초의 선장시인이었던 김성식 시인 떠나신 후, 비어 있어 허전했던 '조타륜'을 그가 물려받았다. 이

제 그가 유일한 선장시인이다.

　김성식 선장은 상선을 몰았고 이윤길 선장은 어선을 몰고 있다. 34년째 배를 타는 그는 봄이면 떠나 겨울이면 돌아온다. 겨울철새 같고, 회유하는 고래 같은 항해일지가 그의 삶이다. 이 선장의 배는 꽁치를 잡는다. 부산항을 떠나 일본 쓰가루해협을 지나 북태평양 공해에 도착하면 꽁치잡이는 시작된다.

　우리가 더운 여름을 보내고 있을 때 그는 방한복을 입고 히터를 켜야 하는 추위 속에서 지낸다. 꽁치떼를 따라 러시아 알류산열도와 쿠릴열도, 일본 홋카이도의 추운 바다를 떠돌다 도쿄만에서 이 선장의 긴 꽁치잡이는 끝난다.

　이번 항차의 꽁치 어황은 별로라고 한다. 하지만 그의 시는 풍어일 것이다. 주머니마다 싱싱한 바다시가 살아 펄쩍펄쩍 뛰고 있을 것이다. 춥다. 한반도가 꽁꽁 얼어붙었다. 춥다고 웅크렸던 내 어깨가 긴 추운 바다 항해에서 돌아온 친구의 소식에 기지개를 켠다.

시 셰퍼드

셰퍼드라고 하는 독일산 품종 좋은 개가 있다. 경찰견, 군견으로 사용되는 개다. 바다에도 셰퍼드가 있다. 시 셰퍼드. 바다 셰퍼드는 개가 아니라 '해양보호목자협회'(Sea Shepherd Conservation Society)라는 국제적인 바다환경단체의 약칭이다. 시 셰퍼드는 고래를 지키고 일본 포경선을 쫓아내는 명견이다.

국제포경위원회(IWC)의 결정에 따라 1986년부터 전 세계적으로 고래잡이가 중단됐지만, 일본은 '연구포경'이란 면죄부를 권력과 돈으로 구입해 여전히 고래를 잡는다. 시 셰퍼드에 따르면 일본은 1986년부터 지금까지 2만여 마리의 고래를 잡았다.

일본이 잡은 고래는 연구보다는 식용으로 사용된다고 한다. 일본은 고래 고기를 학교 급식으로 제공하는 나라다. 고래는 바다의 희망이며 꿈인데 일본에게는 한낱 고깃덩어리일 뿐이다. 남극해에서 일장기 휘날리며 고래를 잡는 일본 포경선을 보면 마치 제국주의 망령이 되살아난 것 같아 소름이 끼친다.

최근 시 셰퍼드 소속 에드 길호가 남극해에서 일본의 고래잡이에 항의하다 침몰했다. 그것도 두 동강이 나 침몰했다. 남의 일이 아니다. 동해의 고래도 일제 강점기에 6,500여 마리를 잡아갔다. 지금도 우리 동해를 일본해라 부르며 우리 고래를 잡고 있다.

'고래바다'에 사는 우리 고래를 지키기 위해 한국 명견 '시 진돗개' 한 마리 키웠으면 좋겠다.

쪽빛 바다, 바다메기

서울 사는 후배 P와 새벽같이 통영 동피랑마을을 둘러봤다. 후배는 동쪽 벼랑을 뜻하는 동피랑에 창작촌이 있다는 소문을 듣고 둘러보러 왔다. 이미 유명관광지가 되어 새벽부터 관광객이 끓는 것을 보니 조용히 그림 그리는 꿈을 꾸기 힘들 것 같다.

지난밤에 마신 술도 있고 해서 후배에게 아침 삼아 해장국이나 먹자고 권했다. 요즘 제철인 메기국을 메뉴로 제시했다. 순간 P의 낯빛이 변한다. 아침에 무슨 메기로 해장을 하느냐고, 바닷가에 와서 꼭 흙내 나는 민물고기를 먹어야 하느냐며 투정이다.

　아무 말도 않고, 서울토박이로 생선의 참맛을 잘 모르는 후배를 끌고 가 무작정 통영 메기국을 주문했다. 조심스럽게 한 숟갈을 뜨다가 화단에서도 고수 술꾼으로 명성이 자자한 후배는 그 맛에 깜짝 놀라 묻는다. 세상에 이런 해장국이 있었냐고! P는 물메기를 민물생선으로 알고 있지만 통영에서는 바다생선의 이름이다.

　꼼치가 본명이다. 흔히 물메기, 바다메기라 부른다. 한겨울에만 잡히는 생선이라 메기국은 제철에만 먹을 수 있는 음식이다. 생김새는 엉망인데 무와 파만 숭숭 빚어 넣고 조선간장으로 간을 해 끓인 그 맛은 과연 겨울바다의 별미다. 메기국도 모르는 네가 애주가냐며 후배를 타박했더니, 한 그릇 더 먹고 싶다는 대답만 돌아왔다.

　바야흐로 쪽빛 남쪽바다는 푸짐하고 시원한 바다메기의 계절이다.

샛서방고기 금풍생이

여수에 가면 꼭 먹는 생선안주가 있다. '금풍생이' 구이다. 금풍생이는 '군평선이'의 여수사람들 텟말이다. 경상도 사람인 나도 표준어인 군평선이보다 금풍생이가 더 정겹다. 금풍생이 뒤에는 '샛서방고기'라는 말이 따라다닌다.

샛서방은 남편 몰래 숨겨둔, 이른바 밀부(密夫)를 가리키는 말인데 금풍생이는 진짜 서방이 아니라 샛서방에게만 구워준다는 맛난 생선이다.

처음 만나는 금풍생이에 처음 듣는 샛서방고기란 말에 은밀하고 흥미진진한 표정이 된다. 금풍생이는 깊은 물속에 사는 생선이어서 뼈가 굵고 억세다. 칼집을 내고 굵은 소금을 뿌려 통째로 구워 흰 살은 양념장에 찍어 먹는다.

아차, 하는 사이에 뼈가 입속을 찌를 수도 있고 큰 가시가 목에라도 걸리면 낭패 보기 십상이다. 뼈에 놀란 사람들이 샛서방 주는 고기가 아니라 '서방 잡기 좋은 고기'라고 우스갯소리를 한다.

내게 금풍생이를 가르쳐준 여수 식객 김정만 왈, 금풍생이는 머리부터 꼬리까지 자근자근 씹어 먹어야 진정으로 맛을 아는 미식가다. 물론 내장도 남겨서는 안 된다. 금풍생이는 여수를 대표하는 생선이라고 해도 무방할 것이다.

2012년 5월에 열리는 여수세계박람회에 여수 금풍생이가 가진 스토리텔링으로 세계인에게 한국인의 해학까지 곁들여 맛보여 주었으면 한다. 이런, 여수 가서 푸짐하게 먹고 왔는데도 입에 침이 괴니. 이건 내 식탐이다.

잡(卡)에서의 한 잔

남해안 사람이 좋아하는 '볼락'이란 생선이 있다. 회나 매운탕도 맛있고 굵은 소금 척척 뿌려 구워 먹어도 맛있는 볼락의 이름은 어디서 왔을까?

그 정답을 《우해이어보》(牛海異魚譜)에서 찾을 수 있다. 조선 후기의 학자인 김려(1766~1821)가 쓴 이 책에서는 볼락의 옛 이름을 '보라어'(甫羅魚)로 기록했다. 보라색 물고기라는 뜻이다.

언제 읽어도 재미있고 흥미로운 《우해이어보》는 우리나라 최초의 어보, 이른바 물고기총서다. 정약전의 《자산어보》보다 11년 앞서 1803년에 만들어졌다. 우해(牛海)는 '진해'의 옛 이름이라고 김려는 적어 놓았다. 여기서 진해는 지금의 경남 진해가 아닌 마산 진동을 말한다.

김려는 당시 특별한 바닷고기만 골라 기록했기에 이 책을 이어보(異魚譜)라 했다. 침자어, 도알, 한사어, 노로어, 계도어 같은 지금까지도 알 수 없는 바닷물고기들이 많아 신기하다.

이 책에서 특히 내 관심을 끄는 것이 '잡'(卡)이다. 그 시절 큰 게가 잡히면 게 껍질로 지붕을 만들어 바닷가에 세운 간이주점을 잡이라고 했다. 잡에는 5~6명의 술꾼이 들어갔다. 세상 어느 바닷가에 이렇게 멋진 술집이 있었겠는가. 게 껍질을 지붕 삼아 만든 작은 술집이라니! 어느 누군들 이 낭만적인 술집을 피해갈 수 있겠는가.

잡 한 채 고향바다에 지어놓고 바다를 안주 삼아 크게 취해 보고 싶은 날이다.

고래의 선물

C. 콜로디의 동화 '피노키오'를 기억하는 독자가 많을 것이다. 나무 장작을 깎아서 피노키오를 만든 사람은 소목장이 제페토 할아버지다. 나무 인형 피노키오는 고래에게 잡아먹힌 제페토를 구하면서 착한 사람이 된다.

우리 역사에도 피노키오처럼 고래 뱃속에 들어갔다 살아나온 사람이 있다. 조선 후기 실학자인 이규경(1788~1856)의 책에 전하는 기록이다. 갓 새끼를 낳은 어미고래가 어떤 사람을 삼켜버렸는데, 고래의 뱃속에 들어간 그 사람이 힘들게 빠져나왔다. 피노키오는 제페토를 구해서 나왔지만, 우리 이야기 속의 그 사람은 고래 뱃속에 미역이 가득 들어 있는 것을 보았다.

그 미역이 출산한 고래의 오장육부 속 나쁜 피를 물로 변하게 하는 것도 보았다. 고래 뱃속에서 살아서 돌아온 사람이 가지고 온 것은 미역의 효능이었다. 그 후 고래가 산후 조리로 미역을 먹는다는 것이 알려져 산모들에게 미역국을 끓여 먹였다.

당(唐)의 '초학기'(初學記)에도 '고려 사람은 고래가 새끼를 낳으면 미역을 뜯어 먹는 것을 보고 산모에게 미역국을 먹인다'고 전한다.

고래가 많이 출몰하는 울산 지역에서는 미역을 '고래의 선물'이라 부른다. 미역이 요오드 함유량이 많아 산후 조리에 좋은 식품인 것을 제일 먼저 안 것은 고래였다. 고래의 길목인 울산 정자, 부산 기장 미역이 유명한 것도 같은 이유다. 곧 햇미역이 나올 철이다.

바다의 봄 꽃

고향이 벚꽃 피는 남쪽 바닷가였기에 생선회(膾)를 어릴 때부터 즐겨 먹었지요. 그 시절 생선회의 입문은 대부분 붕장어 회였지요. 지금은 탈수기로 붕장어의 물기를 빼지만 그땐 수건에 회를 싸서 꽉꽉 짜서 물기를 뺐지요. 그래야 붕장어 회의 고소한 맛이 살아났지요.

붕장어는 회도 맛있었지만 어머니가 연탄불에 구워주시던 양념구이도 참 좋았지요. 초벌을 구워낸 다음에 방아 잎을 넣어 만든 양념장을 묻혀 다시 구워내던 어머니의 장어구이는 우리 식구들의 여름나기 보양식이기도 했지요.

붕장어 회로 바다의 맛에 입문하면 그 다음에 배우는 맛이 '봄 도다리 가을 전어'지요. 봄에는 도다리가 맛있고 가을엔 전어가 맛있다는 맛의 정석이 바다의 참맛을 알게 해주었지요. 바야흐로 봄이 오고 있습니다. 육지에만 봄이 오는 것이 아니라 바다 속에도 봄이 오지요.

바다에서 가장 빨리 봄을 알리는 전령사는 단연 도다리지요. 설이 지나면서부터 도다리도 꽃을 피우기 시작하지요. 도다리를 육지의 꽃에 비유하면 일찍 피고 향기 좋은 봄 매화와 같지요. 바다 깊은 곳에서 뼈와 살 속으로 스며드는 맛꽃을 활짝 피우는 도다리는 우리 바다의 봄꽃이지요.

맛이 오른 도다리가 겨우내 까칠해진 입맛을 유혹합니다. 회는 물론 뼈째로 썰어내는 뼈꼬시도 좋고 쑥을 넣어 된장을 풀어 끓여내는 봄 도다리 쑥국도 좋은, 맛있는 계절입니다.

아구와 아귀

35세 젊은 아버지는 뺑소니 교통사고로 목숨을 잃었다. 33세의 가난한 어머니는 어린 자식들과 먹고살기 위해 '아구찜' 장사를 하셨다. 진해아구찜. 40년이 지난 일이지만 그 간판을 잊고 못한다.

해병대를 제대한 외삼촌과 나는 빈 철길에서 생아구를 말렸다. 해병대 군용 텐트를 쳐놓고 그 속에서 먹고 자며 아구를 말렸다.

그땐 아구를 딱딱하게 말려서 찜을 만들었다. 나이 들어 아구는 사투리고 아귀가 표준어인 것을 알았다. 아귀란 이름은 불가의 아귀(餓鬼)에서 왔다. 살아서 식탐이 많았던 사람이 죽어서 굶주림의 귀신, 아귀가 된다. 입이 크다고 생선 이름에 귀신 이름이라니! 아귀는 넓은 바다에 서식하는데 영어로는 'blackmouth angler', 검은 입의 낚시꾼으로 불린다.

사투리, 방언 등을 '탯말'이라 한다. 고향과 어머니가 가르쳐준 말이란 뜻이다. 바닷가 사람들에게 아구는 탯말이다. 아구란 이름엔 오랜 역사까지 있다. 정약전의 '자산어보'에 '아구어'(餓口魚)로 기록되어 있다.

전 국민이, '교양 있는 사람들이 두루 쓰는 현대 서울말'인 표준어를 쓰는 사람들도, 아구라 부른다면 아구를 표준어로 대접해야 한다.

'탯말두레모임'이 헌법재판소에 표준어가 위헌인 것을 제기해 경종을 울렸지만 표준어는 여전히 서울 중심이다. 아귀는 귀신 이름으로, 아구는 생선 이름으로 정리되는 것이 더 인간적이지 않은가?

정일근
시인, 경남대 교수, 제9회 지훈문학상 수상자, 수상작품 : 《기다린다는 것에 대하여》(문학과지성사, 2009), 대표작품 : 《바다가 보이는 교실》, 《착하게 낡은 것의 영혼》 등

지훈이 우리에 던지는 화두

조상호

나남출판사 대표

문화환경이 전혀 없었던 시골 학생들에게 문화행사는 단체 영화관람이 고작이었다. 〈빨간 마후라〉나 〈성웅 이순신〉, 에델바이스 노래를 배우게 해준 〈사운드 오브 뮤직〉이 기억에 남는다. 〈북경의 55일〉이라는 영화를 관람하고서는 종례시간에 담임선생님에게 야단을 맞았다. 마지막 장면에 연합군이 중국 태평천국 군사의 저항을 뚫고 북경을 탈환하는 장면에서 역사도 모르고 박수를 쳤다는 이유에서였다. 역사선생님도 아닌 지리선생님의 꾸중을 들으면서 세상을 보는 시각이 학교에서 배워주는 것만이 아닌 다른 어떤 것이 있을 수 있다는 막연한 생각이 들었다.

당시는 고등학생을 상대로 자기 대학에 진학을 권유하는 순회행사가 심심치 않게 열렸다. 이 모임은 손바닥으로 가릴 만큼의 하늘밖에는 보지 못했던 시골학생에게 미지의 새로운 세계를 엿보게 해주는 열린 창(窓)이기도 했다. 육사를 선전하는 화려한 제복을 입은 선배들이 부럽기도 했고 육군군악대의 웅장한 연주도 충분히 가슴을 뛰놀게 했다. 현실에 안주하지 말고 세계로 박차고 나가라며 그때까지는 전혀 알지도 못했던 외국대학을 내세우고 절반은 영어를 섞어 쓰던 어떤 선배의 안타까운 성공담을 들으면서 서로 답답해했던 모습도 기억난다.

지훈(芝薰) 선생을 흐릿하게나마 인식하게 된 것도 그 무렵이지 싶다. 문학강연 등 문화행사라고는 했지만 대학선전의 일환으로 열린 '고대(高大)의 밤' 행사에 참석했다. 당대의 지성인들이 대거 동원된 좀처럼 접해 볼 기회가 없는 교양강좌이기도 했지만, 없는 것을 갈구하는 젊음의 뜨거운 열기 속에서 먼발치에서 본 한복 차림의 고고한 선비의 강연 모습만은 머리를 떠나지 않았다. 강연내용은 기억에 없는데 무엇인지 모를 신선한 충격과 지사(志士)라는 말이 큰바위 얼굴처럼 겹쳤다. 더 정직하게는 풍우(風雨)에 약간 마모된 내 안의 미륵불 같은 모습을 발견한 것 같았다.

그리고 몇 년이 흐르면 후배들에게 수도꼭지마다 막걸리가 꽐꽐 쏟아지는 고대(高大)의 품에 안기라고 호기를 부리는 내 모습이 고대의 밤 행사무대에 나타난다. 은사이신 이희봉 법대교수님과 몇 년 뒤 아웅산 사건으로 아깝게 유명을 달리하신 서상철 상대교수님의 장쾌한 강연 뒷마무리의 인사말이었으나, 후배들에게 호언장담한 막걸리 발언의 뒷감당은 평생의 즐거운 부채가 되었다.

성장과정에서 길을 헤맬 때마다 바른 길을 밝혀주는 북극성(北極星) 같은 어른을 내 마음 속에 모시고 있는 것은 얼마나 행복한 일인가. 그때그때 백척간두(百尺竿頭)의 극한상황에서도 진일보(進一步)하는 결단도 사실은 나의 용기나 지혜라기보다는 스승의 큰 가르침에 따르는 것인지도 모른다. 천길만길 벼랑 끝에 내몰렸다고 해서 갑자기 무릎을 꿇고 빌 수도 없고 되돌아 갈 수는 더욱 없다. 이제까지 왔던 그 걸음으로 늠름하게 한 발자국 더 내딛는 것이다.

청소년 때부터 그의 선비정신을 흠모하며 사숙(私淑)했던 큰 스승 지훈 선생의 뜻을 나 혼자만이 아니라 세상 사람들과 더불어 갖고 싶은 생각이 천둥처럼 울린 것은 1986년 김준엽 전 고대총장의 한국현대사 《장정》(長征) ―'나의 광복군(光復軍) 시절'을 출간하고서였다. 《장정》을 펴내며 일제 침략으로 국권회복을 위해 중국에서 풍찬노숙(風餐露宿)하며 말 달리던 독립운동가들은 물론 조국에 남았던 그 가족과 집안이 일제(日帝)에 얼마나 시달렸던가, 보상을 바라고 광복의 투쟁에 앞장선 것은 아니지만 광복된 조국이 그분들에게 한 대접은 무엇이었는가에 생각이 미치면서 후손으로 부끄럽기 짝이 없었다.

새 시대 젊은이들에게 분단된 반도의 움막에서 벗어나 선조들이 조국광복을 위해 투쟁했던 광활한 대륙의 기상을 전달해 주고 싶었고, 개인의 영달을 위해 일제에 곡학아세(曲學阿世)했던 사람들에게는 '역사의 신(神)'이 엄존하고 있음을 보여주고 싶었다. 항일 무장투쟁이나 독립운동사 출판이 줄을 잇게 된 것은 그런 연유였다.

이런 맥락에서 지훈 선생의 글을 다시 읽기 시작했다. 우선 시중에서 구할 수 없었던 지훈 선생의 《한국민족운동사》를 단행본으로 출간했다. 1926년 6·10 만세사건의 항쟁사인 이 책은 청록파 시인의 유장함보다 먼저 심금을 울렸다. 그의 한국문화의 도저한 흐름을 영어로 번역하여 외국에 소개하고 싶다던 이인수 교수의 요청으로 썼던 〈한국문화사 서설(序說)〉이나 많은 젊은이들이 삶의 지표로 삼았던 당당한 사자후(獅子吼)였던 〈지조론〉은 거짓과 비겁함에 질식할 것 같았던 한국사회의 격동기를 늠름하게 헤쳐 나오는 선생의 기개에 압도당하기에 충분했다. 많은 사람들이 '지훈문학상'을 먼저 생각하겠지만, '지훈국학상'을 같이 운영하는 이유는 이러한 데에 있다.

이런 생각은 "조 선생에게 사회과학이 세상과 대결하는 칼날이라고 한다면, 문학은 그 칼날에 에스프리를 불어넣는 성찰의 창고"라는 송호근 교수의 평가에서도 확인할 수 있다. 여기서 '조 선생'은 지훈이 아니라 나를 지칭한다는 것을 밝히는 일이 쑥스럽기는 하지만.

이어 1996년 10월에는 《조지훈 전집》 전 9권을 완간했고, 2001년 5월에는 〈지훈상(芝薰賞)〉을 제정하는 것으로 나아갔다. 대학졸업 무렵 '사헌'(史憲)이라는 별칭을 주실 만큼 정을 주신 한동섭 헌법 선생님에게 '지훈이 법학을 전공했다면 이 사회에 무슨 일을 했을까요?'라고 여쭤본 바 있다. 선생의 먼발치에라도 서 보길 원했던 내가 항상 마음에 품고 있던 숙제였다. 선생의 뜻이 21세기 지금에는 어떻게 구현될 수 있는지 찾아보고 싶었다. 내 마음속 상투를 자르듯 사상의 자유시장에 〈지훈상〉을 내놓은 이유다.

다행한 것은 마침 나는 튼튼한 터를 닦은 잘나간다는 사회과학 출

판사 발행인이 되어 있었다는 점이다. 남들이 하듯이 거금을 쾌척해서 지훈상 기금을 만들었으면 좋았겠으나 그럴 재원이 없었고 그리하고 싶지도 않았다. 하학이상달(下學而上達)의 가훈처럼 부지런히 언론출판 일을 하면서 나의 성장과 함께 지훈상의 완성을 같이하고 싶었다. 이 마음가짐을 하늘이 알아주었는지 10년 넘게 견딜 만큼 성장을 같이하고 있다고 자위해 본다. 나남출판이 왜 이 상의 운영주체여야 하는가를 자문해 보면서 '굽은 노송이 선산 지킨다'는 속담으로 대답을 대신해야 했다.

지훈과 내가 같은 조(趙)씨라고 친척이거나 집안사람일 거라는 속된 억측에 웃기도 했다. 지훈은 경상도 영양 주실마을 사람이고, 나는 전라도 남원 의충사(義忠祠)에 모신 임진왜란 때의 의병장 조경남 선생의 후손이기 때문이다. 우리 할아버지가 '춘향전의 원저자'라는 설중환 교수의 연구도 있다.

김종길, 신일철, 조동걸, 신용하, 성찬경, 홍기삼, 김인환, 이성원 선생이 첫 5년 동안 1기 위원을 선뜻 맡아주셔서 그 뜻을 같이했다. 선생님 부인 김위남(난희) 여사와 박노준, 인권환, 오탁번 교수가 거의 일을 도맡으셨다. 홍일식 고대 총장을 〈지훈상〉 운영위원회 위원장으로 모셨고 나는 상임운영위원으로 이 상의 운영실무와 재원을 책임 맡았다.

〈지훈상〉 2기(2006~2010) 운영위원회의 경우 김인환 선생이 위원장으로, 이배용, 윤사순, 김흥규, 홍신선, 오생근, 최동호, 임현진, 조성택 선생이 위원으로 수고해 주셨다. 2011년부터 2015년까지 3기 〈지훈상〉 운영위원회에는 전 이화여대 총장이신 이배용 선생을 위원장으로 모셨다. 또 이남호, 이문재, 성석제, 송호근, 심경호, 조성택, 강천석, 정영진 선생이 운영위원으로 활약을 펼쳤다. 현재는 〈지훈상〉 4기(2016~2020) 운영위원회가 출범하여 이남호 선생이 위원장으로, 박길성, 조성택, 한명기, 김사인, 김기택, 이영광 선생이 위원으로 활동중이다.

그동안의 수상자를 살펴보는 것도 의미가 있을 것 같다. △ 제 1회에는 이수익(시인), 박경신(울산대 교수) △ 제 2회 이승하(시인), 김태식(홍익대 교수) △ 제 3회 고형렬(시인), 강관식(한성대 교수) △ 제 4회 이시영(시인), 이형성(전북대 연구교수) △ 제 5회 이문재(시인), 이기갑(목포대 교수) △ 제 6회 김기택(시인), 월운 스님(전 동국역경원장) △ 제 7회 김명인(시인), 곽승훈(목원대 교수) △ 제 8회 신대철(시인), 강명관(부산대 교수) △ 제 9회 정일근(시인), 이상익(부산교육대 교수) △ 제 10회 나희덕(시인), 한국고전의례연구회(회장 정경주) △ 제 11회 이영광(시인), 김영미(국민대 교수) △ 제 12회 오정국(시인), 정민(한양대 교수) △ 제 13회 김영승(시인), 문석윤(경희대 교수) △ 제 14회 윤제림(시인), 정병욱(민족문화연구원 교수) △ 제 15회 김사인(시인), 이강옥(영남대 교수) △ 제 16회 유종인(시인), 안대회(성균관대 교수) 등이다.

'지훈상(賞)'을 16년째 이어온 인연의 시작이기도 했지만, '고교생 때 한 번 봤다고 그토록 존경할 수 있느냐'고 묻는 이들이 많다. 하지만 사숙(私淑)은 그런 거라고 믿는다. 선생이 타계하신 지 48년이 됐

지만 난 여전히 그의 선비정신을 우러른다.

"지금까지 지훈처럼 살아왔는가"라고 누군가 묻는다면 나는 "앞으로 지훈처럼 살아가겠다는 마음가짐과 그 가능성이 중요하다"고 말해야 한다. 남의 말에 일희일비하기보다 삶의 지향성을 지훈 정도의 격(格)으로 정하고 그 목표를 향해 쉼 없이 나 자신을 끌고 나가면 그 가능성이 반드시 내 것이 될 것이라고 생각한다.

출판인으로서 늘 새겨두고 있는 지훈의 시가 있다. 사람들에게는 잘 알려지지 않았지만 이 시를 발견하였을 때는 마치 나를 위해 지훈이 이 시를 남긴 게 아닌가 싶을 만큼 기뻤다. 제목은 〈인쇄공장〉이다.

> 모래밭을 스며드는 잔물결같이
> 잉크 롤라는 푸른 바다의 꿈을 물고 사르르 밀려갔다.
> 물색인 양 뛰어박힌 은빛 活字에
> 바야흐로 海洋의 전설이 옮아간다
> 흰 종이에도 푸른 하늘이 밴다.
> 바다가 젖어든다.
> 破裂할 듯 나의 心臟에 眞紅빛 잉크,
> 문득 고개들면 유리창 너머 爛漫히 뿌려진 靑春,
> 복사꽃 한 그루.

당신의 시집을 인쇄하고 있던 공장풍경이었을지도 모른다. 단조롭게 반복되는 공장의 기계음을 지켜보다 불현듯 당신이 꿈꾸던 시세계에 몰입했을 것이다. 시인이 색칠하는 찬란한 색감의 조화에 풍덩 빠질 수밖에 없다. 시인의 상상력은 칙칙한 인쇄공장을 상큼한 푸른 하늘과 푸른 바다에 젖게 만든다. 그리고 뭉툭한 인쇄 납활자는 은빛 갈

매기가 되어 춤추게 한다. 만성피로의 먼지에 전 답답한 일상을 일순간에 광대무변의 해양의 전설 속으로 환치시킨다. 아무도 관심 갖지 않았던, 전부터 피어 있던 공장 유리창 너머의 복사꽃은 시인이 문득 정말로 고개를 들고 바라보면서 의미를 갖는다. 그 꽃은 파열할 듯한 나의 심장에 진홍빛 잉크가 되고, 그 꽃은 난만히 뿌려진 나의 청춘에 다름 아니기 때문이다.

정신적 스승의 존재가치란 늘 그를 존경하는 사람의 현재를 그 스승이 감시하고 격려하는 데 있다. 내가 처한 이 입장을 스승이라면 어떻게 했을까, 내 행동이 스승의 기준에 비춰 부끄러운 것이 아닌가? 나를 엄격하게 지탱시키고 때론 비빌 언덕이 되어주는 존재, 내게는 지훈이 바로 그런 존재다.

자기 자신이 늠름하게 설 때만이 비로소 남도 인정할 수 있다. 한국 사회를 하나의 인격으로 친다면 아직은 늠름하고 의연한 것과는 거리가 멀어 보인다. 자신이 어떤 의미의 사회적 존재로서 역할을 하는지에 대한 자각, 그리고 잘하는 이에게 박수를 보내는 일, 이런 모든 일이 우리 사회에서는 힘겹기만 하다. 그보다는 어쩌면 의식의 하향평준화로 치달아야만 긴장을 감춘 채 골목대장의 불안한 평화를 누리려고 하는 건 아닌가.

에베레스트 산이 세계에서 가장 높을 수 있는 것은 그 산을 세계에서 가장 높은 히말라야 산맥이 받쳐 주기 때문이다. 우리 사회의 문화의 격을 이처럼 함께 높이고자 하는 노력이 아직은 미진하다는 것을, 〈지훈상〉을 제정한 이후 자주 생각하게 됐다. 우리 젊은 날의 커다란

신화였던 지훈 선생의 추상같은 지조론이 2016년 현재에는 어떤 모습으로 투영되어야 할지 늘 화두(話頭)가 되는 것도 그 때문이다. 더불어 "거짓과 비겁함이 넘치는 오늘, 큰 사람을 만나고 싶습니다"라는 기치가 〈지훈상〉과 함께 계속될 것임을 믿는 까닭이기도 하다.

조지훈 연보

(1920~1968)

1920. 12. 3.　경북 영양군(英陽郡) 일월면(日月面) 주곡동(注谷洞)
에서 부 조헌영(趙憲泳, 제헌 및 2대 국회의원, 6·25 때 납북
됨) 모 유노미(柳魯尾)의 3남 1녀 가운데 차남으로 출생.

1925. ~1928.　조부 조인석(趙寅錫)으로부터 한문 수학(修學), 영양
보통학교에 다님.

1929. 처음 동요를 지음. 메테를링크의 〈파랑새〉, 배리의 〈피터팬〉,
와일드의 〈행복한 왕자〉 등을 읽음.

1931. 형 세림(世林 ; 東振)과 '꽃탑'회 조직. 마을 소년 중심의 문집
〈꽃탑〉 꾸며냄.

1934. 와세다대학 통신강의록 공부함.

1935. 시 습작에 손을 댐.

1936. 첫 상경(上京), 오일도(吳一島)의 시원사(詩苑社)에서 머무름. 인사동에서 고서점(古書店) '일월서방'(日月書房)을 열다. 조선어학회에 관계함. 보들레르·와일드·도스토예프스키·플로베르 읽음. 〈살로메〉를 번역함. 초기작품 〈춘일〉(春日)·〈부시〉(浮屍) 등을 씀. "된소리에 대한 일 고찰" 발표함.

1938. 한용운(韓龍雲)·홍노작(洪露雀) 선생 찾아봄.

1939. 《문장》(文章) 3호에 〈고풍의상〉(古風衣裳) 추천받음. 동인지 《백지》(白紙) 발간함〔그 1집에 〈계산표〉(計算表), 〈귀곡지〉(鬼哭誌) 발표함〕. 〈승무〉(僧舞) 추천받음(12월).

1940. 〈봉황수〉(鳳凰愁) 추천받음(2월). 김위남(金渭男;蘭姬)과 결혼함.

1941. 혜화전문학교 졸업(3월). 오대산 월정사(月精寺) 불교강원(佛教講院) 외전강사(外典講師) 취임(4월). 상경(12월).

1942. 조선어학회 〈큰사전〉 편찬원(3월). 조선어학회 사건으로 검거되어 심문받음(10월). 경주를 다녀옴. 목월(木月)과 처음 교유.

1943. 낙향함(9월).

1945. 조선문화건설협의회 회원(8월). 한글학회 〈국어교본〉 편찬원(10월).
명륜전문학교 강사(10월). 진단학회 〈국사교본〉 편찬원(11월).

1946. 경기여고 교사(2월). 전국문필가협회 중앙위원(3월). 청년문학가협회 고전문학부장(4월). 박두진(朴斗鎭)·박목월(朴木月)과의 3인 공저 《청록집》(靑鹿集) 간행. 서울 여자의전(女子醫專) 교수(9월).

1947. 전국문화단체총연합회 창립위원(2월). 동국대 강사(4월).

1948. 고려대학교 문과대학 교수(10월).

1949. 한국문학가협회 창립위원(10월).

1950. 문총구국대(文總救國隊) 기획위원장(7월). 종군(從軍)하여 평양에 다녀옴(10월).

1951. 종군문인단(從軍文人團) 부단장(5월).

1952. 제 2 시집 《풀잎 단장(斷章)》 간행.

1953. 시론집 《시의 원리》 간행.

1956. 제 3 시집 《조지훈 시선》 간행. 자유문학상 수상.

1958. 한용운(韓龍雲) 전집 간행위원회를 만해(萬海)의 지기 및 후학들과 함께 구성함. 수상집(隨想集) 《창에 기대어》 간행.

1959. 민권수호국민총연맹 중앙위원. 공명선거 전국위원회 중앙위원. 시론집 《시의 원리》 개정판 간행. 제 4 시집 《역사 앞에서》 간행. 수상집 《시와 인생》 간행. 번역서 《채근담》(菜根譚) 간행.

1960. 한국교수협회 중앙위원. 세종대왕 기념사업회 이사. 3·1 독립선언 기념비 건립위원회 이사. 고려대 아세아문제연구소 평의원.

1961. 세계문화 자유회의 한국본부 창립위원. 벨기에의 크노케에서 열린 국제시인회의에 한국대표로 참가. 한국 휴머니스트회 평의원.

1962. 고려대 한국고전국역위원장. 《지조론》(志操論) 간행.

1963. 고려대 민족문화연구소 초대 소장. 《한국문화사대계》(韓國文化史大系) 전 6권 기획. 《한국민족운동사》 집필.

1964. 동국대 동국역경원 위원. 수상집 《돌의 미학》 간행. 《한국문화사대계》 제1권 〈민족·국가사〉 간행. 제5시집 《여운》(餘韻) 간행. 《한국문화사서설》(韓國文化史序說) 간행.

1965. 성균관대 대동문화연구원(大東文化研究院) 편찬위원.

1966. 민족문화추진위원회 편집위원.

1967. 한국시인협회 회장. 한국 신시 60년 기념사업회 회장.

1968. 5월 17일 새벽 5시 40분 기관지 확장으로 영면(永眠). 경기도 양주군 마석리(磨石里) 송라산(松羅山)에 묻힘.

1972. 서울 남산에 '조지훈 시비'가 세워짐.

1973. 《조지훈 전집》(全7권)을 일지사(一志社)에서 펴냄.

1978. 《조지훈 연구》(金宗吉 등)가 고려대학교 출판부에서 나옴.

1982. 향리(鄕里) 주실에 '지훈 조동탁 시비'를 세움.

1996. 《조지훈 전집》(全9권)을 나남출판사에서 펴냄.

2000. 〈지훈상(芝薰賞)〉(지훈문학상, 지훈국학상) 제정.

2001. 제1회 〈지훈상(芝薰賞)〉 시상. 《지훈 육필시집》을 나남출판사에서 펴냄.

2002. 문화부 〈이 달의 문화인물〉에 선정되어 5월에 경북 영양과 서울 고려대 민족문화연구원에서 각기 행사를 가짐.

2006. 고려대학교 교정에 '지훈 시비'를 세움.

2007. 고려대 교우회 창립 100주년 기념 '자랑스런 고대인(高大人)상' 수상.
     향리(鄕里)에 '지훈 문학기념관' 설립.